BASTEI
LÜBBE

Edna Buchanan

BULLENHITZE

Thriller

Ins Deutsche übertragen
von Uwe Anton

BASTEI
LÜBBE

BASTEI-LÜBBE-TASCHENBUCH
Band 13 475

Erste Auflage:
September 1993

Deutsche Lizenzausgabe 1993
Bastei-Verlag Gustav H. Lübbe
GmbH & Co., Bergisch Gladbach
Originaltitel:
Contents Under Pressure
Lektorat: René Strien
Titelfoto: Fotoservice
Gruner + Jahr
Umschlaggestaltung:
Quadro Grafik, Bensberg
Satz: KCS GmbH,
Buchholz/Hamburg
Druck und Verarbeitung:
Brodard & Taupin, La Flèche,
Frankreich
Printed in France

ISBN 3-404-13475-3

Der Preis dieses Bandes
versteht sich einschließlich der
gesetzlichen Mehrwertsteuer.

Danksagung

Ich habe eine Menge Hilfe von einigen Freunden bekommen. Mein Dank gilt Dr. Steve Nelson und Dr. Joseph H. Davis; Ann und D. P. Hughes; den besten Polizisten Miamis: Sgt. Jerry Green, Sgt. Roberson Brown, Lt. Robert Murphy, Major Mike Gonzales und Officer Lori Nadelman; dem Archivpersonal des *Miami Herald*, Sam Torelli, dem Anwalt des *Herald*, und den Journalisten Liz Balmaseda, Arnold Morkowitz, Lisa Getter, Joan Fleischman und Fabiola Santiago, die alle für den *Herald* arbeiten; Reverend Garth Thompson; meinen aufmerksamen Compadres Marilyn Lane, Cynnie Cagney, Lloyd Hough und Marshall Frank; und besonders der talentierten Leslie Wells, einer Lektorin, der man vertrauen kann.

Denkt nicht mehr an das, was früher war; auf das, was vergangen ist, sollt ihr nicht achten. Seht her, nun mache ich etwas Neues. Schon kommt es zum Vorschein, merkt ihr es nicht?

Jesaja 43

1

Ich blieb stehen, um zu lauschen. Ein Detective und mehrere Streifenbeamte taten es mir gleich und erstarrten. Einer neigte den Kopf und hielt das Sprechfunkgerät ans Ohr. Der Morgen hatte ziemlich ruhig angefangen, aber so etwas konnte sich von einem Herzschlag zum anderen ändern. Jetzt hatte es sich geändert.

Das Funkgerät in dem schweren Lederkoppel des Streifenpolizisten am Frontpult hatte ein statisches Rauschen ausgespuckt, als ich im Präsidium gerade durch die Halle ging, nachdem ich einen Stapel Routineberichte aus der vergangenen Nacht gelesen hatte. Ein hohes Notsignal, dann die glockenklare Stimme eines Beamten, der den Tatort durchgab, die Grundschule Suwannee Park. Eine Entführung. Der Täter war möglicherweise mit einer Maschinenpistole bewaffnet.

Kinder und Waffen: diese Kombination rief eine Gänsehaut bei mir hervor.

Das Opfer war eine Frau, meldete der Beamte, die mit Waffengewalt entführt worden war, nachdem sie ihre Kinder an der Schule abgesetzt hatte. Ein Familienstreit, dachte ich, vielleicht ein wütender verlassener Ehemann oder Freund. Ich hatte zahlreiche Geschichten über Frauen recherchiert, die von den Männern ermordet worden waren, die sie ›liebten‹.

Der Beamte gab die Adresse mit kühler, teilnahmsloser Stimme noch einmal durch. Der diensthabende Cop am Pult schaute mir schmachtend nach, als ich schnell die schwere Glastür aufstieß und auf den sonnengrellen Parkplatz lief. Um acht Uhr morgens stand das Thermometer schon auf dreißig Grad. Der wolkenlose Himmel zeigte sich in einem grausamen, strahlenden Blau. Pendler wurden von der Metro Rail, die hier als Hochbahn über der Straße verlief, zu ihren Arbeitsplätzen befördert, als ich hinter das Steuer rutschte, das Radio im Armaturenbrett einschaltete und vom Parkplatz fuhr. Der Beamte meldete gerade, daß der Verdächtige das Opfer gezwungen hatte, ihn in ihrem kleinen, weißen Auto – ein amerikanisches Modell – mitzunehmen.

Täter und Opfer waren jetzt irgendwo dort draußen unterwegs, zwängten sich durch den Montagmorgen-Stoßverkehr. Ich versuchte, mir nicht vorzustellen, was im Kopf der Frau vorgehen mußte. Eine Suchmeldung war an alle Streifenwagen ausgegeben worden, doch noch kannte niemand das Nummernschild oder das genaue Modell. Ich mußte an der Grundschule Suwannee Park anfangen. Ich fuhr weiter und hielt im entgegenkommenden Verkehr nach einem kleinen, weißen Wagen mit einer verängstigten Frau am Lenkrad Ausschau.

Ein Streifenwagen raste mit jaulenden Sirenen und blitzendem Blaulicht wie eine Rakete mit Wärmesuchkopf an mir vorbei. Ich drückte aufs Gas und hängte mich an ihn, zog an Wagen vorbei, deren Fahrer erschrocken angehalten hatten. Ich wußte es zu schätzen, wenn die Bullen und ich dasselbe Ziel hatten. Es bestand keine Gefahr, daß man mich wegen einer Geschwindigkeitsübertretung anhalten würde; die Insassen des Wagens waren bei einem Notfall zu Hilfe gerufen worden. Als Reporterin, die den Polizeifunk abhörte, hatte ich Exklusivrechte auf die Story und konnte schreiben, wie gut sie mit dem Problem umgingen. Oder auch nicht.

Gegenüber der Schule hielt ich hinter ihnen an. Ein Kind weinte, und ich befürchtete, es wären irgendwelche Schüler verletzt worden. Doch das durchdringende Geräusch kam von einem der zwei kleinen Mädchen, die auf dem Bürgersteig standen. Sie waren etwa sechs und acht Jahre alt und von mehreren Männern in Uniform umgeben, einem etwas zerzausten Zivilisten, dessen weißes Hemd an der Brust aufgerissen war, und einem größeren Mann, wahrscheinlich dem Direktor, der in Anzug und Krawatte schwitzte. Ich erkannte Officer Ted Ferrell, groß, dünn und drahtig, der vor den Mädchen kniete. Das kleinere heulte, während das größere mit aufgerissenen Augen und ernstem Gesicht versuchte, die Fragen des Polizisten zu beantworten.

Ted richtete sich auf und ging an mir vorbei zu seinem Streifenwagen.

»Ich dachte, Sie hätten die Mitternachtsschicht.«

»Hallo, Britt. Hatte ich auch, bis heute. Rotation.«

Ich hatte vergessen, daß es der erste Montag im Monat war. Schichtwechsel. Die Officer, die von einer Schicht in die andere wechselten, arbeiteten beide Schichten durch. Ted hatte von Mitternacht bis acht Uhr Dienst geschoben und hängte nun die Frühschicht dran, um in den neuen Rhythmus zu kommen.

»Was ist passiert?« fragte ich ihn.

»Eine verrückte Sache, Britt. Die Frau setzt ihre Kinder an der Schule ab und hält an, um mit einem Lehrer zu sprechen. Er steht neben ihrem Wagen, als dieser Bursche ankommt, so was wie 'ne Maschinenpistole unterm Arm, den Lehrer am Hemd packt und vom Wagen wegzerrt, auf den Rücksitz springt, der Frau droht, ihr den Kopf wegzuschießen, und ihr befiehlt loszufahren.«

Ich schaute von meinem Notizbuch auf. »Haben ihre Kinder es gesehen?«

»Von Anfang bis Ende.«

»Kannten sie ihn?«

»Nee.« Er griff nach dem Mikro seines Funkgeräts. »Ein völlig Fremder.«

Ted gab durch, die Achtjährige habe gesagt, der Wagen ihrer Mutter sei ein Chevrolet, ein Nova. Er bat, einen Beamten zum Haus der Familie zu schicken, der einen Verwandten oder Nachbarn auftreiben sollte, der ihm verraten konnte, wie man den Ehemann der Frau an seiner Arbeitsstelle erreichen konnte, und wandte sich dann wieder mir zu. Bei dem Bewaffneten schien es sich um einen Mann zu handeln, der ein paar Häuserblocks entfernt Amok gelaufen war. Er hatte wohl versucht, einen Fußgänger auszurauben, doch sein Opfer war einfach weggelaufen. Der Möchtegern-Räuber hatte es dann noch bei mehreren anderen Passanten versucht, doch alle hatten Fersengeld gegeben. Dann versuchte er, in ein Haus einzudringen. »Mehrere Leute riefen uns an. Er entkam dem ersten Streifenwagen, indem er über Hinterhöfe zu der Schule hier lief, wo unser Opfer in ihrem Wagen saß. Sieht so aus, als wäre sie zufällig zur Stelle gewesen, als er eine Mitfahrgelegenheit suchte.«

»Hat der Lehrer Ihnen eine Beschreibung des Wagens gegeben oder sich das Nummernschild gemerkt?« fragte ich.

»Er hatte solchen Schiß, daß er stürzte und sich die Hose aufriß, als er abhauen wollte. Die kleinen Mädchen tun mir leid. Ich hab' 'ne Tochter in ihrem Alter.« Er deutete auf das kleinere Kind.

»Mammi!« riefen die beiden Mädchen auf dem Bürgersteig. Ein weißer Wagen, ein Chevy Nova, war mit einer Frau hinter dem Lenkrad um die Ecke gebogen. Die beiden Mädchen rissen sich los und liefen hin. Sie warfen sich in ihre Arme, noch bevor sie aus dem Wagen gestiegen war.

Ich trat in den Kreis, der sich schnell um sie bildete. Sie war etwa fünfunddreißig, klein und dick, hatte kurzes, schwarzes Haar und trug ein leicht zerzaustes, geblümtes Hauskleid. »Ich hatte Todesangst«, sagte sie mit Tränen in den Augen. Sie hielt ihre jüngere Tochter fest in den Armen, während die ältere ihren Rock nicht mehr loslassen wollte. »Aber ich habe versucht, ruhig zu bleiben. Dieser Mann ist verrückt . . . Als ich sagte, mein Tank sei fast leer, meinte er, ich sei seine Geisel, und wenn der Motor ausginge, würde ich sterben. Er zwang mich, ihn zur North West Third Street und 27th Avenue zu fahren. Da stieg er aus und befahl mir, weiterzufahren. Ich fuhr sofort zurück, zu meinen Mädchen.«

Während ich mir Notizen machte, bombardierten die Cops sie mit Fragen. »Als ich ihn aus den Augen verlor«, sagte sie, »ging er auf ein Yellow-Cab-Taxi zu. Die Waffe hatte er unter der Windjacke verborgen.«

Sei stets auf der Hut vor Männern, die in der Bullenhitze des Septemberanfangs in Miami Windjacken tragen, dachte ich, notierte ein kurzes, erleichtertes Zitat der Frau, die Gott im Himmel pries, und eine Telefonnummer, unter der ich sie später erreichen konnte.

Die Cops stiegen in ihre Wagen, um den Entführer zur Strecke zu bringen. Ich folgte einem davon, der durch die Gegend fuhr, in der der Mann zum letzten Mal gesehen worden war, und hoffte, zur Stelle zu sein, wenn sie ihn erwischten.

Wir fuhren kreuz und quer durch das Viertel, glitten langsam an anderen Wagen vorbei und suchten auch die Nebenstraßen ab. Es freute mich, daß noch keine Fernsehreporter die Fährte aufgenommen hatten. Sie gerieten einem ständig in die Quere und trieben die Cops in den Wahnsinn. Letztes Jahr waren zwei Übertragungswagen von Lokalsendern an einer Kreuzung frontal zusammengestoßen, während die Insassen die Lösegeldübergabe bei einer Entführung filmten. Die Reporter sprangen heraus und filmten einander, anstatt sich in einer so diffizilen Situation bedeckt zu halten. Diese Burschen machten uns allen die Arbeit schwer.

Ted Ferrell war einer jener Cops, die eine geradezu unheimliche Begabung dafür haben, immer am Ort des Geschehens zu sein, also hatte ich mich an ihn gehängt. Er war gut darin, Leute festzunehmen, ein instinktives Talent, das man weder in Flaschen abfüllen noch herstellen oder lehren konnte. Er war einmal auf einen Mann zugegangen, der ihm aufgefallen war, weil er aus einem Bürogebäude gerannt kam. Der Mann hetzte los, und Ted verfolgte ihn. Als er ihn einen Häuserblock entfernt schnappte, erschütterte eine Explosion das Gebäude. Der Bombenleger erklärte: »Amerika bricht zusammen wie Kuba, und es muß etwas geschehen!« Beim Verhör stellte sich jedoch heraus, daß er eher persönliche als politische Motive gehabt hatte: Seine Frau arbeitete in dem Gebäude. Er war arbeitslos und kam sich erniedrigt vor, weil sie für den Lebensunterhalt der Familie sorgte. Doch wenn er das Haus in die Luft jagte, würde sie den Job verlieren und nicht mehr die Brötchen verdienen können. Sein Plan ergab für ihn einen perfekten Sinn, ein weiteres Beispiel dafür, wie es einem manchmal den Verstand verwirrt, wenn man seine Heimat verlassen muß. Ich hatte auch darüber geschrieben, als Ted routinemäßig einen Autofahrer anhielt und dann in seinem Wagen sechsundfünfzig Kilo Kokain, achthundertfünfzigtausend Dollar in kleinen Scheinen, zwei Berettas mit Schalldämpfern und einen der zehn meistgesuchten Verbrecher auf den Fahndungslisten des FBI fand.

Teds Ahnungen waren Gold wert. Ein Reporter konnte sich

den ganzen Tag über damit beschäftigen, sich einfach an seine Fersen zu hängen, was genau das war, was ich gerade tat. Ich blieb vorsichtig einen halben Häuserblock hinter ihm, als uns ein Yellow Cab entgegenkam. Der Fahrer, ein Schwarzer mittleren Alters, saß steif hinter dem Lenkrad, den Blick starr geradeaus gerichtet. Ich hatte im Polizeifunk gehört, daß die Taxizentrale auf Verlangen der Polizei alle Wagen angefunkt hatte, die derzeit unterwegs waren, und dieses Taxi, Nummer 87, hatte nicht geantwortet, obwohl der Fahrer sich nicht abgemeldet hatte, um zu frühstücken oder aufs Klo zu gehen. Er fuhr viel zu vorsichtig, mit steinernem Gesicht, und hielt sich genau an die Geschwindigkeitsbegrenzung. Anscheinend saß er allein in dem Taxi.

Ted schien vor mir in seinem Wagen nicht das geringste aufgefallen zu sein. Komm schon, dachte ich, so müde kannst du doch nicht sein. Sein Streifenwagen rollte weiterhin gemächlich die Straße entlang und wendete dann einen Block entfernt langsam. Ich bog auf eine Tankstelle, um ebenfalls umzudrehen, und versuchte, so unauffällig wie möglich zu wirken.

An einer Kreuzung einen Block vor dem Taxi sprang eine Ampel auf rotes Licht um, und der Wagen rollte glatt und genau vor der Haltelinie aus. Teds Streifenwagen näherte sich schnell von hinten. Plötzlich schwang die hintere Tür des Taxis auf, und ein Mann sprang heraus. Er lief los, noch bevor seine Füße den Boden berührten. Die Waffe hielt er in der Hand. Das Taxi fuhr trotz der roten Ampel mit offenstehender hinterer Tür auf die Kreuzung, und mehrere andere Fahrzeuge bremsten mit kreischenden Reifen.

Ich hatte gar nicht mitbekommen, daß Ted seinen Wagen verlassen hatte; ich sah nur, wie er hinter dem Entführer herlief, einem blonden, dürren Typen in den Zwanzigern. Ted war schnell. Beide waren wesentlich schneller als ich, zumindest in den Schuhen, die ich gerade trug. Ich schlüpfte aus den hochhackigen Dingern und zog ein paar flache an, die gemeinsam mit einem Satz Telefonbüchern, einem Stadtplan und anderen lebenswichtigen Utensilien auf dem Rücksitz lagen. Ich warf meine Handtasche in den Kofferraum, schloß ihn ab und jagte, nur mit meinen Schlüsseln, einem Notizbuch und einem Kugelschreiber ausgestattet, den beiden hinterher.

Mein Presseausweis baumelte an einer Kette um meinen Hals. Der Entführer nahm eine Abkürzung durch die Hinterhöfe zum Project, einem Viertel mit hoher Verbrechensrate und niedrigem Einkommen, in dem nun hauptsächlich Farbige wohnten. Ich hatte nicht vor, die beiden einzuholen. Manchmal mochte ich leichtsinnig sein, aber dumm war ich nicht; ich hatte gesehen, was eine Salve aus einer Maschinenpistole anrichten konnte. Ich wollte nur in Sichtweite bleiben. Ted hatte zwar ein Funkgerät dabei, aber ich hatte bislang noch keine Verstärkung gesehen. Wenn man über Hinterhöfe und unbebaute Grundstück rannte, war es nicht ganz einfach, seine genaue Position durchzugeben.

Ich verlor sie kurz aus den Augen und blieb, um Atem zu schöpfen, neben einem kleinen Jungen stehen, der auf einem unkrautüberwucherten Hof spielte. Er sagte kein Wort, zeigte nur mit seinem winzigen Finger. Ich sah in die Richtung und machte den Entführer aus. Er hielt noch immer die Waffe fest, während er über einen Holzzaun kletterte. Mit dem Sprung hätte er in die Olympiamannschaft kommen können, dachte ich, während mein Herz hämmerte. Ted folgte ihm. Seine Bewegungen waren völlig beherrscht und zeugten eher von Kraft als von Panik. Ich sah, daß er vorsichtig war, für den Fall, daß sich der Mann mit der Maschinenpistole plötzlich zu ihm umdrehte. Im wirklichen Leben gab es keine Probeaufnahmen.

Nachdem ich wieder zu Atem gekommen war, erkundete ich den Zaun und versuchte, ihn zu umgehen. Von der anderen Seite kamen Teds krächzende Rufe, der Mann solle stehenbleiben. Ein gutturaler, erstickter Schrei war die Antwort. Ich verstand die genauen Worte nicht, doch es klang bestimmt nicht nach einer bedingungslosen Kapitulation. Vielleicht hatte Ted ihn in die Ecke getrieben. Noch mehr Rufe, aber andere Stimmen. Irgend etwas passierte, aber ich fand keinen Weg um den Zaun herum.

Verdammt! Ich konnte es nicht ausstehen, in einem Rock zu klettern, aber es gab keine andere Möglichkeit. Ich steckte den

Kugelschreiber an das Notizbuch, schob beides in meinen Gürtel und sah mich nach etwas um, worauf ich mich stellen konnte. Ich fand nichts. Ein paar kleine Kinder hatten sich zusammengefunden; die meisten kicherten. Ich sprang an dem Zaun hoch, packte mit beiden Händen das obere Ende und versuchte, mich hochzuziehen. Dabei rutschte die Sonnenbrille von meiner schweißnassen Nase und fiel zu Boden, während ich mich abmühte, dann doch loslassen mußte und mir auf dem Weg abwärts einen Splitter in die Hand riß. Die Kinder, zu denen sich nun ein paar Erwachsene gesellt hatten, johlten fröhlich, was meiner Eitelkeit nicht gerade förderlich war.

»Verschwindet«, murmelte ich und trat zurück, um einen neuen Anlauf zu nehmen. Zwei kleine Jungs sprangen in einer übertriebenen Nachahmung meines unbeholfenen Versuchs den Zaun an. Diesmal warf ich zuerst das rechte Bein hoch, bekam das obere Ende des Gatters zu fassen und kletterte auf den Fußballen hinauf, während ich mich gleichzeitig mit beiden Händen hochzog. Ich grunzte, als ich mich mit dem Oberkörper über den Zaun zog, das linke Bein darüber schwang und den Rest von mir hinterher schleuderte. Als ich taumelnd auf den Füßen landete, riß irgend etwas in meinem Slip. Die Kinder auf der anderen Seite applaudierten und klatschten. Ich weiß nicht, ob sie jubelten, weil ich es über den Zaun geschafft hatte, oder weil sie dabei meinen Schlüpfer gesehen hatten.

Weder Ted noch der Entführer waren in Sicht. Ich atmete tief ein und trottete weiter, in ein Labyrinth miteinander verbundener Wohnhäuser, die sich um enge Höfe scharten.

Menschen in verschiedenen Stadien der Beunruhigung tauchten auf allen drei Etagen aus ihren Wohnungen auf, und Kinder versammelten sich in den überdachten, seitlich offenen Laufgängen. Ich sah in die Richtung, in die sie schauten. Ted und der Verfolgte hatten im selben Gebäude hinter etwa fünfzehn Meter voneinander entfernt liegenden Betontreppen Deckung gesucht. Beide hielten Waffen in den Händen. Ted rief den Leuten zu, sich hinzulegen und aus der Schußlinie zu kriechen.

»Geht nach Hause, geht in eure Wohnungen«, sagte ich zu den Kindern neben mir. Keins hörte auf mich, keins sah mich auch nur an. Ihre dunklen Gesichter waren gespannt und glühten vor Neugier.

Einen oder anderthalb Meter neben dem knienden Entführer wurde plötzlich eine Wohnungstür geöffnet. Eine ältere Dame in Hausschuhen kam mit verwirrtem Gesicht herausgeschlurft und lugte unsicher durch ihre Brille, um herauszufinden, was zum Teufel hier los sei. Der Kidnapper nutzte die Gelegenheit und stürmte an ihr vorbei in ihre Wohnung. Ich hielt den Atem an, hörte jedoch keine Schüsse. Er schlug die Tür hinter sich zu. Der Mann war bewaffnet, hatte heute bereits sechs oder sieben Straftaten begangen und schien zu versuchen, das Dutzend vollzumachen. Ted hätte alle Berechtigung gehabt, das Feuer zu eröffnen – einige würden sagen, er hätte schießen *müssen* –, doch bei den zahlreichen Frauen und Kindern in nächster Nähe wäre es einfach zu riskant gewesen.

Die ältere Dame schaute verwirrt drein und wollte protestieren. Eine junge Frau, die Kinder in eine benachbarte Wohnung gescheucht hatte, nahm sie am Arm und führte sie in Sicherheit. Ich lief ihnen hinterher.

Durch die offenstehende Wohnungstür konnte ich sowohl Ted als auch die Wohnung sehen, in der sich der Kidnapper verschanzt hatte. Stählerne Gitterstäbe sicherten die Fenster. Der einzige Weg aus der Wohnung war die Tür, die ich ebenfalls sehen konnte, zweieinhalb Meter tief im Hausflur. Der Mann mit der Pistole hatte sich selbst in die Falle bugsiert.

Vor einer halben Stunde hatte es noch nach einem geruhsamen Tag ausgesehen, den ich eigentlich auch brauchte, um an meinem Artikel für die Wochenendausgabe zu arbeiten. Jetzt war ich drei Kilometer vom Büro entfernt mitten im Project, und vielleicht würde es zu einer Schießerei kommen. Das haßte und liebte ich an meinem Beruf zugleich: Nachrichten kamen immer dann zustande, wenn man am wenigsten damit rechnete. Da Ted im langen Schatten der Treppe kauerte, konnte ich sein Gesicht nicht sehen, doch ich war überzeugt, daß er an seine Kinder dachte. Verdammt, wir brauchten einen Fotografen. Ich wollte mich schon an die Mieterin der Wohnung wenden und sie bitten, ob ich mal kurz telefonieren dürfte, als ich wie auf ein Stichwort auf der anderen Hofseite krauses, rotes Haar und Cowboystiefel sah. Es war Lottie Dane. Die Kavallerie war da.

Über ihre rechte Schulter hing eine Canon EOS-Automatikfokus mit einem langen Teleobjektiv für Aufnahmen aus einiger Entfernung. An der anderen Schulter trug sie eine zweite Kamera mit Weitwinkelobjektiv und Blitzlicht, mit der sie Fotos machen konnte, wenn alles vorbei war und sie sich für eine Nahaufnahme mit den Ellbogen den Weg zum Zentrum des Geschehens freigekämpft hatte. Sie hatte mich bereits gesehen, geschnallt, was hier los war, und suchte mit den Blicken die oberen Etagen des Gebäudes nach einer guten Stelle ab, von der aus sie Fotos machen konnte. Lottie war die beste Fotografin, mit der ich je zusammengearbeitet, und die beste Freundin, die ich je gehabt hatte. Sie winkte mir kurz zu, lief die Außentreppe des Nebengebäudes hinauf und verschwand aus meinen Sichtfeld.

Als Ted seine Position wechselte, konnte ich sein Gesicht erkennen. Keine Spur von Erschöpfung darin; er sah verschwitzt aus, aber aufmerksam und voll konzentriert. Die Wohnungstür wurde aufgestoßen, und ich sah, wie die Waffe hinausgehalten wurde und sich dann auf Ted richtete. Unwillkürlich hielt ich den Atem an und kniff die Augen zusammen. Keine Schüsse. Ted behielt die Ruhe. »Kommen Sie raus«, rief er, und es gelang ihm, fast freundlich zu klingen. »Werfen Sie die Waffe raus.«

Die Tür wurde zugezogen.

Der Mann öffnete noch zweimal die Tür und zog sie wieder zu.

»Schon in Ordnung«, sagte Ted ruhig. »Schieben Sie die Waffe raus, und niemand wird verletzt. Machen Sie schon.« Die Tür wurde langsam geöffnet.

»Ganz ruhig. Es wird Ihnen nichts passieren. Ich verspreche es.«

»Nicht schießen«, krächzte der Kidnapper.

»Schieben Sie langsam die Waffe hinaus, mit dem Griff zuerst, und kommen Sie mit erhobenen Händen raus. Ich werde Ihnen nichts tun.«

Der Mann bückte sich und schob dann etwas durch die halb geöffnete Tür hinaus. Metall scharrte auf Beton. Er richtete sich auf und kam heraus, hager und verängstigt, beide Arme in die Luft gereckt.

Ted befahl ihm, sich mit gespreizten Beinen an die Wand zu stellen, und hatte ihm sekundenschnell Handschellen angelegt. Jubel und Applaus brandeten auf. Hinter mir hörte ich das Surren der Automatikkamera. »Wo bist du bloß geblieben?« fragte ich Lottie.

»Du hättest ruhig anrufen können«, sagte sie verschnupft, dabei aber noch immer fotografierend, ohne den Blick ihrer dunklen Augen von den Hauptdarstellern zu nehmen. »Zum Glück bin ich selbst drüber gestolpert, im Polizeifunk. An der Schule hab' ich dich knapp verpaßt. Ich hab' auch die Frau und ihre Kinder.«

Der Bösewicht wurde auf die Rückbank des Streifenwagens verfrachtet. Seine Waffe erwies sich als schlichter, abgesägter Karabiner, Kaliber .30, mit Bleigeschossen geladen.

Mieter scharten sich um Ted, erleichtert, daß niemand verletzt worden war. Jemand bot ihm ein Bier an, das er ablehnte, obwohl er aussah, als könne er eins gebrauchen. Eine Zigarette akzeptierte er jedoch. Er ließ sie sich anzünden. Ich ging jede Wette darauf ein, daß seine Hände zitterten; bei mir war das jedenfalls der Fall. Ich war begeistert. Mein Timing hatte endlich einmal genau gepaßt; alles hatte sich wie von selbst ergeben. Eine gute Story. Ich arbeitete mich durch die Menge zu Ted vor.

»Warum haben Sie sich so verhalten?« fragte ich ihn. Ich kannte die Antwort zwar, brauchte aber ein Zitat.

»Es waren Frauen und Kinder in der Nähe, auf drei Etagen des Wohnhauses und auf dem Hof hinter mir. Wenn er mit dieser Waffe das Feuer eröffnet hätte, dann hätte es viele Verletzte geben können.«

»Wie gefährlich war er?«

»Er hat zwei Menschen entführt, Britt. Er wollte unbedingt fliehen. Daher war er wahrscheinlich einer der gefährlichsten Männer, denen ich in zehn Jahren bei der Polizei begegnet bin.«

Guter alter Ted. Er wußte, wie man die Fragen der Reporter beantworten mußte, und gab nicht diesen einsilbigen Scheiß von sich, den man von ein paar anderen Bullen zu hören bekommt.

»Letzte Frage. Ich habe Ihr Gesicht gesehen, als Sie hinter der Treppe standen und die Sache noch auf der Kippe stand. Sie haben da an Ihre Familie gedacht, an Ihre Kinder, oder?«

»Nee.« Ted hielt inne und grinste dann. »Ich hab' gewünscht, ich würde 'ne kugelsichere Weste tragen.«

Nachdem ich später eine jener Geschichten geschrieben hatte, die ich am liebsten schrieb, blieb ich noch einen Augenblick an meinem Schreibtisch sitzen. Ein Held, ein zufriedenstellendes Ende, Leser, die sich darüber freuten, daß einer ihrer hingebungsvollen Beamten im öffentlichen Dienst etwas für sein Gehalt getan hatte, Bullen, die sich darüber freuten, eine gute Presse bekommen zu haben. Lotties Bilder hatten dazu beigetragen, die Story auf die erste Seite des Lokalteils zu bringen. Was konnte eine Reporterin mehr verlangen?

HELDENHAFTER COP GIBT KEINEN SCHUSS AB. MIETER APPLAUDIEREN, fett gedruckt in sechzig Punkt großen Lettern. Von Britt Montero, Redaktionsmitglied der *Miami Daily News*. Das bin ich.

Bevor ich an diesem Abend nach Hause fuhr, arbeitete ich noch das Vorstrafenregister des Täters, das ganz beachtlich war, in die Story ein, und fügte ein Zitat der Mutter des Beschuldigten ein, die schwor, ihr Sohn müsse das Opfer einer Verwechslung sein. Ich wollte gerade nach Hause gehen und wartete auf den Fahrstuhl, als die Vorzimmerdame des Lokalchefs mir zurief, daß sie jemanden für mich am Apparat hatte. Ich seufzte, ging zurück und nahm mir vor, es kurz zu machen.

Der Anrufer hatten einen Tip für mich: D. Wayne Hudson war im Krankenhaus.

»Ich geb's an die Sportredaktion weiter«, sagte ich heiter.

»Sie verstehen nicht ganz«, sagte Rico, einer meiner Informanten, der als Pfleger auf einer Intensivstation arbeitete.

»Wie ernst ist es?« fragte ich müde.

»So ernst, wie es nur sein kann. Seine Organe werden zur Transplantation rausgeholt.«

Hudson war eines unnatürlichen Todes gestorben – oder würde jedenfalls bald tot sein.

»O nein«, flüsterte ich und sank auf meinen Stuhl.

Jeder in Miami kannte D. Wayne Hudson. Er war Quarterback der Uni-Mannschaft, der Hurricanes, und des All-American-Teams gewesen und hatte die Los Angeles Raiders zur Meisterschaft geführt und dort sechs Jahre lang erfolgreich gespielt, bis Knieverletzungen seiner Karriere ein Ende gemacht hatten. Aber er hatte sich nicht auf seinen Lorbeeren ausgeruht oder versucht, ins Filmgeschäft zu kommen, obwohl er das Talent und den Grips dafür gehabt hätte. Er war nach Hause zurückgekehrt.

Im Gegensatz zu so vielen, die sich aus dem Getto hochgekämpft und nie einen Blick zurückgeworfen hatten, hatte er von der obersten Sprosse der Leiter nach denen ganz unten gegriffen. Er hatte versucht, etwas zu bewirken, hatte mit benachteiligten Jugendlichen trainiert und gearbeitet, damit sie in der Schule blieben, die Finger von Drogen ließen und sich nicht in Schwierigkeiten brachten.

Er war achtunddreißig Jahre alt.

»Er wurde diese Nacht eingeliefert, ein paar Stunden vor Tagesanbruch«, fuhr Rico fort. »Autounfall, bewußtlos, aber nicht lebensgefährlich verletzt. Ein paar Stunden später rief eine Schwester, die routinemäßig nach ihm sah, einen Kode Blau aus; er atmete nicht mehr. Den Ärzten gelang es, Herzschlag und Atmung wieder in Gang zu bringen, und sie schlossen ihn an die Beatmung an, doch er war hirntot. Sie halten seine Lebensfunktion so lange aufrecht, bis sie ihm die Organe entnommen haben. Er trug einen Organspenderausweis bei sich.«

Den Telefonhörer unter das Kinn geklemmt, machte ich mir Notizen und griff nach dem Apparat auf dem Schreibtisch hinter mir. Ryan Battle, der Reporter für Sonderaufgaben, der dort eigentlich saß, war nach Hause gegangen, und ich mußte im Archiv anrufen, um mir D. Waynes Akte heraussuchen zu lassen. Dabei versuchte ich – erfolglos – Blickkontakt mit dem stellvertretenden Chef der Lokalredaktion herzustellen, der zwölf Meter von mir entfernt an seinem Schreibtisch saß.

»Wie wurde er verletzt?« fragte ich. »Das war ein Unfall?« Ich rollte mit meinem Stuhl zum Bildschirmterminal neben meinem Schreibtisch, tippte das Paßwort ein und hämmerte die Story herunter, während ich mir gleichzeitig weitere Notizen machte.

»Anscheinend ist er vor den Bullen geflohen; sie haben ihn verfolgt.«

»Wieso sollte Hudson vor den Bullen fliehen? Zu Fuß?«

»Nee, zu Fuß hätten sie D. Wayne wohl nie eingeholt, trotz seines schlechten Knies. Die Cops sagen, sie hätten seinen Wagen verfolgt und er hätte ihn zu Schrott gefahren. Ich war in der Notaufnahme, als sie ihn reinbrachten.«

»Was für Bullen? Die von Miami? Die Metro? Was für Verletzungen? Hat er noch was gesagt? Hatte er getrunken? Drogen? Was hat er angehabt? Woher kam er? Wohin wollte er?«

»Das machen Sie jedesmal, Britt. Ich habe alles gesagt, was ich weiß.«

»Was für Bullen? Kommen Sie schon, Rico, Sie haben sie doch gesehen.«

»Die Cops haben blaue Hemden getragen. Miami.« Die Bullen von Miami trugen dunkelblaue Hemden, die Polizisten der Metro und der Highway Patrol braune.

»Miami . . . die Mitternachtsschicht. Wieso habe ich nichts davon gehört? Ich war heute morgen doch auf dem Präsidium.«

»Tja, Waynes Zustand hat sich erst verschlechtert, als die Bullen wieder weg waren. Mehr weiß ich nicht. Sie müssen sich alles über die offiziellen Kanäle bestätigen lassen, Britt. Wir haben nicht miteinander gesprochen.«

»Alles klar.« Ich dankte Rico und sah auf die Uhr, und in

meinem Magen schien sich eine Faust zusammenzuballen. Noch fünfundvierzig Minuten bis zum Redaktionsschluß. Ich ging schnell zur Lokalredaktion. Bobby Tubbs war der Nachtredakteur und verantwortlich für die Nachrichten, die in der regulären Ausgabe – also der zweiten am Vormittag – gebracht wurden. Kein Job für jemanden, der Änderungen in letzter Minute nicht ausstehen konnte. Als er mich kommen sah, schaute er besorgt drein; er schien zu ahnen, was ihn erwartete. Als ich sagte, ich hätte eine Story, nahm sein pausbäckiges Gesicht das Aussehen einer bösen Puppe an. Was für ein Zeitungsmann. Bobby war bekannt dafür, einfach auszuflippen, wenn das sorgfältige Layout seiner Seiten von so etwas Aufdringlichem wie Nachrichten durcheinandergebracht wurde. Als ich ihm erklärt hatte, woran ich arbeitete, hyperventilierte er sofort. Wenn dieser Tip stimmte, würde der Lokalteil gar nicht angetastet werden. Die Story würde ganz nach vorn kommen, auf die erste Seite. D. Wayne Hudson war eine *Schlagzeile* wert.

Tubbs informierte den Diensthabenden des nationalen Kopfblatts und jemanden aus der Sportredaktion, der die statistischen Angaben über D. Waynes Errungenschaften auf dem Spielfeld zusammenstellen sollte. Ich hängte mich an die Telefone und klemmte mir je einen Hörer hinter die Ohren. Irgendwann war ich gleichzeitig mit dem Polizeipräsidium und dem Krankenhaus verbunden und wartete darauf, daß sich meine jeweiligen Gesprächspartner meldeten. Ich atmete tief durch und starrte die ruhelosen Zeiger der großen Uhr über dem Schreibtisch des Lokalchefs an. Dann schloß ich die Augen, für eine geraume Weile. Die besten Jahre meines Lebens schien ich damit zu verbringen, am Telefon zu warten.

Das Krankenhaus bestätigte zögernd, daß D. Wayne Hudson eingeliefert worden war. Ich mußte mit einem Verwaltungsangestellten drei Runden durchstehen, bevor ich weitere Einzelheiten erfuhr. Mittlerweile waren im Polizeipräsidium die Unterlagen über den Unfall bis zum Morgen in einem Büro verschlossen worden. Ich erreichte einen Pressesprecher der Polizei zu Hause; er hatte schon Feierabend, versprach mir aber, etwas herumzufragen, und rief mich dann zurück und teilte mir die nackten Fakten mit. Es war eine Suchmeldung an alle Wagen über einen gestohlenen Lincoln Mark VII, das neueste Modell also, herausgegeben worden. Der Fahrer wurde als bewaffneter, gefährlicher und flüchtiger Schwerverbrecher beschrieben. Beamte machten einen Wagen aus, auf den die Beschreibung zutraf, und versuchten ihn anzuhalten, doch der Fahrer floh mit hoher Geschwindigkeit. Auf der Flucht verlor er in einer Kurve die Kontrolle über das Fahrzeug, schleuderte gegen den Stützpfeiler einer Brücke und rutschte dann in einen Graben. Er wurde wegen Widerstands gegen die Staatsgewalt verhaftet und zur Behandlung seiner Verletzungen ins County Hospital gebracht. Die Polizei bestätigte die Identität des Fahrers: D. Wayne Hudson, männlich, schwarz, achtunddreißig Jahre alt. Der Pressesprecher hatte keine Informationen über seinen derzeitigen Zustand, wußte nicht einmal, ob er lebte oder tot war.

»Um was für ein Schwerverbrechen handelt es sich?« fragte ich. »War er bewaffnet? War der Wagen gestohlen?«

»Wir haben im Augenblick keine weiteren Informationen«, sagte er ausweichend. »Versuchen Sie es morgen früh noch mal.«

Mit einem flauen Gefühl im Bauch wählte ich die Nummer von D. Waynes Privatanschluß. Als ich ihn das letzte Mal gesehen hatte, hatte er auf einer Wohltätigkeitsveranstaltung für jugendliche Straftäter gesprochen, die bald auf Bewährung in die Gesellschaft zurückgeführt werden würden. Seine Rede war aufrecht und eloquent gewesen. Seine hübsche Frau Alma, stattlich und elegant in weißer Seide, ihre Zwillingssöhne und ihre kleine Tochter waren ebenfalls auf der Veranstaltung gewesen. Wie konnte D. Wayne Dreck am Stecken haben?

Beim zweiten Klingelton hob eine Frau ab. Es war Almas Schwester. Sie weinte; die Geschichte stimmte. Alma war im Krankenhaus. Eine zweite Gehirnuntersuchung hatte identische Ergebnisse gebracht, und sie würden jeden Augenblick den Stecker herausziehen. Die Schwester wußte nur, daß es einen Unfall gegeben hatte. »Fährt er einen Lincoln?« fragte ich sanft.

»Ja«, antwortete sie; sie klang verwirrt und wußte sich keinen Reim auf meine Frage zu machen. Um Mitternacht kam ich endlich ins Wartezimmer der Intensivstation durch. Alma konnte mir lediglich unter Tränen sagen, daß es vorbei war. Er war tot.

Ein paar Minuten bevor die Druckpressen anrollten, setzten wir eine neue Schlagzeile über die Story. Die Einzelheiten über den Unfall waren spärlich; es war unklar, warum er vor der Polizei geflohen war. Todesursache: würde erst nach der Autopsie bekanntgegeben.

Der Adrenalin-Ansturm des Termindrucks war vorbei, und ich saß erschöpft und entmutigt da. Das Hochgefühl der vorherigen Story, der Entführung bei der Grundschule Suwannee Park, war verschwunden. Aber ich konnte endlich nach Hause gehen. Tubbs trug mir auf, am nächsten Morgen zeitig zu erscheinen und mich an die Story zu hängen. Obwohl ich der einzige Fahrgast war, hielt der Aufzug auf allen fünf Etagen, bevor er träge die riesige Lobby erreichte, in deren Leere jedes Geräusch laut hallte. Ich verließ das Gebäude durch die Hintertür, tauchte in die warme, feuchte Hitze der Spätsommernacht ein und nahm die Skyline von Miami Beach in mich auf, die sich am östlichen Horizont erstreckte und deren Lichter vom dunklen Wasser reflektiert wurden. Als ich in meinem fünf Jahre alten Thunderbird in östlicher Richtung über den Causeway fuhr, fiel mir ein, daß ich Lottie versprochen hatte, sie im Club 1800 auf einen Drink und ein Abendessen zu treffen. Aber ich hatte gegen acht Uhr dort sein wollen. Sie hatte mittlerweile bestimmt schon aufgegeben und war nach Hause gefahren.

Ich war müde, ich hatte seit dem Frühstück nichts mehr gegessen, und mein Slip war zerrissen. Ich nahm mir vor, ein zusätzliches Höschen zu den anderen Sachen, die ich stets dort bereitliegen hatte, in meinen Spind im Umkleideraum im Zeitungsgebäude zu legen. Als ich meine Wohnungstür aufschloß, begrüßte mich Billy Boots mit einem eifrigen Schnurren. Er war auch hungrig. Ich öffnete eine Dose Katzenfutter – Huhn mit Leber – und löffelte es in seinen Napf. Ich wünschte, das Abendessen für mich wäre auch so einfach. Der Kühlschrank enthielt einen Riegel Guavenpaste und eine Schüssel mit übriggebliebener Picadillo mit einer feinen, faserigen Schimmelschicht darauf. Im Gemüsefach lagen eine einsame Boniato und eine Mango, beide ausgetrocknet und so verschrumpelt, daß man die eine nicht mehr von der anderen unterscheiden konnte. Ich hatte mal wieder vergessen, einkaufen zu gehen. Nun blieb mir die Wahl zwischen Cornflakes oder Suppe. Da ich keine Milch hatte, entschied ich mich für Suppe. Es war schon spät, und ich hatte keine Lust, mich noch an den Herd zu stellen, also löffelte ich sie aus der Dose, während ich meinen Anrufbeantworter abhörte.

Es waren Anrufe von meiner Mutter darauf (»Ich weiß, daß du immer viel zu tun hast, Britt, aber das gilt auch für mich. Wir machen einen großen Ausverkauf mit dreißig Prozent Rabatt. Sieh dich doch mal um. Deine Garderobe könnte es bestimmt vertragen. Ruf mich an.«), einem Cop aus Hialeah, der sich über die Personalpolitik in seiner Abteilung beklagte, einem Anwalt, der geil auf Publicity zu seinem großen Sieg in irgendeinem Prozeß war, und erneut von meiner Mutter. Diesmal klang sie gereizt.

»Wo treibst du dich nur rum, Britt? Warum muß immer *ich* anrufen?«

Von Larry Zink, einem Versicherungsvertreter, den ich kennengelernt hatte, als ich letzten Monat eine Geschichte recherchiert hatte, stammte die letzte Nachricht. Er lud Lottie und mich ein, uns mit ihm und einem Freund nach der Arbeit auf ein paar Drinks zu treffen. Es war jetzt zu spät, um einen von ihnen zurückzurufen.

Ich war nicht wie meine Mutter, aber ich war ihr einziges Kind. Mein Dad war Kubaner, aber ich erinnerte mich kaum an ihn. Er war gestorben, als ich drei Jahre alt war. Eigentlich war er nicht einfach so gestorben. Er war getötet worden; ein Exekutionskommando Castros hatte ihn in San Juan Hill an eine von Kugeln zernarbte Wand gestellt und erschossen. Meine Mutter hat ihm nie verziehen. Sie war die Tochter von Miami-Pionieren und hatte nie verstanden, wieso sein Traum von einem freien Kuba bei ihm zur tödlichen Besessenheit geworden war.

Sein Gesicht war in meiner Erinnerung nicht mehr besonders deutlich, doch er war in vielerlei Hinsicht stets bei mir. *Estamos juntos:* Wir sind zusammen.

Nach seinem Tod wurde meine Mutter krank und depressiv, und es fiel ihr nicht leicht, für mich zu sorgen. Ich wurde an verschiedene Verwandte auf beiden Familienseiten weitergereicht. Klein und verängstigt, wie ich damals war, kam ich mir seltsam und allein vor, eher eine Außenseiterin als ein Mitglied der Verwandtschaft meines Vaters, leidenschaftliche und manchmal etwas leichtlebige Kubaner, die alle in lautem Spanisch durcheinandersprachen, oder reservierte Episkopalier auf der Seite meiner Mutter, die einer nach dem anderen in sauberem Englisch sprachen und einander nie, niemals, ins Wort fielen. Die Familie meines Vaters lachte über mein Spanisch. Meine Mutter kritisierte mein Englisch.

Es half nicht gerade, daß die beiden Familien normalerweise miteinander im Streit lagen, wobei ich die einzige Verbindung darstellte und zwischen zwei Welten wanderte, doch in keiner davon so ganz zu Hause war. Die kubanische Gemeinde und seine Verwandten hielten meinen Vater für einen Held, einen Patrioten, einen Märtyrer. Meine Mutter und der Großteil ihrer Familie hielten ihn für rücksichtslos, für einen Mann, der törichterweise sein Leben aufs Spiel gesetzt und verloren hatte. Ich zog erst wieder zu ihr, als ich zwölf war. Mittlerweile kannten wir einander kaum noch und hatten uns auch nicht mehr viel zu sagen. Das ist noch immer so. Als ich darauf beharrte, Journalismus zu studieren, ermutigte sie mich, die Northwestern zu besuchen, damit ich mich von den Einflüssen Miamis entfernte, die sie für unvorteilhaft hielt. Die Uni war wunderbar, aber die Winter von Chicago waren lang und kalt. Ich verbrachte dort die beiden unglücklichsten Jahre meines Lebens.

Meine Kleidung war nie warm genug, ich rutschte ständig auf dem Eis aus und konnte den Winter nicht ausstehen. Ich sehnte mich nach den musikalischen Klängen des gesprochenen Spanisch, dem Geschmack der Speisen und Getränke von Little Havana, der Wärme und den lebhaften Farben Floridas.

Chicago war ein grauer und einsamer Ort. Ich floh, kehrte endlich nach Hause zurück und machte meinen Abschluß in Miami.

Den Geschichten zufolge, die ich über ihn gehört hatte, und nach meinen wenigen Erinnerungen an ihn glaubte ich, meinem Vater sehr ähnlich zu sein. Und wenn ich ihm nicht ähnlich sein sollte, mußte ich davon ausgehen, als Baby im Krankenhaus vertauscht worden zu sein, so verschieden waren meine Mutter und ich.

Ich war unglaublich glücklich, einen Job bei einer der besten Zeitungen des Landes zu bekommen. Mein Glück beruhte jedoch lediglich auf einem kleinen Fehler. Da ich aus Miami stammte und einen Hispano-Nachnamen hatte, ging das Personalbüro der Zeitung, das dafür sorgen mußte, daß die Minderheiten gebührend berücksichtigt wurden, davon aus, ich sei zweisprachig aufgewachsen, spreche fließend Spanisch und könne für den spanischen Teil der Zeitung schreiben. Dem war nicht so. Sie fanden ihren Fehler heraus, als ich in meiner ersten Story den Vize-Bürgermeister Miamis als *alcalde de vicio*, den Bürgermeister des Lasters, bezeichnete.

Zufällig war die Stelle eines Polizeireporters in der Lokalredaktion frei, ein Job, den sonst niemand haben wollte. Die Herausgeber bezweifelten, daß eine Frau für die Stelle geeignet war. Sie nahmen an, Leichen und Schießereien würden mich ziemlich schnell rausekeln. Das bestärkte mich jedoch nur in meiner Entschlossenheit, es ihnen zu zeigen und den Job zu behalten. Ich wollte unbedingt eine gute Polizeireporterin werden.

Der Job war größtenteils aufregend und angenehm. Er war fast immer ein Trost für mich. Die Zeitung war etwas, worauf ich mich verlassen konnte, eine Konstante in einer Welt der Ungewißheit. Sie erschien täglich, ob nun bei Regen oder Sonnenschein, im Krieg oder im Frieden. Die Zeitung würde uns alle überleben und unsere Geschichte festhalten, unseren Anfang und unser Ende. Ganz gleich, was geschah, morgen würde die Zeitung erscheinen, so sicher, wie die Sonne aufgehen würde. Die Leute würden am Morgen aufwachen und sie vor der Haustür finden. Man konnte sich darauf verlassen, sich daran festhalten.

Ich hatte die Suppe aufgegessen. Es war eine Gemüsesuppe, und sie hatte gar nicht mal schlecht geschmeckt. Sehr nahrhaft, sagte ich mir. Bevor ich die Dose in den Recycling-Mülleimer warf, las ich das Etikett. ›Dieselbe Menge Wasser hinzufügen und langsam erhitzen.‹ Ich fragte mich, ob ich jetzt eine Dose Wasser trinken sollte. Statt dessen trank ich ein Glas Wein und ging zu Bett.

2

Als ich um halb sechs am Morgen aufwachte, war es noch dunkel. Ich fragte mich, ob irgendein Empfänger jetzt das Glück hatte, mit D. Wayne Hudsons gestiftetem Sportlerherzen aufzuwachen. Ich war noch müde und niedergeschlagen und mußte die Anspannung abarbeiten, geistig und körperlich. Ich hatte keine Zeit für Aerobic im Fitneß-Club, also zog ich Shorts und mein Lieblings-T-Shirt an, das mir ein Freund aus dem salvadorianischen Pressekorps geschickt hatte: *Soy Periodista! No Dispare!* (Ich bin Journalist! Nicht schießen!) Ich klemmte meinen Pieper an den Gürtel und lief zwei Häuserblocks in östliche Richtung. Aus einem halben Block Entfernung hörte ich schon das Meer, und wie immer ließ es meinen Puls schneller schlagen. Ein wolkenverdeckter Mond und zwei Morgensterne hingen hoch über der Treppe zur Strandpromenade. Im Osten, über dem Meer, war der Himmel lavendelbleich geworden. Dunkle, purpurne Wolken schichteten sich unordentlich über dem helleren Streifen auf, wie die schattenhafte Skyline einer verrückten, außerirdischen Stadt, die nur in gequälten Träumen existiert.

Am fernen Horizont waren noch die Lichter eines halben Dutzends Schiffe auf dem Meer zu erkennen. Ich trabte auf der Uferpromenade langsam in nördliche Richtung los und genoß die frische Meeresbrise, während das Lavendel zu Rosa und dann zu einem dumpfen Orange mit Rußstreifen wurde. Eine dürre, grau gestreifte Katze saß allein auf dem Sandstrand, den Blick auf dasselbe Himmelsschauspiel gerichtet, das auch mir den Atem verschlug.

Ich dachte an den fetten Billy Boots mit seinem glänzenden Fell und bedauerte, nicht ein paar Katzenleckerbissen eingesteckt zu haben. Der schwarze Himmel im Westen wurde marine- und dann kobaltblau. Zwei Jogger kamen mir auf dem Strand unten in scharfem Tempo entgegen; sie liefen auf dem harten, nassen Sand, während hinter mir auf der Promenade die Schritte anderer Läufer stampften.

In meinem Verstand vermischten sich Bilder von D. Wayne Hudson, seiner Frau und seiner Familie mit den Kindern im Projekt, wo das Drama zwischen Ted Ferrell und dem Entführer sein Ende genommen hatte, während im Osten das dumpfe Orange durch ein leuchtendes Gelb ersetzt wurde und die Lichter der Schiffe am Horizont verblaßten. Gewalt und schlechte Nachrichten schienen stets noch schockierender zu sein, wenn sie sich im Paradies ereigneten, dachte ich. Ein früher Schwimmer hatte sich bereits in die Wellen gewagt. Im Norden und Süden dehnten sich hellblaue und rosa Streifen aus, die inmitten der schwadigen Wolken wie eine riesige Fingermalerei aussahen. Die Palmen schienen in der Brise leise zu flüstern, und in den Hafer- und Oleanderbüschen zirpten die letzten Grillen, während ich an den noch ruhigen Apartmentgebäuden und Hotels am Strand vorbeilief. Seemöwen erhoben sich über der Küste und schossen wieder hinab, und ein Pelikan schwamm auf der harten, stahlgrauen Brandung. Wir alle warteten auf denselben Augenblick. Eine der grauen Wolken am leuchtenden Horizont war plötzlich von strahlendem Licht umrissen. Die verspielte Brise hielt einen Augenblick lang inne, als wolle sie Atem schöpfen. Die Helligkeit hinter den Wolken brach in einen großen Feuerball aus, und die Sonne ging auf. Zuerst glitt ein betörender Streifen in Sicht, dann eine drittel, eine halbe und schließlich die gesamte Sonnenscheibe. Der strahlende Flammenball schien sich loszureißen und segelte in den Morgenhimmel. Augenblicklich wechselte das Meer seine Farbe; silberne Wellen kräuselten sich auf hellem Grün.

Die Möwen schrien einen Gruß hinaus. Ich hätte es ihnen am liebsten gleichgetan. Ein weiterer Tag in Südflorida war geboren.

Ich nahm auf dem Nachhauseweg im Mini-Market eine Tüte Milch mit und las die Endfassung meiner Stories aufmerksam bei Cornflakes und Kaffee. Ted Ferrell sah gut aus, umgeben von einem Meer junger und alter Bewunderer. Auf der Lokalseite klangen seine Worte sogar noch besser. Vielleicht wurde er wegen dieses Berichts sogar zum Beamten des Monats gewählt. Lotties Teleobjektiv hatte den Verdächtigen auf der Türschwelle gebannt, wie er seine übel aussehende Waffe in der Hand hielt, kurz bevor er sie fallen gelassen hatte, womit die Theorie seiner Mutter, er sei das Opfer einer Verwechslung, ein gewaltiges Loch bekommen hatte. Die Nachrichten im Radio hatten meine beiden Stories aufgegriffen; sie begannen mit D. Waynes Tod, wobei mein Bericht fast wortwörtlich wiedergegeben wurde. Es war halb acht.

Ich duschte, zog mich an, legte etwas Lippenstift auf, fuhr mit dem Kamm durch mein Haar und verließ die Wohnung. Helen Goldstein, meine Vermieterin, bewässerte ihre Blumenbeete mit Hilfe eines Gartenschlauchs.

»Sie sind gestern abend aber spät nach Hause gekommen.« Sie lächelte verschmitzt und verzog hoffnungsvoll und fragend das Gesicht. Die Goldsteins waren seit fast sechzig Jahren verheiratet, und sie fragte mich immer, wann ich mal einen netten Mann mit nach Hause bringen würde. Ich erwiderte jedesmal, ich müßte zuerst mal einen finden, und das sei nicht ganz einfach, weil sie mir anscheinend den letzten weggeschnappt habe.

»Ich weiß, ich habe lange gearbeitet«, rief ich, als ich in meinen Wagen hüpfte. Sie blickte enttäuscht drein, winkte mir aber zum Abschied.

Das Polizeipräsidium von Miami erhebt sich wie eine Festung am Rand von Overtown, ein gewaltiges, fünfstöckiges Viereck, dessen Betonfassade mit Ziegelsteinen aus rotem Ton bedeckt ist. Eine Stadtverordnung schreibt vor, daß ein gewisser Prozentsatz der Kosten eines jeden öffentlichen Gebäudes für Kunstwerke verwendet werden muß. Das hat dazu geführt, daß ein riesiges abstraktes Gemälde, von einem französischen Künstler mit der Hand auf italienische Kacheln aufgetragen, den gemächlich ansteigenden Fußweg zum Haupteingang beherrscht. Die Cops können es nicht ausstehen. Sie ziehen gegenständlichere und leichter deutbare Kunst vor, zum Beispiel Skulpturen von Polizisten, die kleinen Kindern helfen, oder von in Ausübung der Pflicht gefallenen Kollegen. Als ich mit zusammengekniffenen Augen die Farben betrachtete, die im Glanz der Morgensonne schmerzhaft hell leuchteten, konnte ich ihre Einwände nachvollziehen.

Die Verkehrsabteilung war ein L-förmiges Büro in einer Ecke des Erdgeschosses. Ein mir unbekannter Beamter hatte Dienst; er saß an einem Schreibtisch vor einem riesigen Stadtplan Miamis, auf dem mit roten Stecknadeln die Schauplätze tödlicher Unfälle, mit gelben die von Unfällen mit Verletzten und mit blauen die mit anschließender Fahrerflucht festgehalten waren. Gewaltige Ansammlungen bunter Nadeln an gewissen Kreuzungen weckten in mir den Drang, meine üblichen Fahrgewohnheiten zu ändern und notfalls Umwege von einigen Kilometern auf mich zu nehmen. Diese Abteilung widmete sich der tödlichsten und zerstörerischsten Gewalt in Südflorida, dem Motorfahrzeug. Hier hatten die Beamten selbst über die künstlerische Gestaltung entscheiden können. An allen Wänden hingen eingerahmte Vergrößerungen der spektakulärsten Verkehrsunfälle der Stadt, die man unmöglich ignorieren konnte. Der Autofahrer, der aufgespießt worden war, als er in einen Lastwagen gerast war, der Rohre geladen hatte, war mein Kandidat für das Foto, das wahrscheinlich die meisten Kraftfahrer dazu angeregt hätte, sich eine Monatskarte für den Bus zu kaufen.

Ich zeigte meinen Presseausweis und bat, eine Kopie des Berichts über D. Waynes Unfall sehen zu dürfen.

Der diensthabende Beamte schüttelte den Kopf und musterte mich gemächlich von oben bis unten. »Ich bin nicht befugt, Informationen darüber herauszugeben«, sagte er, als könne er nicht ganz glauben, daß ich mich tatsächlich danach erkundigt hatte.

Das war glattweg lächerlich. »Unfallberichte sind öffentliche Protokolle«, erklärte ich.

Es beeindruckte ihn nicht. Ein leises, selbstzufriedenes Lächeln umspielte seine Lippen, als er erneut den Kopf schüttelte, diesmal der Betonung halber ganz langsam. »Mein Sergeant ist auf einer Besprechung. Ohne seine ausdrückliche Zustimmung kann ich nichts für Sie tun. Sie müssen warten, bis er wieder da ist.«

»Na schön, dann komme ich zurück.« Ich ging durch die Halle zur Abteilung für Öffentlichkeitsarbeit, der AfÖ, um mir wie üblich die Computerausdrucke der Berichte der vergangenen Nacht vorzunehmen. Als das neue Gebäude in Betrieb genommen wurde, befand sich die Öffentlichkeitsarbeit im vierten Stock, in der Nähe des Büros des Polizeichefs. Doch indem man den Reportern Zugang zum vierten Stock gewährt hatte, damit sie sich die öden, einsilbigen, im geistlosen Polizeijargon gehaltenen Pressemitteilungen abholen konnten, hatte man ihnen zugleich Gelegenheit gegeben, kurze Abstecher zu den interessanteren Dezernaten wie Raub, Mord und der Dienstaufsicht zu machen – wo man die echten Nachrichten, prallen Stories und guten Zitate aufstöbern konnte. Der Amtsschimmel kam überraschend schnell auf Trab, trennte einen Teil der großen Halle ab und baute sie zur AfÖ um. Die hohen Tiere hofften, die nun in die Halle verbannten Reporter würden sich mit dem zufriedengeben, was die Dezernate ihnen erzählen wollten. Bei einigen war das tatsächlich der Fall.

Links von dem Büro befand sich ein sogenannter Medienraum, der mit zwei Schreibtischen, Telefonen und Stapeln von Polizeiberichten und Haftbefehlen ausstaffiert war. Eine große Nachbildung des Schulterabzeichens der Polizei von Miami schmückte eine Wand. Blau umsäumt und mit einer Palme in der Mitte stellte sie einen beliebten Hintergrund für Fernsehreporter dar, die gern ihre Interviews davor drehten.

Ich setzte mich hinter einen Schreibtisch und seufzte. Polizeiberichte waren viel witziger, wenn die Beamten sie mit der Hand geschrieben hatten. Computerprogramme boten ungewöhnlichen Schilderungen, Einzelheiten oder Theorien oder den Persönlichkeiten der Verfasser viel weniger Spielraum. Diese Berichte lasen sich alle gleich, grau und einheitlich. Was für eine Schande.

Dennoch erregten einige mein Interesse. Wieder saßen ein paar Bürger Miamis mehr im Dunkeln, weil Diebe aus Straßenlampen die Kupferkabel entwendet hatten. Diese Gauner knackten die Instandhaltungskästen, trennten die Kabel durch, verfuhren ebenso bei der nächsten Straßenlampe und zogen dann die losen Kabel durch die unterirdischen Rohre zwischen den Lampen. Dann schälten sie die Isolierung ab, schmolzen die Kupferdrähte ein und verkauften sie an Schrotthändler. Man sollte doch glauben, daß so ingeniöse und fleißige Diebe vernünftige Jobs bekommen konnten, dachte ich, während ich las. Doch Kupferkabel im Wert von über einhundertvierundfünfzigtausend Dollar waren verschwunden, und nichts schien den Dieben Einhalt gebieten zu können. Als letzten Ausweg hatte die Stadtverwaltung befohlen, die Straßenlampen Tag und Nacht eingeschaltet zu lassen – eine schockierende Verschwendung städtischer Gelder, dachte ich. Doch die einzige Möglichkeit, die Diebe zu stoppen, schien darin zu bestehen, sie zu zwingen, sich mit heißen Kabeln zu befassen.

Es gab Berichte über weitere Raubüberfälle von Personen, die sich als Polizisten ausgegeben hatten, was mittlerweile ein alter Hut war. Die kriminellen Elemente unter den jüngsten Flüchtlingswellen hatten fasziniert festgestellt, daß Geschäfte für Polizeibedarf jedem x-beliebigen Kunden, der von der Straße hereinkam, Uniformen, Sprechfunkgeräte und Handschellen verkauften.

Der interessanteste Bericht über einen nächtlichen Raubüberfall behandelte eine weitere Unternehmung des ›beißenden Banditen‹. Er hatte wieder zugeschlagen und seinem Opfer diesmal während des Überfalls das rechte Ohr abgebissen. Der *modus operandi* war schon länger bekannt. Bei mindestens zwölf Überfällen in den letzten Wochen hatten die Opfer Brieftaschen, Schmuck und Teile von Armen, Händen und Schultern eingebüßt. Eins sogar einen Ringfinger.

Ich rief oben im Raubdezernat an. Der Detective war noch da, mit einem Zeichner, der gerade ein Phantombild des Banditen anfertigte. Falls was dabei rauskam, versprach er mir, könnten wir es für die Morgenausgabe haben. Der Beamte klang wütend. »Er ist noch irgendwo da draußen, und wir glauben, daß er wieder zubeißen wird.«

Sie hatten ein paar neue Spuren. Ein Zahnarzt der Gerichtsmedizin hatte die Verletzungen der Opfer untersucht und war zum Schluß gekommen, daß der Räuber vorstehende Schneidezähne hatte. Er konnte das Gebiß des Banditen mit den Zahnabdrücken vergleichen, die er zurückgelassen hatten, aber dazu mußten sie ihn erst einmal fassen – und ihm dann den Mund aufstemmen, um einen Wachsabdruck nehmen zu können. Kleine Aufgaben wie diese erfüllten mich immer mit Freude darüber, daß ich kein Cop war.

Ich stöberte etwas herum und fand das Dienstbuch von Sonntag nacht. Der Eintrag über D. Wayne Hudsons Fall mutete ganz normal an. Ein 317 (ein Unfall mit Verletzten), ein Fahrzeug darin verwickelt. Ein schwarzer, männlicher Fahrer war vor der Polizei geflohen, von der Straße abgekommen und zur Behandlung seiner Verletzungen ins County Hospital gebracht worden. Man warf ihm einen Verstoß gegen die Straßenverkehrsordnung und Widerstand gegen die Staatsgewalt vor. Seltsamerweise erwähnte der Eintrag weder ein gestohlenes Fahrzeug noch einen ›bewaffneten und gefährlichen Schwerverbrecher‹.

Ich kehrte zur Verkehrsabteilung zurück, wo noch immer derselbe sture Bulle saß, und bat erneut um eine Kopie des Berichts über D. Wayne Hudson. »Wie ich Ihnen bereits gesagt habe«, erwiderte er, »ich bin nicht befugt, Ihnen irgend etwas mitzuteilen.«

»Kann ich mit Ihrem Sergeant sprechen?«

»Er ist noch in der Besprechung.«

»Wann ist er fertig?«

»Das kann ich nicht sagen.« Das Lächeln blieb weiter auf seinem Gesicht. Er hatte seine helle Freude daran: Einige Menschen legen einem gern Steine in den Weg. Ich stapfte wütend zu meinem Wagen auf dem Parkplatz, fischte ein vorgedrucktes Formular, mit dem ich einen Antrag auf Herausgabe einer öffentlichen Akte stellen konnte, aus einer Mappe, die ich auf dem Rücksitz aufbewahrte, füllte es aus und ging wieder hinein. »Das ist für Sie«, sagte ich und präsentierte ihm das Formular; nun lächelte ich.

Er schaute verwirrt drein, las das Formular und wirkte auf einmal nicht mehr so selbstzufrieden. Florida hat, was die Herausgabe öffentlicher Akten betrifft, eins der besten Gesetze der USA. Beamte, die sich weigern, entsprechende Unterlagen herauszugeben, müssen mit Suspendierung, Versetzung und Amtsenthebung rechnen und können wegen eines Dienstvergehens ersten Grades belangt werden. Dieser Tatbestand wurde im Kleingedruckten ganz unten auf dem Formular erwähnt und erweckte fast immer die Aufmerksamkeit widerspenstiger Bürokraten.

Polizeiakten konnten während der Ermittlung in einem noch nicht abgeschlossenen Strafverfahren zurückgehalten werden – doch in diesem Fall war der einzig mögliche Verdächtige verstorben und würde daher niemals eines Verbrechens angeklagt werden, falls sich überhaupt eins ereignet hatte.

»Ich komme in ungefähr einer Stunde zurück, um mir den Bericht durchzulesen«, sagte ich zu ihm.

Er zuckte nonchalant mit den Achseln, doch etwas in seinem Blick hatte sich verändert. Als ich zur Tür hinausging, sah ich, daß er nach dem Telefon griff.

Ich fuhr nach Esquina De Tejas und ging in ein kubanisches Café, in dem ich eine Pastele de guayaba aß, eine knusprige Blätterteigpastete mit einer sündhaft süßen Füllung aus Guave und Quark. Ein weiterer Vorteil meines Berufs war es, daß ich, wenn ich nicht genug Schlaf bekam, so ziemlich alles essen konnte, ohne Gewicht anzusetzen. Der erste Schluck des dicken, schwarzen kubanischen Kaffees jagte einen Wonneschauer durch meinen Körper, und plötzlich kam ich mir wirklich wach und voller Feuer vor.

Maggie, die angenehm üppige und mütterliche Kellnerin, ließ mich in den Genuß ihres üblichen Geplauders kommen und gab mir alle möglichen Ratschläge, gewollte und ungewollte. »So ein hübsches Mädchen, mit diesem Gesicht, diesem blonden Haar, diesen grünen Augen, aber viel zu dünn. Sie sollten mehr essen.«

Luis, der junge Mann hinter der Theke, tanzte zum Rhythmus eines Rührmixers einen Shimmy und begann mit den üblichen Fragen.

»Wann werden sie Fidel stürzen?«

»Wenn ich das nur wüßte«, sagte ich achselzuckend.

»Wie wird es wohl passieren?« fragte er eifrig.

»Vielleicht mit einem blutigen Staatsstreich, wie in Rumänien.«

Das gefiel ihm. Er nickte, zog sich einen Zeigefinger über die Kehle und schaute zufrieden drein. »Hoffentlich schneiden sie ihm den Kopf ab.« Dann wurde sein Blick vorsichtig, und ich wußte, was jetzt kommen würde: die Frage, die ich nicht ausstehen konnte.

»Warum ist die *News* so anti-kubanisch?« Sein Gesicht war verkniffen, vorwurfsvoll.

»Ich bin Kubanerin, und *ich* arbeite dort.« Warum ich? fragte ich mich wütend. »Vielleicht sind gerade die Leute, die so was sagen, anti-kubanisch eingestellt.«

»Man hört es doch jeden Tag im Radio, die *News* geht butterweich mit Castro um. Sie drucken nur, womit die kubanische Regierung sie füttert. Sie enthüllen aber nicht die Scheußlichkeiten, die . . .«

»Glauben Sie nicht alles, was Sie im Radio hören, Luis. Meinen Sie etwa, ich würde dort arbeiten, wenn die Zeitung für Fidel Position bezieht? Mein Vater . . .«

»Hören Sie nicht auf ihn, Britt«, unterbrach Maggie. »Als er für die Invasion trainiert hat, ist er in den Everglades zu lange unter der heißen Sonne rumgelaufen. Sie haben ihre Gewehre zu oft ganz dicht neben seiner Birne abgeschossen, und jetzt ist er völlig daneben.«

Ich ließ mir noch eine Pastete einpacken, sah zu, daß ich fortkam, und fuhr zur Zeitung zurück. Dort schaute ich zuerst einmal in der Fotoredaktion vorbei.

»Du weißt doch, daß ich eine Diät mache«, klagte Lottie, als ich die Papiertüte, die ich aus dem Café mitgebracht hatte, vor ihr auf den Schreibtisch legte. Nachdem sie pflichtschuldigst protestiert hatte, öffnete sie die Tüte eifrig. »Was, du hast mir nur eine mitgebracht?« Sie stöpselte den Wasserkocher ein, der auf ihrem Schreibtisch stand. »Tee?«

»Nein, danke, ich habe gerade zwei Tassen kubanischen Kaffee getrunken.«

»Mein Gott.« Sie rümpfte die Nase und zeigte dabei die Zähne. »Ich könnte fünf Tage lang nicht mehr schlafen. Nur Latinos können dieses Zeug trinken. Dein Magen muß stärker sein als der jedes anderen Menschen, den ich kenne. Na ja, Britt, du hast gestern abend alles verpaßt. Ich habe endlich Steve kennengelernt, den Kumpel deines Freundes Larry, und ich glaube, ich habe mich verliebt. Wir müssen *unbedingt* mit diesen Burschen ausgehen. Die lassen wir doch schon seit Wochen zappeln.«

Sie holte einen Becher aus ihrer Schreibtischschublade, goß kochendes Wasser über einen Beutel Kräutertee und rührte einen Löffel Honig hinein.

Ich war nicht sonderlich begeistert. Ich hatte Larry kennengelernt, als ich an einer Geschichte arbeitete. Einer seiner Klienten hatte seine Verlobte hoch versichert und dann umgebracht – kaum ein erstes Kennenlernen, das zu romantischen Phantasien führte. Außerdem waren sein liebstes Gesprächsthema steuerbegünstigte Jahresrenten. Mein Privatleben war ein Schlachtfeld, das mit den Leichen einst vielversprechender Beziehungen übersät war, Opfer meines Jobs. Einmal hätte ich sogar fast geheiratet, Josh, den Freund vom College, der mir von Chicago nach Hause gefolgt war. Aber erstens gefiel es ihm in Miami nicht, und zweitens mußte er mich mit dem Polizeifunk teilen. Irgendwie machte der Job mit seinem Termindruck und der langen, unvorhersagbaren Arbeitszeit jede Romanze zunichte. Die beiden schienen einfach nicht friedlich miteinander auskommen zu können. Also galt meine Priorität im Augenblick dem Job.

»Du weißt doch, wie schwer es für uns beide ist, mal gleichzeitig freizumachen«, sagte ich, »und außerdem interessiert er mich nicht besonders.«

»Na ja, in seinen Levis hat sich aber ganz schön was geregt.« Schmatzend verdrückte sie die Pastete und leckte sich dann die Blätterteigbrocken von den Fingern.

»Es geht nie gut, wenn man sich mit Männern verabredet, mit denen man beruflich zu tun hat«, sagte ich selbstgerecht; das war meine übliche Antwort auf ihre Vorschläge.

»Ach was, Larry ist doch kein Informant oder Kollege, den du täglich im Büro siehst. Du hast ihn wegen einer einzigen Story kennengelernt. Ist doch ganz einfach. Er hat die Lebensversicherung verkauft, du hast den Mordfall recherchiert.«

Lottie schüttelte es ab, als wäre es die einfachste Gleichung der Welt. Zwei plus zwei, Lebensversicherung gleich Mord. Ihr Tee roch nach Apfelsinenschalen. Als sie daran nippte, konnte ich die Aufschrift auf ihrem Becher lesen: ›Laß einen Cop kommen. Wähle 911.‹

»Verdammter Mist, man sollte doch glauben, das Arschloch hätte etwas länger als zwei Wochen bis nach Abschluß der Police gewartet, um seine Frau umzubringen. Sein IQ muß kleiner sein als seine Schuhgröße. Echt erstaunlich daran ist nur, daß er fast damit durchgekommen wäre«, fuhr sie unbekümmert fort und streifte dabei Krümel von ihrer Bluse. »Larry hat doch nur bestätigt, daß er vor ganz, ganz kurzer Zeit eine Police abgeschlossen hat. Deine Story und die Verhaftung haben seiner Firma eine Menge Geld gespart. Er ist dir ein paar tolle Abende in der Stadt *schuldig*. Außerdem arbeitest du ja immer. Wenn du dich nicht mit jemandem verabredest, den du bei der Arbeit kennengelernt hast, wirst du als alte Jungfer sterben. Dann steht auf deinem Grabstein: ›Alleinstehend, aber erfolgreich‹. Ich wette, du warst bis mindestens ein Uhr heute morgen im Büro. Die Geschichte ist übrigens klasse.«

»Gute Bilder.« Wir grinsten einander an.

Was auch immer wir sonst gemeinsam hatten oder nicht, wir beide waren Nachrichten-Junkies, süchtig nach Adrenalin. Lottie war geschieden, schon seit einigen Jahren, keine Kinder. Mit ihren neununddreißig war sie acht Jahre älter, gut zehn Zentimeter größer und zwanzig Pfund schwerer als ich. Sie sprach mit einem näselnden Texas-Akzent und sirupglatter Stimme und hatte furchtlos und hingebungsvoll Erdbeben in Kolumbien, Feuergefechte in El Salvador und, wegen des Gestanks mit einem Tuch vor dem Mund, die zahllosen Leichen in Jonestown fotografiert. Lottie bannte die herzergreifenden Augenblicke, Leben und Tod in der gewalttätigsten Stadt der USA auf Film. Niemand kann das besser.

Lottie war lustig und lebensfroh; sie ging öfter aus als ich. Ich wünschte immer, ich wäre größer, hätte ihre statuenhaften Einsfünfundsiebzig, mein Haar wäre dicker, meine Hüften schmaler, und ich hätte wie sie dieses bereitwillige Lachen.

»Verabreden wir uns fest mit diesen Jungs«, drängte sie.

»Was macht sein Kumpel denn?«

»Irgendwas mit Verkauf und Marketing. Die scheinen tatsächlich ganz normal zu sein.« Sie runzelte die Stirn und lehnte sich zurück, die handgefertigten, ledernen Cowboystiefel auf dem Schreibtisch, das rote Haar ungebärdig, das Lächeln selbstgefällig. »Ich komme mir wieder wie eine ganze Frau vor. Ich hab' sogar mein Pessar wieder einsetzen lassen.« Ihr Akzent wurde noch stärker, wenn sie entspannt war.

»Normale Burschen ... ich wüßte nicht, worüber ich mich mit denen unterhalten sollte«, sagte ich. »Der einzige Mann, der mich in letzter Zeit angerufen hat, ist Pete Zalewski.«

Lottie runzelte die Stirn. »Ich dachte, der wäre im Knast.«

»Ist er auch.«

»Mein Gott, so ein Blödsinn. Warum verschwendest du nur deine Zeit mit ihm?«

Ich hatte keine Antwort darauf. Mit einem sehnsüchtigen Seufzen sah ich auf die Uhr. Lottie spürte meine Unruhe.

»Ist ja ein Ding mit D. Wayne. Ich hab' ihn mal in der Orange Bowl geknipst; im Gedränge war keiner so gut wie er. An diesem Tag hat er von neununddreißig Pässen einunddreißig durchgebracht. Was zum Teufel ist mit ihm passiert?«

»Keine Ahnung. Ich fahr' jetzt mal zurück und seh' mir den Unfallbericht an. So ein Trottel im Präsidium hat mir heute morgen nur Steine in den Weg gelegt, bis ich ihm dann einen offiziellen Antrag präsentierte.«

»Gut gemacht. Laß dir nichts gefallen, Britt. Ich hab' was für dich. Ich habe gestern noch ein paar Abzüge von Officer Ted in Aktion gemacht.« Sie gab mir einen Umschlag. »Richte Ted schöne Grüße von mir aus, wenn du sie ihm gibst. Vielleicht sollte ich sie ihm auch selbst geben. Ist er verheiratet?« fragte sie listig. Lottie ließ sich nicht unterkriegen, gab die Hoffnung nie auf. Sie war versessen darauf, eine Familie zu gründen und Kinder zu kriegen. Wenn sie nicht bald den richtigen Mann kennenlernte, fing sie vielleicht schon mal ohne ihn an.

Ich sagte ihr, daß Ted Familienvater war.

»Mii-issst«, sagte sie; sie war der einzige Mensch, den ich kannte, der aus diesem Wort jedesmal zwei Silben wrang. »Tja, seiner Frau und den Kinderchen werden die Bilder gefallen, und ihm auch. Na, kann nicht schaden, einen Freund bei der Polizei von Miami zu haben.«

Das konnte es allerdings nicht. Lottie war so klug, ihre Quellen zu pflegen. Im Gegensatz zu den meisten Fotografen interessierte sie sich nicht nur für Fotos, sondern auch für die Story. Sie wollte immer alles wissen. Wenn man die Geschichte nicht kannte, konnte man nicht wissen, ob das Bild etwas taugte. Sie war immer optimistisch und findig, eine Frau, die, wenn sie allein auf einer einsamen Insel strandete, ein Haus mit einem Gästezimmer bauen würde. Ich versprach, über die Verabredung mit Larry und Steve nachzudenken, und sah auf dem Weg zur Tür noch kurz auf meinem Schreibtisch nach.

Die üblichen Nachrichten warteten dort auf mich, von Sportfans, die über D. Wayne sprechen wollten, und von unglücklichen Insassen des Gefängnisses vom Dade County, darunter auch zwei von Pete Zalewski. Er war zweifellos versessen darauf, mir unter Tränen wieder von Patsy zu erzählen, der verlorenen Liebe seines Lebens.

Viele Menschen, die ich kannte, waren faszinierend, wie etwas Häßliches oder Böses faszinierend sein kann. Ich sprach oft mit Kriminellen, auch wenn ich gerade nicht an Geschichten über ihre jeweiligen Verbrechen arbeitete. Wir befriedigten gegenseitig ein Bedürfnis des anderen: Sie wollten, daß man ihnen zuhörte, ich wollte meine Neugier stillen. Wie sind sie so geworden? Welche überwältigenden Kräfte haben sie zum Unglück gezogen und würden sie auch weiterhin in diese Richtung zerren, ganz gleich, was geschah? Wurden sie schon so geboren, oder sind sie irgendwann erst so geworden?

Unsere Gespräche waren oft beunruhigend, doch ich hatte eine Menge von ihnen gelernt. Doch irgendwie erfuhr ich nie genug. Ich glaube, ich hoffte, eines Tages die richtige Frage zu stellen und die Antwort zu hören, die mir den Sinn hinter all den schrecklichen Dingen erklärte, die die Menschen einander zufügten – und sich selbst.

Mittlerweile zahlte sich mein geduldiges Zuhören mit einem gelegentlichen guten Tip aus dem Knast aus. Doch Pete Zalewskis Refrain – ›Ich armes, erbärmliches Arschloch!‹ – wurde mir langsam etwas zu dünn. Wenn Patsy das Licht und die große Liebe seines Lebens gewesen war, hätte er sie eben nicht erwürgen sollen. Jetzt machte er sich immer größere Sorge wegen seines bevorstehenden Mordprozesses, und zwar aus gutem Grund; ich bezweifelte, daß die Geschworenen ihm seine Verteidigungsstrategie abkaufen würden – daß er Patsy nur getötet hatte, weil sie von dem Elend ihres Lebens erlöst werden wollte, da sie schon seit ihrem fünfzehnten Lebensjahr auf der Straße lebte. Pete wollte von mir die Bestätigung, daß sein Prozeß glatt verlaufen würde, doch die bekam er von mir nicht. Ich belog nie jemanden hinter Gittern und auch keinen meiner Informanten, was das betraf. Ich war ehrlich zu ihnen und erwartete, daß sie zu mir genauso ehrlich waren.

Ich lief Ted auf dem Parkplatz des Polizeipräsidiums über den Weg und folgte ihm ein Stück. Es hatte fast den Anschein, als wolle er mir ausweichen.

»Alles in Ordnung?« fragte ich.

»Klar«, sagte er und blinzelte in die Sonne. »Der Bürgermeister hat mich heute morgen sogar zu Hause angerufen und mir gratuliert. Ich dachte zuerst, es wär 'ne Verarschung«, sagte Ted barsch, »ein paar Jungs, die sich einen Spaß machen wollten. Aber er war's wirklich. Ich hab' noch nie zuvor mit dem Mann gesprochen.«

»Klasse. Dann liest er ja wohl doch die Zeitung, obwohl er jedesmal, wenn ihm 'ne Geschichte nicht gefällt, einen Riesenärger macht und sein Abo kündigt.«

»Tja, mir hat Ihre Story gefallen, Britt. Meine Familie war stolz auf mich, wenngleich meine Frau mir jetzt in den Ohren liegt, daß ich gefälligst meine Weste anlegen soll.« Teds Worte waren freundlich, doch ihm schien unbehaglich zumute zu sein, und er drückte sich sehr vorsichtig aus. Er schien es eilig zu haben. Ich gab ihm Lotties Fotos, und er fuhr davon, ohne den Umschlag zu öffnen.

Der plötzliche Ruhm, ganz gleich, wie kurz er geriet, beeinflußte die Menschen auf seltsame Weise. Ich kam zum Schluß, daß andere Cops ihn vielleicht damit aufgezogen hatten, daß er nun ein Held war.

Am Schalter saß noch derselbe Beamte. Er begrüßte mich wie eine alte Freundin. »War nicht persönlich gemeint, wissen Sie«, sagte er herzlich und gab mir eine Kopie des Unfallberichts. »Ich wollte mich bloß nicht mit meinem neuen Sergeant anlegen. Er sagt mir nie, was ich rausgeben kann und was nicht.« Klar, dachte ich, nickte aber nur und nahm den Bericht. Ich entfernte mich von seinem Pult und begann zu lesen.

Der Bericht über D. Waynes Unfall stammte von einem erfahrenen Streifenpolizisten namens Lou Carpenter. Nur ein Wagen war in den Unfall verwickelt gewesen, und mindestens fünf Beamte, die das Fahrzeug daraufhin verfolgt hatten, hatten ihn beobachtet. Die Verfolgungsjagd hatte um ein Uhr acht am Biscayne Boulevard begonnen, nachdem die Fahndung rausgegangen war, und ihr Ende gefunden, nachdem der Wagen im Modeviertel der Stadt, in dem sich hauptsächlich Lagerhäuser und Verkaufsräume von Großhandelsfirmen befanden, von der Straße abgekommen war. Vielleicht hatte er versucht, die Expressway-Auffahrt zu erreichen; er war jedoch aus der Kurve getragen worden, gegen einen Betonpfeiler geprallt und in den Drainagegraben neben dem Highway geschleudert. Der Beamte hatte in dem Kästchen, das besagte, daß der Fahrer den Sicherheitsgurt nicht angelegt hatte, ein Kreuzchen gemacht.

Dem Bericht zufolge war Hudsons Wagen von einem Abschleppwagen der Firma Double Eagle aus dem Graben gezogen worden, eins der Abschleppunternehmen, die einen Vertrag mit der Stadt hatten. Vielleicht stand er noch dort am Straßenrand, überlegte ich; Alma mußte fix und fertig sein und hatte bestimmt Wichtigeres im Kopf, als den Wagen ihres toten Ehemanns zurückzufordern.

Ich fuhr mit der Lektüre des im steifen Polizeijargon verfaßten Berichts fort, der besagte, daß der Fahrer, aus einer Kopfverletzung blutend und benommen, Widerstand geleistet habe und von den Beamten und Sanitätern der Feuerwehr gebändigt werden mußte. Dann glaubte ich, meinen Augen nicht zu trauen: Einer der Verfolger, die hier als Zeugen aufgeführt waren, war der Officer mit der Dienstmarkennummer 262 – Ted Ferrell, der Held des gestrigen Tages.

Warum hatte er gestern nichts von dem Vorfall erwähnt, fragte ich mich, oder jetzt gerade auf dem Parkplatz? Das konnte sein Unbehagen erklären, sein Bemühen, schnell zu verschwinden, bevor ich Fragen über D. Wayne Hudson stellen konnte.

Ich las die Namen der anderen als Zeugen aufgeführten Beamten: die Officers Manuel Machado, Jose Estrada und die Blackburn-Zwillinge, Roscoe und Roland. Die Beteiligung der beiden letzteren überraschte mich etwas. Die Zwillinge standen im Ruf, gelegentlich übereifrig zu reagieren. Wenn es eine Verfolgungsjagd gab, führten sie das Rudel an; war jemand zur Fahndung ausgeschrieben, brachten sie ihn zur Strecke; gab's eine Prügelei, gingen sie als Sieger daraus hervor; und wurde jemandem ein ungewöhnlich übler Scherz gespielt, waren sie normalerweise dafür verantwortlich. Ich kannte sie vom Sehen und hatte gehört, daß sie nach einigen ihrer Eskapaden voneinander getrennt worden waren und neue Partner bekommen hatten. Und doch waren sie dabei, hatten an einer mitternächtlichen Verfolgungsjagd teilgenommen und auf denselben Funkspruch reagiert.

Estrada oder Machado kannte ich nicht besonders gut; ich wußte nur, daß sie bullige, übermäßig muskulöse Bodybuilder waren, die einen Großteil ihrer Freizeit im Fitneß-Center verbrachten.

Der Bericht führte aus, daß der Fahrer des Wagens in kein Schwerverbrechen verwickelt gewesen war. Kein Wunder, daß sie gezögert hatten, den Bericht freizugeben – die Cops hatten den falschen Wagen verfolgt. Aber warum war D. Wayne vor ihnen abgehauen?

Ich hinterließ allen aufgeführten Beamten Nachrichten mit der Bitte, mich zurückzurufen, und fuhr dann zur Bob Hope Road 1. Bei der Adresse handelt es sich nicht um das, wonach es klingt. Es geht nicht um Showbusiness, es ist die Leichenhalle.

Der Gebäudekomplex der Gerichtsmedizin – Ziegel und Beton – liegt bequemerweise direkt neben dem Bezirkskrankenhaus.

Eigentlich sieht die Leichenhalle moderner und angenehmer als das Krankenhaus aus. Ein Fremder könnte sie fälschlicherweise für en Hotel halten. Die Anlage verfügt über genügend Parkplätze und eine angenehm gestaltete Lobby, in der hellviolette Sofas eine gesamte Wand für sich beanspruchen und der Boden mit einem Teppichboden in dumpfem Waldgrün ausgelegt ist. Das futuristische Gebäude ist mit der neuesten Technik ausgestattet, darunter auch mit einem System, das man vom Flughafen übernommen hat; dort baut es den unangenehmen Geruch des Kerosins ab. Moleküle, die Gerüche erzeugen, werden permanent aufgebrochen und von den Umwälzanlagen herausgefiltert, wodurch die Luft – zumindest größtenteils – stets frühlingsfrisch riecht. Bei den Pastelltönen, der warmen Beleuchtung und den behaglichen kleinen Räumen würde man sich eigentlich gern hier aufhalten, wenn man nicht den Zweck des Gebäudes kennen würde.

Dr. Vernon Duffy fungierte zur Zeit als Leiter, während der eigentliche Chef der Gerichtsmedizin gerade auf einer Konferenz in einer anderen Stadt geehrt wurde. Ich hatte Duffy in einem Laubwaldgebiet der Everglades kennengelernt, umgeben von Luftpflanzen, seltenen Farnen und Orchideen. Wir wechselten damals einen Händedruck, während wir über den skelettierten Überresten eines ermordeten Drogenkuriers standen, die ein paar Stunden zuvor von einigen Vogelbeobachtern gefunden worden waren. Es war eine meiner ersten Leichen, und ich werde sie niemals vergessen.

Duffy hatte seine Karriere als Hilfssheriff im ländlichen New Hampshire begonnen. Sein Vater war Friedhofsdirektor gewesen, und Duffy war schon immer vom Tod besessen. Er entschloß sich, Medizin zu studieren, und auf der Uni fand er heraus, daß es sich bei den einzigen Ärzten, die immer erfuhren, was tatsächlich geschehen war (wenn auch zu spät), um Pathologen handelte. Und so hatte er sich vor etwa zwanzig Jahren dazu entschlossen, lieber der letzte als der erste Arzt zu sein, der sich einen ungeklärten Todesfall ansah.

Vor neun Jahren wurde während einer Tagung der Chef der Gerichtsmedizin von Dade County in einer Hotelbar auf ihn aufmerksam. Der Chief mochte Duffy augenblicklich, weil er tolle Geschichten erzählte, obwohl er aus einer schneeverwehten Kleinstadt in New Hampshire kam, in der eigentlich nie etwas passiert war. Duffys einzige Fälle dort rührten von Kohlenmonoxydvergiftungen beim Vögeln in schneebedeckter Landschaft her. Die leidenschaftlichen jungen Pärchen, die es in verschneiten Auffahrten in ihren Autos trieben, ließen wohl immer die Autoheizungen an.

Duffy wollte arbeiten, wo wirklich etwas los war, und akzeptierte sofort das Angebot, nach Miami zu kommen, was ja doch ziemlich weit vom schneeverwehten New Hampshire entfernt liegt.

Ich hoffte, ihn in seinem Büro zu finden, doch der amtierende Chef der Pathologie war in der Leichenhalle im Kellergeschoß, die an eine blitzblanke Küche aus rostfreiem Stahl erinnerte, so strahlend und makellos, daß man vom Boden essen konnte – wenn einem nicht der Appetit vergangen wäre.

Ein Besuch dieser Etage reichte in der Tat schon aus, um

einen zum Vegetarier zu bekehren. Bei mir hielt dieses Gefühl mitunter wochenlang an, bis mich dann doch der Heißhunger auf Schweinebraten oder ein Steak *palomilla* überkam.

Dr. Duffy arbeitete, hager und leicht gebeugt in seinem Chirurgengrün, gerade an einem Fall. Gelegentlich drehte er sich um, um mit einem *Magic marker* etwas auf eine Wandtafel hinter sich zu kritzeln. Seine Aufmerksamkeit galt einem älteren Mann mit strähnigem, grauem Haar. Dreiundsiebzig Jahre alt, sah ich, als ich auf sein Datenblatt schaute. Der Doktor nahm meine Anwesenheit mit einem Nicken zur Kenntnis und arbeitete konzentriert weiter. Ich stellte mich hinter ihn und sah zu. Die bleichen Arme des Toten waren von Ruß geschwärzt, und der linke war von einem seltsamen Kratzmuster entstellt. Seine Schneidezähne waren eingeschlagen, und er hatte große Teddybäraugen, die jetzt von Schädelbrüchen verdunkelt wurden. Sein Kopf hing in einem seltsamen Winkel zur Seite.

»Was ist ihm zugestoßen?« fragte ich.

»Verkehrsunfall«, sagte Duffy. »Ist über eine rote Ampel gefahren und wurde von einem Müllwagen erwischt. Volle Breitseite.«

»Zu welcher Tageszeit?«

Duffy fuhr sich mit dem Handrücken über die faltige Stirn und linste durch seine Zweistärkenbrille auf ein Formular. »Um dreizehn Uhr siebenundvierzig am Coral Way, am 2400er Block.«

Der Benzintank war aufgeplatzt, und der Wagen des Mannes war in Brand geraten, was den Ruß an seinen Armen erklärte. Der Kühlergrill des Müllwagens, der dem anderen Fahrzeug in die Seite gerast war, hatte das Muster auf dem linken Arm des Mannes zurückgelassen.

Dem Polizeibericht zufolge wußte niemand, woher der Tote gekommen war; auch sein Ziel, das er nie erreicht hatte, war unbekannt. Wirbelsäule und Hals waren gebrochen, und die Aorta war gerissen. »Ist er ohnmächtig geworden, bevor er über die rote Ampel fuhr?«

»Nee, hier haben wir keinen Herzanfall, Britt. Er hatte wohl schon mal einen gehabt, ist erfolgreich operiert worden und war bei relativ guter Gesundheit. Ich weiß nicht, warum er nicht gehalten hat.«

»Ein fremdes Viertel?«

Duffy sah wieder auf das Formular und schüttelte den Kopf. »Nee. Hat ganz in der Nähe gewohnt.«

Nicht ungewöhnlich, dachte ich. Die meisten tödlichen Verkehrsunfälle ereignen sich in unmittelbarer Nähe der Wohnung. Das erklärte vielleicht auch, warum er den Sicherheitsgurt nicht angelegt hatte. Die meisten Autofahrer schnallten sich an, wenn's auf die Autobahn ging, verzichteten aber oft darauf, wenn sie mal eben zum Laden um die Ecke fahren wollten, um 'ne Tüte Milch zu kaufen. Der Mann mit dem strähnigen grauen Haar hatte sich einer Herzoperation unterzogen, um sein Leben zu verlängern, und dann vergessen, den Sicherheitsgurt anzulegen. »Ein kleiner Wagen?«

»'ne große, viertürige Limousine.«

Klasse. Manchmal spekulierte ich mit dem Gedanken, meinen T-Bird gegen einen Panzer einzutauschen. Auf den Straßen Miamis wimmelte es vor verirrten Touristen, illegalen Einwanderern, verwirrten älteren Mitbürgern, verrückten Crack-Süchtigen und aggressiven Waffenbesitzern, viele von der Polizei gesucht, mit hitzigem Temperament, Automatikwaffen und zusätzlicher Munition im Handschuhfach. Aber dieser Mann hatte einen Panzer gefahren, und er war trotzdem gestorben.

Dr. Duffy legte die Leber des Mannes auf eine Waage. Ich trat zurück, aber nicht schnell genug; diverse Tröpfchen besprenkelten meine bedruckte Chalybluse. »Oh«, sagte Duffy, als er meinen Gesichtsausdruck sah; ich fragte mich, wie ich das der Reinigung erklären sollte. »Verzeihung.«

Er schaufelte die inneren Organe in einen Plastikbeutel, den er in die ovale Öffnung im Oberkörper des Mannes stopfte. Dann nähte er den Schnitt wieder zu. Die Nadel war vielleicht fünfzehn Zentimeter lang, S-förmig und aus rostfreiem Stahl; der Faden war eine dicke Schnur, und er zog eine große Acht damit.

»Und was führt Sie heute her, junge Dame?« fragte er dabei.

»Ein anderer Verkehrsunfall«, sagte ich. »D. Wayne Hudson.«

Er nickte. »Den haben wir bereits fertig.« Er bedeutete mir, ihm zu folgen. Die Leichen wurden ganz ähnlich behandelt wie Häftlinge im Gefängnis; sie wurden fotografiert, gewogen, dann allerdings im Kühlraum verstaut. Der Arzt öffnete die große Tür und deutete auf die zweite in einer ganzen Reihe von fahrbaren Bahren. »Da ist er.«

Ich wünschte, ich müßte D. Wayne nicht so sehen. Obwohl sein Körper leicht eingefallen war, da das Transplantationsteam die Organe entfernt hatte, war er im Tode noch genauso muskulös und beeindruckend wie im Leben. Er war ein erstaunlicher Athlet gewesen. Eine Schwellung auf einer Gesichtshälfte verlieh ihm einen fast komischen Ausdruck. Sein Schädel war glattrasiert worden, im Krankenhaus, wie ich vermutete. Er war nicht beschnitten.

»Was sind das für Einstiche?«

»Anzeichen für umfassende Wiederbelebungsversuche und medizinische Versorgung«, sagte Duffy langsam.

»Nadeleinstiche. Er kam mit einem Swan-Ganz-Katheter, der den Blutdruck überwacht, mit einer endotrachealen Röhre, die seine Luftröhre mit Luft versorgte, einem Foley-Blasenkatheter zur Urinentleerung und einem nasogastritischen Schlauch, der durch die Nase in den Magen eingeführt war, damit er nicht an seinem Mageninhalt erstickte. Die anderen Verletzungen hat er sich anscheinend während des tödlichen Unfalls zugezogen.«

Mir wurde übel, als ich die Schnitte auf Hudsons Kopf zählte, und ich mußte mich einen Augenblick lang abwenden. Es war einfacher, einem unbekannten Toten gegenüber eine professionelle Distanz wahren, doch wenn man die Leiche eines Menschen in der Leichenhalle sah, den man persönlich gekannt hatte, konnte man nicht einfach unbeeindruckt bleiben. Über sein rechtes Auge zog sich ein Schnitt von zwei Zentimetern, ein weiterer etwa fünf Zentimeter über der rechten, einer über der linken Braue und einer zwischen den Augen. Der längste war siebeneinhalb Zentimeter lang. Insgesamt fünf. Er mußte durch die Windschutzscheibe geflogen sein, dachte ich. Mir wurde ganz flau, und ich atmete tief durch und kämpfte gegen den Drang an, mich zu setzen.

»Ansonsten war er bei guter Gesundheit?« Ich erkannte meine Stimme kaum wieder.

»O ja, Britt, ein ausgezeichneter Organspender. Mir ist lediglich eine Narbe von einer alten Knieoperation aufgefallen.«

»Was ist mit Alkohol oder Drogen?«

»Der Alkoholgehalt im Blut betrug null Komma eins Promille, kurz nach der Ankunft im Krankenhaus gemessen«, sagte Duffy nach einem Blick auf seine Unterlagen. »Das entspricht, würde ich sagen, bei einem Mann seiner Größe« – der Arzt kniff die Augen zusammen und rechnete kurz nach – »etwa einem Highball oder einem kleinen Whisky in den letzten zwei Stunden.«

Das lag weit unter der Grenze: In Florida galt man erst mit einem Blutalkohol von eins Komma null Promille als fahruntüchtig.

»Drogen?«

»Wir führen noch Tests durch, aber auf den ersten Blick war nichts ersichtlich. Anscheinend hat's daran gelegen«, sagte Duffy und fuhr mit dem behandschuhten Finger über den Schnitt über D. Waynes halb geöffnetem rechten Auge. »Ein Schädelbruch. Obwohl die Verletzung nicht so schwer erscheint, muß sie eine Gehirnschwellung verursacht haben, die sich dann als tödlich erwies.«

»Irgend etwas Ungewöhnliches?«

Duffy spähte über seine Brille und schüttelte den Kopf. »Die Kopfverletzungen sind typisch für einen Verkehrsunfall.«

Ich nickte, dankte ihm und stolperte in den Sonnenschein und die unbehandelte frische Luft hinaus. Als ich zur Redaktion zurückfuhr, machte mir der Gedanke zu schaffen, daß ich D. Wayne jetzt immer so in Erinnerung behalten würde.

Auf meinem Schreibtisch lagen meine Post und ein Stapel telefonischer Nachrichten. Keiner der Bullen, die ich darum gebeten hatte, hatte zurückgerufen. Zwei Anrufe stammten von Pete Zalewski. Ich dachte mit einem nostalgischen Gefühl an die Tage zurück, als es Häftlingen lediglich erlaubt war, einen

Anruf zu tätigen. Jetzt hatten alle Insassen des Dade County Jail Telefonapparate in ihren Zellen und konnten beliebig viele Ortsgespräche und gebührenfreie Telefonate führen. Ich war nicht im Büro gewesen, als er angerufen hatte, doch heute gab es kein Entkommen vor Pete Zalewski. Unter meiner Post war ein dicker Umschlag, der seinen Absender trug. In der oberen rechten Ecke, wo normalerweise die Briefmarke klebte, stand in krakeliger Schrift das Wort RECHTSMITTEL.

Das Porto für die Post von Beschuldigten an ihre Anwälte wurde vom Gefängnis beziehungsweise uns Steuerzahlern übernommen. Demzufolge schienen die Häftlinge nun ihre gesamte Post als RECHTSMITTEL zu bezeichnen, und weder die Justiz- noch die Postbehörde stellten irgendwelche Fragen. Das wunderte einen nicht; es hatte ja auch niemand einem anderen Häftling Fragen gestellt, der aus der Zelle heraus, in der er einen Mordprozeß erwartete, einen gigantischen, landesweiten Zwei-Millionen-Dollar-Kreditkartenschwindel aufgezogen hatte. Man hatte über tausend Kreditkartennummern und Hunderte von gebührenfreien Telefonnummern in seiner zwei mal zweieinhalb Meter großen Zelle gefunden, doch die Polizei konnte ihn an der Weiterbetreibung seiner Aktivitäten nicht hindern, da die Beschlagnahme des Telefons einen Verstoß gegen seine Rechte dargestellt hätte. Kein Wunder, daß niemand mehr Fragen wegen ein paar Dollar Porto stellte.

Der Umschlag von Pete enthielt ein Dutzend Blatt linierten Papiers, alle beidseitig mit seiner winzigen, gedrängten Klaue beschriftet. Ich schob sie zur Seite, um sie später zu lesen.

Die gekritzelte Adresse auf einem anderen Umschlag sah entmutigend vertraut aus. Der Brief darin war ordentlich mit der Maschine getippt:

Liebe Miss Montero,
da Sie mir nicht die Höflichkeit erwiesen haben, auf meinen letzten Brief zu antworten, muß ich mich Ihnen noch einmal vorstellen. Ich bin derjenige, über den der verstorbene Präsident John F. Kennedy in seiner vom Fernsehen übertragenen Rede zur Amtseinführung im Januar 1961 in Washington

sprach. Später sagte er, daß wir ›die Weltgeschichte für die nächsten zehntausend Jahre vorbereiten müssen‹, oder wir ›sterben vielleicht aus wie die Dinosaurier‹. Er bezog sich auf meinen Geisteszustand.

Lassen Sie es mich erklären. 1959 trennte ich meine Psyche (Seele) von meinem Kopf. Meine Psyche starrte mir ins Gesicht. Sie war rund und gelb und verschwand. Später, 1960, kam ich ins Krankenhaus und wurde einer Elektroschockbehandlung unterzogen, die meinen Geist elektrifizierte und ihn ins Weltall schickte, in die Erdumlaufbahn zwischen die russischen und amerikanischen Satelliten. Seitdem wird mein Geist von den Satelliten in der Erdumlaufbahn und von russischen und amerikanischen Computern auf dem Boden überwacht.

Hochachtungsvoll, Martin T. Rodgers.

P. S.: Ich bin radioaktiv.

Ich schloß kurz die Augen, und das Bild D. Wayne Hudsons erschien. Ich schüttelte es ab und betrachtete wieder den Brief. Warum, fragte ich mich, schienen sich sämtliche Irren ausgerechnet auf mich versteift zu haben?

Ryan Battles Stimme drängte sich in meine Gedanken. Er strahlte, wenn auch nicht vor Radioaktivität, an seinem Schreibtisch hinter mir und erzählte gerade jemandem, daß seine Geschichte über den Mangel an Müttern, die Pfadfinderinnen betreuten, vom Kongreßabgeordneten Lewis Black in die Pressemappe des Kongresses aufgenommen worden war. Ryan hatte lockiges, haselnußbraunes Haar und große, hellbraune Augen mit Wimpern, für die jede Frau einen Mord begehen würde. Er sah aus wie der junge Lord Byron und war ein talentierter Journalist und aufstrebender Dichter. Er war eine sanfte, süße Seele und ein viel zu netter Mensch, um Reporter zu sein.

»Weißt du schon, Britt?« Ich wandte mich seinem lächelnden Gesicht zu. »Die Kiwanis geben mir einen Orden für die Serie, die ich über alleinerziehende Eltern gemacht habe.«

»Prima«, sagte ich.

»Was ist los?«

»Du kriegst Orden und ich Post aus dem Gefängnis – und das hier.« Ich schob ihm Martin T. Rodgers Sendschreiben zu.

Ryan las die erste Zeile und sah mit einem leichten Stirnrunzeln auf. »Er schreibt, daß du seinen letzten Brief nicht beantwortet hast.«

»Natürlich nicht.«

»Du hast das Memo gesehen. Du sollst doch . . .«

Es waren schlechte Zeiten für Zeitungen, und unser Verleger, Harvey Holland, hatte vor kurzem eine Kampagne in die Wege geleitet, die *News* ›leserfreundlicher‹ zu machen. Ein Teil seiner Strategie bestand darin, die Reporter zusätzlich zu quälen, indem er sie anwies, alle Leserpost zu beantworten.

»Lies weiter. Wenn du so einen wie den ermutigst, bombardiert er dich mit einem Dutzend weiterer Briefe. Ich habe keine Zeit dafür, die Brieffreundin des Radioaktiven Mannes zu sein. Ich bin höflich; ich beantworte Briefe. Aber ein paar betteln geradezu darum, ignoriert zu werden.«

»Das wird ihm nicht gefallen«, murmelte Ryan und verdrehte die Augen zum sechsten Stock, wo der Verleger in seinem geräumigen Penthouse-Büro residierte.

»Mir doch egal«, schnappte ich. Ryan kapierte es nicht. Selbst der netteste Bursche in der Redaktion machte mich jetzt wütend. Ich hatte einen schlechten Tag. Der Anblick eines toten Helden auf einer Rollbahre tauchte wie eine häßliche Schlagzeile immer wieder vor meinem inneren Auge auf.

Ich riß einen weiteren Fanbrief auf.

Liebe Miss Montero, jemand sollte Ihnen Ihr verdorbenes Hirn aus dem Kopf prügeln, weil Sie den Namen des Mannes gedruckt haben, der beschuldigt wird, auf dem Parkplatz Flager Plaza diese Schlampe vergewaltigt zu haben. Seit wann sind Sie die Hüterin der Moral und des Anstands in Miami? Wie törnen Sie sich an, durch sadistische Perversion, indem Sie harmlose, normale Männer mit Ihrer degenerierten Zeitung attackieren und vernichten? Bravo, Sie männermordende kubanische Hure! Ist das Ihr Beitrag zur

Frauenbewegung? Herzlichen Glückwunsch, Sie kranke Nutte.

Mit herzlichen Grüßen, Ihr Randall Woxhall.

Ich konnte es nicht fassen. Der Verhaftete hatte ein ellenlanges Vorstrafenregister. Die ›Schlampe‹, eine Sekretärin im Krankenhaus, war überfallen worden, als sie am Abend, nachdem sie ein paar Überstunden gemacht hatte, zu ihrem Wagen auf dem Parkplatz gegangen war. Sie lag noch immer im Krankenhaus, ihr Kiefer und beide Arme waren gebrochen. Ich knüllte den Brief zusammen und fragte mich, ob wir Vollmond hatten.

»Mein Gott, Britt, es ist immer ein Erlebnis, wenn du deine Post aufmachst«, sagte Ryan. »Zeig mal her.«

Ich warf den Brief auf seinen Schreibtisch und zog dann ein Blatt Papier in meine Schreibmaschine ein. ›Sehr geehrter Herr, Sie sollten wissen, daß ein Perverser mir verrückte Briefe schreibt und sie mit Ihrem Namen unterzeichnet. Hochachtungsvoll, Britt Montero, Redaktionsmitglied der *News.*‹ Ich zog das Blatt aus der Schreibmaschine, unterzeichnete den Brief schwungvoll und zeigte ihn Ryan. »Was hältst du davon?« sagte ich, während ich den Umschlag adressierte.

Ryan las ihn schweigend. »Ich bezweifle, daß Holland so was im Sinn hatte«, erwiderte er ernst. Ich nahm ihm den Brief aus der Hand, stopfte ihn in den Umschlag, marschierte zur Poststelle – einem kleinen Kabuff mit Glaswänden – und warf ihn, während Ryan mir zusah, in den Korb für die ausgehende Post.

Ich kehrte zu meinem Schreibtisch zurück, ignorierte Ryan, schlug mein Notizbuch auf und begann mit der Arbeit für den Anschlußbeitrag über D. Wayne Hudson für die Morgenausgabe.

»Britt?«

Ich drehte mich auf dem Stuhl um. »Was ist, Ryan?«

»Wo ist mein Telefon?« fragte er sanft.

Ich konnte mir ein Lachen nicht verkneifen. »Tut mir leid, ich habe es gestern abend gebraucht.« Ich durchwühlte den Müll auf meinem Schreibtisch: lange Computerausdrucke über D.

Waynes Football-Karriere, Kaffeebecher aus Plastik, alte Zeitungen, Notizen, Nachrichten, Post und Kopien meiner Geschichten. Schließlich fand ich Ryans Apparat und stöpselte ihn auf seinem Schreibtisch wieder ein.

»Du kannst ihn jederzeit benutzen, wenn ich nicht da bin. Stell ihn aber bitte wieder zurück«, sagte er. Man konnte auf Ryan einfach nicht böse sein.

Ich versprach es ihm. Kurz darauf: »Britt?«

»Ja?«

»Was riecht denn hier so komisch?«

Ich sah an meiner Kleidung hinab. »Mir ist heute nachmittag was auf die Bluse gespritzt.«

»Was?«

»Ryan. Du. Willst. Es. Bestimmt. Nicht. Wissen.«

Ich konzentrierte mich auf den Monitor vor mir, während ich Worte in mein Computerterminal tippte und die Story immer länger wurde.

»Britt?«

Ich wandte den Kopf in seine Richtung, den Blick noch auf den Bildschirm gerichtet.

»Du bist eine wunderschöne Frau.«

Unwillkürlich lächelte ich in den grünen Schimmer vor mir. Ryan wußte immer das Richtige zu sagen.

Ich beendete die Geschichte mit den Angaben über Ort und Zeitpunkt des Trauergottesdienstes. Ich ärgerte mich darüber, daß keiner der Polizeibeamten auf meine Bitte um Rückruf reagiert hatte. Ich sah auf die Uhr. Ted Ferrell hatte mittlerweile frei und war nach Hause gefahren, ohne mich anzurufen. Verdammt. Die Gebrüder Blackburn und die Gewichtheber hatten noch bis Mitternacht Dienst. Falls sie heute nicht frei hatten, würden sie erst gegen elf Uhr abends ins Präsidium zurückkommen. Ich hatte sowohl meine private Telefonnummer als auch die des Büros angegeben und fragte mich, ob sie zurückrufen würden.

Ich wußte, daß ich vielleicht nie herausfinden würde, weshalb D. Wayne abgehauen war. Sein Führerschein war gültig und in Ordnung. Vielleicht hatte er einfach vermeiden wollen, einen Strafzettel zu bekommen, vielleicht war sein Sportsgeist durchgeschlagen. Im Kino wurde es oft als Herausforderung dargestellt, die Bullen einfach abzuhängen. Vielleicht war er einfach schnell gefahren und hatte sie erst gesehen, als es zu spät war, wenngleich mir das unwahrscheinlich vorkam. Vielleicht war es etwas ganz anderes gewesen. Warum störte mich diese Story dermaßen? Ich machte mir auf meinem Kalender eine Notiz, mir die Laborberichte anzusehen, wenn sie in einer Woche vorlagen, und begann dann mit der Arbeit an der Geschichte über den gestohlenen Kupferdraht.

Als mein Telefon klingelte, griff ich sofort danach, in der Hoffnung, es sei Ted oder einer der anderen Cops. Doch bevor auch nur ein Wort fiel, wußte ich, woher der Anruf kam. Die Hintergrundgeräusche waren unmißverständlich – das Echo, die Rufe, das Zuschlagen von Metalltüren. »Hallo, Britt, hier ist Pete.«

»Ich weiß.«

»Sie hatten heute aber viel zu tun. Ich hab' schon ein paarmal angerufen.«

Er sprach sehr langsam, als stünde er unter schweren Beruhigungsmitteln oder litte unter starken Depressionen. Seine klangvolle Stimme war traurig, wie auch sein langes, schmales Gesicht. Ich hatte Pete nur einmal gesehen, an dem Sonntag, an dem er Patsy getötet hatte.

Der Tatort war der schäbige Raum gewesen, den sie sich in einer sechsstöckigen Pension für Dauergäste geteilt hatten. Die Bullen in der Lobby weigerten sich, mir zu sagen, in welchem Stockwerk es passiert war, wollten mich noch nicht einmal nach oben gehen lassen. Selbst normalerweise redselige Beamte waren unerklärlich verdrossen. Sie befahlen mir, nicht mit dem Hotelpersonal zu sprechen, und schickten mich hinaus. Der Redaktionsschluß drängte, und ich konnte mir nicht vorstellen, wieso sie so eine Geheimniskrämerei betrieben, vor allem, da die Tatfrage bereits geklärt war. Der Verdächtige war in Gewahrsam; der Mörder hatte sogar selbst die Bullen gerufen. Doch dann begriff ich, daß die Bullen so sauer waren, weil an diesem Sonntag das Spiel um die Super Bowl stattfand. Sie wollten lieber im Präsidium oder einem anderen Versteck mit Klimaanlage vor dem Fernseher hängen. Die Cops in der Lobby scharten sich um ein Gerät in der Ecke.

Und so bekamen sie nicht mit, daß ich mich zum Nebeneingang hineinschlich und die Feuerleiter hinaufstieg. Ich öffnete die Tür zu jeder Etage und fand nur leere Korridore. Als ich, schwer atmend, die Tür zum sechsten Stock aufstieß, fand ich Pete, der, die Arme mit Handschellen auf den Rücken gefesselt, auf einer Bank direkt neben der Tür saß. Er war ein großer, hagerer, schlampig gekleideter Bursche mit einem ungepflegten Schnurrbart und einem traurigen Gesicht. Sein kurzärmeliges Hemd war offen, sein strähniges Haar ungekämmt.

Cops und Labortechniker hatten sich in und vor einem Zimmer am anderen Ende des Ganges versammelt. Dort lag noch die Leiche, und dort stand ein Fernsehgerät. Jemand hatte es eingeschaltet und den Sender eingestellt, der das Spiel übertrug.

»Hallo«, sagte ich und lächelte Pete an.

»Hallo«, antwortete er, und mir fiel auf, daß seine dunklen Augen wäßrig und blutunterlaufen waren.

Ich war erleichtert, daß er Englisch sprach. Trotz meines Nachnamens ist mein Spanisch nicht so gut. Ich fragte ihn, was passiert sei. Er erzählte es mir, und seitdem hatte er es mir immer wieder erzählt, öfter, als ich es hören wollte und ertragen konnte. Pete wollte bestraft werden. Deshalb hatte er die Polizei angerufen und den Mord gemeldet. Deshalb hatte er ungeduldig noch einmal angerufen, als sie nicht kamen. Er wartete und war darauf versessen, alles zu erzählen, als sie endlich aufkreuzten.

Die Cops freuten sich normalerweise wie die Schneekönige, wenn sie es mit einem Mörder zu tun hatten, der neben der Leiche wartete und dem ersten Beamten, den er sah, alles gestand. Doch auf Pete waren sie stinksauer, daß er so blöd gewesen war und Patsy ausgerechnet während des dritten Viertels des Spiels um die Super Bowl erwürgen mußte. Bei jeder anderen Gelegenheit hätten sie ihn wie einen lange nicht mehr gesehenen Freund behandelt, ihn mit Zigaretten, Kaffee und Butterbroten versorgt und entzückt gelauscht, während er die ganze Nacht über erzählte. Aber nicht während der Super Bowl. »Da wäre sogar der Papst ausgeflippt«, schnaubte ein Cop, und nicht nur, um auf sich aufmerksam zu machen. »Das Arschloch hätte doch warten können, bis das Spiel aus ist.«

Pete war ein Verlierer. Nach fast sieben Monaten im Knast hatte er den Wunsch verloren, bestraft zu werden, und war noch niedergeschlagener als zuvor. Nun wollte er meine Kritik an einem Gedicht hören, das er dem Brief beigelegt hatte. Ich mußte gestehen, daß ich es noch nicht gelesen hatte, und erklärte ihm, daß mir der Redaktionsschluß schwer zu schaffen machte. Das hielt ihn aber nicht auf; er schickte sich an, mir langsam die neue, komplizierte Marschroute für seine Verteidigung zu erklären. Seine schleppende Stimme war tief und verträumt. »Was wäre, wenn . . .«

Ich unterdrückte den Drang, laut aufzustöhnen, und täuschte höflich Aufmerksamkeit vor, während ich weiterhin meine Kupferdraht-Story eintippte, und danach die nächste.

3

Trotz seines freundlichen, gelassenen Benehmens wollte Fred Douglas niemals nur einen kleinen, beiläufigen Plausch halten, wenn er zu einem an den Schreibtisch kam.

»Schreiben Sie morgen über Hudsons Beerdigung?«

»Nein, ich hab' morgen meinen freien Tag«, erwiderte ich.

»Ich habe gar nicht gewußt, daß ein freier Tag Britt Montero davon abhält, einer Story nachzugehen«, sagte er herzlich.

Oha, dachte ich. Fred war clever und kreativ, der beste Mann, den die *News* hatte. Während einige Redakteure einem nur Kummer machten, hatte Fred stets Ratschläge und Ideen parat, und man fragte sich unwillkürlich: »Wieso bin ich nicht darauf gekommen?« Es war unmöglich, Fred etwas abzuschlagen.

Aber ich wollte es zumindest versuchen.

»Es muß doch jemand anderen geben, der zu der Beerdigung gehen kann . . .«

»Verdammt«, sagte er grinsend, »es ist Ihre Story! Sie haben die Sache ausgegraben, Sie wissen, was dahintersteckt. Und Sie kennen die Witwe, womit Sie schon einen beträchtlichen Vorsprung haben.«

»Ich bin ihr nur zweimal über den Weg gelaufen«, murrte ich. Ich konnte es nicht ausstehen, über Beerdigungen zu schreiben. Mir war es peinlich, wenn das Medienpack durch Kirchen und über Friedhöfe trampelte und den Trauernden Mikrofone und Kameras vor die Gesichter hielt. Menschen, die gerade einen schmerzlichen Verlust erlitten hatten, hatten etwas Zurückgezogenheit verdient. Als ich mit Lottie nachrichtenwürdige Beerdigungen abgedeckt hatte, war sie zumindest diskret gewesen, hatte gedämpfte Kleidung getragen und aus der Ferne mit einem Teleobjektiv fotografiert. Doch nur wenige Fernsehjournalisten zeigten diesen Respekt. Deshalb standen Reporter auch in so schlechtem Ruf.

»Zeigen Sie ihnen, wie's gemacht wird, Montero«, bedrängte Fred mich. »Das könnte 'ne gute Sache werden.«

Ich runzelte die Stirn. Ich mußte ein paar Maschinen waschen, einkaufen und ganz einfach mal ausspannen. »Was ist mit Janowitz, kann er nicht gehen?«

»Ach, der hängt an irgendeiner Wochenendstory, und außerdem« – er beugte sich vor, senkte die Stimme und schoß eine volle Breitseite seiner berühmten Überredungskünste ab – »hat er nicht Ihre besondere Note.« Er kicherte, und seine Fliege wackelte auf und ab.

»Es muß doch jemanden geben«, sagte ich und suchte mit den Blicken hektisch den großen Redaktionsraum ab.

»Die Lokalredaktion ist wie üblich unterbesetzt. Sie wissen ja, wie das ist.«

Klar, dachte ich, die Reporter für allgemeine Aufgaben schaffen's aber auch immer, mit anderen Projekten ganz geschäftig zu tun, wenn's um eine Sache geht, die niemand übernehmen will. Dennoch schwankte ich. Wenn man die Story richtig anfaßte, konnte wirklich was draus werden. Hudsons Tod war ein großer Verlust für die Gemeinde. Der Mann sollte einen anständigen Nachruf bekommen, eine Geschichte, die seine Kinder Jahre später noch lesen konnten, wenn sie erwachsen waren.

Ich verließ das Büro zur Abwechslung mal pünktlich, um mit meiner Mutter zu Abend zu essen, die sich darüber beschwert hatte, daß sie mich ›nie sah‹. Wir hatten uns in meiner Lieblingsgegend verabredet, dem Art-Deco-Viertel am South Beach, einer Schatztruhe architektonischer Kleinode in pastellenen Rosa-, Blau-, Grün- und Weißtönen. Jahrzehntelang wohnten in den exzentrischen Hotels der dreißiger Jahre nur ältere Rentner, die den ganzen Tag über dösten und in der Sonne lagen. Dann war South Beach wie Dornröschen plötzlich aus seinem Schlaf erwacht. Die Gegend entwickelte mit heißem rosa Neon, das sich kilometerweit hinzog, indirekt beleuchteten Glasbausteinen, umbauten Veranden mit Blick auf den Atlantik und schicken Cafés an den Bürgersteigen, in denen *beautiful people* aus der ganzen Welt verkehrten, ein ganz neues, brodelndes Leben.

In einer Hinsicht hatte mir South Beach damals, bevor es ›in‹ wurde, besser gefallen – damals hatte man zumindest problemlos einen Parkplatz gefunden. Mein T-Bird geriet in einen Verkehrsstau aus überlangen Limousinen und Wagen der Marken Porsche, Cadillac, Mercedes und BMW und kroch im Schneckentempo über den Ocean Drive. Ein betörend langhaariges Model in kurzen Shorts fegte auf Rollerblades an uns vorbei und schaffte es viel schneller als wir an zwei Blocks palmengesäumter Straßenlandschaft direkt am Meer entlang.

Die Wiederentdeckung von South Beach verdankten wir hauptsächlich einer kleinen Handvoll Enthusiasten, die versuchten, das Art Deco-Viertel vor unseren Stadtvätern zu retten, die, hätten sie die Gelegenheit dazu bekommen, es liebend gern dem Erdboden gleichgemacht hätten, um ein paar Dollar zu verdienen – und einer Fernsehserie um zwei Bullen aus Miami, die, äußerst modisch gekleidet, notorische Drogenschieber und ihre psychotischen Killer hochnahmen, ohne sich auch nur das perfekt frisierte Haar in Unordnung zu bringen. Ironischerweise waren die Stadtväter Miamis gar nicht glücklich über das Serienkonzept gewesen. Sie hatten sich standhaft geweigert, die Dreharbeiten zu unterstützen, und ihrer Meinung Ausdruck verliehen, die Serie würde dem Image der Stadt, die sowieso schon als Hochburg des Verbrechens und der Gewalt galt, weiteren Schaden zufügen. Die erfolgreiche Serie, die mittlerweile längst eingestellt war, hatte ein Erbe hinterlassen.

In der ersten Saison hatte die Serie die prachtvollen Discos, glitzernden Bars und tollen Restaurants von Miami Beach gezeigt. Diese Etablissements waren natürlich völlig fiktiv gewesen. In Wirklichkeit hatte man in Miami Beach um zehn Uhr abends die Bürgersteige hochgeklappt. Eine Bowlingkugel, die nach Sonnenuntergang den Ocean Drive entlanggerollt wäre, hätte kein einziges Auto zum Ausweichen gezwungen. Doch dann, ganz gemächlich, ahmte die Wirklichkeit die Kunst nach. Ein paar Monate später machten tatsächlich ein paar Bars auf und wurden von den *beautiful people* geradezu überrannt. Ich fragte mich, woher die bloß alle gekommen waren. Wo hatten sie sich versteckt? Jetzt hatten wir schon um ein Uhr mittags Verkehrsstaus auf dem Ocean Drive.

Da man in die Parkhäuser nur ab fünf Dollar aufwärts pro Stunde kam, ließ ich den T-Bird an dem neuen Polizeipräsidium von Miami Beach an der Washington Avenue stehen und ging die paar Blocks zum Ocean Drive zu Fuß. Dieses neue Polizeirevier war ein weiteres Paradebeispiel für den Stil und Einfluß dieser Fernsehserie. Alle Polizeireviere, die seit den sechziger Jahren im Dade County gebaut worden waren, stellten schrecklich anzusehende Festungen dar. Nicht so das neue Präsidium von Beach, das errichtet worden war, als die Serie schon einige Saisons hinter sich hatte. Das Gebäude war weiß und schien nur aus Fenstern, Balkonen und Glasbausteinen zu bestehen. Die Produzenten der Serie hatten dort eine Episode abgedreht, noch bevor die Bullen eingezogen waren.

In einer späteren Saison hatte sich eine Folge mit einem fiktiven Schuppen namens *The Sex Club* beschäftigt, einer Nachtbar, in der auf der Bühne simulierte Geschlechtsakte aufgeführt wurden. Am nächsten Morgen hatte ich mit Lottie Witze darüber gerissen.

»Hast du das gesehen?« hatte ich gesagt. »Ich wette, noch heute trifft ein Tourist aus Kansas City auf dem Miami International Airport ein, springt in ein Taxi und sagt: ›Fahren Sie mich zum Sex Club.‹« Wir hatten uns kaputtgelacht, weil es so ein Etablissement gar nicht gab.

Ein paar Monate später hatte Lottie Karten für die Eröffnung einer neuen Nachtbar in Miami Beach bekommen. Sie nahm mich mit zu der Veranstaltung. Der Schuppen hieß zwar anders, war aber genau nach dem Vorbild des *Sex Club* aufgezogen. Erneut hatte das Leben die Kunst imitiert.

Es war nicht weit bis zum Ocean Drive. Der Abend war mild, und das Fernsehen hatte die Straßen sogar sicherer gemacht. Wenn man selbst und ein düster aussehender Fremder die einzigen Leute auf einer dunklen Straße darstellten, steckte man eventuell in Schwierigkeiten. Doch wenn man Teil einer Menschenmenge war, die zu einem schicken Club oder Restaurant am South Beach strebte, bot allein schon die bloße Anzahl Schutz.

Das Fernsehen hatte sogar auf ureigene Weise zur Renovierung der Stadt beigetragen, dachte ich, als ich an den bunt gestreiften Markisen und gewölbten Fenstern eines kleinen Hotels vorbeiging, das früher ziemlich verfallen, jetzt aber völlig modernisiert worden war. Wenn die Produzenten vor einer aufgegebenen Tankstelle oder einem alten Hotel gedreht hatten, dann hatten sie die unmittelbare Umgebung zuerst einmal aufgemotzt, Wandgemälde anbringen und Neonlampen installieren lassen, und viel schmuckere Grundstücke waren zurückgeblieben. Sie hatten mit Sicherheit einen wesentlichen besseren Job geleistet als irgendeiner der örtlichen Politiker.

Als ich um die Ecke des Ocean Drive bog, sah ich schon das Kabrio meiner Mutter, das vor dem klassischen Art-Déco-Hotel, in dem wir essen wollten, an einer Parkuhr stand. Ich würde niemals rauskriegen, wie sie das immer schaffte. Als ich in der Bar zu ihr stieß, hatte sie uns bereits auf die Warteliste für einen Tisch im halbdunklen Speisesaal setzen lassen. Ich hätte lieber draußen gesessen, neben einem fliederfarbigen Pfeiler unter dem geschwungenen, überhängenden Verandadach. Draußen am Pool spielte eine Jazz-Band, doch meine Mutter zog einen Raum mit Klimaanlage vor.

Sie war klein und adrett, hatte aschblondes Haar mit einem schmucken Zopf und trug ein schickes, dunkles Kleid, das sie wahrscheinlich zu einem beträchtlichen Rabatt in dem hochfeinen Modehaus erstanden hatte, dessen Geschäftsführerin sie seit fünfzehn Jahren war. Sie rauchte eine lange, braune Zigarette.

»Ich dachte, du hättest aufgehört«, sagte ich anstatt einer Begrüßung.

»Britt, das Rauchen ist eines der wenigen Laster, die mir im Leben noch geblieben sind. Gönne es mir doch.«

»Klar«, sagte ich.

Wir warteten an der schwarzen und grünen Bar, bei der es sich früher um die Rezeption des Hotels gehandelt hatte, daß unsere Namen aufgerufen wurden. Sie bestellte einen Manhattan und zog die fein gezupften Brauen hoch, als ich um ein Mineralwasser bat.

»Ich muß heute abend wegen einer Story noch ein paar Anrufe machen«, erklärte ich.

»Das hättest du mir ja sagen können, dann hätte ich mir auch nichts bestellt.« Sie wirkte verärgert.

»Nur weil ich keinen Alkohol trinke, mußt du doch nicht auf deinen Drink verzichten.«

»Na ja, das ist mir unangenehm . . .«

»Schon gut, schon gut. Da ich ja gleich noch was esse, kann es ja nicht so schlimm sein.« Ich winkte dem Barkeeper und bestellte statt dessen ein Glas Dubonnet, rot, auf Eis.

»Vielleicht sollte ich lieber auch ein Glas Wein trinken«, sagte meine Mutter.

»Ich dachte, du wolltest einen Manhattan.«

»Was trinkst du?«

»Einen Dubonnet.«

Der Barkeeper, ein junger Mann mit glattem Haar, stand kerzengerade da, die Verkörperung von Geduld, obwohl die Bar gerammelt voll war.

»Na schön.« Sie lächelte freudig, als täte sie mir einen Gefallen. »Einen Manhattan.«

Bei meiner Mutter war nie etwas einfach.

Wir bekamen unseren Tisch, den ein Tischtuch aus rosa Leinen zierte, und die Speisekarten. »Und jetzt verrate mir mal«, sagte sie, beugte sich über die Gedecke und tätschelte meine Hand, »warum in aller Welt arbeitest du so viel? Du bleibst immer viel zu lange im Büro. Hoffentlich zahlen sie dir jede Menge Überstunden.«

»Eigentlich nicht, sie behaupten zwar, daß sie die Arbeitszeit computermäßig registrieren, aber man kriegt nie was gutgeschrieben. Ich muß sogar morgen arbeiten.«

»An deinem freien Tag?«

»Die Story ist wichtig, und es könnte was draus werden.«

»Erzähl mir alles darüber, Liebes.«

Während ich erzählte, glitt ihr Blick von mir ab und schweifte langsam durch den Saal. Er richtete sich erst wieder auf mich, als ich von meiner Vermutung sprach, daß die Polizei im Fall Hudson irgendeinen Fehler gemacht hatte.

»Britt.« Sie sah mich an, spitzte mißbilligend die Lippen und bewirkte damit, daß ich mir wie ein ungezogenes Kind vorkam. »Du darfst die Polizei nicht gegen dich aufbringen. Das sind die Leute, mit denen du jeden Tag zu tun hast, obwohl ich mir weiß Gott nicht erklären kann, wieso du diesen deprimierenden Beruf nicht aufgibst.«

»Er ist nicht deprimierend.« Die Kellnerin kam mit dem Block.

»Warum bestellst du nicht schon?« sagte ich zu meiner Mutter.

»Was nimmst du denn?«

»Ich weiß noch nicht genau.«

Sie wartete und beobachtete mich über die Speisekarte und die kleine Lesebrille hinweg, die sie aufgesetzt hatte.

»Na schön«, sagte ich; ich kam mir etwas durcheinander vor. »Ich nehme das Ropa vieja.«

Meine Mutter blickte erstaunt auf und rümpfte die Nase. »Das ist kein kubanisches Restaurant, Britt«, flüsterte sie mir zu, während die Kellnerin meine Bestellung notierte.

»Nein, aber es steht auf der Speisekarte.« Ich hatte das kubanische Gulasch meiner Großmutter mit Tomaten, Pfeffer, Zwiebeln und Wein immer gern gemocht.

»Es ist nicht besonders klug, in einem Steakhaus Fisch oder einem Fischrestaurant Rindfleisch zu bestellen«, sagte sie, wobei sie sich bemühte, die Lippen nicht zu bewegen.

»Gönne es mir doch«, sagte ich und lächelte der Kellnerin zu.

Meine Mutter schlug ihre Speisekarte mit einem lauten Knall zu. Sie bestellte das Tagesgericht, den gegrillten Thunfisch, mit jungen Erbsen in Minzsoße und einer gebackenen Kartoffel, und sah mich dann erwartungsvoll an. »Trinken wir noch etwas?«

»Möchtest du noch einen Manhattan?«

»Trinkst du auch noch ein Glas Wein?«

»Lieber nicht, aber laß dich dadurch nicht stören.«

Sie fummelte mit ihrem Tafelsilber herum.

Ich bestellte ihr noch einen Manhattan.

»Du arbeitest dich ja kaputt«, sagte sie, »sie behandeln dich einfach nicht fair. Du solltest dir einen Job mit geregelter Arbeitszeit suchen. Ich habe gehört, daß in der Damenoberbekleidung bei Jordan's noch eine Stelle frei ist. Wie du mit Leuten umgehen kannst, und bei deiner Figur . . .«

Die Damenoberbekleidung! Sie brachte das Thema mindestens einmal pro Woche zur Sprache. Da sie die Mode über alles schätzte, ging sie davon aus, sie könne auch mein Lebensinhalt werden. »Komm schon, Mom, ich bin gern Reporterin. Ich bin froh, daß ich diesen Job bekommen habe.«

»Denk doch nur mal an die Kommissionen und den Rabatt. Ich meine, Britt, du bist so hübsch, aber sieh dir nur mal an, wie du immer rumläufst. Du legst keinen Wert auf dein Äußeres.«

Ich sah an meinem zerknitterten Baumwollkleid hinab. Mir *gefiel* es. »Es soll genauso aussehen, und ich muß es nicht bügeln. Der Knitterlook ist in, Mom. Endlich gehe ich mal mit der Mode, nach all diesen Jahren.«

Sie lächelte nicht. Statt dessen beugte sie sich über den Tisch und senkte die Stimme. »Wo hast du das nur gekauft? Diese ausgebeulten Taschen.« Sie verzog das Gesicht und wandte den Blick dann schnell ab, als sei der Anblick, der sich ihr bot, einfach zu scheußlich. »Es ist ein weißes Sommerkleid, Britt, und jetzt haben wir schon September.«

»Ich brauche Taschen, und draußen ist es dreißig Grad warm. Es ist doch absurd, die Herbstsachen aus dem Schrank zu holen und dunklere Farben zu tragen, nur weil der Kalender es vorschreibt. Wir sind hier in Miami. Es ist doch verrückt, uns von der New Yorker Modewelt diktieren zu lassen, was wir hier tragen.«

»Es ist nur dieser Job«, zischte sie. »Du hast nie Zeit, dich anständig anzuziehen, einkaufen zu gehen oder mich zu besuchen. Die Mädchen in meiner Abteilung würden dich gern mal sehen, aber nein, du hast immer zu tun. Und wann bist du zum letzten Mal mit einem Mann ausgegangen? Du bist über dreißig, Britt. Hast du diesen Artikel nicht gesehen, in dem stand, daß es für Frauen über dreißig wahrscheinlicher ist, von Terroristen umgebracht zu werden, als noch einen Mann zu finden?«

»Ich glaube, den habe ich verpaßt.« Zum Glück hörte sie auf, als die Kellnerin unsere Salate brachte. Sie sahen gut aus, aber ich verlor bereits den Appetit. Jetzt erinnerte ich mich wieder daran, wieso ich seit mehreren Wochen mit meiner Mutter nicht mehr essen gegangen war. Warum hoffte ich immer, es würde mal anders ablaufen?

»Schau, Mom, wenn die Zeit reif ist, lerne ich schon den richtigen Mann kennen. Und mein Job bedeutet mir viel, viel mehr, als es mir bedeuten würde, Kleider zu verkaufen.«

Sie legte die Gabel auf den Teller und schaute verletzt drein. »Jetzt machst du den Beruf runter, mit dem ich mir einen ehrlichen Lebensunterhalt verdiene. Ich habe dich mit diesem Beruf großgezogen und auf die Schule schicken können.« Sie fummelte in ihrer schmucken, kleinen Handtasche mit dem

Namen des Designers darauf nach einem Taschentuch und schien den Tränen nahe.

Ich hatte Stipendien bekommen und schon während der Schulzeit gearbeitet, aber das wollte ich nicht erwähnen, weil ich damit das Abendessen restlos versaut hätte. Ich versuchte, mich zu erinnern, wieso unser Gespräch diese Wendung genommen hatte, um herauszubekommen, warum uns das trotz meiner besten Absichten immer wieder passierte.

»Du darfst nicht einfach darauf warten, daß der richtige Mann kommt«, sagte sie. »Man wartet nicht darauf, daß das Schiff in den Hafen einläuft. Man muß ihm entgegenschwimmen. Aber du bemühst dich ja gar nicht. Statt dessen beschäftigst du dich mit anderen Dingen, wie dieser Story. Du vertraust zu sehr auf dein Glück«, warf sie mir vor und richtete dabei in einer ihrer besten Bette-Davis-Imitationen die Zigarette auf mich, »und machst dich bei Fremden unbeliebt. Du hast keine Ahnung, wie gefährlich manche Menschen sein können. Du bestehst darauf, Risiken einzugehen, und nimmst nicht die geringste Rücksicht auf mich.«

Ich hätte ihr nie von meinen Freunden bei den Feuerwerkern erzählen sollen und von diesem schlimmen Abend, als wir beinahe in die Luft geflogen wären. Ich ahnte, daß es eventuell Probleme geben könnte, als ich sah, daß die Experten, die die Bombe entschärfen sollten, plötzlich um ihr Leben rannten. Wäre das Ding tatsächlich explodiert, wäre mein letzter Gedanke gewesen, wie wütend mein Chef gewesen wäre, weil ich nicht mit der Story rübergekommen wäre.

»Wie willst du auf diese Weise je einen anständigen Mann kennenlernen?« fragte sie. »Warum mußt du dein Leben einfach wegwerfen? Deins fängt gerade erst an. Meins hört allmählich auf.«

»Was meinst du damit?« Ich spürte einen Anflug von Furcht. »Stimmt irgendwas nicht? Gibt es etwas, das ich wissen sollte?«

Sie schüttelte den Kopf und bedachte mich mit einem vornehmen Blick. »Wenn man in meinem Alter ist, kann alles mögliche passieren.«

»Mom, du bist erst zweiundfünfzig.«

Sie biß sich auf die Lippe, sah sich um und sprach noch leiser. »Britt, ich habe dir schon oft gesagt, daß das Alter eine sehr persönliche Angelegenheit ist. Mir wäre es lieb, wenn du das respektieren würdest.«

»Ich glaube nicht, daß uns jemand gehört hat«, flüsterte ich zurück. »Es wird wohl kaum morgen im *Enquirer* stehen.«

»Sei nicht immer so sarkastisch. Ich habe dich doch gar nicht so erzogen.«

Ich wollte sagen, daß sie mich überhaupt nicht erzogen hatte, daß lediglich meine Großmutter für mich dagewesen war, wenn es darauf angekommen war. »Es ist nur«, sagte ich statt dessen, »daß man nicht dazu beitragen kann, die Welt zu verändern, wenn man Designer-Kleider verkauft.«

»Du veränderst die Welt auch nicht, meine Liebe. Du auch nicht.« Sie nippte an ihrem Drink und zündete sich die nächste Zigarette an. Als ich nicht antwortete, wurde sie plötzlich wieder munter und schaute hoffnungsvoll drein. »Würdest du bitte darüber nachdenken, ob du diesen Job bei Jordan's nicht doch annehmen willst? Ich könnte ein gutes Wort für dich einlegen.«

»Mom, du weißt doch, was ich von meinem Job halte.« Allmählich kriegte ich Magenschmerzen. »Die Welt ist voller Armut, Unwissenheit, Verbrechen und Korruption. Ich habe mir diesen Job ausgesucht, weil ich glaube, daß ich dazu beitragen kann, die Dinge zu ändern.«

»Weißt du, an wen du mich erinnerst?« sagte sie verbittert. Sie lehnte sich auf ihrem Stuhl zurück, sog tief an ihrer Zigarette und funkelte mich über den Tisch hinweg böse an.

Ich wußte es, und ich war stolz darauf.

4

Ich hatte gehofft, meinen freien Tag am Strand verbringen zu können, mich zu sonnen und meine Bräune und meinen Elan wiederherzustellen und einfach hinauszuschwimmen, der Stadt und ihren Problemen den Rücken zuzukehren. Statt dessen ging ich auf eine Beerdigung.

Da der Trauergottesdienst erst um elf Uhr stattfinden sollte, schaute ich zuerst bei der Youth Hall vorbei, um noch ein paar Informationen über die Vergangenheit des Mannes zu sammeln. Ich wußte, daß D. Wayne Hudson hier freiwillig und unentgeltlich mit den jugendlichen Straftätern der Einrichtung gearbeitet hatte.

Der Jugendstrafvollzug des Dade County war vor Jahrzehnten für Kinder erschaffen worden, die Radkappen klauten und die Schule schwänzten. Nun nahm er Delinquenten auf, deren Verbrechen sie ins Gefängnis gebracht hätten, wären sie erwachsen gewesen.

Es handelte sich um einen Knast, der als Studentenwohnheim getarnt war und über Innenhöfe, Verwahrungszellen und Besucherräume verfügte. Das Ding war so düster und steril wie eh und je, und in seinem Inneren konnte man das Echo derselben Klagen und Schreie hören wie im Knast für Erwachsene in der Innenstadt.

Linda Shapiro, die Direktorin der Youth Hall, die wie immer über zu wenig Personal und zu viel Arbeit verfügte, erklärte sich bereit, mir ein paar Minuten zu widmen. Ihr spartanisches Büro war mit Papierkram übersät. Auf dem Schreibtisch lag ein Briefbeschwerer mit der Aufschrift ›Manchmal ist der beste Mann für den Job eine Frau‹.

Linda trug ein zerknittertes, schwarzes Leinenkleid und kaum Make-up, abgesehen von etwas hellem Lippenstift und ein wenig Rouge hoch oben auf den Wangenknochen ihres breiten Gesichts. Ihr Haarschnitt und das Brillengestell waren so ernst und sachlich wie die Frau selbst. Sie war eine etwas schmallippige Bürokratin, und ich war schon einige Male wegen der Herausgabe von Informationen mit ihr aneinandergeraten. Ich war der Ansicht, daß ein Kind, das alt genug war, um eine Vergewaltigung oder einen Raubüberfall zu begehen, auch alt genug war, daß man seinen Namen in der Zeitung veröffentlichen konnte. Das Gesetz und ergo auch Linda Shapiro waren jedoch der Ansicht, es handelte sich um ein Kind, das geschützt werden mußte. Sie schaute noch ernster als gewöhnlich drein, als ich D. Wayne Hudson erwähnte.

Zum ersten Mal in den fünf Jahren, die ich sie kannte und in denen sie eine Krise des Systems nach der anderen bekämpft hatte, schien sie den Tränen nah zu sein.

»Sie wissen nicht, was er für die Kinder getan hat, Britt. Er war unser bestes Pferd im Stall.«

»Wieso? Als positives Rollenmodell?«

Linda faltete die Hände zusammen, verzog traurig den Mund und sah mich nachdenklich an. »Mehr als das. Sie wissen, daß unsere Zöglinge häufig von ihren Müttern und auch Großmüttern betreut werden. Aber es geschah nur selten, daß Väter ihre Söhne besuchten, bis D. Wayne Hudson dann hier mitmachte. Als die Väter hörten, daß er hier half, kamen sie buchstäblich in Massen.«

»Sie meinen, sie wollten eigentlich nicht ihre Kinder besuchen, sondern tauchten nur hier auf, um den Footballstar kennenzulernen?« fragte ich.

»Sie haben's kapiert. Er wußte es, wir wußten es, aber es lockte sie her, Britt.« Ihre Stimme wurde ganz eindringlich. »Einige dieser Jungs hatten ihre Väter noch nie zuvor gesehen. Sie können sich nicht vorstellen, was es für sie bedeutet hat. D. Wayne stand nicht einfach herum und posierte für Fotos und gab Autogramme. Er verstand es, diese Männer einzubeziehen. Sie spielten Football, Väter gegen Söhne, veranstalteten Grillabende, sahen sich Videobänder von Meisterschaftsspielen an.« Sie machte mit einer Hand eine hilflose Geste und rieb dann ihre Schläfe. »Einen besseren Mann als ihn haben wir hier nie gehabt.«

So redselig hatte ich Linda Shapiro noch nie erlebt, und ich machte mir fleißig Notizen. »Also hat er Ihrer Meinung nach einen positiven Einfluß auf die Kinder gehabt?«

»Disziplinarmaßnahmen, Fluchtversuche, Prügeleien ... das alles ging um über fünfzig Prozent herunter, seit er einmal die Woche hier vorbeikam. Und um einige Jungs hat er sich nach deren Entlassung persönlich gekümmert. Für andere hat er sich vor Gericht starkgemacht. Mit einem Jungen ging er jeden Freitagnachmittag in die Stadtbücherei. Ob er etwas bewirkt hat? Ich würde sagen, Sie können sich gar nicht vorstellen, wieviel.« Linda nahm ihre Brille ab und schnippte sich mit einem dicken Zeigefinger etwas von einer Wimper.

Ich gab ein mitfühlendes Geräusch von mir. »Wie waren die Reaktionen hier auf seinen Tod?« fragte ich dann.

»Er war unersetzlich. Der Mitarbeiterstab ist völlig entmutigt, die Kinder sind niedergeschlagen und wütend. Wir fahren mit einigen von ihnen, die sich durch gute Führung ausgezeichnet haben, mit einem Bus zur Beerdigung, damit sie ihm die letzte Ehre erweisen können.« Sie reinigte langsam ihre Brillengläser mit einem Papiertaschentuch. »So etwas ist noch nie dagewesen, aber meine Mitarbeiter waren der Ansicht, es sei wichtig für sie, Abschied nehmen zu können, damit sie die Endgültigkeit begreifen. Und unser Versprechen, daß sie daran teilnehmen können, hat dazu beigetragen, sie unter Kontrolle zu halten. Sehen Sie mal.« Sie nahm eine dicke, mitgenommene Akte vom Schreibtisch. »Clarence Overholt, wurde seit seinem siebenten Lebensjahr immer wieder eingeliefert.« Ihr Mund war starr, ihre Worte kamen ganz abgehackt. »Schwerer Fall. Kandidat für den Hochsicherheitstrakt in Raiford. Er war lediglich zu jung dafür. Es hätte mich nicht überrascht, ihn eines Tages in der Todeszelle zu sehen. Möchten Sie gern wissen, wo er jetzt ist?«

Ich nickte. »Sagen Sie es mir.«

»Er besucht die Universität von Miami, hat ein Vollstipendium bekommen. Das haben ein paar Jahre von D. Wayne Hudsons Einfluß bewirkt. Er hat den Jungen sogar auf eine Bergtour nach North Carolina mitgenommen.«

Sie legte die mitgenommene Akte auf den Schreibtisch zurück, wobei einzelne Blätter aus ihr hervorquollen, setzte die Ellbogen auf die Tischfläche und stützte den Kopf auf den Händen ab. »Was ist passiert? Warum haben wir ihn verloren, Britt? Sie könnten es vielleicht herausfinden. Er hat nie jemanden im Stich gelassen. Der Mann war eine Klasse für sich.«

»Ich weiß es nicht, Linda. Vielleicht hat jemand einen Fehler gemacht.« Ich zuckte unbehaglich die Achseln und wünschte, ich hätte eine Antwort. »Die besten Leute tun manchmal dumme Sachen. Ich werde versuchen, mehr herauszufinden. Lassen Sie es mich bitte auch wissen, falls Sie irgend etwas hören sollten.«

Sie griff nach der Akte, die Clarence Overholts Erfolgsgeschichte enthielt, legte sie in die Schreibtischschublade zurück und sah mir finster nach, als ich ging, als hätte ich sie irgendwie im Stich gelassen.

Die Kirche war gerammelt voll, und die Trauergäste waren eine Mischung aus Schwarzen, Weißen, massigen Footballspielern, weinenden Verwandten, traurigen Fans und einem Bataillon junger Leute mit glänzenden Gesichtern in ihrem besten Sonntagsstaat. Es waren einfache Arbeiter, die stolz auf D. Wayne Hudsons Leistungen waren, Gemeindeführer, die mit ihm bei Wohltätigkeits- und Bürgerprojekten zusammengearbeitet hatten, und, ganz hinten, zwei Bankreihen gemeiner Pöbel: die Jungs von der Youth Hall in Begleitung von Linda Shapiro, mehreren Sozialarbeitern und Beamten der Anstalt.

Die Mutter des Toten war untröstlich. Sie war klein und untersetzt und hatte den größten Teil ihres Lebens als Putzfrau gearbeitet, anderen Leuten den Dreck weggeräumt. D. Wayne war ihr einziger Sohn gewesen, und sie konnte den Schmerz nicht ertragen, ihn verloren zu haben. Noch bevor die Trauerfeier überhaupt angefangen hatte, brach sie mehrmals zusammen und mußte von ihren Verwandten wieder aufgerichtet werden.

D. Waynes Vater, ein großer, grauhaariger, pensionierter Kanalarbeiter, war wie in Trance und keine Stütze für seine Frau. Er nahm kaum den Blick vom Sarg, und wenn doch, schaute er völlig verstört drein.

Alma hielt sich aufrecht und versuchte, denen neben ihr zu helfen, die vom Schmerz überwältigt wurden. Ihre Zwillinge, Jungs im Alter von sechs Jahren, waren ernst und benahmen sich hervorragend. Ich hielt ein paar Tränen zurück, als einer der beiden plötzlich »Daddy!« rief.

Der ehemalige Grundlinienspieler Bernie Howlett hielt die erste Trauerrede und erzählte von einer Meisterschaftssaison, in der er und D. Wayne in einer Mannschaft gespielt hatten. Natürlich stieg ein Kameramann eines Fernsehsenders in einem grellen Hawaii-Hemd und Jeans auf eine Holzbank und schaltete seine Scheinwerfer ein. Ich freute mich richtig, als ein paar kräftige Footballspieler, die ich nicht kannte, das Fernsehteam durch einen Nebeneingang hinausdrängten.

Wir sangen und beteten, und Amen und Schluchzen erfüllte die Kirche. Ich hatte einen besonders starken Bezug zur zweiten Strophe von ›Was für einen Freund haben wir in Jesus‹, die die Frage stellt: ›Gibt es überall Plagen?‹ Ich wurde dafür bezahlt, diese Frage tagtäglich zu beantworten.

Der Rest der gewaltigen Menge, der sich den Gottesdienst draußen über Lautsprecher anhörte, schuf eine Gasse für die kräftigen Sportler und den Sarg. Der Trauerzug, eine endlose Prozession langsam fahrender Wagen, machte auf der Fahrt zum Friedhof einen Umweg, um an der Orange Bowl vorbeizufahren, in der D. Wayne in seiner besten Zeit ein paar tolle Spiele gemacht und später unterprivilegierte Kinder trainiert hatte. Als die Wagenkolonne durch ein finsteres, heruntergekommenes Viertel fuhr, nahmen alte Schwarze auf den Bürgersteigen ihre Hüte ab, und ich sah eine alte, schäbig gekleidete Frau mit traurigem Gesicht, die beide Hände auf ihr Herz legte.

Während der Bestattung bildeten Freunde einen Schutzwall um die Witwe. Es überraschte mich, als Alma danach zu mir kam und mir sagte, sie wolle bei ihr zu Hause mit mir sprechen.

Die Hudsons wohnten im recht feinen Coconut Grove, an einer kleinen Straße, der ein uralter Feigenbaum Schatten spendete. Das Haus war attraktiv, aber nicht protzig, und die lange Auffahrt wurde von üppigen, gepflegten Blumenbeeten, Springkraut und Zinnien umsäumt. Ihre hellen Blüten wirkten angesichts der düsteren Bedeutung dieses Tages sehr unpassend. Wie viele Einfamilienhäuser in Florida verfügte auch dieses über einen Innenhof mit Swimmingpool, eingebautem Grill und Hängepflanzen.

Das Haus hatte hohe, luftige, helle, mit Dachluken versehene

Räume, in denen sich nun leise flüsternde Menschen drängten, und die Böden waren mit strahlend weißen kubanischen Kacheln gefliest. D. Waynes Vater saß wie ein Blinder am Eßzimmertisch und nahm nichts um sich herum wahr. Seine Frau hatte sich in ein Schlafzimmer zurückgezogen.

Alma setzte sich und nahm den Hut ab; ihr Haar hatte sie zu einem ordentlichen Knoten frisiert. Sie hatten den obersten Knopf ihres hochgeschlossenen Kleides geöffnet, und das pausbäckige Baby saß auf ihrem Schoß. Ich setzte mich neben sie, lehnte höflich alles ab, was man mir anbot, und sagte, ich müßte bald zur Zeitung zurück. Ich hatte zuvor erfahren, daß D. Wayne am Abend seines Todes von einem Gemeindetreffen nach Hause gefahren war. Richter William Randolph vom hiesigen Circuit Court und mehrere gewichtige Mitglieder der Stadtverwaltung hatten daran teilgenommen, darunter auch Major Francisco Alvarez, ein hochrangiger Cop, der bei der Diskussion, wie man die Jugendkriminalität eindämmen könne, das Polizeipräsidium vertreten hatte.

Alma gab das Baby mit den strahlenden Augen einer gurrenden, großmütterlichen Frau und beugte sich vor. Ich rechnete damit, daß sie mir irgend etwas enthüllte, und hatte mein Notizbuch aufgeschlagen und einen Kuli gezückt. Doch statt dessen bat sie mich, ihr zu sagen, was ich noch herausgefunden hatte, falls ich überhaupt etwas gefunden hatte.

»Britt, ich kenne meinen Mann«, sagte sie leise, und ihre Augen waren helle, naß schimmernde Teiche. »Er hat sich an das Gesetz gehalten, auch wenn er es nicht respektierte. Ich kann nicht glauben, daß wir ihn verloren haben, weil Polizisten den falschen Wagen verfolgt haben. Er war kein Dummkopf. Er würde nie, niemals, vor der Polizei fliehen. Er hatte überhaupt keinen Grund dazu. Warum sollte er so was getan haben?«

»Ich dachte, Sie könnten es mir vielleicht sagen.«

Alma schüttelte den Kopf. »Ich konnte nicht mehr schlafen, habe versucht, mir einen Reim darauf zu machen. Er kam von einem Abendessen zurück. Er hat nur Kaffee getrunken«, sagte sie, als wolle sie einer Zwischenfrage zuvorkommen. »Nach dem Essen hat er mit drei anderen Komiteemitgliedern noch ein

Glas getrunken; sie wollten besprechen, was bei der Versammlung herausgekommen war. Man hat mir gesagt, daß er einen Scotch mit Wasser getrunken hat. *Einen.* Mein Mann hat nie viel getrunken, auch nicht auf Parties. Er war ein verantwortungsvoller Mann, dem an seiner Familie und seiner Gemeinde lag. Haben Sie mit den Polizeibeamten gesprochen, die ihn verfolgt haben?«

»Ich habe ihnen Nachrichten hinterlassen, aber sie haben nicht zurückgerufen. Das ist nicht ungewöhnlich. Einer von ihnen ist Ted Ferrell, der Mann, der sich neulich im Project so heldenhaft benommen hat. Ich weiß, daß er ein guter Cop ist.«

»Sie waren alle weiß?« Der Blick ihrer dunklen Augen suchte gespannt den meinen.

»Ja, zumindest die, die in dem Unfallbericht als Zeugen aufgeführt sind. Weiße und Hispanos.« Mir wurde leicht unbehaglich zumute, und ich hoffte, sie würde dem Geschehen keinen rassistischen Hintergrund andichten.

»Sie haben den Wagen meines Mannes irrtümlich für den eines Verbrechers gehalten und ihn verfolgt?«

»Anscheinend ist es so gewesen.«

Alma schüttelte verwirrt den Kopf. »Britt, ich verstehe das einfach nicht. Ich kann nicht glauben, daß er den Sicherheitsgurt nicht angelegt hatte ... Mein Mann war beim Autofahren außerordentlich auf Sicherheit bedacht. Er hat sich immer angeschnallt und darauf bestanden, spezielle Kindersitze einbauen zu lassen. Er hat sogar extra einen Wagen mit Airbags gekauft.«

Ich nickte. »Aber es sind schon eine Reihe von Leuten gestorben, weil sie sich auf den Airbag verlassen und nicht mehr angeschnallt haben. Es ist wichtig, beides zu benutzen.« Meine Worte kamen mir äußerst unbeholfen vor.

»Britt.« Sie griff nach meiner Hand. »Das alles sieht ihm überhaupt nicht ähnlich. Ich weiß nur mit Sicherheit, daß er tot ist. Was soll ich unseren Kindern sagen?« Die klassischen Wangenknochen schienen zu zerbröseln, und sie schien zum erstenmal die Fassung zu verlieren. Wie auf ein Stichwort drang ein Schwarm murmelnder Frauen auf uns ein und umarmte und tröstete sie.

Alma schüttele sie ab, um mich zur Tür zu bringen. »Ich bin froh, daß ausgerechnet Sie über die Sache berichten«, sagte sie leise. »Sie sind klug und gründlich. Wir haben Ihre Arbeit immer bewundert. Ich hoffe, Sie forschen weiter und gehen den Dingen auf den Grund. Falls Sie irgend etwas herausfinden, würde ich es gern erfahren. Es würde mir vielleicht den Seelenfrieden zurückgeben.«

»Ich werde herausfinden, was passiert ist«, sagte ich kühn, von meinen Worten verblüfft, da ich nur allzu gut wußte, daß so vieles, was Menschen tun, nie erklärt werden kann und dieser Vorfall vielleicht dazugehörte. Auf der Fahrt zur Redaktion dachte ich über Alma nach. Sie würde irgendwann darüber hinwegkommen; sie war stark, und die Bedürfnisse und Kraft ihrer Kinder würden ihr helfen, es zu überstehen. Aber die Jungs, die bereits verspielt durch den Korridor tobten, als ich ging, waren zu jung, um die Endgültigkeit des Todes zu begreifen. Sie würden sich nur schwach an ihren Vater erinnern können. Seine Tochter würde sich überhaupt nicht an ihn erinnern. Den Kindern würde die Führung fehlen, die er anderen so freigiebig hatte zukommen lassen. Sie taten mir unbeschreiblich leid, und ich fragte mich, wie ich herausfinden konnte, was wirklich mit D. Wayne passiert war.

Nachdem ich die Story über die Beerdigung geschrieben hatte, rief ich im Polizeipräsidium an und bat, mir den Funkverkehr während der Verfolgung und die Suchmeldung nach dem Wagen anhören zu dürfen, die die Polizei vorher herausgegeben hatte. Der Funkverkehr wurde automatisch aufgezeichnet, und die Tonbänder wurden alle vierundzwanzig Stunden gewechselt, neunzig Tage gelagert und danach neu überspielt. Mein Gesprächspartner sagte mir, es würde etwa einen Tag dauern, das Band herauszusuchen; keine ungewöhnliche Verzögerung.

Ich bekam die Gedanken an die Tonbänder und die Bullen der Mitternachtsschicht nicht aus dem Kopf, und so rief ich an diesem Abend von zu Hause aus Francie Alexander an, und wir verabredeten uns zum Essen. Francie war knapp über einen Meter und fünfzig groß, wog etwa fünfzig Kilo und bestand nur aus Muskeln und Mumm. Sie arbeitete in der Mitternachtsschicht als Streifenpolizistin. Ihr einziges Problem, falls man es so nennen konnte, bestand darin, daß sie gelegentlich dazu neigte, ihre Größe und ihr Geschlecht zu überkompensieren, indem sie härter und tapferer vorging als Bullen, die doppelt so schwer waren wie sie. Als sie beim Sonderkommando Sitte auf dem Biscayne Boulevard arbeitete, beschwerten sich später einige ihrer Möchtegern-Freier, daß sie bei der Festnahme übermäßig hart vorgegangen und sogar verbal ausfallend geworden war. Sie ließen ihre Beschwerden jedoch wieder fallen, nachdem sie die Tonbandaufnahmen ihrer unzüchtigen Angebote an sie gehört hatten. Sie war verkabelt worden, irgendwo unter dem kleinen Top und dem Minirock, ihrer ›Dienstkleidung‹, wenn sie für die Sitte auf Freierfang ging.

Als sie einmal einem männlichen Beamten bei einer gewaltigen Schlägerei in einer Bar Rückendeckung geben sollte, hatte sie nicht gezögert, sich mitten in das Getümmel zu stürzen – und ein gemeiner Betrunkener hatte nicht gezögert, ihr die Nase zu brechen. Man konnte kaum noch etwas davon sehen, aber mir gefiel sie nun besser – es gab ihr irgendwie Charakter.

Es war bereits zehn Uhr abends, und so zog ich mich gar nicht erst aus, sondern hielt ein kleines Nickerchen auf der geblümten Steppdecke auf meinem Bett. Mein tragbares Empfangsgerät für den Polizeifunk klemmte ich normalerweise, wenn ich schlief, in den Batterieauflader auf meinem Nachttisch, doch heute abend drehte ich die Lautstärke auf ein leises Murmeln herunter und ließ es eingeschaltet. Die Funksprüche der Polizei am Rand meines Bewußtseins verhinderten, daß ich in einen tiefen Schlaf fiel, und meine Feinabstimmung war mittlerweile so weit gediehen, daß nur noch ein ›Dreier‹, ein Notruf, in mein Bewußtsein vordringen und mich augenblicklich wecken würde. Durchdringende Piepser meines Weckers rüttelten mich zu Francies ›Essenszeit‹ wach –um drei Uhr morgens. Ich blieb ein paar Minuten lang lauschend in der Dunkelheit liegen. Im Funkgerät knisterte es vor einem ständigen Strom von Routinemeldungen. Die Nacht schien ruhig und still zu sein, was bedeutete, daß Francie Zeit für eine Essenspause haben würde.

Ich nahm meine Waffe mit, deren kühles Gewicht in den Schatten eine gewisse Beruhigung darstellte. Ich legte sie in das Handschuhfach des T-Bird, das ich nicht abschloß, für den Fall, daß ich schnell an die Waffe herankommen mußte. Es handelte sich um einen stahlblauen Revolver der Marke Smith & Wesson, einen .38er mit eigens auf mich abgestimmtem Visier und Griffen, um die meine kleinen Hände paßten.

Ich zog Revolver vor, da sie zuverlässiger waren. Pistolen klemmten manchmal, und wenn man sie abfeuerte, spuckten sie heiße Patronenhülsen aus. Das hatte mich nicht gestört, bis es einmal auf dem Schießstand, an dem ich übte, zu einem Mißgeschick gekommen war. Ein junges Ehepaar, das noch in den Flitterwochen zu sein schien, hatte mit einer kleinen Automatik geübt. Als er seiner Frau zeigte, wie man schoß, flog eine ausgeworfene Hülse gegen ihr helles Sommerkleid. Sie kreischte laut auf und betätigte unabsichtlich den Abzug der Pistole, die sie noch in der Hand hielt. Ihr Mann war auf der Stelle zusammengebrochen; sie hatte ihn in den Unterleib getroffen.

Die Zeitung veröffentlichte immer glühende Leitartikel gegen den Besitz von Handfeuerwaffen, und ich war loyal gegenüber den Leuten, die mein Gehalt bezahlten, doch die hochdotierten leitenden Angestellten, die unsere Leitartikel schrieben, arbeiteten nicht nachts und auch nicht an den Orten, die ich aufsuchen mußte. Mit Revolvern oder Pistolen war es genauso wie mit den Verhaltensmaßregeln für den Fall, daß ein Hurrican über einen hinwegzog: Man hoffte, man würde nie in die Gelegenheit kommen, sie anwenden zu müssen. Doch wenn man in Miami wohnte, konnte man verdammt sicher sein, eines Tages auf beide zurückgreifen zu müssen. Das war eine Tatsache des Lebens.

Die Fahrt zum Pelican Harbor dauerte etwa zwanzig Minuten. Ich freute mich darauf, Francie zu sehen. Sie sah immer aus wie ein frisch geschrubbter Teenager, ein Teenager, der an seiner Hüfte eine ›Glock 17‹ trug, eine halbautomatische Pistole, die mit achtzehn stahlummantelten Neun-Millimeter-Hohlspitzgeschossen geladen war. An ihrem schweren Ledergürtel trug sie ein weiteres Magazin und einen Hirschfänger in einer Lederscheide. Zu ihrer weiteren Ausrüstung gehörte ein PR-20, die moderne Version des altmodischen Gummiknüppels. Er verfügte über eine quer angebrachte Griffstange mit dem Namen Yawara-Griff, das japanische Wort für Schlaggerät, und eine ausfahrbare Stange von fünfzig Zentimetern Länge.

Die meisten in dieser Branche tätigen Frauen haben immer eine kleine Tasche mit wichtigem Zubehör dabei. Meine enthielt meinen Presseausweis, eine Polizeipfeife, mein Adreßbuch mit wichtigen, nicht eingetragenen Telefonnummern, Notizbücher, Kugelschreiber, einen Schokoriegel und eine kleine, bescheidene Tränengasgranate. Die Tasche von Francie enthielt eine Gasmaske, einen Helm, einen Plexiglasschild zur Abwehr von geworfenen Steinen und Flaschen und einen Stapel Plastikhandschellen für Massenfestnahmen.

Francie war ein Paradoxon, eine Bürgerin Miamis, die nur selten die Sonne sah.

Wenn meine Schicht um Mitternacht angefangen hätte, hätte ich den Tag am Strand verschlafen, doch Francie hatte herausfinden müssen, daß sie sich nur an die Mitternachtsschicht anpassen konnte, wenn sie ihre Körperuhr völlig umstellte und es dabei beließ. Sie nahm ihr Abendessen morgens nach der Arbeit ein und frühstückte abends, bevor sie ihren Dienst antrat. Da sich die meisten Bullen, die Nachtschicht schoben, an ihren freien Tagen gemeinsam mit ihren Familien und dem Rest der Welt in normalen, täglichen Aktivitäten ergingen, änderten sie ihren Schlaf-Wach-Rhythmus ständig und verbrachten einen Großteil ihres Lebens in einem Zustand, der einem Jetlag, der Zeitverschiebung nach einem Kontinentalflug, vergleichbar war. Francie nicht. Sie blieb in der Mitternachts-Schicht, ob sie nun arbeitete oder nicht. Sie kaufte morgens um drei Uhr in einem Supermarkt ein, der rund um die Uhr geöffnet hatte, und brachte ihre Wäsche dann in einen ebensolchen Waschsalon. Dicke Vorhänge schlossen die subtropische Sonne aus, während sie schlief, und sie wachte frisch und ausgeruht und bereit, sich einem neuen Tag zu stellen, in der Dunkelheit auf. Dies beeinträchtigte zweifellos ihr gesellschaftliches Leben – doch wer war ich, daß ich Kritik daran üben konnte?

Nachdem sie einmal in Schwierigkeiten geraten war und ich sie interviewt hatte, hatten wir uns augenblicklich angefreundet. Den Bullen war es verboten, Würgegriffe anzuwenden, weil diese Methode, einen Verdächtigen zu bändigen, schon zu mehreren unbeabsichtigten Todesfällen geführt hatte. Aber wie sonst wollte eine Polizistin von fünfzig Kilo einen gewalttätigen, unter Drogen stehenden Schwerverbrecher aufhalten? In unserer Welt gab es ein paar sehr gemeine Menschen. Sie waren fast immer groß und wurden zu den ungeeignetsten Zeitpunkten unangenehm.

Der Name des Spiels lautete Überleben. Francie pumpte eifrig Fünfunddreißig-Pfund-Eisen, um Muskeln aufzubauen, mit denen sie genau den richtigen Druck ausüben konnte. Mit dem Bizeps unterbrach sie den Blutfluß in der Arterie auf der rechten Halsseite, mit dem Unterarm drückte sie die auf der linken ein, und die Luftröhre blieb unangetastet und sicher in der Biegung ihres Ellbogens.

Francie setzte einem fliehenden Verdächtigen mit einem Hechtsprung nach, zog sich an dessem Rücken hoch und setzte den Würgegriff an, um den Blutfluß zum Gehirn zu unterbrechen. Manchmal grinsten flüchtige Verdächtige über ihre Bemühungen, nur um dann, oftmals während sie noch liefen, ohnmächtig zu werden. Der einzige Nachteil war, sie stürzten so schnell, daß ihr Schwung sie noch vorwärts trug und Francie sich die Knie aufschrammte, wenn sie mit ihnen fiel.

Doch alles in allem war ihre Technik sehr sinnvoll. Der Ärger ging los, als ein verdächtiger Flüchtiger zusammenbrach und nicht mehr aufwachte. Seine Familie, die die Polizei selbst um Hilfe gebeten hatte, weil der Mann sie terrorisierte, brüllte:

»Foul, illegaler Würgegriff!« und heuerte einen publicitygeilen Anwalt an. Francie hatte ganz gewaltige Schwierigkeiten, bis der Leichenbestatter dann die wahre Todesursache feststellte – eine Kokainpsychose, die auch bewirkt hatte, daß er den wilden Stier markiert hatte, bis Francie ihn dann bändigte. Ich interviewte sie mitten in der Krise, als ihre berufliche Laufbahn auf dem Spiel stand. Wir hatten uns seitdem nicht mehr aus den Augen verloren.

Heute abend war sie mit ihrer liebsten und einzigen Partnerin unterwegs, und ich freute mich auch darauf, sie zu treffen. Einige Cops teilten ihre Leben, Häuser und Streifenwagen mit großen, sabbernden Monstern, speziell ausgebildeten Kötern, die Flüchtige verfolgten, Drogen und Sprengstoff erschnüffelten, ihre Herrchen beschützten und böse Buben angriffen.

Francies geheime Partnerin, Bitsy, war ein kleiner Pudel. Francie hatte sich an die Mitternachtsschicht gewöhnt, aber Bitsy weigerte sich, die langen Nächte allein zu Haus zu bleiben. Ihr Heulen, Winseln und Bellen verärgerte die Nachbarn. Eher wegen des Hundes als wegen der Nachbarn schmuggelte Francie den Pudel nun regelmäßig in ihren Streifenwagen. Nur ein paar Freunde und einige andere Bullen kannten ihr Geheimnis. Wer würde für seinen besten Freund nicht ein paar Regeln brechen?

Aber wie machte sie es? Francie ging zum Appell, begab sich zu dem ihr zugeteilten Streifenwagen und hielt dann bei ihrem eigenen Wagen an, in dem Bitsy geduldig wartete. Sie öffnete die Tür ihres sportlichen Datsun, und ihre Partnerin huschte hinaus und sprang in den Streifenwagen, voller Vorfreude auf das vor ihr liegende Abenteuer. Die meisten Polizeihunde liebten ihre Arbeit. Obwohl Bitsy verdeckt arbeitete und auf keiner offiziellen Liste stand, genoß sie ihr Leben nicht weniger als jeder andere Polizeihund. Sie saß in dem Streifenwagen auf dem Beifahrersitz und kauerte sich auf dem Boden nieder, wenn Francie Einsätze fuhr. Keiner würde von ihr erfahren.

Die Nachtschwärmer, die Francie verhaftete, erzählten nichts darüber. Es war ihnen peinlich genug, von jemandem verhaftet zu werden, der wie ein Cheerleader-Girl aussah, ganz zu schweigen davon, daß sie auf der Fahrt zum Knast dann von einem kleinen, weißen Pudel mit einem roten Seidenschleifchen um den Kopf angeknurrt wurden. Einige von ihnen hielten es wahrscheinlich sowieso für einen bösen Traum.

Francie stand neben ihrem Streifenwagen und wartete auf mich. Sie sah – wie üblich – bleich aus. Sie lächelte, als Bitsy wie verrückt an meinen Beinen hochsprang und wild mit dem Schwanz wedelte.

»He, Officer, habt ihr beide heute schon jemanden festgenommen?«

»Wir wollten warten, bis eine Reporterin aufkreuzt, die darüber schreiben kann.«

Francie hatte irgendwo Sandwiches gekauft, und ich holte eine Thermoskanne Kaffee und Bananenkekse hervor. »Was ist das, Britt?«

Ich wickelte eine Serviette voller Kräuter auf, die ihr gekauftes Essen beträchtlich verbessern würden. »Yerba buena, schmeckt wie Pfefferminz, und Petersilie und Basilikum, aus dem Kräutergarten auf meiner Fensterbank in der Küche. Die sind gut für dich.«

Francie hielt vorsichtig einen kleinen, grünen Zweig hoch und musterte ihn skeptisch. »Bist du sicher, daß das keine illegale Substanz ist?«

»Vertraue mir, ich bin im Grund meines Herzens Farmerin. Mein Dad hat auf Kuba 'ne Zuckerrohr-Plantage gehabt.«

»Irgendwie kann ich mir dich nicht hinter einem Pflug vorstellen.«

Wir aßen an einem groben Holztisch neben der Stapellauframpe des Pelican Harbor, unter einem strahlend hellen Dreiviertelmond, der über einen sternengesprenkelten Himmel zu segeln schien. Die Bootsrampe beanspruchte eine Landzunge, die sich am nördlichen Ende des Dammes, der Miami mit Miami Beach verband, in die Bucht erstreckte. Von dieser Stelle aus, die sich nur gut anderthalb Kilometer von den Straßen der Innenstadt entfernt befand, die auch zu dieser nachtschlafenden Zeit von Prostituierten, Drogensüchtigen und Taschendieben bevölkert wurden, hatte man die Aussicht, die die Stadt berühmt gemacht hatte. Die breite Skyline wirkte kristallin und rein; Miami Beach funkelte im Osten, Miami im Westen. Die Nacht war ruhig, ein leiser Wind ging, und Lichter glitzerten auf dem Wasser.

In diesem Augenblick, in der warmen Nacht, fühlte sich das Leben gut und heiter an. Ich wurde von einem starken Wohlgefühl überwältigt, dachte an D. Wayne Hudsons Familie und begriff, wieviel Glück ich gehabt hatte.

»Die meisten Leute, die ›zu Mittag essen‹, hätten Schwierigkeiten bei dieser Vorstellung«, lachte Francie und legte ihr Walkie-talkie auf den Tisch. Bitsy saß neben ihr auf der Holzbank, die makellosen Pfötchen auf dem Tisch, und trennte mit der Nase sorgfältig das Fleisch ihres Sandwiches vom Brot.

»Du vermißt das Leben am Tag nicht?«

»Was gibt's da zu vermissen, Britt? Miami schläft nie. Es gibt Kinos, Restaurants und Läden, die rund um die Uhr geöffnet haben, und in der Nacht gibt's keine Verkehrsstaus. Warte nur ab, wenn die Überbevölkerung weiterhin so zunimmt, werden wir alle irgendwann in vorgeschriebenen Schichten leben müssen. Unser zirkadischer Rhythmus wird von der Wissenschaft oder Biologie orchestriert werden. Das ist die einzige Möglichkeit, den globalen Zusammenbruch zu vermeiden.«

Ihr Gesicht war ernst; sie hatte offenbar eingehend darüber nachgedacht.

»War diese Nacht viel los?« fragte ich.

Sie schüttelte den Kopf. »Meine einzigen Einsätze waren bislang Fehlmeldungen von Alarmanlagen, schon wieder ein paar Penner auf dem alten Stadtfriedhof, ein paar Teenager unter Drogen und eine Frau mit Wehen, die ich mit einer Ambulanz ins Krankenhaus geschickt habe. Was ist mit dir?«

Ich erzählte ihr von den Stories, an denen ich gerade arbeitete, und erwähnte, daß ich die Tonbandaufzeichnungen von D. Wayne Hudsons Verfolgung angefordert hatte. Francie wurde ungewöhnlich still. »Hast du in der Nacht gearbeitet, als es passiert ist?« fragte ich.

Sie nickte.

»Warst du dabei?«

»Nein, aber ich habe einen Teil der Funksprüche mitbekommen.«

»Du bist nicht hingefahren?« fragte ich.

»Nee, wäre ich auch nicht, außer, man hätte mir über Funk den Marschbefehl gegeben. Ich halte mich von diesen Burschen fern.«

»Warum?«

Sie zuckte die Achseln und sah auf das Wasser hinaus; ihr dünnes, braunes Haar wurde von der Brise in Unordnung gebracht. Francie war eine stille, etwas schüchterne Person, eine Einzelgängerin. Ich begriff, warum sie den rauhen, stets üble Scherze treibenden Blackburns und den muskulösen Latinos aus dem Weg ging. Es konnte für eine Frau nicht leicht sein bei einer Polizeitruppe, die dermaßen von Machos durchsetzt war wie die von Miami, und sie war nicht der Typ, der sich mit anderen Frauen zusammentat, um sich zu beklagen oder über die Männer herzuziehen. Sie wollte einfach nur ihren Job tun.

»Steroide.«

»Was?«

»Die Bodybuilder, Estrada und Machado. Sie nehmen Steroide. Deshalb sind sie auch so verrückt und aggressiv. Mit einem von ihnen bin ich einmal Nachtschicht gefahren, und ich habe gesagt, nie wieder. Wenn man mit diesen Burschen herumhängt, kriegt man automatisch Schwierigkeiten.«

»Warum nehmen sie denn Steroide?«

»Sie wollen ihre Muskeln aufbauen, gut aussehen. Diese Machos stemmen im Fitneß-Studio Eisen bis zum Gehtnichtmehr. 'ne Menge Jungs stehen auf das Zeug, hauptsächlich aber die Latinos. Dreißig oder vierzig in unserer Abteilung nehmen Steroide.«

»Woher weißt du das so genau?«

Francie sah mich an, als sei ich nicht besonders klug. »Sie sind ganz gut in Form, aber nach drei bis vier Monaten sehen sie aus wie Conan. Das ist doch offensichtlich. Sie sehen gut aus, aber sobald sie das Zeug in sich reinpumpen, werden sie zu wandelnden Zeitbomben. Sie lassen sich von niemandem was gefallen. Wenn ihnen was nicht paßt, schubsen sie die Leute rum.«

»Mann. Sind Steroide nicht illegal?«

»Ja, der Besitz ohne gültiges Rezept ist ein Gesetzesverstoß. Aber sie nehmen 'ne Handvoll Goldmedaillen von den Polizeispielen mit nach Hause und passen ins Image. Sie sehen einfach gut aus, also scheint sich niemand dran zu stören.«

»Ich hatte keine Ahnung davon.«

»Die Blackburns brauchen keine Steroide«, fuhr sie fort. »Die wurden schon verrückt geboren. Bei 'nem Mieterstreit habe ich ihnen mal Verstärkung geleistet. Irgendein Bursche aus dem vierten Stock riskierte 'ne große Lippe, und einer von ihnen, Roscoe oder Roland, ich weiß nicht mehr wer, knöpft ihn sich in der Küche vor, und der andere geht ins Schlafzimmer und sticht mit seinem Kugelschreiber Löcher in das Wasserbett des Typen. Der Schaden in der Wohnung und in der darunter belief sich auf über zehntausend Dollar.«

»Hast du es gemeldet?«

»Bist du verrückt? Das war aber auch nicht nötig; der Bursche hat Anzeige gegen sie erstattet. Die Dienstaufsicht hat eine Ermittlung durchgeführt und kam zum Schluß, daß die Beschwerde unbegründet war.« Francie sah auf ihre Knöchel hinab und dann wieder zu mir hoch. »Ich muß in diesem Leben, diesem Job, dieser Schicht überleben.«

»Klingt ja ganz so, als wäre in der Mitternachtsschicht der Bär los.« Ich schüttelte den Kopf.

»Die Menschen benehmen sich in dieser Schicht anders«, sagte sie nachdenklich. »Nicht nur, weil es dunkel ist. Es ist eine ganz andere Welt, eine andere Mentalität. Du kennst das nicht, Britt. Klar, du warst schon mal draußen, aber nicht die ganze Nacht über, auf Streife. Du solltest es einmal mitmachen. Die wirkliche Nacht fängt nicht mit der Abenddämmerung an, nicht einmal dann, wenn wir den Dienst antreten. Bis Mitternacht sind noch jede Menge Leute unterwegs. Das ändert sich erst, wenn die letzten Arbeiter der Spätschicht nach Hause gegangen sind und die Leute die Restaurants und Bars verlassen. Dann sind wir ganz allein hier draußen. Dann heißt es, wir und sie.« Sie schob Bitsy den Rest ihres Sandwiches hinüber. »Und oft habe ich mehr Angst vor uns.«

»Was meinst du damit?« fragte ich. Ich wollte mehr über D. Wayne herausbekommen, spürte aber, daß ich Francie nur über Umwege zu diesem Thema bringen konnte.

»Die meisten Menschen mit Familie wollen tagsüber arbeiten. Nur ein paar sind bereit, die Nachtschicht zu übernehmen, und einige davon aus den falschen Gründen. Und unsere hohen Tiere teilen dieser Schicht die Versager zu, teilweise als Strafe, teilweise, um sie loszuwerden.« Sie beugte sich vor, und ihre blauen Augen waren ganz ernst.

»Nach einer Weile kommen die vielen Streifenpolizisten, die Nachtschicht schieben, zu der Auffassung, daß sich jetzt nur noch Gangster auf den Straßen herumtreiben. Polizisten neigen dazu, sich zusammenzurotten. Oft sieht man, daß sie zusammen fahren oder über Funk miteinander in Verbindung stehen, damit sie alles zu zweit, dritt oder viert machen können. Jeder will klüger als die anderen sein.«

»Warum zum Teufel arbeitest du denn in dieser Schicht?«

Francie dachte kurz nach. »Ich halte mich von dem Rudel fern und mache meine Arbeit. Die Nächte sind kühler. Geld spielt auch eine große Rolle. Wir alle verbringen viel Zeit vor Gericht, doch wenn man in der Nachtschicht arbeitet, zählt das als Überstunden. Das Geld läppert sich zusammen, und ich spare auf ein Haus in der Stadt.«

»Mann, ein Haus in der Stadt, ist ja toll.« Ich konnte ihren Wunsch, sich Eigentum zuzulegen, vollauf verstehen. Wir hatten uns gegenseitig unsere Lebensgeschichten erzählt, und sie ähnelten sich in vielerlei Hinsicht. Francies Vater war aus unbekannten Gründen vor ihrer Geburt abgehauen. Ihre Mutter war gestorben, als sie acht Jahre alt gewesen war, und sie hatte den größten Teil ihrer Kindheit und Jugend bei Pflegeeltern verbracht. »Weißt du«, sagte ich, »für kleine Mädchen, die ohne Daddies aufgewachsen sind, ist wirklich was aus uns geworden.«

Wir lächelten und stießen mit unseren Kaffeetassen an.

»Glaubst du wirklich?« sagte sie. »Was würden sie sagen,

wenn sie uns jetzt sehen könnten? Wir nehmen hier um vier Uhr morgens an einer verlassenen Schiffsrampe in der amerikanischen Hauptstadt des Verbrechens unser Mittagessen ein.«

»Überlebende«, sagte ich. »Wir sind Überlebende.«

Bitsy lief, die Nase auf dem Boden, in Kreisen herum. Sie fand ein geeignetes Plätzchen, kauerte sich hin, erledigte ihr Geschäft und schob dann ab, um eine der Rampen zu erkunden. Nachdem wir den Tisch abgeräumt hatten, wischte Francie Bitsys Geschäft mit einer Serviette auf und warf sie, wie es sich gehörte, in eine Mülltonne. »Ich will keine Zeitbomben zurücklassen, in die die Bootsbesitzer morgen früh treten könnten.«

»Eine richtig gute Bürgerin.« Ich lachte.

»He, darauf stehen fünfhundert Dollar Strafe.«

»Du kannst von Glück reden, daß du nur einen kleinen Hund hast.«

Sie pfiff, und Bitsy kam mit wehender roter Schleife angerannt.

Wir stiegen in unsere Autos; mein T-Bird stand mit der Nase in südlicher, ihr Streifenwagen in nördlicher Richtung. Wir drehten die Fensterscheiben herab, und als wir uns schon verabschiedet hatten, fragte ich schließlich: »Hast du eine Ahnung, warum D. Wayne Hudson geflohen sein könnte?«

»Wenn Machado, Estrada und die Blackburn-Zwillinge hinter mir her wären, würde ich auch abhauen«, sagte sie. »Wenn du wirklich wissen willst, was in der Nachtschicht los ist, Britt, kannst du ja mal eine Nacht als Beobachterin mit mir fahren. Du kannst es dir nicht vorstellen. Das ist eine ganz andere Welt.«

Die Idee gefiel mir. »Das wäre toll. Vielleicht mache ich es.«

Francie sprach in das Mikro ihres Funkgeräts und meldete sich zurück. Sie zog auf den leeren Causeway, winkte und fuhr in die Stadt zurück. Während ich nach Hause fuhr, um noch ein paar Stunden Schlaf zu bekommen, dachte ich über die Nachtschicht nach, und über Cops, die sich mit Steroiden vollpumpten.

5

Der Kaffee am frühen Morgen und das Wissen, daß ich nur noch ein paar Stunden Schlaf finden würde, hielten mich rastlos und wach, und so war ich ziemlich wütend, als der Tag durch die Verzögerungstaktik der Bullen einen schlechten Anfang nahm. Sie behaupteten, auf der Brücke – dem Kommunikationszentrum des Polizeipräsidiums – unterbesetzt zu sein und niemanden zu haben, der die Funksprüche bei D. Wayne Hudsons Verfolgung und Verhaftung für mich heraussuchen könne.

Ich hatte kaum Zeit, mit ihnen zu streiten, da der Tag vielen Leuten ernstere Probleme als die meinen bescherte, darunter einigen Kindern. Verspielte kleine Jungs fanden in der Nähe ihrer Schule eine schmutzige, weggeworfene Injektionsnadel und verfolgten, stachen und terrorisierten damit andere Viertklässler. Sieben gestochene Kinder mußten sich nun AIDS-Tests unterziehen.

Als ich dort ankam, hatten die meisten kleinen Opfer ihre Tränen weggewischt und spielten schon wieder. Nicht sie, sondern ihre Eltern weinten vor Angst oder Wut.

Dann sprach ich mit einem Detective von der Mordkommission über ein kleines Mädchen, das man nach einem bizarren Unfall an diesem Morgen ertrunken aufgefunden hatte. Das Zierfischaquarium der Eltern hatte in der Nacht ein Leck bekommen, und das Wasser war in das mit Plastik ausgelegte Kinderbett getropft, in dem das Mädchen geschlafen hatte.

Noch vor dem Mittag hatten Streifenbeamte drei schmutzige und unterernährte kleine Jungen aus einem rattenverseuchten, von der Regierung subventionierten Haus befreit, in dem ihre Eltern Crack kochten. Von dort aus fuhr ich zu einer anderen Grundschule, in der Zweitklässler Zeugen geworden waren, wie ihr Lehrer mit vorgehaltener Waffe im Klassenzimmer ausgeraubt worden war.

Dort erfuhr ich von einem Detective, daß gerade der Leiter eines Tageshorts verhaftet worden war, weil er im Lauf von einigen Monaten ein halbes Dutzend Kinder mißbraucht hatte. Er hatte seinen jungen Opfern eingeredet, daß ihre Eltern sterben würden, wenn sie es jemandem verrieten. Das Aufwachsen war nicht mehr einfach, dachte ich, falls es denn jemals einfach gewesen sein sollte.

Was die Opfer von Verbrechen betraf, schien es immer eine gewisse Serienmäßigkeit zu geben. Heute waren es kleine Kinder, morgen wurde vielleicht die Jagdsaison auf ältere Mitbürger, Taxifahrer, Verkäufer in Drogerien oder sogar Cops eröffnet. Wann immer ein Polizeibeamter erschossen wurde, schien es innerhalb von achtundvierzig Stunden eine weitere Schießerei zu geben, in die Polizisten verwickelt waren; das galt auch für so ziemlich alle anderen üblen Mißgeschicke, seltsamen Unfälle, Verkehrskarambolagen oder beliebigen Überfälle. Während der letzten Pechsträhne waren zwei gute Cops bei Flugzeugunglücken gestorben, ein dritter bei einem Tauchunfall und ein weiterer bei einem Zugunglück. Alle hatten dienstfrei gehabt und waren angeblich nicht so gefährdet gewesen, als wären sie in Miamis gewalttätigen Straßen Streife gefahren.

Heute war nicht nur für Kinder ein schlechter Tag in Miami, sondern auch für Reporter, dank der stellvertretenden Lokalchefin Gretchen Platt.

Frauen, die versuchten, in diesem oder jedem anderen von Männern beherrschten Beruf Fuß zu fassen, sollten einander unterstützen. Doch was Gretchen betraf, so hatte ich den Feind gesehen, und er hieß Platt. Sie war ehrgeizig und versessen darauf, zu den Jungs zu gehören, und nahm Frauen deshalb härter ran, als Männer es taten.

Als lautstarke Unterstützerin der Burschen aus der Handelskammer, die die Stadt beherrschten und unsere Redaktionspolitik stark beeinflußten, beschwerte sie sich verbittert über ›zu viele negative Schlagzeilen‹ in der Zeitung und hatte für meine Arbeit nur Verachtung übrig. Sie war der Ansicht, je weniger die Öffentlichkeit über Gefahr und Verbrechen wußte, um so besser, besonders, was Miami als Erholungsort betraf, der zu einem beträchtlichen Teil von dem Geld abhängig war, das die Touristen in der Stadt ließen. Das war die Ignoriert-das-Ungeheuer-und-es-wird-von-allein-gehen-Theorie. Ich war der Ansicht, daß es lediglich größer und noch gefährlicher wurde, wenn man es ignorierte, und informierte Menschen sich schützen konnten. Doch Gretchen lag an kostenloser Werbung, wie die Handelskammer sie zu schätzen wußte, also an Stories über kulturelle Errungenschaften und das Erziehungswesen. Sie hatte das Talent, aus den jeweiligen Stories die besten Zitate und alle anderen lustigen, bedeutungsvollen oder dramatischen Details zu streichen.

Reporter waren nicht ihre einzigen Opfer. Von den Fotos der Fotografen verwendete sie mit Vorliebe nur bestimmte Ausschnitte, so daß sie jegliche Durchschlagskraft, Form und Komposition verloren; aus wohldurchdachten Fotos wurden auf diese Weise bloße Porträtaufnahmen.

Das einzige wahre Talent, das ich bei Gretchen sah, bestand darin, daß ihre Frisur immer ganz toll aussah, ganz gleich, wie das Wetter oder wie hoch die Luftfeuchtigkeit war. Gretchen war Anfang Dreißig und wunderschön. Ihr blondes Haar war stumpf geschnitten, weich und glatt, ein hübscher, hochmoderner Pony, und so perfekt gestylt, wie es nur ihr teurer Designerfriseur zustande brachte. Sie war immer wie aus dem Ei gepellt und sah aus wie das Titelfoto von *Vogue*, eine richtige kleine Miss Perfect. In Wirklichkeit war sie der perfekte Horror. Sie hatte auf der Medill School der Northwestern studiert und schien die Karriereleiter bis zur obersten Sprosse so schnell hinaufzusteigen, wie ihre handgemachten italienischen Schühchen mit den hochhackigen Absätzen sie nur tragen konnten – und wehe der armen Seele, ob nun Mann oder Frau, die ihr in den Weg kam. Sie war mit einem langweiligen Grundschullehrer verheiratet, schwelgte in ihrem Persönlichkeitstraining und kommandierte uns mit einer Stimme herum, die manchmal schrill bis nasal klang, wenn sie die Kontrolle verlor und vergaß, sie zu ›modulieren‹. Man könnte den Eindruck bekommen, daß ich sie nicht ausstehen konnte – und genauso war es.

Um dem Büro und damit der Gefahr zu entgehen, daß sich Gretchens Augen (die übrigens etwas zu dicht zusammenstanden) auf mich konzentrierten und sie mir irgendeinen bescheuerten Auftrag gab, schrieb ich schnell meine Stories über die Katastrophen des Tages für die Morgenausgabe, schlich mich dann aus dem Büro und fuhr zum Abschleppunternehmen Double Eagle hinüber, um mir D. Wayne Hudsons Wagen einmal anzusehen.

Sogar sonst besonnene Autofahrer werden wütend, wenn man ihre Fahrzeuge abschleppt, und brechen dann gelegentlich Auseinandersetzungen vom Zaun, die mitunter auch mit Automatikwaffen geführt werden. Wenn man jemandem seinen Wagen nimmt, rührt man damit an dieselben primären Gefühle, die in den alten Zeiten geweckt wurden, wenn man einem das Pferd stahl – und es ist ja bekannt, was man mit Pferdedieben gemacht hat. Das Abschleppen ist ein gefährlicher Beruf. Mehrere Firmen hatten Verträge mit der Stadt, und ihre Standorte sahen aus wie Festungen, waren umgeben von Stacheldrahtzäunen und wurden von Wachhunden geschützt. Die Unternehmen waren knallhart; eins hatte sich mal geweigert, einer Zuckerkranken ihr Insulin aus dem Handschuhfach des abgeschleppten Wagens zu geben, weil ihr zehn Dollar an den Gebühren fehlten. Nicht einmal nach einem Diabetikerkoma hatte es sich der Abschleppunternehmer anders überlegt. Autofahrer lösten ihre Fahrzeuge an kleinen, vergitterten Fenstern aus, nur Bargeld, kleine Scheine, keine Schecks, keine Hundert-Dollar-Noten. In Miami schienen mehr gefälschte als echte Hunderter im Umlauf zu sein. Sogar die Post akzeptierte keine großen Scheine mehr.

Ich versuchte, der Frau hinter dem kugelsicheren Glas zu erklären, daß ich nicht hier war, um einen Wagen auszulösen, sondern mir nur einen *ansehen* wollte, als Lucas Taylor, einer der Besitzer, mich sah und aus seinem stark befestigten Büro kam. Wir kannten einander von zahlreichen Unfall- und/oder Verbrechensorten, an denen er Autos aus dem Meer, der Bucht, Flüssen, Wasserstraßen und Kanälen und Sümpfen gezogen und von Flughafen- und anderen Parkplätzen abgeschleppt hatte; oftmals hatten sich dabei Leichen in den Kofferräumen, auf den Rücksitzen oder noch hinter dem Lenkrad angeschnallt befunden, einige schon jahrelang, ehe sie dann entdeckt worden waren. Sein Rekord waren acht Leichen, fast neun, in einem Fahrzeug; eine Tote war schwanger gewesen.

»He, Britt!« Er grinste. »Haben Sie einen Wagen hier? Sie und Lottie, habt ihr wieder einen zu Schrott gefahren?«

»Nein«, sagte ich wütend, »das ist uns nur einmal passiert.« Es war nicht unsere Schuld gewesen. Wer konnte denn ahnen, daß ein Unfall mit vier beteiligten Fahrzeugen auf dem Expressway zu einem mit neun schrottreifen Wagen werden würde, nachdem ein Lastwagen von der Straße abgekommen und auf den Randstreifen gerast war, auf dem wir unsere Autos abgestellt hatten, um über den Unfall zu berichten? Oder daß das Auto, das wir gerade verlassen hatten, die Böschung hinabrollen und einfach explodieren würde? Es war Lotties Firmenwagen gewesen, und in der Redaktion war danach der Teufel los. (Fotografen bekamen Firmenwagen gestellt; Reporter benutzten ihre eigenen und bekamen eine Meilenpauschale von zwanzig Cents.)

»Ich will mir D. Wayne Hudsons Wagen ansehen. Es ist ein Lincoln, ein dunkelblauer Mark VII.«

»Klar, kommen Sie mit.« Er entriegelte die Stahltür und führte mich durch das Büro auf den Abstellplatz. Lucas war Mitte Dreißig, ein stämmiger Kerl, mit dem sich wütende Autofahrer besser nicht anlegten. Normalerweise versuchten sie es trotzdem, was sie aber ziemlich schnell bedauerten. Er trug den blauen Overall des Abschleppunternehmens Double Eagle, und ein Schmierfleck zierte einen gebräunten Wangenknochen. Als er nach einem Klemmbrett griff, das an einem Haken an der Wand hing, fiel mir auf, daß er beeindruckend muskulöse Arme hatte. War ich schon so verzweifelt, fragte ich mich, daß ich den Drang verspürte, meinen T-Bird von Lucas abschleppen zu lassen? Vielleicht hatte Lottie recht, vielleicht sollten wir doch mit Larry und seinem Freund Steve ausgehen.

Der Lincoln stand auf dem Parkplatz und war bereits angestaubt. Die Scheinwerfer waren zertrümmert. Beide Kühler und die Oberfläche der Motorhaube waren verbogen, wenn auch nicht schlimm, und die Windschutzscheibe war zwar noch vorhanden, bestand aber nur noch aus einem feinen Spinngewebe aus gesprungenem Glas. Seltsamerweise waren auch die Rücklichter eingeschlagen.

Den Papieren zufolge, die Lucas auf der Motorhaube liegenließ, als er ins Büro zurückging, um einen Anruf entgegenzunehmen, war der Wagen nicht von der Polizei beschlagnahmt worden. Die Ermittlungen waren abgeschlossen, und der Wagen brachte momentan fünfundvierzig Dollar Gebühren pro Tag an Lagerkosten ein. Ich öffnete die Tür und schaute hinein. Das Innere schien noch immer nach einem neuen Fahrzeug zu riechen. Vielleicht fiel es mir auch nur auf, weil mein Wagen eindeutig nicht so roch.

D. Wayne Hudsons Mark VII war mit nicht einmal zehntausend Kilometern auf dem Tachometer auch fast neu. Auf der Rückbank war ein Babysitz befestigt. Mein Pieper ging los: Ich sollte Gretchen in der Redaktion anrufen. Ich ignorierte das Geräusch. Ich konnte keine Blutflecke oder Beschädigungen im Wageninneren ausmachen. Ich vermutete, daß D. Waynes Kopf gegen die Windschutzscheibe geprallt war; das Spinnennetz lief auf der Fahrerseite zusammen, doch ein weiteres Anzeichen dafür konnte ich nicht ausmachen. Etwas an dem Wagen störte mich. Der Pieper ging erneut los, und eine Stimme wies mich an, augenblicklich Gretchen anzurufen. Wütend ignorierte ich sie. Hätte ein Notfall vorgelegen, hätte die Stimme mich darüber informiert. Sie wollte nur überprüfen, ob ich auch fleißig war. Das Handschuhfach enthielt das Handbuch des Wagens, verschiedene Garantieunterlagen, einen Schnuller, einen Stadtplan und eine Taschenlampe. Ich hatte noch nie in einem ein Paar Handschuhe gesehen.

Der Pieper piepste zum dritten Mal, und ich schaltete ihn aus. Doch dann machte ich mir Sorgen, daß es vielleicht um eine Frage ging, die unbeantwortet verhindern mochte, daß eine meiner Stories in der Frühausgabe erschien. Zögernd ging ich zum Büro zurück und bat, kurz telefonieren zu dürfen. Gretchen begrüßte mich mit einem: »Wo sind Sie?« Ich erklärte es ihr, und sie klang verärgert. »Was soll das?« fragte sie.

Ich wollte nicht darüber sprechen, während auf meiner Seite

zahlreiche Leute mithören konnten. »Wir können später darüber reden«, sagte ich, »ich stehe hier in einem Büro.«

»Sie hätten erst mit mir sprechen sollen, bevor Sie dahin fuhren«, schnappte sie und ließ mich dann erst einmal warten.

Ich war versucht, einfach aufzulegen, aber vielleicht hatte sie ja wirklich noch eine wichtige Frage. Die Kassiererin schmollte und knibbelte ungeduldig an ihrem abblätternden zinnoberroten Nagellack, als wartete sie darauf, ihr eigenes Telefon benutzen zu können. Schließlich meldete sich Gretchen wieder, geschäftsmäßig und kurz angebunden. »Ich will, daß Sie sich jede Stunde bei mir melden, damit ich weiß, wo Sie sind.«

Kein anderer Redakteur hatte jemals so etwas von mir verlangt. Ich schluckte meinen Ärger herunter, atmete tief durch und versuchte, ganz ruhig zu sprechen. »Haben Sie irgendwelche Fragen zu meinen Stories?«

»Sie haben es nicht in die Morgenausgabe geschafft«, sagte sie fröhlich. »Ich habe sie mir noch nicht angesehen. Wir hatten zu viele andere wichtige Nachrichten.«

»Ach?«

»Eine Wohltätigkeitskampagne, Ernennungen für den Kulturausschuß, die Grundsteinlegung für das Performing Arts Center, der Konvent der jüdischen Bibliothekare in Miami Beach und eine öffentliche Anhörung über eine Sondersteuer.« Sie klang zufrieden; das war ein Nachrichtentag, wie sie ihn liebte.

»Ich glaube, das Schicksal von Kindern in der Innenstadt, der Raub im Klassenzimmer und die Kinder, die mit der Spritze gestochen worden sind, sind ebenfalls wichtig.« Mein Magen zog sich zusammen.

Sie rümpfte die Nase. »Sie können ja heute abend mit dem Nachtredakteur darüber sprechen.«

Ich wußte, daß ich zur Redaktion zurückfahren und mich dort dafür einsetzen mußte, daß meine Stories es in die Morgenausgabe schafften. Als Redakteurin der Tagschicht würde sie dem diensthabenden Redakteur der Abendschicht ihre Vorschläge für die Zusammenstellung des Lokalteils auf den Schreibtisch legen. Stories, die nicht vorgeschlagen worden waren, hatten es viel schwerer, es tatsächlich in die Morgenausgabe zu schaffen.

»Da ich nicht wußte, wo Sie waren, und Sie auch nicht zurückgerufen haben, mußte ich eine gute Story einem anderen Reporter geben.« Gretchen klang tatsächlich so, als täte es ihr leid. »Schaffen Sie Ihren Arsch hierher«, sagte sie und legte abrupt auf.

Ich kochte innerlich noch immer, als mir ein Gedanke kam: der Airbag. Was war mit dem Airbag in D. Waynes Wagen passiert? Nachdem sie einmal aufgeblasen worden waren, fallen Airbags zusammen und bleiben schlaff liegen, wie benutzte Fallschirme. Aber ich hatte ihn nicht gesehen. Alma hatte gesagt, daß der Wagen mit einem Airbag ausgestattet gewesen war.

Ich ging zu Lucas, und der sah nach und runzelte dann seine gebräunte Stirn. »Komisch«, sagte er. »Das Ding hat sich nicht aufgeblasen. Anscheinend war der Aufprall nicht hart genug.«

»Er war aber immerhin so hart, daß der Fahrer gestorben ist!«

Wir sahen einander an. Seine tiefliegenden Augen wurden plötzlich wachsam.

»War D. Wayne noch da, als Sie zum Unfallort kamen?«

»Sie schafften ihn gerade in den Krankenwagen«, sagte er und hob dann eine Hand, als sei ich ein Räuber, der einen Revolver auf ihn richtete. »Ziehen Sie mich bloß in nichts rein, Britt. Der Vertrag mit der Stadt ist für meine Firma lebenswichtig.«

»Natürlich nicht. Ich will nur herausfinden, was passiert ist.«

»Was es auch war, es war vorbei, als ich dort ankam.« Sein Gesichtsausdruck war abwehrend.

»Ist es nicht komisch, daß sich der Airbag nicht aufgeblasen hat?«

»Keine Ahnung«, murmelte er. »Vielleicht ist er kaputt, vielleicht ist der Wagen seitwärts geschleudert. Diese Dinger blasen sich nur bei Frontalzusammenstößen auf.«

»Aber der Wagen ist vorn beschädigt.« Ich sah ihn fragend an. »Haben Sie Bremsspuren gesehen?«

Er zögerte. »Es war dunkel . . .« Er kniff die Lippen zusammen, und sein Blick konzentrierte sich über meine Schulter hinweg auf etwas, das ich nicht sehen konnte. »Sprechen Sie mit dem Polizisten, der die Ermittlung durchgeführt hat. Er ist der Mann mit den Antworten.«

»Na schön«, sagte ich und bedachte ihn mit meinem süßesten Lächeln. »Aber wenn Ihnen noch was einfällt, das mir helfen könnte, mir einen Reim auf die Sache zu machen, wissen Sie ja, wo Sie mich finden.« Ich gab ihm meine Karte.

»Klar«, sagte er. Als ich davonging, rief er mir nach: »He, Britt! Sie und Lottie sollten öfter zusammen fahren. Wir können die Aufträge gut gebrauchen.«

Auf dem Rückweg zur Zeitung fuhr ich am Präsidium vorbei, um einen weiteren Antrag auf die Freigabe der Bänder zu stellen. Der Beamte, der für die Öffentlichkeitsarbeit zuständig war, normalerweise ein netter Bursche, war patzig. »Wir bekommen pro Woche über fünfzigtausend Anrufe von der Öffentlichkeit. Denen gilt unsere Priorität, nicht Ihren Schrullen. Sie kriegen die Tonbänder, sobald wir die Zeit finden, sie herauszusuchen.«

Ich war mir nicht ganz sicher, ob die Tonbandaufnahmen des Funkverkehrs der Öffentlichkeit allgemein zur Verfügung standen, daher legte ich keine Beschwerde über ihn ein. Ich ließ Nachrichten für Ted, Roscoe und Roland Blackburn, Josè Estrada, Manuel Machado und Lou Carpenter zurück, die Cops, die D. Wayne verfolgt hatten, sowie für den Beamten, der den Unfallbericht geschrieben hatte, und bat sie erneut, mich zurückzurufen.

In der Zeitung ging ich zuerst bei unserem Anwalt vorbei. Mark Seybold wirkte unauffällig, sogar ein wenig schwerfällig, doch unter dem braven Anzug schlug das Herz eines Tigers, und Bullen, die ihn am Schwanz faßten, erwartete eine wilde Schlittenfahrt. Er hatte einmal verhindert, daß ich ins Gefängnis kam, als ein Richter angeordnet hatte, daß ich einen Informanten nennen mußte, und war zu meiner Rettung herbeigeeilt, als die Staatsanwaltschaft versuchte, meine Notizen zu beschlagnahmen, womit sie sich eigene umfangreiche Ermittlungen erspart hätte. Ich war beide Male erleichtert und äußerst dankbar gewesen. Die Behörden machten mir angst. Jedesmal, als Mark mich gerettet hatte, hatte er die Mitglieder unserer Chefredaktion enttäuscht. Die wären erfreut gewesen, wenn ich ins Gefängnis gekommen wäre, weil sie dann die Möglichkeit gehabt hätten, wütende Leitartikel über die Pressefreiheit zu schreiben. Sollte es jemals hart auf hart gehen, würde ich mich weigern, einen Informanten zu verraten, doch ich konnte mir auch etwas Schöneres als das Geräusch vorstellen, mit dem hinter mir die Zellentür zufiel.

Mark und ich hatten etwas gemeinsam. Sein Schreibtisch sah ebenfalls aus, als hätte ein Müllwagen seinen Inhalt darauf entleert. Mark war noch nicht ganz im mittleren Alter, wirkte zuversichtlich und aufmerksam und hatte intelligente Augen, die hinter den Gläsern seiner Brille mit Goldrand sehr groß aussahen. Er begeisterte sich für Eisenbahnen und trug an diesem Tag seine Lieblingskrawatte, marineblaue Streifen mit einer aufgestickten Lokomotive, dem Modell 1401 der Southern Railway. Jedem, der ihm Komplimente über die Krawatte machte, pflegte er die Geschichte der Lok herunterzuspulen, die 1926 gebaut, in den fünfziger Jahren aus dem Verkehr gezogen worden und nun im Smithsonian zu besichtigen war. Ich machte ihm kein Kompliment; ich hatte es eilig. Ich stellte ihm statt dessen eine einfache Frage und hoffte auf ein Ja oder Nein als Antwort.

»Sind die auf Band aufgenommenen Funksprüche zwischen der Zentrale und den im Einsatz befindlichen Beamten öffentlich allgemein zugänglich?«

Mark verschränkte die Hände hinter dem Kopf und schaute nachdenklich drein. »Gute Frage«, sagte er. Gott im Himmel, dachte ich, gibt es für einen Anwalt überhaupt so etwas wie eine einfache Antwort?«

»Das ist eine Grauzone«, sagte er. »Sie werden es abstreiten, wir werden es behaupten. So wird's wohl laufen.«

Ich seufzte; ich wußte, daß Gretchen oben im fünften Stock in diesem Augenblick wohl gerade meine Stories zerpflücken würde.

»Funksprüche zwischen Streifenwagen und der Funkzentrale

müssen der Öffentlichkeit nicht zur Verfügung gestellt werden, wenn sie Teil einer noch laufenden Ermittlung eines Verbrechens sind«, fuhr er fort. »Die Schlüsselfrage lautet: Sind die Bänder Teil einer noch laufenden Ermittlung eines Verbrechens?«

Ich erklärte ihm die Situation.

»Was hoffen Sie auf den Bändern zu finden?«

»Ich bin mir nicht sicher, bis ich sie abgehört oder die Abschrift gelesen habe.«

»Sie fischen im Trüben?«

»Mehr oder weniger.«

»Wir sollten uns eine offene Schlacht für einen würdigen Anlaß aufsparen, wenn Sie zum Beispiel wissen, daß Sie wirklich eine Story haben.«

»Jede Ermittlung über D. Wayne wäre doch logischerweise mit seinem Tod beendet, nicht wahr?« Ich setzte einen Ellbogen auf seinen gewaltigen Schreibtisch.

»Ja, aber wenn die Dienstaufsicht Ermittlungen über das Verhalten der Bullen in dieser Nacht betreibt, geraten wir damit wieder in eine Grauzone«, sagte er. »Wenn die Ermittlung der Dienstaufsicht begann, nachdem die Tondbandaufzeichnungen gemacht wurde, ist das Band offensichtlich nicht zu diesem Zweck entstanden. Wenn die Ermittlung zum Beispiel fünf Tage später begann, bedeutet das nicht, daß sie im nachhinein öffentlich Material geheimhalten können. Natürlich«, sagte er achselzuckend, »werden sie dieser Auffassung nicht zustimmen, und nicht jeder Richter wird uns unsere Version abkaufen.«

Anforderungen der Medien wurden normalerweise von einem Rechtsberater der Polizei überprüft, der unsere Auffassung in Zweifel ziehen konnte. Da man mein Ersuchen nicht geradeheraus abgelehnt hatte, pflichtete ich ihm bei, daß es klüger war, weiterhin um Herausgabe der Bänder zu bitten, ohne einen Rechtsstreit vom Zaun zu brechen, und uns die schweren Geschütze für den Krieg aufzusparen. Mark wußte einen guten Kampf zwar zu schätzen, zog es aber vor, das Schlachtfeld selbst auszuwählen. Dagegen konnte ich nichts vorbringen.

In meiner Ecke des Redaktionssaals herrschte das nackte Chaos. Lottie, ein weiterer Fotograf, mehrere Reporter, ein Archivar und ein Buchhalter drängten sich um Ryans Schreibtisch. Gretchen saß am Schreibtisch des Lokalredakteurs, schaute sehr ernst drein, arbeitete fleißig vor sich hin und hatte die perfekt geschwungenen Lippen zu einem Grinsen verzogen. Ryan mußte den Auftrag geerbt haben, den sie ursprünglich für mich vorgesehen hatte, dachte ich, als ich zu ihnen ging.

Wie sich herausstellte, hatte Gretchen tatsächlich einen Gedankenblitz gehabt. Er war von den Horden der kubanischen Flößer ausgelöst worden, in diesem Jahr schon an die zweitausend, die auf Reifenschläuchen und Flößen aus Castros Kuba geflohen und nach Miami gekommen waren. Viele davon wurden von der Küstenwache oder den Hermanos al Rescate (Brüder zur Rettung) gefunden, einer freiwilligen Suchtruppe exilkubanischer Piloten, von denen ich ein paar kannte; ein Vetter meines Vaters gehörte der Vereinigung an. Andere, deren selbstgebaute Flöße oder kleine Boote sich als unzureichend und seeuntüchtig erwiesen hatten, waren auf See ertrunken.

Die Zeitung, hatte Gretchen beschlossen, sollte einen Reporter auf so ein Ding setzen, um einen Bericht aus erster Hand darüber zu bekommen, wie es wirklich war, auf einem aus Autoreifen bestehenden Floß durch haiverseuchte Gewässer zu fahren und sich mit starken Strömungen und fünf Meter hohen Wellen herumzuschlagen. Sie hatte Ryan für den Job ausgesucht. Er hatte ihr gesagt, er habe zu viel mit seiner Serie über den Umweltschutz zu tun. Als Gretchen darauf bestanden hatte, hatte Ryan gebeichtet, daß er nicht schwimmen konnte. »Auf hoher See spielt es keine Rolle, ob man schwimmen kann oder nicht«, hatte sie erwidert. Dieser Einwand hatte etwas für sich. Ryan hatte entgegnet, daß er schnell seekrank wurde. »Um so besser, da wird Ihr Bericht noch realistischer«, hatte sie geantwortet.

Ryan war nicht besonders versessen auf Überlebenstraining oder Unternehmungen unter freiem Himmel; ganz im Gegenteil, er kam mir manchmal sogar vor wie ein kleiner Hypochonder. Die anderen Reporter heuchelten zwar Mitleid, scharten sich aber wie die zu erwartenden Haie um ihn und genossen seine Notlage geradezu.

Lottie sollte von einem Chalk's Seaplane aus, das ihn letztendlich auch wieder aufsammeln sollte, falls die Küstenwache, ein Frachter oder die Brüder zur Rettung ihn nicht vorher fanden, Fotos von Ryan auf seinem Floß schießen.

»Falls die Haie ihn nicht vorher erwischen«, sagte Howie Janowitz, ein Reporter, glücklich.

»Ist das ihr Ernst?« fragte ich. »Das hört sich an wie ein Fernsehstunt oder ein Sensationsreißer eines dieser Revolverblätter.«

»Sie meint es ernst«, sagte Ryan verdrossen. Ihm schien jetzt schon schlecht zu sein.

»Wir müssen ihr gratulieren. Das ist die erste wirklich originelle oder dramatische Idee, die die Frau je in ihrem Leben gehabt hat«, sagte Eduardo de la Torre, unser Gesellschaftsredakteur. Wie immer wie aus dem Ei gepellt mit seinem aristokratischen Profil, dem marineblauen Blazer mit den goldenen Knöpfen und einer perfekten Maniküre, lächelte er Ryan an und seufzte. »Wenn sie doch nur mich ausgewählt hätte.« Wir alle lachten.

Gretchen wollte ein echtes Floß von der Küstenwache ausleihen, die entweder die Besatzung gerettet oder es leer und treibend gefunden hatte.

»Hoffentlich ist das kein schlechtes Omen«, meinte Ryan gramerfüllt.

»Du wohnst in Südflorida, von Wasser umgeben, und kannst wirklich nicht schwimmen?« fragte ich, als sich der größte Teil der Spötter wieder an die Arbeit gemacht hatte.

Er warf einen haßerfüllten Blick zu Gretchens Schreibtisch hinüber. »Ich konnte einfach nie untertauchen. Außerdem, Britt, das weißt du doch selbst . . . wann immer man eine Story über einen Ertrunkenen schreibt, zitiert man die Hinterbliebenen, die das Opfer als guten Schwimmer bezeichnen. Das sagen sie *immer.* Irgend etwas passiert. Gute Schwimmer kriegen Krämpfe, verfangen sich mit den Füßen in Schlingpflanzen, wagen sich zu weit raus, überschätzen sich. Ich habe nur selten von einem Ertrunkenen gehört, der nicht schwimmen konnte. Wenn man nicht schwimmen kann, ist man nicht so gefährdet. Man ist so klug, nicht ins Wasser zu gehen.« Wie er es erklärte, klang es völlig sinnvoll.

»Und wenn man nie in ein Auto steigt, kann man auch nicht bei einem Verkehrsunfall sterben«, sagte ich. »Aber man kommt auch nirgendwo hin.«

»Und wenn man nicht bumst, wird man nicht schwanger«, fügte Lottie hinzu. Ryan schmollte. Sogar seine Kumpels stellten sich gegen ihn.

»Du mußt schwimmen lernen«, sagte ich. »Sieh dir all die Autos an, die hierzulande im Wasser landen.«

»Ich habe keine Zeit mehr dafür«, sagte er elendig. »Sie will die Story für die Sonntagsausgabe haben.«

»Was, wenn es einen Sturm gibt? Um Gottes willen, wir haben die Hurrikan-Saison. Wie lange sollst du da draußen bleiben?« Ich sah zu Gretchen hinüber, die den glänzenden, goldenen Kopf über ihr Computerterminal gebeugt hatte.

»Vierundzwanzig Stunden lang.«

»Ich werde ganz tolle Fotos von dir machen«, sagte Lottie beschwichtigend, »ganz allein da draußen auf deinem kleinen, wackligen Floß, ein Mann allein gegen die See. Farbfotos für die erste Seite. Du wirst berühmt.«

Ryan schaute etwas glücklicher drein. »Sieh es doch mal so«, sagte ich zu ihm. »Kein Telefon, kein Redaktionsschluß, und du wirst da draußen auf dem Wasser schön braun. Kein Lärm, nur die Vögel, die Fische, das Meer und der Himmel. Es wird wie Urlaub sein, ein Tag auf einer Segeljacht.«

»Ich segle nicht. Ich werde schon in Bussen reisekrank. Mir wird schlecht, wenn ich auf einem Dock stehe und aufs Meer hinaus schaue.« Ryan sah schon etwas grün im Gesicht aus, doch die Aussicht auf Ruhm begann ihre Wirkung zu erzielen. »Was, wenn die Küstenwache versucht, mich zu retten, bevor du die Fotos gemacht hast?«

»Laß dich nicht retten«, sagte Lottie schnell. »Sag ihnen einfach, du bist mit jemandem verabredet.«

»Klar, mitten im Golfstrom. Britt«, wandte er sich mit einem flehenden Blick in den braunen Augen an mich, »du stehst doch auf so eine Sache, du bist sogar eine halbe Kubanerin. Wenn du dich freiwillig melden würdest . . .«

»Nein danke. Das ist nichts für mich. Ich arbeite schon an einer Sache, und außerdem mag ich nur Schiffe mit Badezimmern.«

»Vergiß nicht, Sonnenmilch, ein Mittel gegen Seekrankheit und ein Abwehrspray gegen Haie mitzunehmen«, sagte Lottie und zählte die notwendigen Ausrüstungsgegenstände an den Fingern ab. »Und mach dir keine Sorgen, ich habe Seekarten und Gezeitentabellen. Wir verlieren dich schon nicht.«

Ryan fing an, seinen Schreibtisch aufzuräumen, der so ordentlich war wie meiner unordentlich. »Ich gehe nach Hause«, sagte er. »Ich glaube, ich habe mir was gefangen.« Er zog mehrmals die Nase hoch, putzte sie sich dann und verließ die Redaktion wie ein Mann, der seinen letzten Gang antritt.

»Es wird ein tolles Abenteuer werden, und du kannst deinen Enkelkindern noch davon erzählen«, rief ich ihm hinterher.

»Armer Kerl«, gurrte Lottie.

Ich saß an meinem Computerterminal und rollte die redigierten Versionen meiner Stories über den Bildschirm. Wie ich befürchtet hatte, hatte Gretchen sie zusammengestrichen, die Überschriften verändert und die Texte um die Hälfte gekürzt. Die Redakteure hatten bereits ihre letzte Konferenz für die nächste Ausgabe abgehalten, und Gretchen würde bald nach Hause gehen. Ich rief meine Stories schnell auf und stellte die ursprünglichen Fassungen wieder her. Man konnte dieses Spielchen aber nicht beliebig oft treiben. Ich betete fieberhaft für Gretchens Erfolg und eine glänzende Zukunft in einer fernen Stadt, Peking zum Beispiel. Und zwar bald.

Bobby Tubbs hatte Bereitschaft, und ich fiel über ihn her. Ich tat es zwar nicht gern, doch Tubbs war ganz begeistert, als ich einen Hinweis darauf fallen ließ, daß auch die Konkurrenz an einer Story über die Kinder arbeitete, die mit der Spritze gestochen worden waren. Als ich nach Hause ging, waren meine Stories wieder drin und würden in der Morgenausgabe erscheinen, wenn sie nicht noch wegen neuer, sensationeller Nachrichten rausflogen.

Was für eine Art, sich den Lebensunterhalt zu verdienen, dachte ich. Zuerst den Kampf gegen die ganze Welt aufnehmen, um die Stories zu bekommen, und dann noch ein paar Runden mit den Kollegen einlegen, damit sie auch erscheinen.

Lotties weinfarbener Chrysler stand vor dem Club 1800, also suchte ich mir einen Parkplatz und ging hinein. Der Schuppen war wie üblich dunkel und überfüllt, aber ich machte ihren Rotschopf augenblicklich in einer hinteren Nische aus. Ryan hatte sich also doch nicht krankgemeldet. »Du mußt auf die Seevögel aufpassen«, sagte sie, als ich mich zu ihnen gesellte, »sie werden versuchen, dir die Augen auszuhacken.«

Seine Antwort bestand darin, hastig das Weinglas zu leeren.

Ich bedachte Lottie mit einem Stirnrunzeln. Warum bekräftigte sie seine Befürchtungen noch? »Wieviel hat er schon getrunken?« fragte ich, als er auf die Herrentoilette ging. »Hat er was gegessen?«

Ryan war kein Schwimmer und auch kein Trinker. Bei Feiern in der Redaktion wurde ihm normalerweise immer schlecht, und dann schlief er ein. Ich bestellte ein warmes Roastbeef-Sandwich für ihn und einen großen gemischten Salat für mich.

»Das Bermuda-Dreieck macht ihm verdammt große Sorgen«, sagte sie.

»Aber du wirst ihm die Angst nicht nehmen, indem du ihm von Vögeln erzählst, die ihm die Augen auspicken wollen.«

Lottie schaute verschnupft drein, bis ich zustimmte, irgendwann diese Woche mit ihr, Larry und Steve auszugehen. Dann blühte sie richtig auf. Ryan kam zurück und behauptete, er habe keinen Hunger. »Du brauchst 'ne vernünftige Unterlage, Kumpel«, redete ich ihm ein. Er knabberte an seinem Sandwich, und ich wechselte das Thema und entfernte mich bewußt von der ihm bevorstehenden Prüfung.

»Kannst du dir vorstellen, wie das Gesundheitsamt diese Babies vertauscht hat?« fragte ich.

Howie Janowitz und ein anderer Reporter arbeiteten an einer Story über eine noch unbekannte Anzahl Kleinkinder, die bei der Geburt in staatliche Obhut genommen und dann anscheinend in den folgenden Monaten unabsichtlich von Pflegeeltern und Sozialarbeitern vertauscht worden waren.

»Sie hätten es nie herausbekommen«, sagte Lottie, die mit ihrer Gabel in meinem Salat stocherte, »hätten sie nicht versucht, dieses weiße Baby einem schwarzen Ehepaar zurückzugeben.«

»Unsere Steuerdollars bei der Arbeit«, seufzte Ryan.

Das schwarze Ehepaar, das nun imstande war, selbst für den kleinen Jungen zu sorgen und ihn unbedingt nach Hause holen wollte, hatte protestiert, daß man ihm das falsche Kind gegeben hatte, doch die staatlichen Beamten hatten darauf beharrt, daß es sich um das ihre handelte. Daraufhin beschwerten sich zwei andere Mütter, daß die Kinder, die man ihnen zurückgegeben hatte, nicht diejenigen waren, die der Staat in seine Obhut genommen hatte. Erst nachdem sie ihre Geschichten einem Reporter erzählt hatten, gestanden die Staatsbeamten die Möglichkeit einer Vertauschung ein. Keiner der Fußabdrücke der Kleinkinder stammte mit denen überein, die man bei der Geburt gemacht hatte, doch man fand auch heraus, daß die Säuglingsschwestern bei der Abnahme der Fußabdrücke keine besondere Mühe walten ließen. Die meisten waren so verschmiert, daß man rein gar nichts erkennen konnte. Jetzt sahen sich andere Mütter die Kinder, die die Wohlfahrt ihnen zurückgab, sehr genau an. Der Skandal stand erst am Anfang, und es wurden jede Menge DNS-Tests vorgenommen – natürlich auf Kosten der Steuerzahler –, um das ganze Durcheinander wieder auf die Reihe zu bekommen.

»Ein Baby ist ein Baby ist ein Baby«, sagte Lottie verträumt. »Verdammt, diese Leute sollten einfach nur dankbar sein und die kleinen Bälger lieben, die sie bekommen haben.«

»Das würdest du nicht sagen, wenn es *dein* kleiner Balg wäre«, erwiderte ich. »Stell dir doch nur mal vor, du ziehst das falsche Kind groß.«

Ich ließ Lottie und Ryan gegen elf Uhr allein und fuhr zum

Polizeipräsidium. Am Schalter der AfÖ stellte ich einen weiteren Antrag auf Herausgabe des Bandes, in der Hoffnung, bei einer anderen Schicht vielleicht mehr Glück zu haben. Der diensthabende Beamte versprach, sich darum zu kümmern. Die Blackburns, Estrada und Machado hatten frei, wurde mir gesagt, doch in der Halle machte ich Lou Carpenter ausfindig, der gerade seinen Dienst antrat. Er war ein wettergegerbter, leicht übergewichtiger, zurückhaltender, erfahrener Bulle, der nie großartig auf sich aufmerksam gemacht, aber auch nie großen Mist gebaut hatte, einfach ein Mann, der seine Dienstzeit ohne Schwierigkeiten hinter sich bringen wollte.

»Sie haben mich nicht zurückgerufen«, warf ich ihm vor und versuchte, gekränkt auszusehen.

»Äh«, sagte er, überrascht, mich zu sehen. »Tut mir leid, ich, äh, hatte zu tun. Ich muß zur Dienstbesprechung.«

»Ich habe ein paar Fragen über D. Wayne Hudsons Unfall«, sagte ich und fiel in einen Gleichschritt mit ihm.

»Sprechen Sie mit meinem Vorgesetzten.« Er ging weiter. Ich auch.

»Sie haben den Unfallbericht geschrieben. Sie waren dort. Ich würde lieber mit Ihnen sprechen.«

Er blieb stehen, blies die Wangen auf und atmete dann wütend aus. »Was wollen Sie wissen?« fragte er brüsk.

»Wie genau hat sich der Zusammenstoß ereignet?«

»Es steht im Bericht. Er ist frontal gegen einen Brückenpfeiler geprallt und dann in den Abzugsgraben neben der Straße gerutscht.«

»Wie schnell ist er gefahren?«

»Er ist mit hoher Geschwindigkeit vor uns geflohen, wurde in der Kurve aber langsamer und versuchte zu bremsen, als er die Kontrolle über den Wagen verlor – so um die siebzig Stundenkilometer.«

»Wie wurde er verletzt?« fuhr ich fort.

»Er wurde im Wagen hin und her geworfen und hat sich den Kopf gestoßen«, sagte Carpenter gereizt, verlagerte sein Gewicht von einem Fuß auf den anderen und ließ seine Blicke durch die Halle schießen.

»Wieso wissen Sie, daß er nicht angeschnallt war?«

»Normalerweise fragen wir den Fahrer, wenn er bei Bewußtsein ist, doch sie hatten ihn schon weggebracht, als ich dort ankam. Die Zeugen haben es mir gesagt.«

»Zeugen?«

»Genau. Die Polizisten, die zuerst am Unfallort waren.«

»Ach so. Haben Sie seine Geschwindigkeit geschätzt, indem Sie die Bremsspuren gemessen haben?«

»Nee, es war dunkel . . .« Er schüttelte den Kopf und streckte mit einer flehenden Geste die Hand aus. »Es sah nicht nach einem tödlichen Unfall aus. In diesem Augenblick habe ich nicht angenommen, daß er ernsthaft verletzt war. Es sah nicht nach einer großen Sache aus.«

»Woher stammt dann die Schätzung über seine Geschwindigkeit beim Aufprall?«

Carpenter sah mir in die Augen und fuhr leise und sehr nachdrücklich fort. »Aufgrund der Beobachtungen der verfolgenden Beamten.«

Ich nickte, schrieb etwas in mein Notizbuch und fragte dann beiläufig, ohne aufzusehen: »Wie schnell muß ein Wagen fahren, damit sich bei einem Zusammenstoß der Airbag aufbläst?«

Carpenter erstarrte einen Augenblick lang und sah mich an, als hätte ich ihn in die Ecke getrieben. »Kommt auf die Marke an und darauf, wie empfindlich die Sensoren sind. Normalerweise bei etwa zwanzig Stundenkilometern.«

»Hat sich der Airbag in Hudsons Wagen aufgeblasen?«

»Keine Ahnung. Hatte er denn einen?« Er versuchte, unbeschwert zu klingen, doch es gelang ihm nicht ganz.

»Das hat man mir zumindest gesagt.« Ich sah ihm in die Augen. Er wich meinem Blick aus. Mir tat dieser Klotz von Mann plötzlich leid; er hatte seine besten Jahre schon hinter sich, roch optimistisch nach Rasierwasser, trug einen schweren Ledergürtel, dessen Gewicht ihn hinabzuziehen schien, und ein zu enges Uniformhemd und wußte, daß sein Leben nicht mehr besser werden würde, aber um einiges schlechter werden könnte.

Seine Stimme klang müde und resigniert. »Als ich dort

ankam, lag der Wagen noch im Graben. Ich bin nicht hinabgeklettert, um ihn mir anzusehen. Es war dunkel, es fing an zu regnen, und es bestand kein Grund dazu.« Er zuckte entschuldigend die Achseln. »Sie haben mir alles gesagt, was ich für meinen Bericht wissen mußte.«

»Wer, die Polizisten, die ihn verfolgt haben?«

»Ja«, sagte er. Mein Tonfall hatte ihn wieder in die Defensive gebracht.

»Haben Sie den Wagen untersucht, nachdem der Abschleppunternehmer ihn aus dem Graben gezogen hatte?«

»Nein, es bestand kein Grund dazu.«

»Dann gehen Sie davon aus, daß der Airbag sich aufgeblasen hat?«

Er zuckte erneut die Achseln. »Sagen Sie es mir doch. Sie wissen es ja wohl, Sie scheinen ja alles zu wissen. Ich muß jetzt an die Arbeit, Lady.«

Er beschleunigte seine Schritte, um nicht zu spät zum Appell zu kommen. Machte er sich Sorgen wegen seiner schlampigen Ermittlung, oder vertuschte er etwas anderes? Als ich zum Parkplatz hinausging, warf ich einen Blick in die Halle zurück. Er war doch nicht zur Dienstbesprechung geeilt. Er stand an einem Münztelefon und wählte eine Nummer.

6

Beim Fahren rollte das Gespräch mit Lou Carpenter immer wieder in meinem Oberstübchen ab. Hatte er nicht über den Unfallbericht sprechen wollen, weil er faul und unfähig oder weil er absichtlich unehrlich war? Der Ausdruck in seinen Augen, als ich den Airbag erwähnt hatte, war eher gequält als überrascht gewesen. Und er hatte das Gespräch unbedingt beenden und verschwinden wollen.

Die Nacht schien mit einer besonderen Elektrizität aufgeladen zu sein, die mich zu ruhelos und unternehmungslustig machte, als daß ich nach Hause hätte fahren können. Es mußte am Wetter liegen. Für die Einheimischen Miamis waren die frühen Anzeichen des Herbsts unverkennbar: Die Temperatur hatte zwei Tage hintereinander die dreißig Grad nicht überschritten, und eine fast unmerkliche Brise bewegte schwach die schwüle Luft. Die Meteorologen hatten ein Tropentief fünfzehnhundert Kilometer östlich von Venezuela entdeckt. Hier in Miami hatte der Sporen- und Pollenflug ungeahnte Ausmaße erreicht; das Kreuzkraut war dabei im Augenblick auf seinem Höhepunkt, und die Melaleuca-Bäume standen am Anfang. Der arme Ryan, der zu Allergien neigte, schnüffelte und nieste schon die ganze Woche über.

Die Gezeiten, die Veränderungen und der Hochdruck machten eine Menge Leute nervös. Im Polizeifunk herrschte Hochbetrieb. Eine Schießerei in der Reno Bar erregte meine Aufmerksamkeit; ein Toter, zahlreiche Leute flohen vom Tatort. Die Mordkommission und Streifenwagen waren unterwegs. In der Reno Bar, die sich nur ein halbes Dutzend Blocks westlich von mir befand, kam es mit schöner Regelmäßigkeit zu Schießereien. Allein im letzten halben Jahr hatte es dort vier oder fünf Schußwechsel gegeben. Sollte ich jetzt nach Hause fahren, die Katze füttern und zu Bett gehen, oder sollte ich mich umhören, was dort passiert war? Keine Frage; ich fuhr zur Bar.

Der Notarzt und ein Streifenwagen waren bereits dort. Und auch die Mordkommission. Ich erkannte den scharf aussehenden Detective, der an der Tür stand und sich mit einem verschrumpelten Säufer unterhielt, und war froh, daß ich hingefahren war. Ich zog den khakifarbigen Blazer über das cremefarbene T-Shirt. Die übergroße Jacke und die dazu passenden Hosen hatten mehrere Taschen, eine Grundvoraussetzung für meine Arbeitskleidung. Viele Taschen bedeuteten, daß ich in einer Gegend, in der dies einer Einladung zu Schwierigkeiten gleichkäme, keine Handtasche mitnehmen mußte.

Sergeant Kendall McDonald von der Mordkommission nahm meine Anwesenheit mit einem Stirnrunzeln und einem schwachen Lächeln zur Kenntnis. Gut, dachte ich; ich hoffte, ihn später über den Fall Hudson ausquetschen zu können. Er hatte keine Angst vor der Presse, war nie feindselig, vorsichtig oder streitlustig wie so viele andere Bullen, und sein Benehmen mir gegenüber hatte immer Funken erzeugt, die mich ganz schön nervös machten. Er war schlank und langbeinig und hatte ein starkes Kinn mit einem Grübchen und metallisch-blaugraue Augen. Ich verspürte ein Prickeln, wann immer ihr Blick den meinen traf, und fragte mich, ob er diese Wirkung auf alle Frauen hatte. Er war klug, sexy und dynamisch, und wahrscheinlich sollte man ihm wohl unter allen Umständen aus dem Weg gehen.

McDonald hatte zu tun und versuchte nicht, mich aufzuhalten, und so trat ich vorsichtig an ihm vorbei. In der Bar plärrte die Jukebox ›I Shot the Sheriff‹. Das Reno bestand aus einem großen Raum mit einer langen Mahagonibar mit abgerundeten Kanten und einem hölzernen Tanzparkett auf einer Seite. Der Schuppen war dunkel, verräuchert und alles andere als einladend – und doch immer rappelvoll mit einem Publikum, das sich hemmungslos amüsierte, bis es dann zu Schießereien kam.

Diese Schießerei nun war eine neue Variante des üblichen Ablaufs. Normalerweise war das Opfer ein Gast und der Schütze zumeist ein anderer, der einen Streit unter Alkoholeinfluß unbedingt mit Kugeln zum Abschluß bringen mußte. Manchmal wurde auch ein Gast bei einem Überfall niedergeschossen. Und gelegentlich hatte der Besitzer selbst geschossen, und zwar auf einen Räuber oder einen ungehobelten Gast.

Diesmal lag jedoch eben dieser Besitzer, Max Pickard, in einer Blutpfütze vor seiner Bar, die weiße Schürze noch um seinen dicken Wanst gebunden, die Spitzen seiner schwarzen Schuhe zur Decke deutend. Er lebte noch. Sanitäter schnitten gerade sein Hemd auf und kommentierten verblüfft, was sie darunter fanden. Ich ging davon aus, daß es sich um die Schußwunde handelte, und sah weg. Ich hatte nach mehreren anderen Schießereien mit Max gesprochen. Es war ein Schock für mich, das Gesicht auf dem Boden der Bar als das seine zu erkennen. Ich ging zur Tür zurück.

»Wo zum Teufel ist die Waffe von Max?« fragte Sergeant McDonald gerade.

Der kleine Mann, mit dem er sprach, zuckte die Achseln. »Jemand hat sie aufgehoben.«

Das düstere Innere des Reno sah aus wie die Kulisse für eine Folge der Fernsehserie *Twilight Zone*, in der alle Gäste plötzlich verschwunden waren, durch irgendeinen kosmischen Strahl in eine andere Dimension gerissen oder einfach verdunstet. Gläser, auf deren Außenseiten Wasser perlte, standen auf der Bar, noch qualmende Zigaretten lagen in den Aschenbechern, ein halb gegessenes Sandwich lag auf einem Papierteller auf einem Tisch. Eine Partie Poolbillard war unterbrochen worden, und einige Kugeln ruhten noch in einer lausigen Anordnung auf dem Filz. Die Queues lagen auf dem Boden, dort, wo man sie fallengelassen hatten. Die Jukebox verstummte kurz und spielte dann denselben Song von vorn.

»Zieh doch mal jemand den Stecker aus der verdammten Jukebox«, sagte McDonalds bereits kahl werdender Partner Dan Flood, trampelte dann hinüber und zog den Stecker selbst hinaus.

Flood war ein bärbeißiger, erfahrener Detective, der während seiner dreißig Jahre im Beruf schon alles gesehen hatte. Er gab sich stets gelangweilt und unausstehlich, was ich aber für gespielt hielt. Er mußte seine Arbeit gern tun, weil die meisten Bullen sich nach zwanzig Jahren pensionieren ließen und er noch immer dabei war. Ich hatte ein paar Risse in Floods harter Fassade gesehen, besonders, wenn er über alte, ungelöste Fälle nachdachte. Sie verfolgten ihn. Unter dem ungehobelten Äußeren steckte ein empfindsames Inneres. Obwohl er es bestimmt abstreiten würde, hielt ich ihn für einen guten Mann, der seine Arbeit hingebungsvoll erledigte.

Die Sanitäter versorgten Max, der bei Bewußtsein zu sein schien, aber zunehmend bleicher und grauer wurde. »Wird er durchkommen?« fragte ich Flood.

Flood funkelte mich wütend an und fiel in seine Rolle. »Wer hat Sie denn hier reingelassen? Was wollen Sie?«

»Was ist passiert? Wie geht es ihm?« fragte ich, entschlossen, mich nicht hinters Licht führen zu lassen.

»Was glauben Sie denn, was hier passiert ist? Das ist die Reno

Bar, Sie waren doch schon mal hier. Stauben Sie Ihre letzte Story ab, tauschen Sie die Namen aus und ersparen Sie sich jede Menge Mühe.«

»Der Besitzer wurde noch nie angeschossen«, warf ich ein. »Wo ist seine Pistole?«

Sie hoben Max auf eine Bahre und schoben ihn hinaus. Ich fühlte mich besser, als er mich ansah und mir kurz winkte. Er machte den Eindruck, als wolle er etwas sagen, konnte es wegen der Sauerstoffmaske auf dem Gesicht aber nicht.

»Er wird durchkommen«, sagte Flood. »Er hat 'ne Weste getragen. Sie hat die Kugel aufgehalten, die ihn umgebracht hätte. Die andere scheint ein glatter Durchschuß zu sein und ist auf der linken Seite wieder rausgekommen, knapp unter der Weste.«

»Eine kugelsichere Weste? Seit wann trägt Max eine kugelsichere Weste?«

»Seit der vorletzten Schießerei, glaube ich. Ist doch nur vernünftig.«

Auf eine Weise, wie sie nur für Miami zutraf, war es das auch. Max hatte schon so viele Schießereien gesehen oder an ihnen teilgenommen, daß es mittlerweile wohl Routine für ihn war, vor Arbeitsantritt eine kugelsichere Weste anzuziehen. Jetzt hatte es den Anschein, daß Max eine bis über die Knie reichende Panzerweste, vielleicht sogar mit Schutzhelm, anlegen mußte, wenn er im Reno weiter Drinks mixen wollte. Vielleicht sollte man die gesamte Bar mit kugelsicherem Glas umgeben, wo er dann die Drinks durch kleine Fenster hinausschieben konnte, wie die bei den Selfservice-Tankstellen.

McDonald kam zu uns. »Brenda Starr«, sagte er lächelnd und trat ganz nah an mich heran. »Trifft man Sie eigentlich immer hier? Ich habe mich schon gefragt, ob Sie hier wohnen.«

»Ich bin gerade erst gekommen«, sagte ich einfältig, als er sich zu Flood umdrehte.

»Max sagt, der Schütze sei hier Stammgast, ein gewisser Placido Quintana. Ein Streit wegen der Jukebox. Quintana spielte immer wieder ›I Shot the Sheriff‹. Alle anderen beschwerten sich, Max drohte, den Stecker aus dem Ding zu ziehen, und der

Bursche zog 'ne Waffe. Max holte seine hervor, kam aber nicht dazu, auch nur einen Schuß abzugeben. Anscheinend hat einer der Zeugen die Waffe aufgehoben und mitgenommen« – er blinzelte mich an – »um sie sicher aufzubewahren.« Obwohl er mit Flood sprach, hielt er den Blick auf mich gerichtet, bis ich errötete und ganz durcheinander war.

McDonald gab über Funk eine Beschreibung von Placido Quintana raus, klein, untersetzt und mit einer knallgelben Guayabera bekleidet, und ich sah mir die Jukebox an. Das Motiv für das Verbrechen war die Auswahl des Lieds C-7. Ich notierte das, ging zu dem Münzfernsprecher draußen und blätterte im Rotlicht der Streifenwagen das Telefonbuch durch. Es war zwar weit hergeholt, doch im Reno verkehrten hauptsächlich englischsprachige Gäste. Wenn Quintana Stammgast war, sprach er wahrscheinlich Englisch und wohnte ganz in der Nähe. Die Quintanas beanspruchten vier Spalten, und ich fand einen Placido in der Fourth Avenue in der Nähe der 12th Street, etwa sechs Häuserblock entfernt. Ich schrieb die Adresse in mein Notizbuch und ging zu meinem Wagen.

»Wo wollen Sie denn hin?« McDonald folgte mir.

»Ein Placido Quintana steht im Telefonbuch. Er wohnt nur ein paar Blocks entfernt.«

Er runzelte die Stirn. »Dann fahren wir doch mal rüber.«

Er und Flood ließen ein paar uniformierte Beamte zurück, die den Tatort absichern sollten. Ich stieg in meinen Wagen und folgte ihnen mit hämmerndem Herzen. So war es immer, wenn ich an einer Story arbeitete, die Action, die Erwartung, das tolle Gefühl, ein Rätsel geknackt zu haben. *Das* mußte ich von meinem Vater geerbt haben, der geheime Operationen gegen Fidel Castros kommunistische Regierung durchgeführt und sogar einen Gefängnisausbruch organisiert hatte, um politische Dissidenten von der berüchtigten Isla de Pinos zu befreien.

Ich parkte an der Fourth Avenue, stieg leise aus und ging zu McDonald und Flood in ihrem nicht gekennzeichneten Wagen hinüber, die direkt vor der Haustür geparkt hatten. Das kleine Holzhaus lag ein Stück von der Straße zurückgesetzt; der Garten bestand hauptsächlich aus Unkraut und Kies, und nirgendwo brannte Licht.

Weitere Polizisten umstellten mit gezogenen Waffen das Haus.

»Er ist betrunken, bewaffnet und gefährlich und hat gerade jemanden angeschossen, und Sie wollten ihn einfach zu einem kleinen Mitternachtsplausch aufsuchen?« Flood schüttelte traurig den Kopf. »Die hätten nie Frauen in den Polizeidienst übernehmen dürfen.«

Ich erdolchte ihn mit Blicken und sah dann zu dem dunklen Haus.

»Sollen wir ein SWAT-Team anfordern?« fragte ein junger Polizist eifrig.

»Nicht so voreilig. Wir wissen doch nicht mal, ob unser Mann überhaupt hier ist«, sagte McDonald. »Sehen wir mal nach.«

Er ging vorsichtig den Weg zur Haustür hinauf, während die Streifenpolizisten ihm Deckung gaben und aufmerksam auf jede Bewegung im Haus achteten. Ein Wagen kam plötzlich mit quietschenden Reifen hinter uns zum Stehen, und der dunkle Vorhof wurde augenblicklich in blendendes Licht getaucht, das McDonald auf halber Höhe des Weges erhellte. Seine Silhouette war ein perfektes Ziel für jeden Schützen im Haus.

Aus dem Wagen strömte, mit laufendem Mini-Cam und grellen Scheinwerfern, ein Nachrichtenteam von Channel 7. Die Leute hatten keine Ahnung, was hier los war, waren aber entschlossen, es auf keinen Fall zu verpassen, sollte es einen guten Bericht abgeben. Wütende Rufe kamen von den Bullen, Flüche von Flood. »Macht die Scheinwerfer aus! Ihr verdammten Arschlöcher!«

Der Hof fiel so plötzlich in Dunkelheit zurück, daß ich blinzeln mußte und Schatten sah, die es gar nicht gab. McDonald stand jetzt vor der Tür und sah vorwurfsvoll über die Schulter zurück. Er trat klugerweise neben den Türrahmen und hämmerte einmal, dann ein zweites Mal mit der Faust auf das hölzerne Türblatt. Nichts tat sich. Einige uniformierte Cops liefen schnell zu ihm auf die Veranda, die Pistolen in den Händen.

McDonald klopfte noch einmal, und im Haus wurde eine Lampe eingeschaltet. Nach einem Augenblick wurde die Tür einen Spaltbreit geöffnet. Die Scheinwerfer von Channel 7 flammten wieder auf und richteten sich auf einen benommenen Mann, der in Unterwäsche dort stand und von der Helligkeit geblendet wurde. Irgendwo im Haus erklang die nörgelnde Stimme einer Frau und das Weinen eines Babies. Dann tauchte auch die Frau auf; sie trug einen formlosen, hellgrünen Morgenmantel aus Baumwolle und hatte die Haare mit Lockenwicklern aufgedreht. McDonald sprach kurz mit dem Ehepaar, reichte ihnen dann herzlich die Hand und kam zum Wagen zurück.

Er öffnete die Tür, rutschte hinter das Lenkrad und sah dann zu Flood und mir hinauf. »Der falsche Placido Quintana. Der hier war den ganzen Abend über bei seiner Familie. Fahren wir, Dan.«

Die Fernsehleute bedrängten uns. »Nach wem suchen Sie, Detective?« fragte ein Reporter und hielt Flood ein Mikrofon vor die Nase.

»Verpißt euch, ihr Abschaum«, schnaubte er und blinzelte in die Scheinwerfer. »Ihr hättet jemanden umbringen können.«

Als der Wagen des Fernsehsenders davonfuhr, plärrten aus den Funkgeräten der Streifenwagen Berichte über eine weitere Schießerei. »Was ist da los?« fragte Flood wütend und stieg in den nicht gekennzeichneten Wagen.

Der Tatort, eine Bar namens The Velvet Swing, war lediglich acht Häuserblocks entfernt. Es hatte den Anschein, als würde es eine lange Nacht werden. Ich war furchtbar müde und mußte morgen früh in der Redaktion sein, doch ich wollte mir die Sache nicht entgehen lassen. War doch zu schön, den neuen Tag mit einer fertigen Story anzufangen.

McDonald gab über Funk durch, daß sie unterwegs waren. »Tja, Brenda, treffen wir uns da?« Er sah zu mir hoch.

»Klar doch«, sagte ich, als wäre es eine Einladung in den Buckingham-Palast. Manche alleinstehende Frauen lernen in Bars ja Männer kennen, dachte ich, als ich zu meinem Wagen lief, aber doch nicht so. Es war fast ein Uhr, und ich raste in der

Innenstadt von Miami herum und gabelte in schäbigen Bars mit Blut auf dem Boden einen sexy Detective auf. Ich hätte es besser wissen müssen.

Im Polizeifunk hieß es, daß der Schütze BAV war, bei Ankunft des ersten Streifenwagens verschwunden. Sanitäter und Polizisten befanden sich bereits am Tatort. Die Tür des Velvet Swing stand weit offen. Auf dem Bürgersteig hörten wir es schon: Die Jukebox plärrte laut ›I Shot the Sheriff‹.

Ein junger Beamter mit einem Notizbuch in der Hand lief zu uns. Sein Gesichtsausdruck besagte, daß er wichtige Informationen hatte. Bevor er etwas sagen konnte, fragte McDonald: »Klein, untersetzt, gelbe Guayabera?«

Der Cop sah mit geöffnetem Mund verblüfft von seinem Notizbuch auf. »Ja, woher wissen Sie das?«

»Geben Sie eine Fahndung nach Placido Quintana raus und überprüfen Sie dann jede Jukebox in der Stadt. Wer weiß, wie viele Quarters er noch hat.«

Die Bar war ganz ähnlich eingerichtet, bis auf das Bild über dem Tresen, das eine lachende, dunkelhaarige Frau auf einer samtüberzogenen Schaukel zeigte. Das Opfer war ein Gast, der nicht den Weitblick gehabt hatte, eine kugelsichere Weste anzuziehen, bevor er sich mit einem anderen Gast über Musik stritt. Er blutete wie ein Schwein und war bewußtlos, als die Sanitäter ihm eine MASH (Militärische Anti-Schock-Hose) anlegten, die das Blut zum Herzen hinaufzwang und den Blutdruck stützte, der gefährlich tief abgesackt war. Eine müde Serviererin in mittlerem Alter, die eine tief ausgeschnittene schwarze Bluse und purpurnen Lippenstift trug, verzog angestrengt das Gesicht und tat so, als spreche sie kein Englisch. Als sich ein junger Beamter anbot, die Fragen zu übersetzen, verzog sie das Gesicht noch mehr und gab vor, auch kein Spanisch zu sprechen.

Ich hatte noch keine Gelegenheit gehabt, Sergeant McDonald nach D. Wayne Hudson zu fragen, und machte mir allmählich Gedanken darüber, wie ich mich am Morgen fühlen würde. Obwohl ich die Jagd auf Quintana verfolgen wollte, wußte ich nur allzu gut, was geschehen würde. Ich würde die ganze Nacht über aufbleiben, und zweifellos würden sich am Morgen Neuigkeiten ergeben, die es erforderlich machten, daß ich mindestens zwölf weitere Stunden in der Sache recherchierte.

Ich mußte zusehen, daß ich etwas Schlaf bekam. »Darf ich Sie morgen früh anrufen, bevor Sie nach Hause gehen, und Sie verraten mir, was noch passiert ist?«

»Wollen Sie uns etwa im Stich lassen?« sagte Flood. Er half der müden Serviererin höflich in einen Streifenwagen, in dem sie warten sollte, bis sie herausgefunden hatten, welcher Sprache sie mächtig war.

»Von wollen kann keine Rede sein«, sagte ich, »aber ich habe einen Chef, der mich morgen früh pünktlich in der Redaktion sehen will.«

»Sie können mich jederzeit anrufen. Oder besser, kommen Sie doch auf einen Kaffee vorbei«, sagte McDonald und lächelte mich inmitten des Chaos und der Verwirrung, die die Organisation solch einer Menschenjagd mit sich brachte, strahlend an.

Auf der Fahrt nach Hause gab ich mich geilen Gedanken über ihn hin. Im Polizeifunk war auch weiterhin jede Menge los, und der Radiosender, den ich schließlich einschaltete, spielte ›I Shot the Sheriff‹. Ich hatte diesen Song seit Jahren nicht mehr gehört, und nun auf einmal . . . Ich fragte mich, ob jemand den Song ausdrücklich gewünscht hatte und der Discjockey das Lied gleich Placido Quintana widmen würde, und lachte mich halb weg, während ich über den leeren Causeway fuhr.

7

Billy Boots und ich lagen noch unter der Steppdecke, als uns um fünf vor sieben der Wecker aus den Träumen riß. Ich rollte mich auf die andere Seite, griff nach dem Telefon und rief bei der Mordkommission an.

McDonald war am Apparat. Er klang hellwach und aufmerksam.

»Haben Sie Placido Quintana gefunden?« fragte ich gähnend.

»Sie klingen ganz schläfrig und bettwarm«, sagte er.

»Haben Sie ihn gefunden?« murmelte ich. Mir war bewußt, wie groggy ich mich anhören mußte.

»Er ist hier, wollen Sie mit ihm sprechen?«

»Ja!« Ich setzte mich schnell auf und störte dabei Billy Boots, der verärgert miaute, während ich schon nach dem Notizblock und dem Kugelschreiber auf dem Nachttisch griff.

Es knisterte in der Leitung, während das Telefon weitergegeben wurde. Ich hörte, daß McDonald sagte: »Jemand möchte mit Ihnen sprechen.«

»Hallo.«

»Mr. Quintana?«

»Wer ist da?«

»Britt Montero, von der *Miami Daily News*.«

Es folgte ein peinliches Schweigen. Dieser verdammte McDonald, warum hatte er mir vorher nicht gesagt, unter welchen Umständen Quintana gefaßt worden war und wie es seinen Opfern ging! Lebte der Gast aus dem Velvet Swing noch? Hatte es noch weitere Opfer gegeben?

»Mr. Quintana?«

»Ja, was wollen Sie?«

»Geht es Ihnen gut?«

»Ja.«

»Sind Sie gestern abend ausgegangen?«

»Ja.«

»In ein paar Bars in der Innenstadt.«

»Ja.«

Scheiße. Ich hätte einen Kaffee trinken sollen, bevor ich bei der Mordkommission anrief, dachte ich benommen und rieb mir die Augen.

»Sie haben Ärger bekommen?«

»Ja.«

»Wie ist es passiert?«

Er seufzte. »Das ist eine lange Geschichte.«

»Ich habe Zeit.« Ich versuchte, wach und fröhlich zu klingen.

Er klang verwirrt und verkatert. »Ich weiß es nicht mehr. Diese Burschen... Wissen Sie, heute ist einfach keiner mehr höflich. Die Leute haben keinen Anstand mehr.«

»Ich weiß, was Sie meinen.«

»Und ich hatte was getrunken.«

»Was haben Sie getrunken?«

»Cuba Libres.«

»Wie viele?«

»Keine Ahnung.«

»Irgendwelche Drogen?«

»Ich rauche keinen Crack.«

»Marihuana?«

»Ein paar Joints.«

Ich entschloß mich, zuerst mehr über ihn herauszufinden und mich dann zu den Schüssen vorzuarbeiten.

»Haben Sie Arbeit?«

»Ja.« Seine Stimme war nun leise; er murmelte.

»Welchen Beruf haben Sie?«

»Automechaniker.«

»Wo?«

»Vinnie's Garage.«

»Sind Sie verheiratet?«

»Ja.«

»Weiß Ihre Frau, wo Sie sind? Haben Sie sie angerufen?«

»Nein.« Er klang verdrossen. »Ich weiß nicht genau, wo sie ist, wir leben im Augenblick so ziemlich getrennt.« Ich hörte, daß er tief an einer Zigarette sog.

»Haben Sie Kinder?«

»Zwei. Sie sind bei ihrer Mutter.«

»Warum gefällt Ihnen dieser Song so gut, den Sie immer wieder in der Jukebox gespielt haben?«

Eine lange Pause. »Keine Ahnung.«

»Haben Sie je einen Polizisten erschossen?«

»Nein!« Er schien über meine Frage schockiert zu sein.

»Kennen Sie Max, den Barkeeper im Reno?«

»Ja, ein netter Bursche.«

»Was ist mit dem anderen Mann, der im Velvet Swing?«

»Ich habe ihn ein paarmal gesehen, bin aber noch nie mit ihm ins Gespräch gekommen.« Eine weitere Pause. »Ich glaube, die wollen, daß ich jetzt mitkomme.«

»Möchten Sie mir noch etwas sagen?«

»Wie heißen Sie gleich noch mal?«

»Britt Montero, von der *Daily News*.«

»Es war nett, mit Ihnen zu sprechen, Miss.«

»Okay.« McDonald war wieder am Apparat. »Wie war das? Behaupten Sie ja nicht mehr, daß ich Ihnen keinen Gefallen tue.«

»Sie müssen mir noch einen tun. Was gibt's Neues über D. Wayne Hudson?«

Er schwieg einen Augenblick lang. »Ich weiß nichts. Wir hatten an diesem Abend frei. Außerdem haben Sie ja Ihre große Story. Ein Exklusivinterview mit meinem Quintana.«

»Es war fürchterlich«, stöhnte ich.

»Habe ich gehört«, sagte er kichernd.

»Sie haben mitgehört?« sagte ich empört.

»Klar, er ist mein Gefangener.«

»Wie haben Sie ihn geschnappt? Warum hat er es getan? Leben die Opfer noch? Was war der Auslöser?« Allmählich wurde ich wach.

»Zwei unserer Jungs wollten bei Gordon's Kaffee trinken, dem Drugstore an der 17th Street, der die ganze Nacht über geöffnet hat. Kennen Sie den Schuppen? Hat kleine Jukeboxen an der Theke und in jeder Ecke.«

»Ja.«

»Sie essen 'ne Rosinenbrezel und tratschen was, und raten Sie mal, welcher Song gespielt wird?«

»Sie machen Witze.«

»Nee. Da ist er, klein, untersetzt, in seiner gelben Guayabera, wirft Quarters in die Jukebox und hüpft zu der Musik herum. Es war G-4. Das habe ich mir extra für Sie gemerkt«, sagte er, und seine Stimme wurde ganz tief. »Ich habe gesehen, daß Sie letzte Nacht in beiden Bars die Nummern aufgeschrieben haben.«

»Sie sollten Detective werden.« Mir fiel es leichter, am Telefon mit McDonald zu sprechen, ohne von seinen magnetischen Augen abgelenkt zu werden. »Hat er ihnen irgendwelche Schwierigkeiten gemacht?«

»Nee, sie haben ja auch nicht versucht, bei seinem Lieblingslied den Stecker rauszuziehen. Die Knarre steckte in seinem Gürtel, aber er gab sie ihnen freiwillig. Er wurde allmählich wieder nüchtern. Ich glaube, er hat sich gefreut, sie zu sehen.«

»Ist er wegen Gewaltverbrechen vorbestraft?«

»Nada, ein paarmal ungebührliches Verhalten, Trunkenheit und Ruhestörung, mehr nicht. Thomas, der Bursche aus dem Velvet Swing, liegt auf der Intensivstation, wird's aber wahrscheinlich schaffen.«

»Woher hat Quintana die Waffe?«

»Hat er vor vier Jahren ganz legal gekauft. Flood bringt ihn gerade zum Haftrichter. Anklage wegen zwei Mordversuchen und verdeckten Tragens einer Waffe.«

»Was ist passiert? Weshalb hat er es getan?«

»In diesem Augenblick weiß das blöde Arschloch es wohl selbst nicht.«

»Es ist alles so dumm.«

McDonald schwieg einen Augenblick lang. »So was kommt öfter vor«, sagte er dann. »Ist gar nicht ungewöhnlich. Wirklich nicht. Die meiste Gewalt entsteht aus Ärger und Frustration. Wenn Sie tagaus, tagein Druck kriegen und ihn nicht bei Ihrem Boß ablassen können, oder bei Ihrer Frau, vor allem, wenn Sie überhaupt nicht wissen, wo sie gerade ist, und auch nicht bei der Regierung oder der Polizei, dann suchen Sie sich eben einen Burschen in einer Bar. Ist doch kein Problem.«

Was er sagte, klang richtig und war furchtbar traurig.

McDonalds Tonfall änderte sich plötzlich. »Jetzt habe ich eine Frage.« Er sprach leise, drängend, die Lippen ganz nah an der Sprechmuschel. »Was haben Sie an?«

Ich lachte, warf ein Kissen über das Telefon und schleppte mich in die Küche, um Kaffee zu kochen.

Ich fuhr am Morgen zum Polizeipräsidium, in der Hoffnung, das Hudson-Band oder eine Abschrift mitnehmen zu können. Statt dessen ließ der Beamte mich warten und bat mich, im Medienraum Platz zu nehmen, während er sich erkundigen wollte, wie weit es mit meinem Antrag gediehen war. Er blieb lange, lange fort. Die kalte Luft der Klimaanlage bereitete mir Kopfschmerzen. Es war noch nie so schwer gewesen, die Cops dazu zu bringen, ein Band mit Funkverkehr freizugeben. Ich war überzeugt, daß sie hofften, ich würde des Wartens überdrüssig werden oder mit einer anderen Story anfangen und die Sache auf sich beruhen lassen. Aber das machte mich nur wütend und um so entschlossener.

Mein ganzes Leben lang hatte ich das Gefühl gehabt, daß eine große Sache passieren würde, vielleicht morgen oder gleich heute abend, und daß ich bereit sein mußte. Deshalb hing an der Rückseite meiner Schranktür immer bequeme Kleidung, dunkle Hosen, eine Bluse und eine leichte Anorakjacke bereit, falls ich mitten in der Nacht aus tiefem Schlaf geweckt wurde, damit ich in die Dunkelheit hinausstürzen und über ein Verbrechen oder eine Katastrophe berichten konnte. Nichts war schlimmer, als morgens um vier Uhr mit schlaftrunkenen Augen einen unordentlichen Kleiderschrank zu durchwühlen, um die passenden Sachen zu einem mehrfachen Mord zu finden. Oftmals lag ich in der Dunkelheit wach, wartete auf das Geräusch des Piepsers oder Telefons und hatte irgendwie das Gefühl, daß heute *die* Nacht war. Der Rechtsanwalt der Zeitung, Mark Seybold, wählte sich seine Schlachten sorgfältig aus, doch ich versuchte nicht locker zu lassen und alle durchzustehen, wie sie kamen. Vielleicht irrte ich mich, aber für eine Frau in diesem Beruf war es eine Frage des Prinzips. Ein kleines Zeichen von Schwäche oder mangelnder Entschlossenheit, und man war verloren.

Beamte, denen es einmal gelang, Informationen zurückzuhalten, hielten immer wieder andere zurück. Sie behinderten den freien Informationsfluß, bis sie insgeheim so arbeiten konnten, wie es ihnen am liebsten war. Zumindest hatte ich diese Erfahrung gemacht. Man mußte sie wissen lassen, daß man niemals auf- oder nachgibt oder eine Story fallen läßt; nur dann kann man sicher sein, daß man nicht ausgeschlossen wird, wenn es um die richtig große Story geht.

Danny Menendez war der Leiter der Afö, ein vernünftiger und kompetenter Mann, der früher im Raubdezernat gearbeitet hatte. Er hatte sehr gute Arbeit geleistet. Ich hatte die Story geschrieben, als er bei einem fehlgeschlagenen Raubüberfall angeschossen und fast getötet worden war. Seine Frau Sarita trägt die Kugeln, die die Ärzte aus seinem Körper geholt haben, an einer Goldkette um den Hals.

»Ich habe diesen Antrag schon vor drei Tagen gestellt«, beschwerte ich mich und ließ mich in seiner kleinen Besenkammer von Büro auf den Stuhl vor seinem Schreibtisch fallen. »Langsam sieht es danach aus, als wollten Sie was vertuschen.«

Menendez schluckte den Köder nicht. Er ignorierte meinen vorwurfsvollen Blick, sah auf seine Uhr, nahm sich ein paar Papiere auf seinem Schreibtisch vor und bemühte sich, sehr beschäftigt zu wirken.

»Ist der Chief da?« Ich schob den Stuhl zurück und stand auf, als wolle ich schnurstracks ins Büro seines Vorgesetzten marschieren, was aufgrund der neuen Sicherheitsmaßnahmen im Präsidium natürlich unmöglich war. Ich brauchte einen Ausweis, um auch nur mit dem Fahrstuhl in den vierten Stock zu gelangen, und ein SWAT-Team, um an den leitenden Mitarbeitern des Chiefs vorbeizukommen.

Ich mochte diesen Polizeichef, der jetzt seit zwei Jahren im Amt war. Er schien ehrlich und fair zu sein, war aber nicht so leicht zu sprechen wie der ehemalige Chief, ein geborener Führer, der die Karriereleiter Sprosse für Sprosse hinaufgestiegen war und sich oft in Uniform auf der Straße hatte sehen lassen. Hart und massig, war er ein Cop bis zu den Haarspitzen gewesen, und seine Leute hatten ihn gemocht. Er war sogar in der Uniform gestorben, als er wie üblich mit gerötetem Gesicht bei einer Konferenz der Stadtverwaltung gegen den Bürgermeister gewettert und ein höheres Budget, mehr Autos, mehr Ausrüstung und mehr Geld für seine Truppe gefordert hatte. Herzinfarkt.

Der derzeitige Polizeichef war eher ein farbloser Verwaltungschef als ein auffallender, harter Bulle von der Straße. Er hatte ordentlich geschnittenes graues Haar, trug maßgeschneiderte graue Anzüge und Brillen mit Stahlrand und stand auf moderne Polizeiermittlungen und wissenschaftliches Vorgehen. Er war genau das, was die Polizei brauchte, aber bei seinen Leuten höchst unbeliebt, da sie sich hartnäckig gegen alle Veränderungen wehrten und ihm nie nachsehen würden, daß er ein Außenstehender war, den man nach einer den Kontinent umfassenden Suche nach dem neuen obersten Bullen aus Neuengland rekrutiert hatte. Er hatte keine alten Verbindungen und Freundschaften zu pflegen – und keine Leichen im Keller – und demzufolge viele Veränderungen angeordnet, woraufhin ihn das Fußvolk natürlich nur um so mehr verabscheute.

»Ich sollte mit ihm sprechen, bevor wir die Anwälte in Marsch setzen.« Ich ging zur Tür, als wolle ich in den Fahrstuhl treten und ihn tatsächlich irgendwie in Bewegung setzen.

Menendez stand auf, und sein Blick war eiskalt. »Sie sollten nicht so überheblich auf Ihre Rechte pochen, Britt, das wird Ihnen in Zukunft nur schaden. Der Chief ist gerade in einer Besprechung, aber ich werde dafür sorgen, daß er Ihre Nachricht bekommt.«

»Na schön, aber ich brauche das Band oder die Abschrift noch heute, sonst werden sich die Anwälte um fünf Uhr mit Ihnen in Verbindung setzen und eine Sondersitzung beantragen. Ich meine es nicht persönlich«, fügte ich lächelnd hinzu, »ich erledige nur meinen Job.«

Als ich zur Redaktion zurückfuhr, dachte ich über seine nur schwach verhüllte Drohung nach und überlegte, ob ich bei der Rechtsabteilung vorbeigehen und Mark Seybold einweihen sollte. Statt dessen entschloß ich mich, noch abzuwarten, ob die Bullen auf meinen Bluff eingingen.

Gretchen Platt rümpfte ihre vorwitzige Nase mit offensichtlichem Abscheu, als sie auf ihrem Bildschirm meine Story las. In ihrem klassischen Kleid, das sie mit müheloser Eleganz trug, sah sie aus, als wäre sie gerade vom Laufsteg eines Modehauses getreten. Wenn ich neben ihr saß, kam ich mir immer schäbig und unansehnlich vor, was bedeutete, daß ich bei unseren Gesprächen oder Auseinandersetzungen automatisch im Nachteil war. »Schießereien in Bars?« fragte sie, und ihre Stimme glitt die Tonleiter bis zu einer Höhe hinauf, die angreifende Hunde abschrecken würde. »Sie haben über Schießereien in Bars recherchiert? Und es ist noch nicht mal jemand gestorben.« Sie starrte mich an, als sei sie schwer enttäuscht, und ihr Gesicht war ein übertriebenes Fragezeichen.

»Ich gestehe ein, daß das keine Schlagzeile für die erste Seite ist«, sagte ich vorsichtig, »doch wir müssen darüber berichten, Gretchen. Wenn Leute aus so trivialen Gründen angeschossen werden, wenn ein Barkeeper in der Innenstadt von Miami eine kugelsichere Weste anlegen muß, wenn er seinen Job antritt, und trotzdem angeschossen wird . . . wenn in den letzten Monaten in ein und derselben Kneipe ein halbes Dutzend Leute niedergeschossen worden sind . . . ich glaube, das ist schon einen Artikel wert. Es sagt etwas über unsere Lebensqualität aus. Die Zeitung sollte ein Spiegel sein, der über unsere Stadt und das, was in ihr geschieht, berichtet, und ob es uns nun gefällt oder nicht, Miami ist unsere Stadt.«

Ich schaute ernst in ihre porzellanblauen Augen und sah nichts, was Anlaß zur Hoffnung gab.

»Schießereien in Bars?« wiederholte sie und schüttelte den Kopf. »Setzen Sie sich«, sagte sie und deutete auf einen Stuhl. Ich hatte gesehen, daß Francie Alexander im selben Tonfall und mit denselben Gesten mit Bitsy sprach. Bitsy war jedoch besser dressiert.

»Ich stehe lieber.«

»Britt, Britt«, seufzte sie und drehte eine leuchtende Haarsträhne um einen perfekt manikürten Finger. »Ich muß Ihnen ein paar Geschichten geben, die Sie nach oben bringen, die Sie von diesen ausgefahrenen Geleisen holen, auf denen Sie sich zu bewegen scheinen. Ich will doch nur Ihr Bestes. All diese Polizei*freunde* werden Ihrer Karriere nicht sehr förderlich sein.«

»Freunde?«

»Sie wissen, was ich meine . . .« Sie senkte den Kopf, als

wolle sie ein Grinsen verbergen, und hob ihn dann wieder mit einem wissenden Lächeln. »Weil Sie jung und ledig sind . . .«

»Britt«, rief jemand, »Sergeant Menendez am Telefon!«

Ich starrte Gretchen mit offener Wut an, drehte mich dann um und ging zu meinem Schreibtisch zurück.

Die Stimme des Sergeants war kühl und abweisend. »Wir haben eine Abschrift des Bandes, das Sie angefordert haben.«

»Toll«, sagte ich. »Ich komme sofort.«

In diesem Augenblick kam Fred Douglas an meinem Schreibtisch vorbei. »He, Britt, mir hat Ihre ›I Shot the Sheriff‹-Story gut gefallen. Ich habe sie gerade auf dem Computer gelesen.«

»Tun Sie mir einen Gefallen«, bat ich ihn und griff nach meiner Handtasche und einem Notizbuch. »Erwähnen Sie das mal, wenn Gretchen dabei ist, ja?«

Er begriff sofort und nickte. »Macht sie Ihnen wieder Schwierigkeiten? Klar doch. Wohin wollen Sie?«

»Zum Präsidium«, sagte ich und ging zum Fahrstuhl. Als Nachrichtenredakteur stand Frank auf der Karriereleiter einige Sprossen über Gretchen und hatte großen Einfluß. Ihre Worte bereiteten mir Sorgen; ich befürchtete, daß sie sich eingehend um mich kümmern wollte. Nichts da, dachte ich.

Lottie stand am Fahrstuhl; ihr Gesicht war rot angelaufen, und sie drückte ungeduldig auf den Knopf. »Verdammt noch mal! Was ist mit diesem Scheißding nur los?«

»Was soll die Eile? Ist was passiert?«

»Gretchen, das ist passiert«, murmelte sie wütend. »Ich will entwischen, bevor sie mich schnappt.«

»Ich auch«, sagte ich.

»Du kannst dir nicht vorstellen, was . . .« sagten wir im Einklang.

»Du zuerst«, sagte ich.

»Der Auftrag, den sie mir gegeben hat!« Sie tat so, als wollte sie sich einen Finger in den Hals schieben.

»So schlimm?«

»Sie will, daß ich farbige Einzelfotos und dann Gruppenbilder von den zehn bestangezogenen Frauen Miamis mache . . . eine Sonderbeilage zum Beginn der Herbstsaison. Sie sagt, es wird eine schöne Abwechslung für mich werden. Ich arbeite mit Eduardo.«

»Was ist daran so unangenehm?« sagte ich, als sich die Türen endlich öffneten und wir die Kabine betraten. »Du siehst jede Menge wunderschöner Kleider, schnappst ein paar Modetips auf . . .«

Lottie warf mir einen düsteren Blick zu. »Genau das hat Gretchen auch gesagt. Weißt du, wie schwierig es ist, mit diesen bescheuerten Frauen Fototermine zu vereinbaren?« Ihre Stimme wurde lauter. »Jede will ihren eigenen Friseur, ihren Maskenbildner und ihren Modeschöpfer dabeihaben. Versuch doch mal, die unter einen Hut zu kriegen! Und das zehn Mal! Und wenn du sie und ihren Anhang dann endlich zu einem Gruppenbild versammelt hast, muß du aufpassen, daß sie sich nicht gegenseitig die Augen auskratzen! Die können sich doch nicht ausstehen. Ich schwöre dir, Britt, ich würde lieber Fotos von einem Wrack oder einem Flugzeugabsturz oder von einer Leiche machen. Eine der Bestgekleideten hat ihren Termin bereits dreimal abgesagt. Ich würde sie am liebsten erwürgen. Sie hat so viele Ballkleider, daß sie die überzähligen in einer Duschkabine eines ihrer sechs Schlafzimmer ausgehängt hat. Ihre Pelzmäntel haben einen eigenen abschließbaren Raum. Pelze? In Miami? Du weißt ja, was ich davon halte, arme, tote Tiere zu tragen.«

»Ich hab' auch nicht dafür übrig. Was wirst *du* anziehen?«

»Das Übliche. Meine L.-L.-Bean-Bluse, Jeans und Cowboystiefel«, sagte sie. »Was sonst?«

»Dann zieh wenigstens Designerjeans an.«

Lottie sah sich wütend um und drückte ungeduldig auf den Knopf für Parterre, während der Fahrstuhl knirschende Geräusche von sich gab und die Türen sich auf jedem Stockwerk öffneten, obwohl niemand wartete. »Ich sehe nicht ein, wieso dieser Auftrag die Welt verändern und die Menschheit weiterbringen soll. Wegen so einem Scheiß bin ich nicht Fotografin geworden.«

Ich gab ein mitfühlendes Ächzen von mir. »Was hält Eduardo denn von dem Auftrag?«

»Ach, er ist im siebten Himmel. Er kommt jetzt mit der High Society zusammen und geht auf große Wohltätigkeitsveranstaltungen und Modenschauen. Ihm geht bald einer ab.«

»Glaubst du, daß er . . .«

»Mich würde nichts überraschen. Und was hat Gretchen dir angetan?«

»Sie hat angedeutet, daß ich mit der Polizei schlafe.«

»Mit allen? Sogar mit den SWAT-Teams und der Sitte?«

Ich nickte verdrossen.

»Hoffentlich hast du ihr gesagt, sie könnte dich mal gehörig am Arsch lecken.«

»Das hätte ich gern, aber sie hat sich gerade eine meiner Stories angesehen. Was ist mit dieser Frau bloß los?«

»Wenn wir darauf die Antwort wüßten, könnten wir damit hausieren gehen. Diese Frau würde sogar ihren alten, kranken Vater in die Pfanne hauen. Vergiß nicht, halt dir Zeit für Larry Zink frei, wir sind mit ihm und Steve morgen zum Abendessen verabredet, also paß auf, daß dir keine Story dazwischenkommt und du länger arbeiten mußt.«

Endlich öffneten sich die Fahrstuhltüren.

»Kommst du heute abend um sechs mit? Wir wollen mit Ryan einen trinken gehen. Ist vielleicht deine letzte Gelegenheit«, sagte sie. »Wir schicken ihn morgen los. Gretchen will die Story zum Wochenende haben. Wir haben uns von der Küstenwache ein gebrauchtes kubanisches Floß geliehen.«

Beide verdrehten wir die Augen.

Ich brauchte zwanzig Minuten, um am Polizeipräsidium einen Parkplatz zu bekommen. Ich drehte endlose Runden über den Parkplatz und wartete darauf, daß eine Bucht frei wurde. Gretchen piepte mich zweimal an, doch ich ignorierte sie. Schließlich sah ich eine freie Parklücke und schoß hinein.

Menendez sah aus, als hätte er auf mich gewartet. Er gab mir einen Umschlag.

»Es ist eine Abschrift«, sagte er und kehrte dann wieder in sein Büro zurück.

»Danny, warten Sie mal. Ich will als Beobachter in der Nachtschicht mit Francie Alexander mitfahren und brauche das Formular für einen Antrag.« Zivilisten müssen eine Bestätigung unterschreiben, daß sie die Polizei von allen Ansprüchen freistellen, sollten sie mit dem Beamten, den sie begleiten, in einem Polizeifahrzeug in einen Verkehrsunfall verwickelt werden. Eine bloße Formalität.

Er drehte sich wieder zu mir um, und seine Augen waren ausdruckslos, als wäre ich eine unwillkommene Fremde. »Das wird nicht so einfach sein«, sagte er und schüttelte den Kopf.

»Was meinen Sie, haben sich die Vorschriften geändert? Ich bin doch schon mal mitgefahren, am Tag. Es hat nie ein Problem gegeben.«

Er zuckte die Achseln und schaute zweifelnd drein. »Ich muß nachfragen, ob der Major es erlaubt.« Sein Gesichtsausdruck besagt, daß er verdammt genau wußte, daß der Major es nicht erlauben würde.

»Beim letzten Mal habe ich unterschrieben und bin noch am selben Tag mitgefahren. Es war überhaupt kein Problem.«

»Die Dinge ändern sich.« Er schloß die Bürotür.

Was soll denn *das*, dachte ich. Ich setzte mich im Medienraum an einen leeren Schreibtisch, öffnete den Umschlag und sah mir die Abschrift an. Ich überflog sie und wußte sofort, was nicht stimmte.

Der Text begann mit den Funksprüchen der Bullen, sie hätten die Verfolgung aufgenommen, und denen der Funkzentrale, ob sie Verstärkung brauchten. Negativ. Andere Streifenwagen nahmen bereits an der Verfolgung teil. Die Beamten gaben im Verlauf der Jagd ihre schnell wechselnden Standorte durch. Dann eine Verzögerung, gefolgt von der Anforderung eines Notarztes und eines Krankenwagens für den Verdächtigen. Dann die Anforderung eines Abschleppwagens.

Doch der wichtigste Teil fehlte: der Anfang. Keine Fahndung der Zentrale nach einem Wagen, der wie der D. Wayne Hudsons aussah. Keine Funkwarnung vor einem bewaffneten und gefährlichen Verdächtigen in einem ähnlichen Wagen, kein Grund für die tödliche Jagd.

Menendez sah, daß ich mich seinem Glaskasten von Büro näherte, und griff nach dem Telefonhörer, als wolle er einen Anruf tätigen. Ich klopfte trotzdem an und öffnete dann die Tür. »Danny, das ist nicht vollständig.«

Er starrte mich an, das Telefon in der Hand. »O doch, ist es.«

»Wo ist die Suchmeldung der Zentrale nach einem Wagen, der wie der Hudsons aussah?«

»Das war nicht auf dem Band.«

»Aber das war der Grund, weshalb sie ihn verfolgt haben.«

Menendez umklammerte den Telefonhörer. Sein Mund war verkniffen, und er spuckte die Worte wie mit der Maschinenpistole aus. »Sie haben das Band von vorn und hinten und von oben und unten abgehört. Es war nicht drauf.«

»Warum haben sie dann gelogen? Warum haben sie ihn verfolgt?«

»Ich würde niemand einen Lügner nennen, Britt. Sie werden sich mit ihnen unterhalten müssen.«

»Führt die Dienstaufsicht eine Untersuchung durch?«

Er fuhr in seinem Stuhl zurück und streckte das Kinn vor. »Warum denn das? Der Fall ist alt und gestorben. Der Mann ist vor der Polizei abgehauen und hat seinen Wagen zu Schrott gefahren. Worauf wollen Sie hinaus?«

»Ich will auf gar nichts hinaus. Ich begreife nur nicht . . .«

»Dann sprechen Sie mit ihnen.«

»Sie erwidern meine Anrufe nicht.«

Er zuckte die Achseln. »Ich kann sie nicht zwingen, mit Ihnen zu sprechen. Auch ein Polizist hat noch gewisse Grundrechte.« Er griff erneut nach dem Telefon; ich war entlassen.

Ich war wie vor den Kopf geschlagen. Ich setzte mich und las die Abschrift noch einmal. Die Verfolgung endete um 0 Uhr 58, als ein Streifenwagen »Wir haben ihn!« funkte und den Standort durchgab.

Das mußte der Zeitpunkt des Unfalls sein. Doch erst um 1 Uhr 06, acht Minuten später, wurden der Notarzt und der Krankenwagen angefordert. Sechs Minuten darauf, um 1 Uhr 12, kam die Anforderung eines Abschleppwagens. Das war die erste Erwähnung eines dreihundertsiebzehn – eines Verkehrsunfalls mit Verletzten. Ich mußte an den Airbag denken und bekam auf einmal ein schlechtes Gefühl im Bauch.

Die offensichtlichste Erklärung war zu unerhört, um wahr zu sein. Es muß eine Erklärung geben, dachte ich. Bitte, hoffentlich gibt es eine Erklärung.

Ich ließ erneut den in die Sache verwickelten Bullen Nachrichten mit Bitte um Rückruf zurück, schob die Abschrift wieder in den Umschlag und ging zu Menendez zurück, der erschöpft wirkte.

»Ich will so schnell wie möglich einen Streifenwagen der Nachtschicht begleiten.«

Er schüttelte den Kopf. »Tut mir leid.«

»Was meinen Sie damit?«

»Ich habe gerade mit Major Alvarez gesprochen. Er hat abgelehnt.«

»Warum?«

»Das muß er mir nicht erklären. Er ist der Major – Beobachter fahren mit, wenn die Polizei es ihnen erlaubt. Der Major hat abgelehnt, und er hat das Sagen.«

»Wie lautet seine Nummer?«

Er nannte sie mir, und ich rief wütend von einem der Telefone im Medienraum an. Eine Sekretärin nahm meinen Anruf entgegen und erklärte mir, der Major sei beschäftigt. Ich fragte, ob sie versprechen könne, daß er mich zurückrief. Sie sagte, sie könne ihm nur meine Nachricht geben. Sie klang nicht sehr ermutigend. Selbst wenn er sich bei mir meldete, würde ich ihn wahrscheinlich nicht umstimmen können.

Francisco Alvarez war in den sechziger Jahren als Teenager nach Miami gekommen, während der ersten Welle der kubanischen Einwanderung. Er war etwa einssiebzig groß, stämmig gebaut und sah mit seinen dunklen, buschigen Brauen und dem glatten, schwarzen Haar ständig verdrossen aus. Er trug stets eine goldbeschlagene Automatik bei sich und gewährte Reportern nur selten Interviews. Vor Jahren war er in einen großen Bolita-Skandal verwickelt gewesen und hatte der Presse, besonders der *News*, nie vergeben, daß sie darüber berichtet hatte. Er war einer jener Bullen, die sich gern am Rand der Legalität bewegten, hing mit fragwürdigen Leuten zusammen, die sich unwillkürlich in Schwierigkeiten brachten, schien jedoch immer mit heiler Haut davonzukommen.

Alvarez war im Bolita-Fall niemals angeklagt worden, hatte jedoch vor einem Untersuchungsausschuß aussagen müssen. Er hatte es von Anfang an darauf angelegt, Polizeichef zu werden, und war der Ansicht, daß die Zeitungsberichte seine Chancen schmälerten. Vielleicht war das damals tatsächlich der Fall gewesen, aber jetzt waren das alte Hüte, und wenn der Posten des Polizeichefs beim nächsten Mal wieder zu besetzen war, würde er sich wahrscheinlich unter den aussichtsreichsten Kandidaten befinden. Nach all dem Trommelfeuer von der Polizeigewerkschaft und den Dienstgraden, weil sie einen Außenstehenden geholt hatten, würden die Politicos das nächste Mal wahrscheinlich einen aus der Truppe nehmen. Als Latino waren Alvarez' Chancen hervorragend, falls er, sobald die Zeit gekommen war, noch zur Verfügung stehen sollte. Ich persönlich verabscheute die Möglichkeit. Wenn es jetzt schon schwierig genug war, der Polizei eine Story zu entlocken, würde es mit ihm als Chef noch verdammt schwieriger sein.

Mein Problem war nun, wie ich in der Nachtschicht in einen Polizeiwagen kam. Ich hatte nur mitfahren wollen, um etwas von dem Hintergrund und der Atmosphäre mitzubekommen und vielleicht ein paar Cops in Aktion zu sehen, doch nun, wo man meinen Antrag abgelehnt hatte, war ich nur um so versessener darauf. Ich konnte Francie bitten, mich wie Bitsy einzuschmuggeln, aber das konnte ihr Scherereien verursachen. Das wäre nicht fair. Bei den Detectives der Mordkommission war das aber etwas ganz anderes. Die zählten zur Elite und waren dafür bekannt, auch schon mal eine große Lippe zu riskieren; sie mußten nicht so schnell befürchten, den Job zu verlieren. Vielleicht mochte Sergeant McDonald mich so gut leiden, daß er mich mitnahm.

Er mochte mich gut genug leiden, um um elf Uhr an diesem Abend meiner Bitte um Rückruf nachzukommen. »Sie konnten sich nicht raushalten, was?«

»Wird diese Leitung abgehört?« fragte ich.

»Offensichtlich nicht. Warum?«

»Sie haben recht, ich kann mich nicht raushalten. Ich möchte mit Ihnen und Ihrem Partner gern als Beobachterin mitfahren.«

»Klar, Britt. Kein Problem. Sie müssen nur einen Antrag stellen und eine Verzichtserklärung unterschreiben.«

»Das ist das Problem. Ich war heute dort, und der Major hat abgelehnt.«

»Wie konnten Sie ihn denn so verärgern?«

»Ich glaube, er hat gerade einen Haß auf die gesamte Presse.«

»Solche Anfälle hat er von Zeit zu Zeit. Warum sprechen Sie nicht mal mit ihm?«

»Warum lassen Sie mich nicht einfach mitfahren? Wir brauchen keine Verzichtserklärung. Es wird schon nichts passieren. Ich werde nicht gleich klagen, wenn ich mir den Zeh anstoße.«

Ich konnte fast hören, wie er nachdachte, und sein ernstes und grübelndes Gesicht sehen. »Es ist gegen die Vorschriften. Steckt was dahinter, was Sie mir nicht sagen?«

»Ich will mir nur mal ansehen, wie es um Mitternacht da draußen ist. Damit ich einen besseren Eindruck davon bekomme. Ich dachte nicht, daß Sie was dagegen hätten.«

»Ein besserer Eindruck wovon?«

Er war nicht dumm. »Für meine zukünftigen Stories, die sich um Mitternacht abspielen.« Das war die Wahrheit.

»Mein Partner wird nicht begeistert davon sein. Wenn was passiert, hängen wir beide drin. Das kann ich ihm nicht antun.«

Er lehnte ab und schob es auf seinen Partner. »Was könnte denn schon passieren? Wer sollte davon erfahren? Wenn 'ne große Sache steigt, tue ich so, als würde ich nicht zu Ihnen gehören.«

»Wann wollen Sie kommen?«

»Morgen abend?« Ich versuchte, nicht zu begeistert zu klingen.

»Ich hab' nichts dagegen.«

»Was ist mit Flood?«

»Er wird einverstanden sein.«

Ich verabredete mich mit ihm für kurz nach elf im Präsidium. Das würde interessant werden.

8

Ryan trug abgeschnittene Jeans, Slipper ohne Socken und eine flammend gelbe Schwimmweste über einem weiten, weißen Baumwollhemd. An seinen Handgelenken hingen Röhrchen mit einem Mittel gegen Seekrankheit, und auf seinem Kopf saß ein flotter, breitkrempiger Strohhut. Zu seinem Gepäck gehörten eine Reisetasche, mehrere große Plastiktüten mit Vorräten, eine große, blaue Kühltasche mit Sandwiches, Limonaden- und Bierdosen auf Eis und ein kleiner Blecheimer zum Kotzen. Ich war zum Jachthafen von Miami gefahren, um ihm eine gute Reise zu wünschen. Das Wetter war toll, so perfekt, wie die Handelskammer es sich nur wünschen konnte, das Sonnenlicht tanzte wie Diamanten auf dem Wasser. Der Seegang war niedrig, was grünes Licht für Ryan bedeutete. Sein Floß bestand aus drei sowjetischen Lastwagenreifenschläuchen, die mit Leinwand verstärkt und dann an einen Holzrahmen gebunden worden waren. Der untere Teil dieses Gestells war mit Stacheldraht umwickelt, um die Haie abzuhalten. Das einfallsreich konstruierte Boot Marke Eigenbau war geräumig im Vergleich zu einigen anderen Gefährten, die die *Balseros* benutzen, um die neun zig Meilen offene See nach Florida zu überqueren. Ryan hatte aus dem reichhaltigen Angebot der Küstenwache auswählen können. Unter anderem hatte man ihm noch ein mit Rudern versehenes Gebilde aus einem Styroporblock anbieten können, aus dem man einen Sitz geschält hatte, und einen Traktorreifenschlauch mit selbstgebastelten Rudern.

Als ich dieses fadenscheinige, mitgenommene Floß sah, verspürte ich einen noch größeren Respekt vor dem Drang dieser

Menschen, sich auf einem solchen Ding, das mehr von der Hoffnung als von sonst etwas zusammengehalten wurde, auf ein Meer zu wagen, dessen Strömung sie nur vielleicht in die Freiheit tragen würde. Sieben Kubaner waren auf dem Floß, für das Ryan sich entschieden hatte, von Santa Fe aus aufgebrochen, einer Küstenstadt vierzig Minuten westlich von Havanna. Acht Tage später wurden die fünf Überlebenden etwa zehn Meilen vor der Küste von Islamorada von der Küstenwache gerettet. Zwei hatten bei dem Versuch, die Freiheit zu erlangen, das Leben verloren, genau wie mein Vater. Aber da war ein Unterschied; ich hatte durchaus gemischte Gefühle, die jedoch von einer Woge des Stolzes begleitet wurden, da mein Vater nach Kuba zurückgekehrt war, um für sein Land zu kämpfen.

Der Kapitän der *Vagabond*, eines hier ansässigen Tiefseefischers, hatte sich bereit erklärt, Ryan zu den Keys zu bringen und dann östlich zur Cay Sal Bank, zu den Riffen, wo sein Floß in verhältnismäßig flaches Wasser ausgesetzt werden würde. Vor Jahren hatte die Navy dasselbe Gebiet, südlich des Bermudadreiecks, als Übungsgebiet für Bombardements benutzt.

Die *Vagabond* würde in der Nähe des Floßes bleiben, wenn auch der Authentizität halber außerhalb von Ryans Sichtweite, aber nahe genug, um ihm bei einem Notfall zu Hilfe kommen zu können. Nach vierundzwanzig Stunden würde man ihn wieder aufsammeln. Inzwischen würde sein Floß durch die Meerengen treiben, den Fluchtkorridor parallel zu den Keys, den sowohl kubanische als auch haitianische Flößer und Boat People benutzen.

Lottie würde die Nacht an Bord der *Vagabond* verbringen und mit einem tragbaren Funkgerät Verbindung mit Ryan halten. Am Morgen sollte Lottie von einem Wasserflugzeug an Bord genommen werden und Fotos von Ryan schießen. Dann würde die *Vagabond* ihn wieder zurückbringen.

Aus einer von Ryans unhandlichen Taschen ragten Schwimmflossen und eine Harpune hervor. Er schien gut vorbereitet zu sein; an seiner Sonnenbrille war ein kleiner Sonnenschutz für die Nase aus Plastik angebracht, sein Gesicht war dick mit klebriger, weißer Sonnenmilch eingerieben. Die sechs Dosen Coors in der Kühltruhe bereiteten mir Sorgen, und ich warnte ihn, in der Hitze mit dem Bier vorsichtig zu sein. »Denk an eine vernünftige Unterlage«, sagte ich, als ich ihn zum Abschied umarmte und dabei dem plötzlichen Drang widerstand, die Titelmusik vom *Weißen Hai* zu summen.

Lottie, die Jeans, Turnschuhe und zwei Kameras trug, sprang anmutig an Bord der *Vagabond*. Ryan folgte ihr, etwas unsicher auf den Füßen, als das Schiff sanft am Dock schaukelte. Lottie streckte die Hand aus, um ihn festzuhalten, und sah in meine Richtung, und wir beide lächelten. Ryan sah wirklich wie ein Schlappschwanz aus.

Wir hatten das Abendessen mit Larry und Steve, die in einem berühmten französischen Restaurant einen Tisch reserviert hatten, absagen müssen. Lottie war schwer enttäuscht; doch ich freute mich insgeheim darüber, daß ihr Auftrag und nicht meine Pläne für die Mitternachtsschicht der offizielle Grund für die Verschiebung unserer Verabredung waren. Ich wollte mir nicht vorwerfen lassen, ihr Liebesleben zu ruinieren, wenn man mir schon vorwarf, kein eigenes zu haben. Sie wirkte im Augenblick allerdings gar nicht niedergeschlagen, wahrscheinlich, weil der Kapitän der *Vagabond* ein blonder Prachtkerl war, der wie ein Wikinger aussah.

Die Motoren des Kutters erwachten dröhnend zum Leben, und das stattliche, blauweiße Schiff entfernte sich vom Dock. Lottie stand oben auf der Fangbrücke, und ihr Haar wehte im Wind wie das einer Wikingerprinzessin. Ryan stand auf Deck, von seinen Habseligkeiten umgeben, bereit für das große Abenteuer. Er hielt den Daumen hoch, und ich winkte, während der Kapitän das Schiff in Richtung Government Cut und tiefere Gewässer steuerte.

In der Redaktion wartete eine Besucherin auf mich. Sie erhob sich von ihrem Stuhl und trat vor, als Gloria, unsere Empfangsdame, mich begrüßte. Langes, üppiges braunes Haar rahmte das herzförmige Gesicht der noch recht jungen Frau ein, das eifrig wirkte, wenngleich unter ihren Augen tiefe Schatten lagen. Sie war sehr schlank, von der Rundung, die vorn ihren Umstandsoverall ausfüllte, einmal abgesehen. Sie gab mir die Hand und stellte sich als Betsy Ferrell vor, Teds Frau also.

»Es tut mir leid, ich weiß, ich hätte vorher anrufen sollen, aber ich war gerade zufällig in der Gegend«, sagte sie. Ich bat sie in das Großraumbüro – mir war es etwas peinlich, daß mein Schreibtisch so unordentlich war – und fragte sie, ob wir nicht lieber in die Cafeteria gehen und einen Kaffee trinken wollten.

»Nur, wenn Sie möchten«, sagte sie. »Ich wollte nur mit Ihnen sprechen.« Ihr Blick verriet mir, daß sie keineswegs zufällig in der Gegend gewesen war.

Ryans Stuhl war ja frei, und so zog ich ihn neben den meinen. Sie setzte sich und umklammerte ihre Handtasche. »Ich habe gar nicht gewußt, daß Sie schon wieder Nachwuchs erwarten«, sagte ich, um das Eis zu brechen.

Sie wollte etwas sagen, schluckte, und ihre Augen füllten sich bis obenhin mit Tränen. Mir war das unangenehm, und ich holte eine Schachtel Kleenex aus der Schreibtischschublade und gab sie ihr. Sie zog eins heraus und stellte die Schachtel auf ihren Schoß. So naiv, wie ich war, dachte ich, daß es familiären Ärger geben und Ted sie betrogen haben mußte. Einige Männer sollten das ja tun, wenn ihre Frauen schwanger waren, doch bei Ted überraschte es mich wirklich.

»Britt, Sie sollen wissen, daß wir Ihnen immer dankbar waren. Die Stories, die Sie über Ted geschrieben haben, vor allem die letzte Woche . . .« Tränen quollen hervor, und sie drückte das Papiertuch an die Augen. Ihre Fingernägel waren kurz geschnitten und makellos. Ich mußte an meine eigenen Finger denken, die immer mit Tinte von den billigen Kugelschreibern verschmiert waren, die die Zeitung uns zur Verfügung stellte. »Das bedeutet uns sehr viel . . . wir sind so stolz auf ihn . . .« Sie putzte sich die Nase und stockte.

»Mrs. Ferrell, was ist los?«

»Bitte nennen Sie mich Betsy.«

Ich nickte.

»Diese Story, die Story, an der Sie arbeiten – bitten lassen

Sie sie fallen. Schreiben Sie sie nicht.« Rosa Flecke waren auf ihren Wangen erschienen, als sie ihre Augen abtupfte.

»Was meinen Sie?«

»Sie wissen, wovon ich spreche.« Sie schluckte. »D. Wayne Hudson.«

»Warum regen Sie sich über diese Story so auf? He, beruhigen Sie sich doch und erzählen Sie mir, worüber wir hier sprechen.«

»Sie wissen, worum es geht«, sagte sie und richtete sich auf, entschlossen, die Fassung wieder zu gewinnen. Sie putzte sich die Nase und versuchte ein Lächeln. »Sie wissen, daß wir eine EVZKUM-Familie sind.«

»Wie bitte?«

»Ein Verdienst, zwei Kinder, ungeheure Miete.« Sie legte die linke Hand mit dem bescheidenen Ehering auf ihren angeschwollenen Bauch. »Nur, daß es bald drei Kinder sein werden.«

Da ich nicht in einem Vorort lebte, hatte ich den Vorort-Slang wohl nicht mitbekommen.

»Ich habe nie gewollt, daß Ted die Nachtschicht übernimmt«, sagte sie rätselhaft. »Er hat nie gern mit diesen Männern zusammengearbeitet; sie haben ständig Schwierigkeiten. Aber mit dem neuen Baby und so weiter brauchen wir das zusätzliche Geld. Er hat mir geschworen, daß er sich niemals in was reinziehen lassen wird. Deshalb arbeitet er jetzt wieder in der Tagschicht. Wenn er das doch nur schon früher getan hätte.« Sie beugte sich mit einem bittenden Blick vor. »Wir können es uns nicht leisten, daß er Schwierigkeiten bekommt und seinen Job verliert. Nicht nur wegen des Geldes oder wegen des Hauses und des Babys. Es ist der Job.« Sie sprach leise und eindringlich. »Er liebt seinen Job so sehr.« Sie sah aus, als wolle sie wieder weinen, und ich kam mir furchtbar beschissen vor.

»Wie kommen Sie denn darauf, daß Ted in Schwierigkeiten steckt?«

»Er steckt in keinen Schwierigkeiten, wenn Sie die Sache auf sich beruhen lassen. Bitte, Britt.«

Ich war völlig durcheinander. »Wieso wissen Sie, woran ich arbeite? Ich habe nicht mal mit Ted darüber gesprochen.«

»Sie wissen es, Britt. Alle wissen, daß Sie an dieser Story arbeiten.«

»Wer ist ›alle‹?«

»Ted, die Blackburns, Manny Machado, Estrada, ihre Familien, Carpenter. Alle sind sauer.«

Ihre Worte jagten mir einen Schauer über den Rücken. Während ich im Trüben gefischt hatte, hatten meine lahmen Anstrengungen eine Menge Leute gegen mich aufgebracht.

Mein Gesicht muß meine Gedanken verraten haben. Betsy schaute besorgt drein. »Ted weiß nicht, daß ich hier bin«, flüsterte sie. »Aber ich dachte, wenn ich mich an Sie wende, von Frau zu Frau, geben Sie es auf. Es gibt so viele andere Stories. Sie würden Ihnen bestimmt bei einigen helfen. Sie waren bislang immer so gut, so fair zu uns.«

»Ich war nie gut zu Ihnen und Ted, Betsy. Ich habe Stories über ihn geschrieben, weil er es verdient hat. Und ich kann Ihnen nur sagen, daß ich so fair wie möglich sein werde und Ted mir nicht gleichgültig ist. Hat er irgend etwas angestellt?«

»Das würde er nie tun!« rief sie laut.

»Worüber regen Sie sich dann so auf?«

»Sie verstehen nicht . . .« Sie hielt inne, und ihr Blick änderte sich. »Sie werden an der Sache weiterarbeiten«, sagte sie leise.

»Klar, und es würde mir alles viel einfacher machen, wenn Ted mich einfach anrufen und mir dabei helfen würde, das zusammenzusetzen, was in dieser Nacht wirklich geschehen ist.«

»Ich muß jetzt gehen.« Sie stand abrupt auf, stellte die Schachtel Kleenex auf meinen Schreibtisch und drehte sich um. Unbewußt drückte sie die Handtasche an ihren Busen, wie ein Baby. »Danke, daß Sie mit mir gesprochen haben. Bitte sagen Sie niemandem, daß ich hier war.«

Also ist etwas Häßliches zwischen den Bullen und D. Wayne Hudson passiert, dachte ich, als ich ihr nachsah. Ich glaubte zu wissen, was es war. Jemand hatte die Kontrolle verloren, und die anderen deckten ihn. Ich fragte mich, welche von D. Waynes Verletzungen durch die Hände eines brutalen Bullen entstanden war. Oder alle? Nur eins war sicher – jetzt würde mich nichts und niemand mehr von dieser Story fernhalten.

9

Um elf Uhr abends war es ein Vergnügen, vor dem Polizeipräsidium zu parken. Was für einen Unterschied doch zwölf Stunden machten. Ich steckte die Wagenschlüssel, einen Kamm und ein paar andere unverzichtbare Gegenstände in die tiefen Taschen meines dunkelblauen Overalls.

McDonald hatte mich nicht vergessen. Als ich dem Beamten am Pult meinen Namen nannte, sagte er, ich würde erwartet, und gab mir einen Besucherausweis zum Anstecken. Er begleitete mich durch die leere Lobby, vorbei an der Gedenktafel aus rostfreiem Stahl für die dreißig Beamten, die seit 1915 in Ausübung ihres Dienstes gestorben waren, steckte seine Schlüsselkarte in den Fahrstuhlschlitz, drückte auf den Knopf für die fünfte Etage und kehrte zu seinem Pult zurück.

Die Gänge im fünften Stock waren verlassen; kaum jemand hatte noch Dienst, und ich wußte das Gefühl zu schätzen, nicht über die Schulter sehen zu müssen, ob Major Alvarez oder irgendein anderer übereifriger Beamter meine Anwesenheit in Frage stellte.

Das Raubdezernat und die Mordkommission teilten sich ein Großraumbüro mit Blick auf die Overtown, ein Gettoviertel mit enormer Verbrechensrate. McDonald, Flood und zwei weitere Detectives saßen in der Mordhälfte des Raums an Schreibtischen. Sie erledigten Post und Papierkram, erwiderten Anrufe und hörten dabei mit einem Ohr auf den Funkverkehr. Als McDonald mich sah, bedachte er mich mit einem breiten, geruhsamen Lächeln, und ich erwiderte es unwillkürlich. Er sagte etwas zu seinem Partner, und Flood riß den Kopf herum.

»Was?«

»Britt fährt heute abend mit uns«, wiederholte McDonald.

O je, dachte ich. Kein Wunder, daß Flood bis jetzt nichts dagegen gehabt hatte. Er hatte es noch nicht gewußt.

Ich ignorierte Floods Stirnrunzeln und sah mir das Anschlagbrett der Mordkommission an, das eine gesamte Wand beanspruchte. Das Brett verzeichnete jedes Mordopfer dieses Jahres in numerischer Reihenfolge und enthüllte damit die Anzahl der Morde innerhalb der Stadtgrenzen in diesem Jahr, bislang einhunderteinundzwanzig. Obwohl die meisten Menschen, deren Namen dort aufgeführt waren, kein geordnetes Leben geführt hatten, waren die Einzelheiten sehr ordentlich festgehalten. Jeder Eintrag, sorgfältig mit schwarzem Filzstift geschrieben, verzeichnete das Datum, die Uhrzeit, den Namen des Opfers, den Tatort, die Umstände des Todes, den Namen des Detective, der den Fall bearbeitete, und den des Mörders. Viele Mörder – wie auch manche Opfer – waren mit UNBEKANNT angegeben. Die schlimmstmögliche Variante für den Ermittler war ein Mordfall, bei dem Wochen oder gar Monate verstrichen und sowohl Opfer als auch Täter noch als UNBEKANNT angegeben waren. Wo sollte man anfangen, wenn ein unbekannter Mensch von einem anderen Unbekannten ermordet worden war?

Andere Täterbeschreibungen waren so kurz und allgemein gehalten, daß sie auf Tausende Bewohner Südfloridas passen mochten, etwa W/L/M (weiß/Latino/männlich), Alter zwanzig bis dreißig Jahre. Bei den namentlich bekannten waren das Geburtsdatum und die Vorstrafen angegeben.

Die meisten dieser Namen waren mir bekannt. Das lag daran, daß ich die Stories darüber geschrieben hatte.

Ein Detective, den ich nur flüchtig kannte, telefonierte gerade an einem Schreibtisch ganz in der Nähe. Seinem beschwichtigenden Tonfall zufolge schien es sich bei seinem Gesprächspartner um einen Bürger zu handeln, der sich darüber beschwerte, daß ein Verbrechen noch nicht aufgeklärt war. Der Beamte schaute gelangweilt und leicht verdrossen drein und sah einfach aus dem Fenster, während er hauptsächlich zuhörte. Dann sprang er plötzlich auf und stieß einen Schrei aus.

»Verdammte Scheiße! Ich muß Schluß machen!« Er knallte den Hörer auf die Gabel und spurtete durch das Büro zur Tür.

»Was zum Teufel ist los?« sagte Flood und erhob sich hinter seinem Schreibtisch.

»Ein 330, auf der anderen Straßenseite, Ecke Six und Two«, brüllte der Detective atemlos. »So ein Arschloch hat gerade einen Mann von seinem Fahrrad geschossen. Direkt vor meiner Nase. Da draußen!« Er zeigte hinaus und sprach schnell in sein Funkgerät.

Wir liefen zum Fenster. Anderthalb Häuserblocks entfernt lag ein Mann ausgestreckt unter einer grellen Straßenlaterne. Sein Fahrrad war bereits verschwunden. Der Mörder war damit davongefahren.

Ein Grund dafür, daß man das neue Revier ausgerechnet in dieser Gegend gebaut hatte, bestand darin, daß es auf Verbrecher abschreckend wirken und das Viertel sicherer machen sollte. Manche Leute schienen das aber nicht mitbekommen zu haben.

»Er braucht nicht mal 'nen Wagen«, sagte Flood. »Er kann zu Fuß zum Tatort.«

Wir hörten den Detective im Funkgerät; er meldete die Schießerei der Zentrale. Er hatte zwei Männer gesehen, einer davon auf einem Fahrrad, die sich anscheinend unter der Staßenlampe gestritten hatten. Der eine hatte eine Waffe gezogen und den anderen erschossen.

McDonald griff nach seinem Funkgerät und sprach lakonisch mit dem Detective, der sich mittlerweile in der Halle befand. »Dann können wir wohl davon ausgehen, daß du den Fall übernimmst«, sagte er gedehnt.

Wir alle sahen aus dem Fenster. Mehrere Jugendliche waren aufgetaucht und näherten sich der Leiche. Einer kauerte neben ihr nieder.

McDonald gab dem Detective durch, was mittlerweile passiert war. »Wir haben ein paar Passanten, einer davon scheint dem Opfer den Puls zu messen – oder ihm die Armbanduhr zu klauen. Scheiße, verdammt! Er hat seine Uhr! Ein großer, junger Schwarzer, trägt Jeans und ein dunkles T-Shirt. Ist jetzt auf der Six. Er rennt.«

Ein Streifenwagen schlitterte mit blitzendem Blaulicht um die Ecke. Die Schaulustigen stoben davon.

»Wie kann aus der Overtown je was Gutes kommen?« knurrte Flood und kehrte zu seinem Schreibtisch zurück.

Ich sah weiterhin aus dem Fenster auf das Bild, das sich mir bot. »Etwas Gutes ist aus der Overtown gekommen«, sagte ich leise. »D. Wayne Hudson.«

Die Funkgeräte berichteten weiterhin über die Jagd auf den Täter, und Streifenpolizisten forderten häufig den Beistand von Detectives an oder meldeten Zwischenfälle oder Verletzungen, die sich zu etwas Ernsthaftem ausweiten konnten. Detectives der Mordkommission konnten keine Überraschungen ausstehen, wie zum Beispiel Leute, die in Krankenhäusern starben, Wochen nach kleineren Verbrechen, die man nie gründlich untersucht hatte und die nun Mordfälle waren.

Flood sprach über Funk über das Opfer eines Raubüberfalls. »Wie schlimm ist er verletzt?«

»Anscheinend ein Schlag mit einem Gegenstand auf den Kopf, vielleicht mit einem Rohr«, erwiderte die blechern klingende Stimme eines jungen Streifenpolizisten. »Das Opfer brach zusammen. Es wurde von hinten niedergeschlagen und zog sich beim Sturz Gesichtsverletzungen zu.«

»Wie viele Stiche?«

»Etwa einundzwanzig am Hinterkopf, sechs vorn. Er hat wie ein Schwein aus der Nase geblutet und vielleicht ein paar Zähne verloren.«

»War er bewußtlos?«

Man konnte hören, wie der Beamte mit jemandem in der Notaufnahme sprach, vielleicht mit dem Opfer. »Er weiß es nicht genau, vielleicht kurz. Er ist zu der Tankstelle an der Ecke gekrochen, wo ihm jemand geholfen und uns angerufen hat.«

»Wie alt ist er?«

»Zweiundsiebzig.«

»Sprechen Sie mit dem Arzt. Mal sehen, was der sagt. Lassen Sie mich wissen, wenn sie ihn dabehalten wollten.«

»Verstanden.«

McDonald sprach mit einem Officer, der einen Raub auf der 20th Street Ecke 12th Avenue gemeldet hatte; ein Mietwagen war von einer Bande Streetkids überfallen worden, die die Windschutzscheibe mit Steinen eingeschlagen und dann die Insassen ausgeraubt hatten. »Handelt es sich bei den Opfern um Bürger Miamis?« fragte McDonald.

»Negativ. Touristen, eine Familie aus Ohio.«

»Okay, dann bringen Sie sie zum Raubdezernat. Umgehend.«

Hätte es sich bei den Opfern um Einwohner Miamis gehandelt, hätte man einen Bericht geschrieben, und irgendwann hätte sich vielleicht auch einmal ein Detective bei ihnen gemeldet, falls er die Zeit dafür gefunden hätte. Doch Touristen hatten Vorrang. Ihre Fälle wurden sofort und vordringlich behandelt. Verbrecher lauerten ihnen gern auf – wie Raubtiere ihrer Beute –, weil die Chance, daß ein Ortsfremder im unwahrscheinlichen Fall einer Verhaftung nach Miami zurückkehren würde, um gegen sie auszusagen, sehr gering war. Ganz im Gegenteil, es bestand durchaus die Möglichkeit, daß das Opfer die Stadt wieder verlassen würde, bevor man überhaupt die Ermittlungen aufgenommen hatte. Die meisten dieser völlig verschreckten Touristen flohen augenblicklich. Darüber waren die hohen Tiere von der Stadtverwaltung und der Handelskammer natürlich nicht besonders glücklich, und dementsprechend hatten sie der Polizei Anweisung gegeben, derartigen Fällen Priorität einzuräumen, selbst wenn dafür die örtlichen Steuerzahler, die einem Verbrechen zum Opfer gefallen waren, vernachlässigt wurden.

McDonald bedeutete mir, mich aus der Kaffeekanne zu bedienen, die auf einem Tisch neben der Tür zu den Verhörräumen stand. Die dunkle Brühe sah aus, was wäre sie irgendwann an diesem Morgen gekocht worden, vielleicht sogar schon früher in dieser Woche, doch wenn die Nacht relativ ruhig blieb, brauchte ich das Koffein. Der Kaffee war nur noch lauwarm, doch ich goß einen Styroporbecher voll und rührte mit einem Plastiklöffel Zucker hinein.

McDonald stieß einen Jubelschrei aus, und ich schlenderte zu seinem Schreibtisch hinüber. Er hatte vom Labor die positive Identifizierung eines Fingerabdrucks bekommen, den man von dem Wagen eines Detective abgenommen hatte. Bei dem Verbrechen war auf beiden Seiten Täuschung im Spiel gewesen, eine Operation der Drogenfahndung, die vor zehn Tagen schiefgegangen war. Die ›Drogenverkäufer‹ waren in Wirklichkeit Bullen, die ›Drogenkäufer‹ in Wirklichkeit Diebe. Das Spiel nahm ein Ende, als der Boß der Gangster seine beeindruckende Pistole zog, ein europäisches Modell mit einer zusätzlichen Sicherung. Er hatte sie noch nie abgefeuert und vergessen, den Sicherungshebel zurückzuschieben, bevor er versuchte, die Cops zu erschießen. Während er sich noch wunderte, warum seine neue, teure Pistole nicht funktionierte, hatten die Bullen ihn erschossen, und seine Kumpane waren abgehauen.

Schießereien, in die Polizisten verwickelt waren, wurden heutzutage empfindsamer als früher und generell wie Mordfälle behandelt. Es war wichtig, alle Beteiligten zu verhören. Die Polizei hatte bislang kein Glück gehabt – doch nun hatte der Computer in Rockwell einen einzigen Daumenabdruck, den man vom Dach des Wagens der verdeckt arbeitenden Beamten abgenommen hatte, als den eines Mannes namens Rodney Williams identifiziert.

Vielleicht war er einer der Verschwörer. Alle Mitglieder der Bande hatten sich während der Verhandlungen irgendwann einmal an den Wagen der Detectives gelehnt.

McDonald rief Williams' Vorstrafenregister und die Akteneinträge über seine bisherigen Verhaftungen ab. Wir alle scharten uns um seinen Schreibtisch und durchsuchten die Unterlagen nach Hinweisen darauf, ob es sich bei dem Toten um einen ehemaligen Mitangeklagten oder Verwandten von Williams handelte, fanden jedoch keine Verbindung zwischen Williams und dem Mann, der von der Polizei erschossen worden war. Williams hatte einige Vorstrafen wegen Drogenvergehen und

Raub, was gut aussah, aber im Viertel Brownsville, in dem die Schießerei stattgefunden hatte, noch kein Verbrechen begangen. Das sah schlecht aus. Verbrecher waren Gewohnheitstiere.

»Hm«, machte McDonald, während er ein Formular überflog. »Wenn er nicht was Neues versucht hat oder sein Vetter oder sonstwer in diesem Gebäude wohnt, hat er den Abdruck vielleicht bei einer anderen Gelegenheit, an einem anderen Ort auf dem Wagen zurücklassen.« Er schaute enttäuscht drein.

»Wann wurde der Wagen zum letzten Mal gewaschen?« fragte ich.

»Gute Frage«, sagte Flood.

»Das werden wir wahrscheinlich nicht mehr herausfinden können, aber wir müssen uns auf jeden Fall mal danach erkundigen«, sagte McDonald.

»Würden die verdeckt arbeitenden Beamten Williams' Verbrecherfoto wiedererkennen?« fragte ich.

»Vielleicht, vielleicht auch nicht«, sagte er. »Sie haben sich hauptsächlich mit dem Boß abgegeben, dem Burschen, den sie erschossen haben.«

»Ach was«, sagte Flood, »wir müssen Rodney verhaften und ihn fragen, was zum Teufel an diesem Abend passiert ist. Das könnte all unsere Probleme lösen. Vielleicht sagt er es uns ja.« Er sah mich an. »Das ist das Geheimnis. Nie fragen, *ob* er dort war, sondern, was passiert ist, *als* er dort war.«

»Das mache ich ständig«, sagte ich zu ihm, die Ellbogen auf seinem Schreibtisch, das Kinn auf den Handflächen.

»Versuchen Sie es ja nicht bei mir«, knurrte er, doch der Blick, den er mir zuwarf, zeugte von widerwilliger Anerkennung. Ich mochte ihn wirklich gut leiden.

Da in der Stadt alles ruhig zu sein schien und im Augenblick auf den Straßen kein größeres Chaos herrschte, studierten wir Rodneys neueste Karteifotos und brachen dann auf, um ihn vielleicht an seinen üblichen Aufenthaltsorten aufzustöbern.

Ich war froh, mit McDonald und Flood allein in ihrem großen, nicht als Polizeiwagen gekennzeichneten Chevrolet Caprice zu sein, in einer privaten Umgebung, in der niemand unsere Gespräche mithören konnte. McDonald fuhr, während Flood neben ihm saß und ich hinten.

Wir fuhren durch Gegenden, die schon bei hellem Tageslicht für Autofahrer gefährlich waren. In Anbetracht der späten Stunde – es war fast ein Uhr – war auf den Straßen noch viel los, und unser großer Wagen täuschte niemanden. Die Leute hatten es sich in Hausnischen und -eingängen so bequem gemacht wie andere in ihren Wohnzimmern. In der Innenstadt waren ständig Menschen zu Fuß unterwegs, Obdachlose, die Einkaufswagen voller Aluminiumdosen, eigenartiger Besitztümer oder gestohlener Güter vor sich herschoben. Andere schleppten ihre Betten herum, gefaltete Pappkartons, so groß wie Kühlschränke, und hielten nach geeigneten Schlafstellen Ausschau. Die meisten trugen mehrere Kleidungsschichten übereinander, hatten ihre gesamte Garderobe angelegt, während sie von einer Straße zur anderen zogen.

»Sie sind jünger, als es die Hobos und Penner früher waren«, sagte Flood. »Beim Alkohol hat sich nichts geändert, aber eine Menge von diesen Leuten ist cracksüchtig.«

»Das ist die Droge der Ärmsten der Armen«, sagte McDonald. »Die jüngeren sind fast alle von Crack abhängig. Sie trinken zwar auch Wein, aber nur, um sich zu betäuben. Wenn sie ein paar Dollar in die Hände kriegen, kaufen sie zuerst Crack, dann Alkohol, und dann versuchen sie, etwas zu essen zu *bekommen* ... nicht zu kaufen. So sehen ihre Prioritäten aus.«

Wir fuhren langsam durch die Straßen und hielten nach einem bestimmten Gesicht Ausschau, während Augen uns aus den Schatten beobachteten. Nachts sah nichts in dieser Stadt, in der ich geboren und aufgewachsen war, so aus wie am Tag. Der blaue Horizont Miamis wirkte eingeschrumpft, als hätte man einen Deckel aus Dunkelheit darauf gesetzt und damit den weiten Ausblick blockiert und die Stadt verkleinert. Ich verspürte eine seltsame Intimität zwischen uns, die wir uns in einer Metallkapsel durch eine fremde und surreale Landschaft bewegten. Nun begriff ich, wieso Polizisten, die in dieser Schicht als Partner arbeiteten, einander näherstehen konnten, als es mit ihren Familien oder Freundinnen der Fall war.

Ich saß allein auf dem Rücksitz und zückte mein Notizbuch. Flood erinnerte sich an die schlechte alte Zeit, das Jahr der großen Benzinknappheit. Die langen Schlangen vor den Tankstellen ließen die Mordrate der Stadt in die Höhe schnellen, während die der umliegenden ländlichen Bezirke sank, da die Mörder damit aufgehört hatten, die Leichen aufs entlegene Land zu bringen. Angesichts der Benzinknappheit ließen sie sie einfach liegen, wo sie sie ermordet hatten, also – leider – innerhalb der Stadtgrenzen.

Flood schob zwei Streifen Kaugummi in den Mund. »Ich will mit dem Rauchen aufhören«, sagte er kauend, während er das Päckchen herumreichte.

»Inwiefern beeinträchtigt diese Schicht Ihr Privatleben?« fragte ich, als das Gespräch abzuflauen drohte. »Wie kommen Ihre Frauen damit zurecht?«

»Sie hat sich daran gewöhnt«, sagte Flood und zuckte die Achseln.

»Bin nicht verheiratet«, sagte McDonald. »Ein paar Mal wär's fast dazu gekommen, aber ich bin noch zu haben. Es wäre von einer Frau auch ziemlich viel verlangt. Die meisten Jungs in der Abteilung haben Eheprobleme. Was hält Ihre bessere Hälfte denn von Ihrem Job?«

Ja! Er ist alleinstehend, dachte ich, froh darüber, daß er meinen Gesichtsausdruck nicht sehen konnte. »Ach, mein Job hält mich zu sehr in Trab, als daß ich mich ernsthaft mit jemandem einlassen könnte«, sagte ich und versuchte, ganz beiläufig zu klingen. »Warum arbeitet ihr denn nachts?«

»Wir sind die Krieger der Dunkelheit«, sagte McDonald scherzhaft. »Die weißen Ritter, die die Unschuldigen retten. Und im Präsidium ist kaum was los, und man muß sich nicht mit so 'nem Verwaltungsscheiß herumschlagen. Kein Verkehr, keine Konferenzen, kein Arschkriechen. Die Dinge sind einfacher. Wir müssen uns auch nicht mit Leuten befassen, die ins Büro kommen und unsere Zeit mit Beschwerden verschwenden, wie daß ihr Nachbar gedroht hat, sie wegen irgendeines Hinterhofstreits umzubringen.«

Während er sprach, betrachtete er mich gelegentlich im

Rückspiegel. »Während dieser Schicht ist es einfacher, mit Zeugen, Informanten und Leuten auf der Straße zu sprechen. Wir können die Leute überzeugen, mit uns zusammenzuarbeiten, ohne harte Bandagen anlegen zu müssen. Nachts haben die Leute den Eindruck, es sei einfach eine Sache zwischen uns. Und sie scheinen auch zu glauben, daß wir sie gehörig in den Arsch treten, wenn sie uns nicht helfen oder 'ne große Lippe riskieren. Tagsüber haben sie mehrere Möglichkeiten: Sie können ihren Boß, ihren Anwalt oder die Nachbarn rufen, die dann der Polizei Scherereien machen. Tagsüber ist man eben wirklich nicht so unter sich.«

»Ja«, sagte Flood und ließ seinen Kaugummi knallen. »Tagsüber kann man so gut wie nichts unternehmen, ohne daß die Gegenseite schweres Geschütz auffährt. Nachts kann man den Leuten einen ordentlichen Schrecken einjagen. Und Verdächtige kann man um fünf Uhr morgens viel problemloser verhaften. Man klopft einfach an und holt sie aus dem Bett. Wir müssen nicht auf der Straße Verstecken spielen oder sie aus der Arbeit holen.«

»Und der Job ist einfach unvorhersagbar«, ergänzte McDonald und fuhr langsamer, um ein paar Biertrinker vor einem kleinen, rund um die Uhr geöffneten Laden unter die Lupe zu nehmen. »Die Nacht ist geheimnisvoll, das Gefühl, die Luft, die Beleuchtung, die Gerüche, das Verhalten, die Leute. Arbeiten Sie eine Weile die Nacht hindurch, und es geht Ihnen ins Blut. Sie lernen, das Unerwartete zu erwarten. Die Leute empfinden und benehmen sich anders.«

»Wieso?« Ich hatte aufgehört, mir Notizen zu machen, saß einfach da und hörte zu. Ich mochte den Klang seiner Stimme und den Inhalt seiner Worte, und daß er gleichzeitig fahren, die Straße nach einem Gesicht absuchen und sich mit mir unterhalten konnte, alles auf einmal.

»Verbrecher fürchten die Polizei tagsüber mehr als nachts, selbst die hartgesottenen Burschen, die an dunklen Ecken und in Billardhallen herumlungern. Von den wirklich gefährlichen, verrückten Schwerkriminellen mal abgesehen, kann man des Nachts mit den meisten Verbrechern viel besser umgehen. Sie glauben, daß wir uns tagsüber an das Gesetz halten müssen, daß die gesellschaftlichen Regeln verhindern, daß wir etwas Verrücktes tun. Doch nachts haben die Leute eine andere Vorstellung von uns, sind sie der Ansicht, daß wir zu ganz anderen Dingen fähig sind. Die Atmosphäre ändert sich, nicht nur weil es dunkel ist, sondern weil in der Nacht ganz andere Spielregeln gelten. Wir sind ganz allein dort draußen. Es heißt, wir oder sie.«

Mir fiel ein, daß Francie Alexander dasselbe gesagt hatte.

»Vielleicht haben die Leute ja allen Grund dazu, die Polizei nach Mitternacht viel mehr zu fürchten«, sagte ich. »Bekommen nicht eine Menge Cops in dieser Schicht Schwierigkeiten?«

Flood fuhr auf seinem Sitz herum. »Sie zitieren uns doch nicht?«

»Nee«, sagte ich, »es geht mir nur um den Hintergrund.«

»Einigen Jungs in Uniform sollte man wirklich stärker auf die Finger sehen«, sagte McDonald zurückhaltend. »Sie führen sich in der Nacht viel schlimmer auf und machen viel mehr Blödsinn als tagsüber. Manchmal setzen sie den Leuten zu sehr zu und schikanieren sie.«

»Was ist mit den Blackburns?«

Flood schnaubte. »Sie zitieren uns nicht? Ich habe schon immer gesagt, daß die mal in einer Zelle landen werden.«

»Das sind zwei ganz wilde Burschen«, pflichtete McDonald ihm bei.

»Die kommen mit 'ner Menge durch«, sagte Flood. »Sie vögeln die Frauen und Freundinnen des anderen . . .«

»Sie meinen, ihre Frauen können sie nicht auseinander halten?«

»Vielleicht wollen sie es nicht«, sagte McDonald.

»Was ist mit Jose Estrada und Manny Machado?«

»Steroid-Freeks«, sagte McDonald.

»Dann nehmen sie das Zeug wirklich?« Francie hatte recht.

»Haben Sie mal ihre Gesichter gesehen? Das ist keine Teenager-Akne. Sie müßten in der Turnhalle mal ihre Rücken sehen«, sagte er.

»Die sind richtig aggressiv und verdammt leicht auf die Palme zu bringen«, sagte Flood. »Sie haben keine Kinder und werden wahrscheinlich auch keine kriegen. Ich hab' gehört, wenn man das Zeug nimmt, schrumpfen die Eier ein.«

»Was ist mit Ted Ferrell?« fragte ich, froh, das Thema wechseln zu können.

»Ein guter Polizist«, sagte McDonald und warf Flood einen Blick zu; sein Kollege nickte.

»Ein erstklassiger, wird eines Tages wahrscheinlich zu den Detectives versetzt werden.« Flood drehte sich um und sah mich stirnrunzelnd an. »Ich will Ihnen mal was sagen, Britt. Ich habe eine Tochter in Ihrem Alter. Ich würde sie nie in der Stadt rumlaufen und Ihren Job machen lassen.«

»Meinen Job? Was meinen Sie damit?«

»Sie haben mich schon richtig verstanden. Mädchen wie Sie gehören nicht mitten in der Nacht hier auf diese Straßen. Sich die Tatorte grausamer Morde ansehen. Ich habe Sie gesehen, wie Sie in Vierteln herumschnüffeln, in die sich kein Cop traut. Sie sollten mehr auf sich achtgeben.«

»Was macht sie?« fragte ich.

Er sah mich verständnislos an.

»Ihre Tochter, meine ich. Was ist sie von Beruf?«

Er drehte sich um, machte es sich auf seinem Sitz bequem, starrte zur Windschutzscheibe hinaus und kaute schweigend seinen Gummi.

»Na los, Dan, sag's ihr. Du hast das Thema zur Sprache gebracht.«

»Was ist sie von Beruf?« bedrängte ich ihn.

»Sag's ihr, Dan. Du kennst Britt doch. Sie ist wie ein Terrier. Du hast es doch selbst gesagt, sie wird keine Ruhe geben, bevor sie nicht herausgefunden hat, was sie wissen will.«

»SieistbeidenMarines«, murmelte er leise und undeutlich und sah schnurstracks geradeaus.

»Bei den Marines?« sagte ich. »Bei den Ledernacken? Der Eliteeinheit?«

Er nickte. »Und ich bin verdammt stolz darauf.«

»Aber Sie würden nicht zulassen, daß sie Polizeireporterin

wird?« Ich konnte nicht anders, ich mußte einfach laut auflachen.

»Verdammt richtig«, sagte er, ließ es aber dabei bewenden.

Wir hielten an einer rund um die Uhr geöffneten Tankstelle mit angeschlossenem Laden. McDonald fragte den Besitzer, ob er den Mann gesehen habe, den wir suchten, und ich bat um den Schlüssel für die Toilette. »Schon wieder?« fragte Flood spitz.

Ich ignorierte ihn. Ich war auf dem Polizeipräsidium auf die Toilette gegangen, bevor wir losgefahren waren, doch ich mußte schon wieder. Ich war wohl eine Kandidatin für das Guinness-Buch der Rekorde – die einzige Frau auf der Welt, die mehr Flüssigkeit ausscheiden konnte, als sie aufnahm.

Das war auch der Grund dafür, daß ich kleine Boote und Flugzeuge und Morde über Flugzeugabstürze an entlegenen, unzugänglichen Stellen der Everglades nicht ausstehen konnte. Kaum war ich dort draußen, mußte ich pinkeln. Mein Leben schien manchmal eine unablässige Suche nach einer Toilette zu sein. In dieser Hinsicht würden Männer und Frauen niemals gleich sein. Wenn ich von vornherein Bescheid wußte, konnte ich auf kubanischen Kaffee verzichten, aber solche Schlagzeilen kündigten sich nun mal selten vorher an.

Dieses feuchte, niedrige und übelriechende Klo war einfach unangenehm. Man konnte sich nicht mal umdrehen. Wie konnte ein Mann hier zielsicher treffen. Den wenigsten war es gelungen. Ein Overall hatte zwar viele Vor-, aber auch einige Nachteile, wenn man ihn in einem schrankgroßen Raum voller Unrat herunterlassen mußte. Ich wünschte, es gäbe diese Dinger auch mit Hosenschlitz.

Ich hörte das Dreier-Signal – »Beamte brauchen Hilfe!« – durch die fadenscheinige Tür. Flood hämmerte dagegen, bis die Bretter schepperten und ich hinausstürzte, meinen Overall noch über die Schultern ziehend.

Uniformierte Beamte waren in einen Schußwechsel verwickelt und baten um Verstärkung. Wir stiegen in den nicht gekennzeichneten Caprice. In der Mitternachtschicht arbeiten weniger Beamte, also waren auch weniger da, die in Not geratenen Kollegen helfen konnten. McDonald setzte das Kojak-Rotlicht, eine blaue Kugel, die wie eine Warnlampe an der Flügelspitze eines Flugzeugs blinkte, auf das Armaturenbrett und schaltete es ein. Wir alle wurden in unsere Sitze gepreßt, als hätten uns die Schubkräfte eines Düsenjets zurückgedrückt. Ich warf einen Blick über den Sitz und stellte fest, daß die Tachonadel auf 150 Stundenkilometer geschnellt war.

Wir schienen durch die Nacht zu fliegen; die jaulende Sirene und das Blaulicht trieben uns an und ließen ein Kielwasser aus Lärm und Licht hinter uns zurück. Ich atmete an jeder Kreuzung tief durch und ahnte den betrunkenen Fahrer voraus, der die Stopschilder und Verkehrsampeln ignorierte. Wir rasten den Zubringer von de LeJeune zum Airport Expressway hinauf. In der Kurve zur 37th Avenue legten wir uns alle nach rechts. Gut einen Kilometer später, an der 27th Avenue, schleuderten wir nach links. McDonald raste über die 22nd und trat auf die Bremse, um einem verwirrten Autofahrer auszuweichen, der einfach vor uns angehalten hatte, statt zur Seite zu ziehen. Mein Kopf schnellte zurück, als er wieder aufs Gas trat, drei Häuserblocks in nördliche Richtung jagte und dann nach rechts abbog. Wir hatten in nicht einmal drei Minuten sieben Kilometer zurückgelegt.

Die Adresse lautete 20th Street/Ecke 7th Avenue, ein heruntergekommenes Haus mit einem umzäunten Vorgarten. Wir trafen als erste Verstärkung ein. Vor dem Haus standen zwei leere Streifenwagen, deren Blaulichter unheimliche Schatten auf die Hausmauern und Bäume warfen.

McDonald und Flood waren schon draußen, schlugen die Türen zu und liefen los. »Bleiben Sie im Wagen!« brüllte McDonald. »Und verriegeln Sie die Türen!«

Im Haus schien ein gewaltiger Krawall zu herrschen. Schüsse, Schreie, krachende Geräusche. Meine Gedanken rasten. Ich hatte versprochen, ihre Anweisungen zu befolgen, doch wenn ich im Wagen wartete, konnte ich wohl kaum beobachten, was während der Mitternachtsschicht so alles passierte. Ich sah, daß McDonald als erster durch die Tür stürmte. Flood folgte ihm und wurde dann von einem Schlag von der Seite von den Beinen gerissen; ich konnte ihn nicht mehr sehen.

Drei Schüsse erklangen, und ich hatte den Wagen verlassen und stürmte auf das Haus zu, ohne überhaupt nachzudenken. Innen erklangen Schreie. Als ich die Treppe zur Haustür erreicht hatte, sah ich, daß sich im Gebäude Menschen bewegten. Ein großer Polizist, der in der gehobenen Hand eine Pistole hielt, stand auf einem Tisch und brüllte wie ein Stier. Ich sah zu ihm hoch, dann fiel mein Blick auf ein Fenster, und ich bekam deshalb nicht mit, was sich zu meinen Füßen tat, bis ich fast darüber gestolpert wäre. Zuerst dachte ich, es sei ein Hund, doch dann begriff ich, daß es ein winziger, völlig verängstigter Mensch war. Ein kleiner Junge von vielleicht vier Jahren.

Er schluchzte und hatte die Augen vor Angst weit aufgerissen. Er umklammerte einen Moment lang meine Knie, begriff dann, daß ich eine Fremde war, schrie auf, ließ mich los und wollte weglaufen. Ich schnappte ihn mir, obwohl er um sich schlug und trat und gegen meinen Griff ankämpfte. Er war barfuß und hatte ein T-Shirt und Unterhosen an. Seine Nase lief, und sein Gesicht war naß vor Tränen.

»He, ist schon gut, alles ist gut.« Ich versuchte, ihn zu beruhigen. »Du willst doch nicht allein hinaus. Es ist zu dunkel.«

Im Haus erklang ein weiterer Schuß. »Mama! Mama!« brüllte der Junge. Er hörte nach einem Augenblick auf, sich zu wehren, hielt sich an mir fest und schrie sich in offenkundiger Verzweiflung die Seele aus der Brust. Ich trat zurück in die Büsche, aus der Schußlinie. Instinktiv schaukelte ich den Jungen, während ich ins Haus spähte und herauszufinden versuchte, was passiert war. Ich hatte Angst, ihn loszulassen, weil er vielleicht loslaufen und sich verletzen oder verirren würde. Dem Geschrei im Haus zufolge klang es danach, als hätten die Bullen die Oberhand gewonnen und würden ihre Widersacher zwingen, sich zu Boden zu legen. Ich drehte mich so, daß der Junge nichts sehen konnte, und spähte durch ein Fenster.

Die Cops legten mehreren Schwarzen, die mit dem Gesicht nach unten lagen, Handschellen an. Eine davon war eine hagere Frau in einem bedruckten Morgenmantel. McDonald beugte sich neben der Tür über einen Mann. Ich stellte mich auf die Zehenspitzen. Auch du Scheiße. Es war Flood, der noch immer auf dem Boden lag. Ich sah, daß er sich langsam bewegte und sich dann unter Schmerzen so weit aufrichtete, bis er unsicher saß, und beide Hände vor das Gesicht hielt.

Kurz darauf kamen sie heraus; McDonald stützte seinen Partner. »Fahren wir«, schnappte er wütend, als sie an mir vorbeigingen. Ich zögerte; wenn die Eltern verhaftet wurden, würden die Cops den kleinen Jungen in staatlichen Gewahrsam geben. Gott allein mochte wissen, was dann aus ihm wurde.

Im Haus drängten die Bullen ihre gefesselten Gefangenen zusammen; einer war zu einem Streifenwagen gegangen und forderte über Funk einen Transporter für die Gefangenen an. Mittlerweile scharten sich die ersten Nachbarn zusammen. Eine ältere Frau in einem Bademantel kam aus dem Nachbarhaus. Ich traf eine spontane Entscheidung und ging zu ihr, das Kind noch immer im Arm.

Ich drückte dem Jungen den Mund ans Ohr. »Hör zu, mein Schatz«, flüsterte ich, »es ist alles in Ordnung. Ich heiße Britt.« Ich holte eine Geschäftskarte aus meiner Tasche und drückte sie in seine kleine, nasse Hand. »Die behältst du. Kennst du diese Dame?«

Er sah sie aus verweinten Augen an. »Miss Lucille«, krächzte er.

»Kennt sie deine Mama?«

»Ja«, sagte er schüchtern.

»Na gut«, sagte ich. »Wie heißt du?«

»Darryl«, flüsterte er.

»Ma'am«, sagte ich zu der Frau, »können Sie eine Weile auf Darryl aufpassen?« Ich fischte eine weitere Karte aus der Tasche. »Nur, bis seine Mom sich wieder um ihn kümmern kann.« Ich beugte mich vor. »Ich möchte nicht, daß der Staat ihn in seine Obhut nimmt«, flüsterte ich.

»Komm, Baby.« Sie breitete die Arme aus, und er ging zu ihr.

»Rufen Sie mich an, wenn es ein Problem geben sollte.« Ich gab ihr in der Hoffnung, das Richtige getan zu haben, die Karte und lief dann zu dem nicht gekennzeichneten Polizeiwagen, der sich schon in Bewegung gesetzt hatte. McDonald bremste kurz ab, während ich auf die Rückbank sprang, und trat dann wieder aufs Gas.

Er fluchte. Zuerst dachte ich, er sei wütend auf mich, weil ich den Wagen verlassen und mich eingemischt hatte, aber das war nicht der Fall.

Flood saß stumm und in sich zusammengesunken da. Sein Gesicht war bereits angeschwollen und verfärbt. Er murmelte etwas Unverständliches.

Ich legte die Hand auf seine Schulter. »Sind Sie in Ordnung?«

»Sein Kiefer ist gebrochen«, sagte McDonald verbittert. »Er bekam den Schlag ab, als er zur Tür reinkam. Verdammt. Mich hätte es auch erwischen können . . . erwischen müssen. Ich ging als erster rein, hab' das Arschloch, das neben der Tür auf dem Sofa stand, überhaupt nicht gesehen. Ich habe gehört, wie Dan zu Boden ging. Ich bin schon so lange sein Partner, daß ich genau weiß, daß er zu hart im Nehmen ist, um zu Boden zu gehen und liegenzubleiben, wenn er nicht schwer verletzt ist.

Dann hat der Streifenpolizist eine Salve in die Decke gefeuert, um dem Tumult ein Ende zu machen.« Er sah Flood an, der mit der einen Hand sein Kinn hielt und mit der anderen eine Geste machte, daß er in Ordnung war. Auf seinem Hemd war Blut.

»Wir können ihn schneller ins Krankenhaus bringen, als jeder Krankenwagen hier wäre«, sagte McDonald. Er kündigte über Funk dem Cedars Medical Center an, daß er einen verletzten Polizeibeamten einlieferte, und schlug dann wütend auf das Lenkrad.

»Wie ist es dazu gekommen?« fragte ich leise und hoffte, ihn nicht noch mehr zu erzürnen.

»Nur ein gottverdammter Krach unter Eheleuten. Der Mann kommt betrunken nach Hause. Kriegt mit seiner Alten Streit. Der Rest der gottverdammten Familie mischt mit. Jemand fuchtelt mit einem Fleischermesser. Sie ruft die Polizei, und dann prügeln alle gemeinsam auf die Bullen ein. Die übliche Scheiße.«

Flood murmelte etwas.

»Diese verdammten Muskelfreaks sind doch nur zufrieden, wenn's ne kräftige Keilerei gibt und sie ein paar Leuten die Köpfe einschlagen können. Die wären besser damit fertig geworden! Dieses Arschloch Estrada!« McDonald hämmerte noch mal kräftig auf das Lenkrad ein.

»War Estrada der auf dem Tisch?«

»Allerdings.« Er schüttelte den Kopf und nahm eine Kurve mit siebzig Sachen. Das Blaulicht rutschte ein Stück zur Seite.

»Werden sie die Mutter des kleinen Jungen verhaften?«

»Wie ich sie kenne, werden sie erst mal alle verhaften und sie dann später aussortieren.«

Zwei Häuserblocks vor dem Krankenhaus trat er auf die Bremse und kam mit kreischenden Reifen am Bürgersteig zum Stehen. »Bis hierher und nicht weiter, Mädchen. Der diensthabende Lieutenant kommt zum Krankenhaus. Ich kann ihm nicht erklären, was Sie da zu suchen hatten. Da an der Ecke ist ein Taxistand.«

»Klar«, sagte ich.

Als ich ausstieg, drehte er sich zu mir um. »Tut mir leid, Britt. Ich werde es wieder gutmachen. Versprochen.«

»Schon in Ordnung«, sagte ich, lächelte und sah zu der dunklen, verlassenen Kreuzung hinüber. »Die Story meines Lebens.« Ich zuckte die Achseln und warf dann Flood einen Blick zu. »Passen Sie auf ihn auf.«

Er nickte und trat aufs Gas. Der schläfrige Taxifahrer zeigte nicht die geringste Überraschung, als ich um drei Uhr morgens zu seinem Taxi ging und ihn bat, mich zum Polizeipräsidium zu fahren, wo mein Wagen stand.

10

Der nächste Morgen begann wie ein führerloser Güterzug, der einen Berg hinabrast und dabei ständig an Geschwindigkeit gewinnt.

Die Gedanken an alles, was geschehen war, hatten dafür gesorgt, daß ich nicht einschlafen konnte. Ich rief um Viertel vor acht im Präsidium an. McDonald war noch da. Flood lag im Krankenhaus; die Ärzte hatten seinen zerschmetterten Kiefer verdrahtet.

»Er ist sieben oder acht Mal gebrochen. Der Bursche hat von unten nach oben geschlagen. Ein kräftiger Hieb mit dem ganzen Körpergewicht dahinter.« Er klang grimmig.

»He, es hätte schlimmer ausgehen können«, sagte ich sanft. »Der Typ hätte eine Pistole oder einen Wagenheber haben können. Gott sei Dank war es nur seine Faust.«

»Ja«, sagte McDonald müde. »Danken wir dem lieben Gott für kleine Gefallen. Tut mir leid, daß wir Sie so rauswerfen mußten. Die Vorschriften. Ich habe gesagt, ich würde es wieder gutmachen, Britt. Wie wäre es mit einem Abendessen? Keine Sirenen, keine Schüsse, keine Trümmerbrüche.«

»Klar«, sagte ich. »Rufen Sie mich an.« Ich legte auf, schockiert darüber, daß ich so bereitwillig ja gesagt hatte. Was war aus meinem festen Vorsatz geblieben, niemals den Beruf und das Vergnügen zu vermischen? Was war aus meiner unabänderlichen Entschlossenheit geworden, meine Arbeit über mein Privatleben zu stellen? Ich hatte es versucht, aber keine Möglichkeit gefunden, beides unter einen Hut zu bringen. Ich enttäuschte die Menschen nicht gern und verspürte auch nicht gern Schuldgefühle, wenn ich genau das wieder einmal getan hatte. Ich würde niemals Joshs Gesicht vergessen, als er mich und Miami schließlich aufgegeben und die Stadt endgültig verlassen hatte.

Ich nahm Billy Boots in den Arm, rollte mich zusammen, und streichelte sein Kinn und versuchte, meine Gedanken zu klären. Ich hatte mich noch nie mit jemandem verabredet, mit dem ich beruflich zu tun hatte. Ich kannte einige Reporter, die sich echt in Schwierigkeiten gebracht hatten, indem sie sich mit ihren Informanten eingelassen hatten. Doch anstatt mich zu fragen, ob es ethisch vertretbar war, mit McDonald auszugehen, ertappte ich mich dabei, daß ich verträumt darüber nachdachte, was ich zu der Verabredung anziehen würde. Sowohl

Billy als auch ich schnurrten und dösten halb, als das Telefon klingelte.

»Britt, wir haben Scheiße gebaut«, sagte Lottie. Obwohl ich noch im Halbschlaf war, durchbohrte ihr dringlicher Tonfall mein Bewußtsein wie ein Messer. »Wir haben Ryan verloren.«

»Verloren? Was meinst du damit?« Ich setzte mich im Bett auf und stieß Billy zu Boden.

»Wir können ihn nicht finden«, sagte sie ganz leise. »Er ist mitsamt seinem verdammten Floß verschwunden.«

Sie rief von einer Telefonzelle auf einem Dock in Marathon an und flüsterte fast, so als wolle sie verhindern, daß jemand in der Nähe sie belauschte.

»Du meinst, ihr habt das Floß aus den Augen verloren, richtig?« Ich versuchte, nicht in Panik zu geraten, als ich mir Ryans vertrauensvollen Hundeblick vorstellte. »Ich hatte schon Angst, du hättest gemeint, daß er tot ist, ertrunken oder so.«

»Na ja, vielleicht ist er schon längst tot. Er ist schon seit Mitternacht verschwunden.«

»Scheiße, hast du die Küstenwache, die Army und die Marines benachrichtigt?«

»Nein«, sagte sie scharf, als wäre das doch selbstverständlich.

»Warum zum Teufel denn nicht?« fragte ich aufgebracht. »Die verdammte Küstenwache soll sofort eine Suchaktion nach ihm starten!«

Ich konnte spüren, daß sie die Stirn runzelte. »Wir versuchen, noch damit zu warten«, murmelte sie. »Das wird ihnen nicht gefallen. Eric, der Kapitän der *Vagabond*, macht sich große Sorgen. Sie könnten ihm einen Strick daraus drehen. Ich hatte schon einen Riesenkrach mit ihm. Britt, jetzt verschone du mich mit so blöden Ratschlägen, ich bin nicht in der Stimmung dafür. Ich habe eine schlimme Nacht gehabt.«

»Meine war auch nicht viel besser, Lottie. Mein Gott, Ryan könnte tot sein. Wieso willst du nicht die Küstenwache alarmieren?«

»Dann erklär du ihnen doch mal, was wir da abgezogen haben.«

»Du hast sie nicht in unseren Plan eingeweiht?«

»Nein, verdammt noch mal. Sie haben gedacht, wir würden das Floß nur irgendwo ins Wasser setzen, um Fotos mit authentischem Hintergrund zu machen.«

Mir war gar nicht in den Sinn gekommen, daß die Küstenwache nichts von dem Plan wußte, Ryan mitten auf dem Meer auszusetzen, doch nun, da sie es eingestanden hatte, war es mir völlig klar. Die Küstenwache hatte es haufenweise mit Betrunkenen, Amateuren und schlecht ausgerüsteten Hobbyskippern zu tun, die darauf warteten, gerettet zu werden. Hinzu kamen die Boat People von Kuba und die sinkenden Segelboote voller Haitianer. Wenn man noch die Schmuggler, Diebe und Piraten berücksichtigte, hatte sie wirklich mehr als genug zu tun. Die hohen Tiere der Küchenwache hätten Gretchens Plan von Anfang an nur mit einem Stirnrunzeln bedacht. Jetzt würde er ihnen noch um einiges weniger gefallen.

»Eric schätzt, daß das Floß etwa zweieinhalb Knoten die Stunde macht«, sagte Lottie, »also sind wir vorausgedampft und haben außer Sichtweite geankert, damit die Sache so authentisch wie möglich ist. Ich habe stündlich Funkkontakt mit Ryan aufgenommen. Der Empfang war nicht allzu gut. Diese Dinger funktionieren immer besser, wenn man sie auf dem Land testet. Er hat Bier getrunken und etwas undeutlich gesprochen, doch sonst schien es ihm gut zu gehen.

Bei dem Funkspruch um Mitternacht war ich etwas spät dran. Keine Antwort. Wir haben es immer wieder versucht – nichts. Also haben wir den Anker eingeholt, einen Suchscheinwerfer eingeschaltet und Kreise gezogen. Nichts. Ich habe es weiterhin mit dem Funkgerät versucht, und wir haben weitergesucht. Die Küstenwache nimmt nachts keine Suche auf, also war es sinnlos, sie zu alarmieren. Wir haben gedacht, vielleicht würden wir ihn im Hellen finden.«

»Mein Gott, Lottie, du hättest sofort anrufen sollen. Die Küstenwache hätte dann im Morgengrauen einen Hubschrauber losgeschickt. Wir haben viel Zeit verloren.« Ich stellte mir das kleine Floß vor, wie es von Haien umkreist wurde.

»Wir haben dann anderthalb Stunden lang nach ihm gesucht, aber nur ein paar treibende Coors-Dosen gefunden.«

»Das ist seine Marke. Habt ihr sie an Bord geholt?«

»Das ist nicht der richtige Augenblick, um sich über die Umwelt Sorgen zu machen, Britt!« fauchte sie wütend.

»Nein, verdammt, aber vielleicht hat er einen Zettel hineingesteckt«, sagte ich geduldig. »Das würde Ryan doch ähnlich sehen. Du weißt doch, was für ein Romantiker er ist. Vielleicht hat er aufgeschrieben, welchen Kurs er einschlägt oder was schiefgegangen ist.«

»Wie zum Teufel soll er denn seinen Kurs ändern können? Er hat doch nicht mal gewußt, wo er war. Eric vermutet, daß der Golfstrom ihn nach Norden getragen hat.«

»Mein Gott«, sagte ich. »Wo wird er dann landen?«

»Palm Beach, schätze ich. Neuengland, vielleicht sogar Neufundland.«

»Großer Gott.«

Die Vermittlung mahnte Lottie, Münzen nachzuwerfen, und ich sagte ihr, sie solle das Gespräch auf meine Rechnung schreiben.

Ich rieb meinen Nasenrücken. Hinter meinen Augen pochten Kopfschmerzen. Obwohl ich wußte, daß sie stocksauer werden würde, konnte ich nicht widerstehen, ihr einen Stich zu versetzen. »Du hast dich mit den Jungs an Bord vergnügt«, warf ich ihr vor.

»Was sollte ich denn machen, dasitzen und aufs Meer starren? Einer von der Mannschaft spielte Gitarre, und da haben wir etwas gesungen und ein Glas Wein getrunken.«

»Schon gut, schon gut. Wir müssen ihn suchen. Hast du Gretchen angerufen?«

»Verdammt, nein. Warum rufen wir nicht einfach Fred Douglas an? Er ist der Chef vom Dienst.«

»Das ganze Fiasko war ihre Idee, und sie ist Ryans Vorgesetzte. Warum sollen wir jetzt als einzige in Panik verfallen? Ruf du jetzt die Küstenwache an«, sagte ich und versuchte, logisch und beherrscht zu klingen. »Ich rufe in einer halben Stunde Gretchen an. Wenn wir zuerst mit ihr sprechen, befiehlt sie uns vielleicht, noch zu warten. Sobald sie aber erst mal eine Suche starten, können wir nicht mehr den Deckel draufhalten.

Es könnte die Zeitung in Schwierigkeiten bringen, aber das ist uns egal, oder? Es kommt nur drauf an, Ryan zu finden.«

»Na schön, Ich käme mir furchtbar blöd vor, wenn wir ihn entdecken, fünf Minuten nachdem die Küstenwache Schiffe und Flugzeuge in Marsch gesetzt hat.« Lottie hielt inne. »Aber ich würde mich noch mieser fühlen, wenn wir sie nicht benachrichtigen. Verdammt, Britt, was machen wir, wenn wir ihn nicht finden?«

»Jede Menge Kubaner treiben tagelang da draußen und schaffen es trotzdem«, sagte ich, ohne von meinen Worten überzeugt zu sein.

»Ja, und jede Menge schaffen es nicht. Und Ryan ist nicht mal Kubaner.«

»Ryan ist kein Muskelprotz, aber er hat Grips.« Furcht zog meinen Magen zusammen, und einen Augenblick lang verschwamm mir alles vor den Augen. Ryan. Allein auf See. O Gott.

»Wenn er stirbt, Britt, werde ich mich ganz beschissen fühlen. Hat er jemanden, den wir anrufen sollten?«

Ich dachte kurz nach. »Sein neuester Schwarm ist die neue Assistentin in der Kulturredaktion, die Hübsche, die unsere Filmkritiken schreibt. Aber sie ist nicht gekommen, um ihn zu verabschieden, also ist es wohl nichts Ernstes. Seine Eltern wohnen irgendwo in Ohio. Ich könnte ihre Nummer besorgen, aber ich glaube, es ist noch zu früh, um ihnen einen Schrecken einzujagen.«

»Na ja, mir hat man schon einen ganz schönen Schrecken eingejagt. Wenn er tot ist, sitzen wir in der Patsche.«

Ich wollte sagen: »Was meinst du mit *wir*, Kimosabe?« überlegte es mir dann aber anders. »Denke positiv. Jetzt hat er wirklich eine authentische Story«, sagte ich, während mir das Herz in die Hose rutschte.

»Hoffen wir, daß er überlebt und sie schreiben kann.«

Ich brauchte etwas Stärkeres, und so füllte ich meine kubanische Kaffeekanne mit Wasser für zwei Tassen und holte eine

Dose Bustelo und einen Topf Zucker aus dem Schrank. Vielleicht hatte er zuviel getrunken, war vom Floß gefallen, und die Haie hatten ihn erwischt, dachte ich, während ich Kaffee in die Kanne löffelte. Schon bald entfaltete sich das starke Aroma des Gebräus in meiner kleinen Küche. Ich trank zuerst ein halbes Glas kaltes Wasser, füllte dann meine winzige Kaffeetasse und genoß den starken, schwarzen Inhalt, während ich versuchte, die Morgenzeitung durchzublättern. Ich fragte mich, wie lange man aushalten konnte, bevor man verdurstete. Der Kaffee machte meinen Kopf frei. Mein Herz schlug schneller, als ich nach dem Telefon griff, um Gretchen zu Hause anzurufen. Ich war mir nicht sicher, ob es am Koffeinansturm oder meiner Angst um Ryan lag.

Gretchen klang auch außerhalb des Büros arrogant und befehlsgewohnt. Ich konnte gewollt fröhliche, arrogante Menschen nicht ausstehen. Menschen, die sich die ganze Zeit über gut gelaunt gaben und arrogant waren, hatten offensichtlich nicht die geringste Ahnung, was wirklich um sie herum vorging.

»Wir haben ein Problem«, sagte ich zu ihr.

Sie klang wohlwollend und zufrieden, als würde ich anrufen, um ihr mitzuteilen, daß man mich verhaftet hatte. »Was ist denn jetzt schon wieder los, Britt?«

»Ryan ist auf See verlorengegangen.«

Als sie hörte, daß ihr Projekt für die erste Seite der Wochenendbeilage vielleicht bei den Fischen schlief, klang sie schlagartig gar nicht mehr so zufrieden.

»Was ist passiert? Lottie soll mich sofort anrufen!«

»Geht nicht. Sie ist zu sehr mit der Suchaktion der Küstenwache beschäftigt.«

»Die Küstenwache wurde informiert? Warum zum Teufel denn das?«

»Das tut man doch, wenn jemand auf See verlorengegangen und in einer lebensbedrohlichen Gefahr ist.« Ich betonte die letzten fünf Wörter.

»Natürlich«, sagte sie, und der größte Teil der Arroganz war aus ihrer Stimme verschwunden.

»Ich dachte nur, es könnte vielleicht verfrüht sein, sie jetzt schon hinzuzuziehen.«

»Es ist zu gefährlich, sie nicht zu informieren«, sagte ich und versuchte dann, ganz unbeschwert zu klingen. »Ich dachte nur, ich informiere Sie, da Sie ja seine Vorgesetzte sind und das *Ihr* Projekt ist.« Sie schien sich noch keine ernsten Sorgen zu machen. Was war Ryan auch schon für sie? Nur ein Reporter, auf den sie treten konnte, während sie die Leiter emporkletterte.

»Ich hoffe nur, daß die Küstenwache keine Anklage erhebt«, fügte ich hinzu.

»Anklage gegen wen?« fragte sie. Jetzt war sie auf der Hut.

»Gegen die Zeitung, vermute ich mal, und gegen die Person, die ihn auf See geschickt hat. Es stehen bestimmt sowohl Strafanträge als auch Zivilklagen ins Haus. Und wenn der Kapitän sein Patent verliert, wird er uns bestimmt verklagen, weil wir ihn angeheuert haben.«

»Strafanträge?« Zum ersten Mal stockte ihre Stimme.

»Klar. Und die Küstenwache wird uns wohl auch die Kosten der Suche aufbrummen, Zehntausende Dollar pro Tag. Wissen Sie, was eine Hubschrauberstunde kostet? Die Suchflugzeuge, Kutter, Rettungsschiffe und deren Mannschaften? Es ist ein Verstoß gegen das Bundesgesetz, jemanden absichtlich auf hoher See in Gefahr zu bringen. Die Sucher selbst könnten da draußen in Gefahr geraten. Alles mögliche kann passieren. Sie beraten sich besser schon mal mit Holland, Douglas und den Anwälten der Zeitung.«

Ich log nicht gern, doch wenn ich es einmal tat, war ich sehr kreativ dabei. Ich fand nur keinen rechten Gefallen daran, weil Ryan wirklich verschollen war.

Einen Tag lang nahm ich an der Suche teil, flog mit einem Fotografen in einem Chalk's-Seeflugzeug, zog immer weitere Kreise über die Große Bahamabank und überanstrengte meine Augen, blinzelte in blendendes, vom Meer reflektiertes Sonnenlicht, suchte grünes Wasser und den Golfstrom ab, dieses schnelle, blaue Band, das deutlich auszumachen war. Unter anderen

Umständen wäre ich vom endlosen Rhythmus des Ozeans und der Schönheit des grenzenlosen Horizonts begeistert gewesen, aber nicht, während wir nach einem winzigen Punkt suchten, den das Wasser verschluckt zu haben schien.

Wir hatten kein Glück. Ryan blieb verschwunden.

Am nächsten Tag wurde ich in die Redaktion zurückbeordert. Trotz Ryan mußten Stories geschrieben und der Redaktionsschluß eingehalten werden. Lottie blieb auf der *Vagabond*, ein Auftrag, um den ich sie nicht beneidete. Über Funk fand ich heraus, daß sie sich mit dem Skipper hervorragend verstanden hatte, bis Ryan dann verschwunden war; nun gingen sich die beiden wohl gegenseitig an die Gurgel. Nur Ryans schnelle Rückkehr bei guter Gesundheit konnte diesen jungen Flirt noch retten.

Eine endlose Parade grauer Anzüge marschierte ernst durch die Räume der Zeitung; hohe Tiere und Anwälte der *Miami Daily News*, die sich im gläsernen Büro des Chefredakteurs John Murphy zu Besprechungen zusammenfanden. An einigen nahm der Bezirkskommandant der Küstenwache teil. Gretchen, die ein marineblaues Kleid mit einer kleinen Krawatte trug, war bei allen dabei und gab sich alle Mühe, unschuldig auszusehen, doch ihre wütend funkelnden Augen verrieten sie.

Fred Douglas, der Nachrichtenchef, kam bei mir vorbei und lehnte sein hageres Gestell an meinen Schreibtisch, um etwas zu plaudern und mir ein paar Fragen zu stellen. Er tat ganz beiläufig, doch ich spürte, daß meine Antworten direkt auf einer Konferenz besprochen werden würden. Er fragte sich laut, ob Ryan sich freiwillig gemeldet habe und die Story mit dem Floß seine Idee gewesen sei.

»Nichts da«, sagte ich. »Wie jeder guter Reporter hat er seine Anweisungen befolgt, als Gretchen ihm den Auftrag gab, doch er hat die Story verabscheut. Er wollte hierbleiben und an seiner Serie über Umweltschutz arbeiten.«

Douglas schaute nachdenklich und mit ernstem Blick drein. Wer weiß, was Gretchen behauptet hatte, um ihren Arsch zu retten.

Auch am dritten Tag wurden alle paar Stunden noch Zettel

mit dem neuesten Stand der Dinge ans schwarze Brett geheftet. Sie hielten uns über die Fortschritte auf dem laufenden, die die Suche machte – im Prinzip keine. Ein paar Male gab es leichte Aufregung, als die Küstenwache Nachrichten von vorbeifahrenden Schiffen aufgefangen hatte und daraufhin zwei kubanische Flöße und ein haitianisches Boot entdeckte – doch keine Spur von Ryan. Die Kubaner wurden gerettet und wie Helden begrüßt. Den Haitianern, armen Seelen, wurde die Einreise verboten, und sie wurden nach Port au Prince und zu wer weiß welchem Schicksal zurückgeschickt.

Während meines ersten vollen Arbeitstages nach Ryans Verschwinden machte ich mir über mehr als nur ihn und D. Wayne Hudson Sorgen. Etwas zog mich in das Haus an der 20th Street und 7th Avenue zurück. Am Tag wirkte es mit der abblätternden grünen Farbe und der durchsackenden Veranda anders, viel unschuldiger. Darryl spielte vor der Tür.

Er sah auf, als ich näher kam, riß den Mund auf und rappelte sich hoch. Er trug braune Shorts, Sandalen und ein gelbes T-Shirt mit Turtles-Bildern darauf.

»Erinnerst du dich an mich?« Ich wollte die Nacht nicht erwähnen, die sein kleines Herz traumatisiert haben mußte. Er nickte schüchtern, lief ins Haus und stellte sich dann hinter die Tür und hielt sie auf. Ich klopfte und folgte ihm dann hinein. Die Möbel sahen mitgenommen aus, mitgenommener als von einem normalen Familienstreit, und waren von einem hellen pulverartigen Staub bedeckt, der, wie ich erkannte, von den Einschußlöchern im Putz der Decke stammte.

Darryls Dad, sein Vetter und seine Onkel, von denen einer den vernichtenden Schlag gegen Dan Floods Kiefer gelandet hatte, saßen noch im Gefängnis; sie waren wegen Widerstandes gegen die Staatsgewalt und schwerer Körperverletzung bei Polizeibeamten angeklagt worden. Seine Mama, Onnie Gilmore, war von einem Richter auf Kaution freigelassen worden. Sie war in der Küche, eine große, kantige Frau, die nur aus Wangenknochen, scharfen Ellbogen, knochigen Knien und Schlüsselbeinen wie Vogelschwingen zu bestehen schien. Sie schien Ende Dreißig zu sein, obwohl in den Festnahmeberichten, die ich gesehen hatte, ihr Alter mit neunundzwanzig Jahren angegeben war. Sie saß auf dem einzigen nicht beschädigten Stuhl und betrachtete mich argwöhnisch.

»Ich habe mir um Darryl Sorgen gemacht«, sagte ich lahm.

Sie warf den Kopf zurück, wobei sich die dichten Locken ihres Haarschopfs kaum bewegten, und musterte mich, die dunklen Arme schützend unter ihrer flachen Brust verschränkt.

»Sie sind die Zeitungslady, die Darryl an dem Abend neulich Miss Lucille übergeben hat?« Sie sprach langsam und mit müder Stimme. Als sie aufstand, bewegte sie sich ebenfalls langsam und so steif, als hätten sowohl Körper als auch Geist Verletzungen davongetragen.

Ich nickte.

Sie trug einen Teller, bei dem es sich um den von Darryl handeln mußte, zum Spülbecken und rieb die klebrigen Überreste eines Butterbrots mit Erdnußbutter und Marmelade ab. »Ich habe Sie auf der Beerdigung gesehen«, sagte sie.

»Auf der Beerdigung?«

»Von Mister D. Wayne Hudson.« Sie nickte; ihr Blick war leer.

»Kannten Sie ihn?«

»Gott allein weiß, was dieser Mann für meinen Jungen getan hat . . .« Ihre Stimme verhallte.

»Darryl?«

»Nein. Darryls Bruder, Randolph, er ist noch in Jugendhaft.« Plötzlich war ihr Blick wieder scharf. »Was haben Sie in dieser Nacht hier zu suchen gehabt?«

»Ich habe einige Polizeibeamte zufällig als Beobachterin begleitet.«

»Sie haben *beobachtet*, was sie getan haben? Sie haben gesehen, wie sie seinen Daddy verprügelt haben?« fragte sie und nickte zu dem Zimmer hinüber, in dem Darryl verschwunden war, »und alle anderen auch? Dann haben sie alle verhaftet, sogar mich, obwohl ich sie angerufen habe. Ich habe sie angerufen, damit sie mir helfen, und sie kamen hier rein wie die Wilden, haben die Möbel zertrümmert und alle zusammengeschlagen.«

»Das klingt ganz danach, als wäre die Situation außer Kontrolle geraten«, sagte ich. Ich meinte es ehrlich, hatte aber noch immer den Eindruck, mich verteidigen zu müssen. »Ich weiß nicht, was passiert ist, bevor wir hier eintrafen, aber die Detectives, die ich begleitet habe, wollten helfen, und jetzt liegt einer von ihnen im Krankenhaus. Sie mußten seinen Kiefer mit Draht zusammenflicken.«

Ihr Blick blieb ausdruckslos.

Darryl marschierte aus dem Schlafzimmer, als habe man ihn mit einer unglaublich wichtigen Mission beauftragt. Er trug etwas in der Hand, das er mir zeigen wollte. Sie wollte ihn verscheuchen, aber ich sagte, ich wolle es gern sehen.

Er hatte beide Seiten einer Einkaufstüte aus braunem Papier bemalt. Ich war keine Kunstsachverständige, hielt die Bilder aber, wenn man bedachte, daß der Künstler noch keine fünf Jahre alt war, für ausgezeichnet. Das sagte ich auch und lobte laut die Gestaltung und Farben. Das eine Bild wurde von einem Baum mit grünen Blättern beherrscht, an dessen Zweigen ein Übermaß von roten Früchten hing. Darryl beobachtete mich erwartungsvoll, während ich es betrachtete. »Sind das Äpfel oder Kirschen?« fragte ich.

Er drückte sich eifrig gegen meinen Ellbogen und betrachtete sein Werk, bevor er sich festlegte. Er musterte es genau, mit zusammengekniffenen Lippen. Dann schaute er auf und sah mich an. »Was du lieber magst«, sagte er, und mir wurde ganz warm ums Herz.

»Das ist toll«, sagte ich und drückte ihn an mich. »Das sagen alle berühmten modernen Künstler von ihren Bildern.«

Er lief zu seinen Stiften zurück, um weitere Bilder zu malen. Welche Chance, fragte ich mich, hatte ein so freundliches Kind wie er? Ich wandte mich seiner Mutter zu, die noch neben der Spüle stand und uns beobachtet hatte. »Er ist wirklich nett, und so klug«, sagte ich.

»Ich weiß«, sagte sie leise und betastete einen blauen Fleck über ihrer linken Braue.

»Wenn Sie und Darryl nicht hierbleiben wollen, es gibt ein Haus für mißhandelte Frauen.« Ich sah mich mit kritischem

Blick im Zimmer um. Was noch wert war, mitgenommen zu werden, paßte wahrscheinlich in meinen Kofferraum oder in einen kleinen Umzugs-Anhänger.

Ihre Augen zeigten ein schwaches Aufflackern von Interesse, doch dann schüttelte sie ohne jede weitere Erklärung den Kopf. Sie kannte mich nicht. Ich wußte nur wenig von ihrem Leben, und es stand mir bestimmt nicht zu, sie zu drängen. Ich wollte ihr nur begreiflich machen, daß sie eine Wahl hatte. Ich kritzelte die Telefonnummer des Frauenhauses auf die Rückseite einer meiner Karten und gab sie ihr.

»Meine Nummer steht vorn. Bitte rufen Sie mich an, wenn ich Ihnen oder Darryl helfen kann.«

Sie nahm die Karte und studierte sie wortlos. Bevor ich ging, holte ich ein neues Notizbuch aus meiner Handtasche und gab es Darryl, damit er darin malen konnte. Ich schenkte ihm auch einen der billigen roten Kugelschreiber, die die Zeitung uns zur Verfügung stellte. Ich konnte es sowieso nicht ausstehen, mir mit roter Tinte Notizen zu machen. Die Erbsenzähler der Zeitung kaufen sie wahrscheinlich in großen Mengen, weil sie annahmen, daß die Reporter sie nicht so oft privat benutzten. Wer wollte denn schon die Einträge im Scheckbuch mit roten Kugelschreibern vornehmen?

Darryl stand hinter der Tür und beobachtete mich, die Augen mit einer Hand abschirmend, als ich in meinen Wagen stieg und davonfuhr. Das war wieder einer jener Augenblicke, in denen ich am liebsten heulen wollte – um Ryan, um Darryl und seine Mutter, um den verstorbenen D. Wayne Hudson, seine Witwe und die Kinder. Ich weinte fast nie; ich nehme an, es war hauptsächlich wegen des kleinen Jungen und aller anderen kleinen Kinder in seinem Alter. Und wegen Ryan. In meinem Beruf lernte man zwar jeden Tag neue Leute kennen, hatte aber nur wenige echte Freunde und konnte es sich nicht leisten, einen davon zu verlieren. Schuldgefühle hatten sich wie ein schwerer Fall von Sodbrennen hinter meinem Brustbein eingenistet, Schuldgefühle darüber, daß ich Ryan gesagt hatte, es würde ein tolles Abenteuer werden, anstatt ihm zu helfen, einen Ausweg aus dem Schlamassel zu finden.

Je länger er vermißt wurde, desto weniger Hoffnung blieb uns, ihn noch zu finden. Die Zeitung hatte Ryans Eltern benachrichtigt, und sie waren unterwegs. Bislang hatte das Fernsehen nur berichtet, man würde nach einem Reporter der News suchen, der während der Arbeit an einer Story über Boat People von seinem Charterschiff getrennt worden war.

Die Zeitung warf anderen ständig vor, Stories zu vertuschen und Informationen zurückzuhalten, doch unsere kurze Berichterstattung, die von den Herausgebern abgesegnet und von den Anwälten geprüft werden mußte, war absichtlich vage gehalten. Ein kurzer Beitrag auf der zweiten Seite des Lokalteils bezeichnete Ryans Floß als ›kleines Schiff‹. Keine andere Nachrichtenagentur war bislang so clever gewesen, genauere Fragen über das ›Schiff‹ oder über seine Story zu stellen.

Im Postfach auf meinem Schreibtisch lag ein halbes Dutzend Briefe, darunter zwei dicke von Pete Zalewski, und ein Auftrag von Gretchen. Sie wollte, daß ich Ryans Serie über den Umweltschutz übernahm, ein Vorschlag, den ich sowohl für unhöflich als auch für gefühllos hielt. Ich fand sie an ihrem Schreibtisch und sagte ihr, daß ich zwar voll und ganz für Umweltschutz war, aber nicht darüber schreiben wolle.

»Die Abwechslung wird Ihnen gut tun«, sagte sie geradeheraus und drehte sich um, als sei die Sache damit erledigt. Ihre goldenen Ohrringe funkelten im Sonnenlicht.

»Vielleicht tut mir die Abwechslung ein andermal gut; jetzt aber nicht. Ich habe keine Zeit. Ich arbeite am Fall Hudson.«

»Wieso?« fuhr sie mich brüsk an und runzelte die Stirn, als wäre meine weitere Anwesenheit unerträglich.

»Vielleicht ist er an Verletzungen gestorben, die die Polizei ihm zugefügt hat.«

Sie betrachtete mich skeptisch, und ihre rosa Zunge huschte über ihre super-sahnig-seidig-samtene Oberlippe. »Können Sie das beweisen? Sind Sie sicher, daß Sie es aufdecken können?«

»Noch nicht. Ich muß noch mit einer Menge Cops sprechen, aber bei der Mitternachtsschicht scheint brutales Verhalten die Regel zu sein ...«

»Wie lange werden Sie dafür brauchen?« schnappte sie.

»Das kann ich noch nicht sagen, aber ich würde gern ein paar Tage nur an dieser Story arbeiten.«

Sie schüttelte den Kopf, und perfekt geschnittenes Haar schaukelte sanft im Einklang mit der Bewegung. »Wir sind unterbesetzt. Sie müssen noch die täglich anfallenden Stories schreiben, während Sie an der Umweltschutz-Serie arbeiten.« Sie öffnete eine Schreibtischschublade und zog aus einer Mappe mit Pressemitteilungen über bevorstehende Ereignisse eine heraus. »Ich möchte, daß Sie auch was über diese Stadtratsitzung heute abend in Miami Beach schreiben. Es geht um die Anti-Lärm-Verordnung.« Sie lächelte engelhaft und ließ ihre perfekten Zähne aufblitzen. Das würde mich lehren, mit ihr eine Auseinandersetzung anzufangen.

Falls Ryans Verschwinden in ihrem Verhalten Reportern gegenüber eine Veränderung bewirkt haben sollte, konnte ich garantiert nichts davon feststellen. Es hatte keinen Zweck, sich mit ihr auf ein Streitgespräch einzulassen. Ich sah mir nicht mal meinen langen Ausdruck von telefonischen Nachrichten an. Statt dessen zog ich mich ins Archiv zurück, in der Hoffnung, daß der Vu/Text, eine Datenbank von Zeitungen aus dem ganzen Land, nicht mit Beschlag belegt war.

Niemand war am Terminal, und der Bildschirm war leer bis auf den Cursor, der einladend blinkte. Ich zog einen Stuhl heran, setzte mich und gab die Schlüsselwörter ein, POLIZEI und BRUTALITÄT. Auf dem Bildschirm vor mir erschien eine Liste aller Artikel, die die bedeutenden Zeitungen des Landes in den letzten zwölf Monaten über das Thema veröffentlicht hatten. Sie war länger, als ich erwartet hatte, und ich verbrachte die nächsten anderthalb Stunden damit, einzelne Artikel auf dem Bildschirm aufzurufen.

Dann platzte ich in Fred Douglas' winzigen Glaskasten von Büro, um ihn um Hilfe anzugehen. Er hatte die beste Aussicht der Redakteure auf mittlerer Ebene, einen Panoramablick auf den Himmel und dahinter die Biscayne Bay.

»Das«, erklärte ich ihm, »könnte eine bedeutende Story werden. Es besteht eine gute Wahrscheinlichkeit, daß einer der Cops D. Wayne Hudson getötet hat . . .«

»Hm«, machte er, schaute zweifelnd drein und lehnte sich auf seinem Stuhl zurück. »Wie kommen Sie darauf?«

Ich sagte ihm alles, was ich wußte. »Ich habe auch Berichte über wichtige Fälle von Polizeibrutalität im ganzen Land gelesen. Der Zwischenfall mit Rodney King, den man in L. A. auf Video aufgenommen hat, Fälle in Texas, New Orleans und Boston – die sind alle in der Mitternachtsschicht passiert. Bei dieser Schicht scheint es sich um die Müllkippe für gewalttätige Bullen zu handeln, die den Ärger nur so anziehen. Die Beamten, die am dringendsten einer starke Hand bedürfen, können nachts fast ohne jede Aufsicht durch ihre Städte streifen.«

Er schwieg einen Augenblick lang. »Machen Sie es«, sagte er dann und ließ seinen Bleistift auf den Schreibtisch fallen. »Machen Sie sich an die Arbeit und nehmen Sie sich so viel Zeit, wie Sie brauchen.«

»Werden Sie mich aus Gretchens Klauen befreien? Ich halte die Augen auf«, versprach ich, »und schreibe alle täglichen Stories, die geschrieben werden müssen, während ich an der Sache arbeite.«

»Klar, aber wenn Sie Hilfe brauchen oder ein paar dieser Stories anderen Reportern geben wollen, melden Sie sich gefälligst bei mir.«

Alles klar! dachte ich. Meine Schritte dröhnten, als ich mit rasenden Gedanken zu meinem Schreibtisch zurückging. Mein Telefon klingelte. Ich griff mit einer bösen Ahnung nach dem Hörer und hoffte inbrünstig, daß es nicht Pete Zalewski war, der oft um diese Zeit anrief. Ein altes Sprichwort warnte davor, sich zu wünschen, etwas möge nicht eintreten, weil dann gerade das doch eintrat.

Der Anrufer war nicht Pete.

»Hallo, Britt, ich bin so froh, daß ich dich erwischt habe.«

»Hallo, Mom.«

»Hast du zu tun?«

»Eigentlich schon.«

»Haben sie deinen Freund schon gefunden?«

»Ryan? Nein.«

»Ts, ts, ts«, machte sie. »Wie schade. Ich habe seine Stories gern gelesen. Sie waren nicht immer so voller Verbrechen und Gewalt.«

»Das liegt daran, daß er im Gegensatz zu mir kein Polizeireporter ist, Mom.« Ich rieb meine Stirn; plötzlich spürte ich, wie müde ich war. »Sie suchen noch«, sagte ich. »Wir haben noch Hoffnung.«

»Ich habe eine Überraschung für dich, eine, die dich aufheitern wird.«

»Ach?« sagte ich vorsichtig.

»Ich habe eine Freundin bei Jordan's gebeten, dir eine Handtasche zurückzulegen, die wie geschaffen für dich ist.«

»Ich brauche wirklich keine neue Handtasche, Mom.«

»Dieses schreckliche, große Ding, das du immer mit dir herumschleppst, taugt wirklich nichts mehr, Britt. Damit siehst du wie eine Obdachlose aus. Die neue wird dir gefallen. Sie war sehr teuer, ist jetzt aber heruntergesetzt, und meine Freundin bekommt zusätzlich noch Prozente, also ist sie wirklich günstig.«

»Stehen überall auf der Tasche die Initialen des Designers?« Ihr Schweigen verriet mir, daß meine Vermutung zutraf. »Ich weiß nicht, Mom. Ich habe einfach was dagegen, eine Handtasche mit Initialen darauf zu kaufen, und wenn schon, will ich, daß es wenigstens meine sind.«

»Du hast keine Ahnung von Designer-Qualität«, sagte sie frostig.

Ich seufzte. Vielleicht war sie ja ganz nett. »Wie viele Innenfächer hat sie? Hat sie eine Außentasche für meinen Pieper?«

»Nein. Sie hat nur eine Innentasche, für einen ganz kleinen Spiegel.«

»Sie ist nicht sehr groß, Mom, oder?«

»Ich will dich ja gerade von diesen großen Dingern abbringen.«

»Aber ich brauche etwas Geräumiges mit vielen Innenfächern und Außentaschen.«

»So eine hast du jetzt, Liebes. Aber die paßt nicht zu dir.«

»Es ist mir egal, was zu mir paßt, ich brauche eine praktische Handtasche.«

»Ich kann machen, was ich will, es ist nicht gut genug für dich, was?«

»Daran liegt es nicht. Ich weiß es zu schätzen, daß du an mich gedacht hast, aber so eine Tasche ist einfach nicht praktisch. Ich würde sie nie mitnehmen.«

»Ich versuche ja nur, dir eine vernünftige . . .«

Ein Klicken verriet mir, daß ich einen weiteren Anruf bekommen hatte. Perfektes Timing.

»Jemand versucht gerade, mich zu erreichen, Mom. Ich muß diesen Anruf entgegennehmen. Wir telefonieren dann später. Bye.«

Erleichtert drückte ich auf den Knopf und nannte meinen Namen. Niemand antwortete. »Hallo?«

Zuerst dachte ich, es wäre eine Fehlschaltung, aber dann glaubte ich, Atemgeräusche zu hören, und ganz leise Musik im Hintergrund. »Hallo?« sagte ich erneut. »Hier spricht Britt Montero.«

»Tot«, flüsterte eine so schwache Stimme, daß ich nicht mal sagen konnte, ob es die eines Mannes oder einer Frau war. »Du bist tot.«

»Sie sind falsch verbunden«, sagte ich nachdrücklich und legte zitternd auf.

Fast augenblicklich klingelte das Telefon erneut. Ich riß mich zusammen und hob ab. Zu meiner Erleichterung war es diesmal Pete Zalewski.

11

Ich wollte nur allein nach Hause, ein wenig staubwischen und früh zu Bett gehen.

Ich brauchte die Ruhe wirklich, und deshalb fällt es mir schwer zu erklären, wieso ich schließlich in Begleitung von Sergeant Kendall McDonald in einem eleganten kleinen Restaurant an einer Nebenstraße von Coral Gables geräucherten Lachs und roten Schnappbarsch aß und an einem 86er Chardonnay nippte.

Er hatte sich telefonisch zu mir durchgekämpft, keine leichte Aufgabe, wenn man sich mit Informanten für Stories, den Anrufen meiner Mutter, einem zutiefst deprimierten Pete Zalewski und dem Unbekannten, der mir Angst einzujagen versuchte, herumschlagen mußte. Wie ich, haßte auch McDonald das Telefonieren. Meine Leitung war ständig besetzt, und so hatte er schließlich die allgemeine Nummer der Redaktion gewählt. Phyllis, die Sekretärin der Lokalredaktion, hatte mir mit Gesten bedeutet, daß ich einen dringenden Anruf auf einer anderen Leitung hatte, was mir einen guten Grund gab, Pete gerade noch rechtzeitig zu entgehen. Normalerweise versuchte ich, Pete aufzuheitern; doch diesmal zerrte er mich mit in seinen bodenlosen Abgrund von Verzweiflung. Ich wollte einfach nicht die allgemeine Auffassung der Redaktion teilen, daß Ryan mittlerweile Haifischfutter war.

Ich erzählte McDonald, daß ich mir nichtsnutzig vorkam, wegen Ryan traurig war, Drohanrufe bekam und nur nach Hause gehen und auf Nachricht von der Küstenwache warten wollte. Doch irgendwie erklärte ich ihm kurz darauf, wie er zu meiner Wohnung kam.

Als ich dann die unansehnlichen Zeitungsstapel, die sich in meiner Küche und im Wohnzimmer auftürmten, in einen Schrank geworfen, geduscht und eine fliederfarbene Seidenbluse angezogen hatte, klingelte er auch schon.

Er stand vor meiner Tür, nahm die Sonnenbrille ab und sah in seinen Kordhosen, einem hellblauen Oxford-Hemd und der marineblauen Sportjacke einfach großartig aus. *Buenisimo.* Es war schon lange her, daß ein Mann in meinem Wohnzimmer gestanden hatte und mich ausführen wollte.

»Sehr nett«, sagte er, sah sich in der Wohnung um und richtete dann den Blick auf mich. »Sehr nett.«

Billy Boots begrüßte ihn mit freundlicher Neugier, als wären sie alte Bekannte. »Hoffentlich sind Sie nicht allergisch gegen Katzen«, sagte ich.

»Nee. Also bist du hier die Wachkatze, was, großer Bursche?« sagte McDonald einschmeichelnd und kraulte Billy unter dem Kinn, während ich meine Handtasche und den Pieper holte. »Haben Sie alle bösen Buben verscheucht?«

Billy schnurrte laut und rieb sich an seinem Hosenbein.

»Das muß Liebe auf den ersten Blick sein«, sagte ich überrascht. »Normalerweise ignoriert er Fremde.«

»Er muß Hooker riechen.«

»Wie bitte?«

»Hooker, meine Hündin. Sie heißt so, weil ich sie auf der Straße gefunden habe, auf dem Boulevard, oben bei der Neunundsiebzigsten.«

Das war ein gutes Zeichen, dachte ich. Ich hatte noch nie Männern vertraut, die keine kleinen Tiere mochten.

Er betrachtete ein eingerahmtes Foto auf einem Beistelltisch. »Wer ist der Bursche auf dem Pferd da, ein mexikanischer Bandit?«

»Nein, ein kubanischer Freiheitskämpfer. Mein Vater. Das Bild wurde auf der *Finca* gemacht, auf der er aufgewachsen ist.«

»Ah, jetzt sehe ich die Ähnlichkeit.«

»Wirklich?«

»Klar, das Kinn, die Augen.« Er sah zwischen mir und dem Foto hin und her. »Sie können nicht abstreiten, daß Sie seine Tochter sind. Was macht er heute so?«

»Gar nichts. Castro hat ihn umgebracht.«

»Das tut mir leid.«

»Ich war damals noch ein kleines Mädchen.« Plötzlich wollte ich den Augenblick auskosten. »Möchten Sie etwas trinken, bevor wir gehen?« Ich hatte eine Flasche Wodka im Küchenschrank und weißen Zinfandel-Wein im Kühlschrank.

Bevor er antworten konnte, klingelte das Telefon. Die neue Sekretärin der Lokalredaktion war sehr jung und sehr pflichtbewußt.

»Sie haben einen Anruf«, sagte sie dringlich. »Er wartet in der anderen Leitung. Klingt wichtig. Er sagt, er heißt Pete Zalewski. Soll ich ihn durchstellen?«

»Nein«, sagte ich verärgert. »Sagen Sie ihm, er soll mich morgen im Büro anrufen.«

»Ich habe ihm Ihre Privatnummer nicht gegeben«, sagte sie schnell. »Obwohl er danach gefragt hat.«

»Danke«, sagte ich. »Das war richtig so. Man weiß nie, ob ein Anruf wichtig ist. Der hier ist es nicht.«

McDonald betrachtete die Drucke von Winslow Homer an der Wand. »Die sind schön«, sagte er lächelnd.

»Mir gefallen seine späteren Sachen am besten, die Aquarelle, die er auf Bermuda und in Florida gemalt hat«, sagte ich und merkte zu spät, daß ich ziemlich eingebildet klang.

McDonald nickte. »Haben Sie gewußt, daß Homer im Bürgerkrieg gearbeitet hat, bevor er als Maler berühmt wurde? Er hat für die Zeitungen Skizzen von der Front gezeichnet. Richtige Schlachtszenen. Können Sie sich vorstellen, daß Eddie Adams oder irgendein anderer berühmter Kriegsfotograf mit einem Zeichenblock statt einer Kamera an die Front geschickt wird?«

»Woher wissen Sie das?«

Er zuckte die Achseln. »Ich interessierte mich für den Bürgerkrieg. Ich lese eine Menge über diese Epoche.«

»Ihr Drink . . .« erinnerte ich ihn, als das Telefon erneut klingelte.

Wir sahen einander an. »Sie sind ein beliebtes Mädchen.«

»Nur bei Leuten, die ihren Namen in der Zeitung gedruckt sehen wollen oder gerade im Knast sitzen.« Der Anrufbeantworter schaltete sich nach dem zweiten Klingeln ein. Die Stimme der Anruferin dröhnte laut in meinem kleinen Apartment. Es war meine Mutter.

»Wo bist du, Britt? Wenn du nicht zu Hause bist, kann ich nur hoffen, daß du dich mit einem Mann verabredet hast. Aber da erwarte ich wahrscheinlich zuviel . . .« Mit knallrotem Gesicht lief ich zu dem Gerät hinüber, um die Lautstärke leiser zu stellen.

Dann drehte ich mich wieder zu McDonald um. »Was den Drink anbetrifft . . .«

Er grinste und schritt neben der Tür auf und ab, geschmeidig, langbeinig und athletisch, wie ein Rennpferd, das endlich loslaufen wollte. »Ich habe eine bessere Idee. Verschwinden wir von hier. Ich wollte Sie doch richtig schön ausführen. Sie arbeiten zu schwer, Sie brauchen mal Ruhe, etwas Abwechslung und Entspannung.« Er berührte leicht meine Schulter, als wir zur Tür hinausgingen, und führte mich zu seinem Wagen, einem blitzblanken, schwarzen Jeep Cherokee. Als er seine Jacke auszog, sah ich, daß er seine eigene Waffe, einen kurzläufigen Revolver, in einem Schulterhalfter trug. An seinem Gürtel klemmte ein Pieper. Ich unterdrückte ein Lachen. Ich hatte meinen Pieper ebenfalls dabei, und ein Notizbuch in der Handtasche. So ist es, wenn wir mal richtig schön ausgehen, dachte ich. Obwohl keiner von uns Dienst hatte, hatten wir beide auch nicht ganz dienstfrei.

Bei den meisten Männern bin ich eine nervöse Beifahrerin; ich achte ständig auf den Verkehr, und es juckt mich danach, mich selbst hinter das Steuer zu setzen – ein Wesenszug, der mich beim anderen Geschlecht bestimmt nicht besonders beliebt macht. Doch nun entspannte ich mich. Es gefiel mir, wie gelassen er fuhr. Normalerweise war ich immer wachsam und mißtrauisch und konnte mich einfach nicht entspannen, wenn ich in Miami unterwegs war.

Vielleicht kannte ich die dunkle Seite der Stadt zu gut. Bei ihm war das wohl auch der Fall. Als eine Ampel in der Nähe einer Straßenüberführung rotes Licht zeigte und sich eine Gestalt dem Wagen näherte, versteifte ich mich auf meinem Sitz. »Es ist nur ein Fensterputzer«, sagte McDonald; er hatte meine Reaktion bemerkt. Der bärtige Penner wischte wie von Sinnen mit einem schmutzigen Lappen über die Windschutzscheibe.

»Ich bin bei diesen Burschen immer auf der Hut, einige von ihnen sind in Ordnung, aber andere . . .« sagte ich, als McDonald dem Mann etwas Kleingeld gab.

»Es kann schon ganz nett unangenehm sein, wenn man als Frau allein unterwegs ist«, sagte er, als wir weiterfuhren.

»Ich habe keine Angst«, sagte ich schnell.

»O nein, ich weiß, Sie haben nie Angst«, sagte er und musterte mich aus den Augenwinkleln.

»Wirklich nicht. Ich versuche nur, mich mit Hilfe meines

gesunden Menschenverstandes aus Schwierigkeiten rauszuhalten.«

»Das ist manchmal nicht ganz einfach«, sagte er.

»Klar, wenn man auf der Autobahn fährt, läuft man Gefahr, von den Highway-Räubern erwischt zu werden.« Moderne Wegelagerer, die schwere Gegenstände auf Fahrzeuge warfen, sie damit fahruntüchtig machten und die Insassen ausraubten. »Und wenn man auf den städtischen Straßen bleibt, wundert man sich über Fremde, die an Verkehrsampeln angelaufen kommen. Vielleicht ist es nur ein Bursche, der einem die Windschutzscheibe putzen will, aber es könnte auch ein Räuber mit einem Ziegelstein in der Hand sein, der es auf Geld, Schmuck und vielleicht sogar das Auto selbst abgesehen hat.«

»Klar«, sagte McDonald. »Aber da Sie normalerweise dort sind, wo immer was los ist, sollten Sie auch auf plötzliche Bürgerunruhen achten. Die brechen ganz schnell aus, und ohne Vorwarnung.«

»Ich weiß, ich habe mal ein Interview mit einer Frau gemacht, die schreckliche Verbrennungen davongetragen hat, als jemand ohne ersichtlichen Grund einen Molotowcocktail durch ihre Autoscheibe warf.«

»Es ist kaum zu glauben«, sagte er, »aber es gibt tatsächlich noch Städte, in denen die größte Sorge der Autofahrer den Schlaglöchern gilt. Hier haben wir Vandalen, die Hohlziegel von Brücken werfen . . .«

»Und Leute, die sich als Polizisten ausgeben und Autos anhalten, um die Fahrer zu berauben oder, wenn es sich um Frauen handelt, zu vergewaltigen«, warf ich ein.

»Räuber, die einem absichtlich hinten draufknallen und einen dann ausrauben, wenn man aussteigt, um den Schaden zu betrachten«, sagte er.

»Verrückte Autofahrer mit Waffen . . .«

»Die einen wegen einer Parklücke umbringen«, vollendete er den Satz. »Ich habe schon mit einigen davon zu tun gehabt.«

»In Miami Beach wird eine ganz besondere Methode gepflegt. Die Gangster folgen den Autofahrern nach Hause und richten dann Pistolen auf sie, wenn sie aus ihren Wagen steigen«, sagte ich.

»Ich weiß jetzt, welchen Job man Ihnen nie anbieten wird«, sagte er. »Das Texten von Werbebroschüren der Handelskammer.«

»Ich wette, die würde uns beiden am liebsten einen Maulkorb anlegen. Es ist traurig«, sagte ich. »Ich kann mich noch an die Zeit erinnern, als es Spaß machte, hier einfach durch die Gegend zu fahren. Als ich noch ein Teenager war und gerade den Führerschein gemacht hatte, fuhren meine Freunde und ich einfach nur so zum Spaß 'rum. Wir fuhren am Strand entlang und dann bis zum Monkey Jungle.«

»Wenn ich jetzt durch Miami fahre, komme ich mir wie beim Grand Prix vor«, sagte er. »Man hat gewonnen, wenn man sein Ziel erreicht.«

»Und der Preis für den Sieg besteht darin, daß man seine Brieftasche behalten darf.«

»Das ist schon eine tolle Stadt, was?« sagte er, und wir beide lachten.

Plötzlich sah ich alles mit ganz anderen Augen. Ich war in guten Händen, wurde von einem bewaffneten und hervorragend ausgebildeten Mann, der jede Krise bewältigen konnte, zu einem mir unbekannten Ziel gefahren. Niemand wagte es, sich mit ihm anzulegen, und deshalb fühlte ich mich sicher und behütet statt – wie normalerweise – allein und völlig auf mich selbst gestellt in einer größtenteils feindseligen Welt.

Der Song im Radio klang aus, und ein Wetterbericht folgte, der vor Böen und fünf Meter hohen Wellen warnte. Mir wurde ganz schwer ums Herz, und ich stellte mir ein winziges Floß auf einer schwarzen See vor.

»Hoffentlich finden sie Ryan«, platzte es unwillkürlich aus mir heraus. »Ich will einfach nicht glauben, daß er dort draußen verschollen ist.«

»Erzählen Sie mir von ihm«, sagte McDonald und fuhr auf den Ponce de Leon, einen breiten Boulevard im europäischen Stil in Coral Gables.

»Er ist ein netter, stiller Bursche«, sagte ich. »Jung, gerade sechsundzwanzig, noch ein Kind, aber ein guter Schreiber. Er ist sentimental und war schon in alle Frauen im Büro verliebt.«

»In Sie auch?«

»Das war nach zwei Wochen ausgestanden. Er ist wie ein jüngerer Bruder. Sein Schreibtisch steht direkt hinter meinem, und wir quatschten ständig. Es ist fast, als wären wir Zimmergenossen. Er muß da draußen eine Todesangst ausstehen. Und ich fürchte, wir werden ihn nie wiedersehen. Er wird einfach verschwunden bleiben, ein weiteres ungelöstes Geheimnis der See. Ich komme mir so schuldig vor. Irgendwie hätte ich verhindern müssen, daß er diesen Blödsinn mitmacht.«

»Sie dürfen sich keine Vorwürfe machen, Britt. Er ist ein erwachsener Mensch; er hätte ablehnen können. Es war natürlich eine saublöde Idee. Der Redakteur, der ihn da rausgeschickt hat, muß sich ganz hinten angestellt haben, als der liebe Gott die Intelligenz verteilte.«

»Eine Redakteurin. Das würden Sie nicht sagen, wenn Sie sie mal gesehen hätten.«

»Sieht sie gut aus?«

»Sie hat jene Art von Gesicht, über die Männer Gedichte schreiben.«

»Grips macht mich stärker an als Schönheit.« Er drehte sich zu mir um. »Aber am besten gefallen mir Frauen, die beides haben.« Er bog nach links auf eine kleine Nebenstraße ab. »Schreiben Sie diesen Ryan nicht so schnell ab. Manche Menschen überstehen einfach alles.«

»Sie sehen normalerweise nur die, auf die das nicht zutrifft«, sagte ich verdrossen. »Genau wie ich.«

»Sie können heute abend nichts mehr tun, also versuchen Sie mal, eine Weile nicht daran zu denken.« Er griff nach meiner Hand und drückte sie. »Machen Sie sich morgen darüber Sorgen«, sagte er und blinzelte.

In dem Bistro schmückten frische Blumen den Tisch, und ein aufmerksamer Kellner umschwirrte uns wie ein Hubschrauber. Das Personal schien McDonald zu kennen und zu mögen; unser Tisch stand in einer Ecke und wurde von Kerzen erhellt.

»Das Tagesgericht hier ist immer hervorragend. Wenn Sie es

einmal gekostet haben, würden Sie Ihren Herd am liebsten verschrotten und jeden Tag hier essen«, vertraute er mir an.

Der Kellner nannte uns das Tagesgericht, und ich schüttelte den Kopf. »Ich esse niemals Kalbfleisch«, sagte ich ruhig. Er trat zurück, während ich die Speisekarte studierte. Ich wollte McDonald die Geschichte eigentlich ersparen, doch er sah mich fragend an.

»Die kleinen Kälbchen«, erklärte ich. »Wissen Sie, daß man sie ihren Müttern wegnimmt?«

Er verdrehte die Augen. »Haben Sie ... äh ... da persönliche Erfahrungen gemacht?«

»Allerdings. Ich war vor ein paar Jahren dabei, als man einen entführten Lastwagen fand. Die Entführer hatten den Fahrer mit Waffengewalt gezwungen, in die Everglades zu fahren. Sie müssen gedacht haben, er hätte Whisky oder Videorecorder geladen. Dann ließen sie den Truck einfach unter der heißen Sonne stehen und verschwanden. Als die Polizei ihn anderthalb Tage später öffnete, fanden wir entzückende glänzende Kälbchen darin, mit großen Augen und hungrig und nach ihren Müttern muhend.

Ich war damals noch neu im Job und freute mich unheimlich, daß sie gerettet worden waren. Ein richtiges Happy-End. Dann habe ich einen Polizisten gefragt, was jetzt mit den Kälbern passieren würde. Er hat gesagt, die Besitzer hätten schon einen neuen Fahrer auf den Weg geschickt, der sie zu ihrem Bestimmungsort bringen sollte – einem Schlachthof.« Ich atmete tief durch. »Ich werde diesen Anblick nie vergessen und nie mehr im Leben Kalbfleisch essen.«

»Ich schwöre Ihnen, ich habe nie im Leben einem Kälbchen was getan.« McDonald studierte erneut die Speisekarte, dann hellte sich seine Miene auf. »Wie stehen Sie denn zu kleinen Fischen? Die müssen den Köder ja nicht schlucken, wenn sie nicht wollen. Und sie rufen nie nach ihren Müttern.«

Wir bestellten beide Fisch, McDonald lehnte sich zurück und lächelte. Ich wollte mich entspannen und abschalten, doch als ich über den Tisch in die endlosen Tiefen von Kendall McDonalds silberblauen Augen blickte, nagte eine abscheuliche Frage in meinem Bewußtsein: Was, wenn Gretchen mich jetzt sehen könnte? Ihre Unterstellung, daß ich es mit den Bullen trieb, war beleidigend und hatte mich aufgebracht, und doch nun saß ich hier, lebensgroß in voller Schönheit, und ließ mich tatsächlich mit einem ein. Ich warf einen schuldbewußten Blick zur Tür, stellte mir vor, daß sie und ihr Mann, der Lehrer, hereinkamen und mich auf frischer Tat ertappten, womit bewiesen sein würde, daß sie recht gehabt hatte. Miami war eine große Stadt mit vielen Restaurants, doch es sind schon seltsamere Dinge passiert. Es wäre typisch für mein Pech gewesen, ihr oder sonst jemandem von der Zeitung hier zu begegnen. Ich biß auf meine Unterlippe und musterte eine Gruppe von vier Personen, die gerade Platz nahm.

»Jemand, den Sie kennen?« fragte McDonald.

»Nein.« Ich kam mir überrumpelt vor. »Ich habe gerade nur daran gedacht, daß es peinlich sein könnte, wenn uns einer unserer Kollegen zusammen sieht. Sie wissen ja, wir könnten wegen unserer Jobs in einen Interessenkonflikt geraten.«

»Glauben Sie ja nicht, das wäre mir nicht auch schon in den Sinn gekommen. Ich würde wohl nicht gerade Freudensprünge machen, wenn uns einer meiner Vorgesetzten erwischt, wie wir die Köpfe zusammenstecken.«

»Vielleicht sollten wir die Kerzen ausblasen«, sagte ich und lachte, während ich mich in dem schwach beleuchteten Raum umsah.

»Lieber nicht«, sagte er. »Ich mag Sie im Kerzenschein. Und ich kann den Anschiß verkraften, wenn Sie es auch können.«

Der Barsch war frisch, saftig und von einer süßen Kruste aus geraspelten Mandeln umgeben, zu der die scharfe Zitronensoße einen angenehmen Kontrast darstellte. Nach dem dritten Glas Chardonnay fühlte ich mich schon besser.

»Woher wissen Sie, daß junge Fische nicht schreien, wenn sie geangelt werden?«

»Mein Dad hat mich zum Fischen mitgenommen, und ich habe nie einen schreien gehört. Aber vielleicht war es dafür im Lake Superior auch zu kalt.«

»Dann sind Sie ein Yankee?«

»Ich war mal einer. Marquette, Michigan, bis meine Eltern dann hierher zogen, als ich im ersten Jahr auf der High-School war. Meine Mom konnte das Wetter nicht mehr aushalten. Frostbeulen sind bei Arthritis nicht gerade hilfreich.«

»Dann leben sie jetzt im Ruhestand?«

»Nein, er lehrt Physik, sie Geschichte. Sie arbeitet noch, er wurde vor zwei Jahren pensioniert und beschäftigt sich nun als Naturkundler, führt Leute auf naturkundlichen Wanderungen und Vogelexpeditionen in den Everglades.«

»Das ist toll, muß ja viel Spaß machen.«

»Ihm gefällt's. Meine Schwester lehrt in Bonita Springs Physik, mein älterer Bruder ist Computeranalytiker bei den E-Werken, und mein kleiner Bruder ist Rettungsschwimmer draußen in Crandon Park und lebt all seine Phantasien aus. Sein ganzer Ehrgeiz besteht darin, ›Schnecken‹ aufzugabeln.«

»Es muß schön sein, eine große Familie zu haben. Ich bin ein Einzelkind. Meine Mutter auch, und sie kommt mit der Familie meines Vaters nicht sehr gut zurecht. Mit meiner Tante Lourdes hat sie kein Wort mehr gesprochen, seit ich fünfzehn Jahre alt war. Damals hat sich meine Mutter geweigert, mir ein *Quince* zu geben, Sie wissen schon, die große, traditionelle, formelle Feier für kubanische Mädchen, wenn sie fünfzehn werden. Man trägt so ein Kleid aus ›Vom Winde verweht‹ und wird tausendmal fotografiert.

Meine Mutter hat darauf bestanden, mir ein Jahr später eine traditionelle ›Sweet Sixteen‹-Party zu geben. Die Familie meines Vaters war natürlich wütend und wollte nicht kommen.«

»Was wäre Ihnen denn lieber gewesen?«

»Eigentlich war ich ziemlich schüchtern und wollte keins von beidem. Ich wollte nur meinen Führerschein machen. Doch ich fühlte mich schuldig, weil ich es ihnen allen recht machen wollte. Auf dem *Quince* gehört der erste Tanz dem Vater. Mein Onkel Julio hätte ihn vertreten, doch meine Mutter wollte wegen des Skandals nichts davon wissen. Na ja, Onkel Julio ist mal verhaftet worden, weil er eine Bombe gebastelt hat.«

»Wie haben sie ihn denn erwischt?«

»Anscheinend hat er sich nicht besonders geschickt angestellt, und das Ding hat ihm die linke Hand abgerissen.«

»Mein Gott, Britt. Na ja, wenigstens sind sie eine Familie.«

»Ja, wie die Mansons.« Ich beugte mich über meine Cremespeise vor. »Also sind Sie seit sechs Jahren bei der Mordkommission«, sagte ich todernst und zu meiner Überraschung schon leicht undeutlich, »und seit elf Jahren bei der Polizei?«

McDonald nickte und verzog leicht seinen sinnlichen Mund, als amüsiere er sich insgeheim.

»Was waren die besten, unvergeßlichsten letzten Worte, die Sie je gehört haben?« fragte ich ihn. »Die man nie vergessen kann, die tapfer, poetisch oder hoffnungsvoll waren?« Dachte ich an Ryan? Oder an meinen Vater? Oder vielleicht an Onkel Julio. Ich versuchte mich an Ryans letzte Worte auf dem Dock zu erinnern. Ich glaubte, sie hatten seinem Biervorrat gegolten.

McDonald lachte, ein nettes Geräusch. »Ein weiterer Grund, sich zu fragen, was aus unserem Land werden wird.« Er hob seine Kaffeetasse. »Ein weiteres Beispiel für die miserable Allgemeinbildung in Amerika, oder zumindest in Miami. Wir bringen heutzutage keine Nathan Hales mehr hervor, nicht mal mehr einen W. C. Fields.« Er schüttelte den Kopf. »Mal sehen, die letzten Worte, die ich von Opfern von Morden, Arbeits- und Verkehrsunfällen und Naturkatastrophen gehört habe, waren meist: ›O Scheiße.‹«

»Nichts Tiefgründigeres als das?« Ich lachte.

Er dachte einen Augenblick lang nach. »Ich kann mich nicht daran erinnern, daß sie tapfer, poetisch oder hoffnungsvoll waren – nur dumm. ›Na los, mach schon‹ ist eine beliebte Redensart. Die hört man oft bei Mordfällen, russischem Roulette und bei tödlichen Verkehrsunfällen.« Er setzte die Tasse wieder ab und winkte nach der Rechnung. »1985 wurde Vito Cuccinella ermordet«, sagte er nachdenklich und holte aus seinem Portemonnaie eine Kreditkarte. »Ein Mafioso. Man hat ihm vor einem Restaurant aufgelauert und neunmal auf ihn geschossen. Leute hörten die Schüsse und kamen angelaufen. Er lag tödlich verletzt auf der Straße, von Kugeln durchlöchert, und mit dem letzten Atemzug stöhnte er: ›Rufen Sie nicht die Polizei. Ich regle das selbst.‹«

Ich lachte. »Dieser Fall wurde nie aufgeklärt, oder?«

»Nein. Das ist bei Hits, die das organisierte Verbrechen ausführen läßt, auch nur selten der Fall. Dan ärgert sich noch immer darüber, er war damals der ermittelnde Beamte. Er kann ungeklärte Fälle mit seinem Namen auf der Akte nicht ausstehen. Wir haben gehört, daß es ein Profi war, ein Killer aus Boston.«

»Wissen Sie, was ich nicht ausstehen kann? Diese überdrehten pseudointellektuellen Kriminologen, die jedesmal, wenn ein Massenmörder oder ein Serienkiller aktiv ist, im Fernsehen interviewt werden. Der Interviewer fragt immer nach dem psychologischen Profil des Täters, und der Experte denkt jedesmal lange darüber nach und rückt dann mit der verblüffenden Enthüllung heraus: ›Er ist ein Einzelgänger.‹ Das sagen sie *immer.* Alle möglichen akademischen Grade, Jahre der Ausbildung und des Studiums und der Analyse kriminellen Verhaltens, und *das* ist die beste Antwort, die sie geben können?«

McDonald lächelte. »Natürlich sind das Einzelgänger, sie haben alle umgebracht, die sie kannten.«

Der Parkwächter brachte den Wagen. Der Cherokee sah glänzender und neuer aus, die Nacht dunkler und die Lichter heller.

»Wohin fahren wir?«

Er zuckte die Achseln. »Fahren wir einfach durch die Gegend und unterhalten uns.« Er fuhr auf der Lejeune in nördliche Richtung, bog rechts auf den Dolphin Expressway und fuhr dann über den MacArthur Causeway nach Miami Beach.

»Wußten Sie, daß auf diesem Causeway mehr Unfälle passieren als auf jedem anderen?« fragte ich. Plötzlich war ich viel zu redselig; der Wein und die Nacht machten mich leichtfertig. »Ich dachte immer, es läge am Straßenbelag, daß er vielleicht keinen Halt bietet, die Fahrer die Kontrolle verlieren und ins Schleudern kommen.« Wir näherten uns der Ausfahrt Palm Island. »Das«, sagte ich ich, als wir vorbeipreschten, »ist die Crash-Corner, die gefährlichste Kreuzung von Miami Beach.«

Ich sah zurück und versuchte zu ergründen, welch düstere Mächte dort lauerten.

»Seit ich bei der Zeitung bin, haben sie den Straßenbelag mehrmals erneuert, aber die Unfallrate bleibt unverändert hoch. Inzwischen glaube ich, daß es an der Ablenkung liegt, der Skyline der Stadt, den großen Kreuzfahrtschiffen, die so nah in dem schmalen Kanal vorbeifahren, und den kleinen Schnellbooten, die im Kielwasser dieser Ungetüme rasen. Der Anblick ist so schön, daß die Autofahrer den Blick einfach kurz von der Straße wenden müssen und dann im Graben landen oder gegen eine Palme knallen. Oder gegen eine australische Kiefer.«

Ich wußte, daß ich die Klappe halten sollte, konnte es aber einfach nicht. Es machte mich nervös, nachts allein mit McDonald in einem Auto zu sitzen.

»Deshalb kann ich Autos mit elektrischen Fensterhebern nicht ausstehen. Es gibt einen Kurzschluß, sobald man auf dem Wasser aufschlägt, und man sitzt in der Falle. Ich habe über ein paar solcher Unfälle geschrieben. Eins der Opfer war ein ganz junger Versicherungsvertreter. Wissen Sie, daß es so ist, als würde man gegen eine Steinmauer fahren, wenn man gegen einen dieser alten Bäume prallt?« Ich schwatzte weiter.

»Ach was.« Er sah mich fragend an. »Sie haben ja wirklich nette Anekdoten zu erzählen. Aber was die Fenster betrifft, haben Sie wirklich recht. Mit diesem Burschen, von dem Sie erzählen, mußten wir uns beschäftigen. Er hatte einem Ehepaar in der neuen Siedlung auf der Insel gerade eine Police verkauft und wollte während eines Gewitters zum Festland zurückfahren. Keiner hat gesehen, wie sein Wagen von der kleinen Brücke schleuderte. Die elektrischen Fensterheber taten's nicht mehr. Nicht mal, als der Wagen auf dem Kanalboden lag und der Druck sich innen und außen ausgeglichen hatte, kam er raus. Er hatte eine Pistole im Handschuhfach und schoß verzweifelt durch die Windschutzscheibe. Das gab hübsche, kleine Schußlöcher, aber das Glas zerbrach einfach nicht, und er konnte es auch nicht zerschlagen. Komisch, daß Sie sich noch an ihn erinnern.«

»Ich erinnere mich an alle Leute, über die ich geschrieben habe«, sagte ich bedauernd.

»Angeberin«, sagte er.

»Sie doch sicher auch, oder?« entgegnete ich. »Und Flood genauso. Das sollte man jedenfalls meinen, wenn man hört, wie er über ungeklärte Fälle spricht. Na ja, das ist eben unser Job. Ihr räumt die Trümmer weg, und ich stehe mit meinem Notizbuch daneben.«

»Aber irgendwie wollen wir auch gar nichts anderes,« sagte er. »Ich hätte mir nie träumen lassen, daß ich so lange bei der Polizei bleibe. Ich bin wohl süchtig danach.«

»Ich auch nach meinem Job, aber ich wollte schon immer Journalistin werden. Was haben Sie denn gemacht, bevor Sie bei der Polizei anfingen?«

»Ich habe Jura studiert, aber als ich ein Jahr auf der Uni war, ging mir das Geld aus. Ich dachte mir, ich trage vielleicht mal für ein Jahr oder so 'ne Dienstmarke und studiere dann weiter. Aber irgendwie gefiel mir die Polizeiarbeit, und was den Anwaltsberuf betraf, machte ich mir keine Illusionen mehr.«

»Wieso?«

»Ach, ich will nicht den Rest meines Lebens krumme Dinger drehen. Sie wissen doch, wie es in dieser Stadt ist. Die Richter sind die besten, die man für Geld kaufen kann, und die Anwälte erinnern mich alle an Pinocchio.«

Ich lachte über dieses Bild.

»Wahrscheinlich mache ich eines Tages doch noch den Abschluß, wenn ich meine zwanzig Jahre bei der Polizei abgerissen habe, und praktiziere dann. Aber ich habe festgestellt, daß mir die Arbeit als Polizeibeamter besser gefällt. Jeden Tag glaubt man, der Lösung eines Problems näher zu kommen. Anwälte betreiben ziemlich viel geistige Masturbation; was die machen, ist einfach nicht wirklich. Anstatt Probleme zu lösen, machen sie sie nur noch komplizierter.«

»Allerdings. Es gibt einen Spruch, der mir ziemlich gut gefällt: ›Retten Sie Amerika. Erschießen Sie einen Anwalt.‹«

»Sie sind gar nicht so übel«, sagte er. Er wandte den Blick kurz von der Straße ab und sah mich anerkennend an. »Wissen

Sie, daß eine Menge Leute im Präsidium glauben, Sie wären drei Meter groß, grün und hätten einen gezackten Schwanz?«

»Wieso das?« fragte ich entgeistert.

»Klar, Sie jagen ihnen Angst ein. Sie und Ihre Stories. Sie haben ein völlig falsches Bild von Ihnen. Das einzige, was an Ihnen grün ist, sind Ihre Augen.«

Ich fühlte, daß ich errötete. Gott sei Dank war es dunkel. »Aber sie müßten doch erkennen, daß ich immer fair bin.«

»Verdammt, Sie wissen doch, daß Cops paranoid sind. Die glauben, Sie hätten es nur auf sie abgesehen.«

Er fuhr den Cherokee in eine Parklücke am Ocean Drive. »Gehen wir ein Stück«, sagte er. »Sie könnten etwas frische Luft gebrauchen.«

»Ich weiß, ich habe viel zuviel geredet«, entschuldigte ich mich. »Ich habe ein Glas Wein zuviel getrunken. So entspannt war ich aber auch schon lange nicht mehr.« Die Musik einer Liveband im Tropics drang bis zu uns herüber, als wir auf den offenen Sandstrand schlenderten. Als ich über die Reste einer Sandburg stolperte, hielt er mich am Arm fest. Seine Hand fühlte sich glatt und warm an.

Das Wasser war so dunkel wie das Herz einer Redakteurin, und ich dachte an Ryan. Ich wollte das Meer anbrüllen, es sollte ihn gefälligst zurückgeben.

McDonald bemerkte, daß ich auf den Ozean hinausstarrte. »Ich weiß, woran Sie denken. An Ihren vermißten Kollegen, Ryan.« Ich zog die Schuhe aus und hielt sie in der Hand, während wir am Wasser entlanggingen. Der Wind zerrte an meinem Haar und meiner Bluse, und die Brandung schlug an meinen bestrumpften Füßen hoch. Ein Spaziergang allein oder zu zweit am Strand um ein Uhr morgens konnte heutzutage einem Selbstmord gleichkommen, doch mit McDonald fühlte ich mich sicher. Der Wind war warm, trug aber schon den Geruch des Herbstes mit sich. Wir blieben an dem Hochsitz für die Rettungsschwimmer an der 12th Street stehen, stiegen dann hinauf, setzten uns hinein, dicht nebeneinander und abgeschirmt vor dem Rest der Welt, und beobachteten das Meer; es war Flut. Ich zitterte leicht, aber nicht, weil mir kalt war, widersetzte mich jedoch nicht, als er zuerst seine Jacke über meine Schulter und dann seinen Arm um mich legte.

Seine natürliche männliche Wärme und Attraktivität zogen mich magisch an, machten mich aber auch nervös. Ich war seit geraumer Zeit mit keinem Mann mehr zusammen gewesen, zu dem ich mich wirklich hingezogen gefühlt hatte. Und wenn ich nervös werde, neige ich dazu, dummes Zeug zu reden. »Was Sie gerade über das gesagt haben, wie die Polizei heutzutage die Presse sieht, könnte erklären, warum Danny Menendez sich so seltsam benimmt.«

In der behaglichen Enge des geschützten Rettungsschwimmer-Turms erzählte ich ihm, was ich über D. Wayne Hudson herausgefunden hatte und daß ich, bevor ich nach Hause gefahren war, auf dem Präsidium angerufen und gebeten hatte, die Personalakten der Gebrüder Blackburn, Estradas, Machados und Lou Carpenters einsehen zu dürfen. Der diensthabende Beamte hatte mich an Sergeant Menendez verwiesen. Er war noch immer – was ihm eigentlich gar nicht ähnlich sah – abweisend und kurz angebunden gewesen, hatte aber knirschend eingewilligt, sie mir am Morgen zu zeigen. »Sein Benehmen hat mich ganz durcheinander gebracht, weil ich Danny kenne, weil wir immer ein gutes, kollegiales Verhältnis hatten«, sagte ich zum Schluß.

McDonald schwieg eine Weile und schüttelte dann den Kopf. »Betrachten Sie es doch mal von seinem Standpunkt, Britt. Er sitzt zwischen den Stühlen. Seine Aufgabe ist es nicht, die Presse auf dem laufenden zu halten, ganz gleich, welchen Titel man ihm auch gegeben hat, sondern das Ansehen der Polizei zu fördern. Wenn er Druck ausübt, um Ihnen die gewünschten Informationen zu besorgen, heizen ihm die Leute ein, auf die er den Druck ausübt und die größtenteils rangmäßig über ihm stehen. Wenn er keinen Druck ausübt, heizen Sie und die Zeitung ihm ein. Glanz gleich, was er tut, irgendeiner wird sauer auf ihn sein. Und da wir gerade davon sprechen, zwischen den Stühlen zu sitzen . . .« Er nahm den Arm von meiner Schulter und sah mich an. Seine Stimme klang ernst.

»Jetzt weiß ich, warum Sie sich neulich nach diesen Jungs

erkundigt haben. Wir müssen etwas zwischen uns klarstellen. Unsere Jobs könnten ein Problem schaffen. Wir können gern wieder mal miteinander ausgehen, aber dabei muß es auch bleiben. Keine Informationen, keine Fragen, kein Klatsch. Sie können mich nicht als Ihre Pipeline zum Präsidium benutzen.«

Ich fühlte, daß ich in der Dunkelheit errötete. »Sie waren es doch, der vorgeschlagen hat, daß wir ausgehen.«

»Jetzt werden Sie aber nicht spitzfindig.«

»Wenn Cops wirklich so paranoid sind, dann hat man Sie ja vielleicht sogar losgeschickt, damit Sie herausfinden, wieviel ich über diese Sache weiß.« In dem Augenblick, in dem ich es sagte, wußte ich, daß ich dummes Zeug redete, aber ich konnte einfach nicht die Klappe halten.

»Na klar, ich verbringe meinen einzigen freien Abend in dieser Woche damit, Sie für das Präsidium zu bespitzeln.« Allmählich klang er wütend. »Und vielleicht hat man mich deshalb auch noch mit einem Mikro verkabelt.«

Mir wurde plötzlich klar, daß ich dabei war, den ganzen Abend zu verderben, obwohl das überhaupt nicht in meiner Absicht lag. »Vielleicht hat man das ja wirklich«, sagte ich lachend. »Ich muß mich wohl oder übel davon überzeugen. Die Beine breit, Sergeant.«

Ich sah die Überraschung auf seinem Gesicht, als ich ihn wirklich abzutasten begann. Ich war über mich selbst schockiert; wäre es nicht dunkel gewesen, hätte ich es nie tun können. Aber ich tastete ihn ab, stellenweise behutsam, doch bis zu den Füßen. Verdammt, ich hatte Hunderte von Malen gesehen, wie die Bullen es machten, und war selbst ein paar Mal abgetastet worden, als ich Häftlinge besucht oder Hochsicherheitstrakte in Gerichtsgebäuden betreten hatte. Ich machte es ziemlich gut.

»Vorsicht, ich bin kitzlig«, protestierte er prustend. Beide lachen wir jetzt hemmungslos. Als ich herausgefunden hatte, daß er nicht verkabelt war, hatte sich bei ihm etwas getan. Und bei mir auch.

»Hör jetzt nicht auf.« Er legte die Arme um mich.

»Jetzt fängt es gerade an, mir Spaß zu machen. Na, hast du was gefunden? Irgendwelche elektronischen Geräte oder gefährliche Waffen?«

»Nur deinen Revolver.«

»Dann hast du wohl eine übersehen.«

»Eine was?«

»Eine gefährliche Waffe.«

»Kein Kommentar.« Die Hitze, die unsere Körper in diesem engen Raum erzeugten, nahm mir fast den Atem. Ich rutschte zurück und zog die Schuhe wieder an, um wieder einen klaren Kopf zu bekommen. »Es ist schon spät.«

»Ja, und es ist verdammt warm hier drin«, sagte er, während der kühlte Nachtwind durch unsere an einer Seite offene kleine Unterkunft fegte.

Wir sprachen während der kurzen Fahrt zu meiner Wohnung kaum, und die Stimmung zwischen uns wandelte sich unmerklich. Er brachte mich zur Tür. Nachdem ich sie aufgeschlossen hatte, küßte er mich. Ich spürte, daß ich dahinzuschmelzen begann, doch irgend etwas hielt mich zurück. Warum ist es falsch? fragte ich mich.

Er erinnerte mich daran.

»Diese Story, auf die du so versessen bist . . .«

»Hmm?« murmelte ich an seiner Brust.

»Du solltest sie fallen lassen.« Er ließ mich los und trat zurück.

»Dich auch?« fragte ich.

»Kein Kommentar«, sagte er und ging, doch seine Augen lächelten.

12

Der Morgen begann schnell und heftig. Ein Dreißig-Tonnen-Kran, mit dem man eine Fünfundvierzig-Tonnen-Verkehrsbrücke über dem Palmetto Expressway entfernen wollte, kippte um, und das Ding fiel auf die Autobahn. Tausende überhitzter

Autofahrer und kochender Autos hingen in einem sechsstündigen Verkehrsstau fest, der zu drei Herzinfarkten und zahlreichen Schlägereien führte. Offiziell wurde die Temperatur mit dreiundreißig Grad angegeben, doch auf dem von der Sonne aufgeweichten Asphalt mußten es mindestens fünfundvierzig sein. Ich parkte auf einer Nebenstraße, die zum Palmetto führte, und stieg den Straßendamm zur Autobahn hinauf, um die unglücklichen Bauarbeiter, die entnervten Autobahnpolizisten und kurz vor dem Hitzschlag stehenden Autofahrer zu interviewen. Lottie flog in einem gemieteten Hubschrauber über den Stau hinweg und machte Luftaufnahmen, als es fünfzehn Kilometer entfernt an der Mautstelle zum Rickenbacker Causeway zu einem weiteren schlimmen Zwischenfall kam.

Die Mittagstemparaturen hatten einen Streit ausgelöst, bei dem eine Schwangere und ein acht Jahre alter Junge verletzt und drei andere Autofahrer erschossen worden waren. Als der Wagen, in dem die Frau und der Junge saßen, mit überhitztem Motor liegenblieb, veranstalteten wütende Autofahrer hinter ihnen einen Krawall. Als einer ein Messer schwenkte, holte der Schwager der Frau eine Pistole aus dem Handschuhfach und erschoß ihn. Ein halbes Dutzend weitere Autofahrer zogen ihre Waffen. Ein Polizeibeamter, der ganz in der Nähe Streife fuhr, gab über Funk durch, daß es an der Mautstelle zu einer Schießerei gekommen war, doch als er endlich die sechs Fahrspuren überquert hatte, hatten die Autofahrer schon hinter ihren Wagen Deckung genommen und ballerten aufeinander los. »Sie wollten uns umbringen, bloß weil unser Wagen liegenblieb«, schluchzte die Schwangere, als ich dort ankam.

Es war kein guter Tag für Autofahrer in Miami. Ich gab die Stories telefonisch durch, erfuhr, daß es von Ryan nichts Neues gab, und fuhr zum Polizeipräsidium, um die Personalakten der betreffenden Beamten einzusehen. Leider war Menendez clever gewesen. Obwohl die Akten selbst der Öffentlichkeit zugängliche Unterlagen waren, traf das für die Adressen und Telefonnummern der Cops nicht zu, und er war die Akten sorgfältig durchgegangen und hatte die betreffenden Stellen geschwärzt.

Das machte meine Aufgabe nur etwas schwieriger; aber was war schon je einfach.

Eingedenk McDonalds Feststellung, daß Menendez zwischen allen Stühlen saß, lächelte ich den Sergeant freundlich an, doch er blieb wachsam und vermied jeden Blickkontakt. Ich setzte mich im Medienraum an einen freien Schreibtisch und blätterte die Akten durch. Sie enthielten kurze Überblicke über die Karrieren der Beamten; die gesamte Aufregung, Langeweile, Gefahr und Routine, auf ein paar unpersönliche Blätter Papier reduziert.

Ich fing mit Ted Ferrells Akte an. Sie war gediegen; eine Ehrung reihte sich an die nächste. Er war mehrmals als Beamter des Monats ausgezeichnet und sogar einmal zum Beamten des Jahres nominiert worden. Er hatte genug Dankesbriefe von Bürgern bekommen, um für ein politisches Amt kandidieren zu können. Er war nett zu alten Damen, die sich verirrt hatten, und hatte sogar von dem Vorsitzenden einer Geschworenenjury einen Brief bekommen, in dem er ausdrücklich für seine feinfühligen Aussagen bei einem Vergewaltigungsprozeß gelobt wurde. Er galt als erfahrener Beamter, und seine Bewertungen schwankten ständig zwischen gut und ausgezeichnet. Es lagen auch zahlreiche Empfehlungsschreiben von anderen Behörden vor, darunter der Drug Enforcement Administration und des Florida Department of Law Enforcement, deren Ermittlungen er unterstützt hatte.

Die Akten der Blackburns waren ebenso dick, aber nicht ganz so makellos. Sogar die Angestellten der Personalabteilung schienen Schwierigkeiten zu haben, die beiden auseinanderzuhalten. Einige von Rolands Akten waren in Roscoes Mappe, und umgekehrt. Ich zog die falsch einsortierten Seiten automatisch heraus, während ich sie las, und legte sie in die richtigen Mappen.

Beiden waren Verweise wegen Prügeleien außerhalb der Dienstzeit in Kneipen erteilt worden. Roscoe hatte man wegen leichtsinniger Handhabung einer Schrotflinte drei Urlaubstage gestrichen; bei dem Vorfall hatte anscheinend auf der Herrentoilette im dritten Stock ein Rohr dran glauben müssen. Er behauptete, die Waffe sei umgekippt und losgegangen, als er gepinkelt habe; zwischen den Zeilen wurde jedoch grober Unfug angedeutet. In seiner Akte waren auch mehrere Arztbesuche wegen temporären Gehörverlusts verzeichnet, der anscheinend von der Detonation in dem kleinen Raum hervorgerufen worden war. Roland war einmal zwei Tage suspendiert worden, weil er den Wachmann eines privaten Sicherheitsdienstes in der Innenstadt zu einem Wettbewerb im Schnellziehen herausgefordert hatte. Der Wachmann hatte mitgemacht und sich bei dem Duell versehentlich ins Bein geschossen. Beide Blackburns waren verwarnt worden, weil sie die Transvestiten-Nutten auf der 79th Street mehrfach angemacht und schikaniert hatten. Die Halbjahres-Bewertungen ihrer Vorgesetzten bewegten sich zwischen ›schlecht‹ und ›ausgezeichnet‹.

Beide hatten auch Dankesschreiben bekommen; sie hatten älteren Autofahrern geholfen, einen Reifen zu wechseln, verirrten Touristen den Weg erklärt, Bürgern geholfen, die sich aus ihren Autos oder Häusern ausgeschlossen hatten, und waren nachhaltig von Geschäftsleuten in der Innenstadt gelobt worden, weil sie die Straßen von den Obdachlosen, Bettlern und Autoscheibenputzern gesäubert hatten. Etwa aus demselben Zeitraum stammte eine ganze Flut von Briefen von wütenden Anwälten oder Obdachlosen, die den Brüdern vorwarfen, die Penner zu schikanieren und zu versuchen, sie aus der Innenstadt zu vertreiben. Beide waren sie einmal Beamte des Monats gewesen, weil sie außergewöhnlich viele Schwerverbrecher festgenommen hatten, und sie waren belobigt worden, weil sie ein halbes Dutzend Gefängnisausbrecher gefaßt hatten, darunter einen Mordverdächtigen, kurz nachdem dieser sich mit Hilfe von Bettlaken aus dem Fenster einer Zelle im dritten Stock abgeseilt hatte.

Die Blackburns hatten im Lauf der Jahre mehrfach Verweise bekommen, weil sie zu spät zum Dienst gekommen waren, über den Polizeifunk gefurzt und gerülpst hatten, nicht zu Prozessen vor dem Verkehrsgericht erschienen waren und gelegentlich ihre Funkgeräte verloren hatten, die um die fünfzehnhundert Dollar das Stück kosteten. Mehrere Briefe von einsitzenden

Verdächtigen und deren Anwälten warfen den Blackburns übergroße Härte im Dienst vor, die sich sowohl in körperlicher als auch seelischer Grausamkeit geäußert hatte. Beide waren mehrmals verwundet worden, bei Schlägereien während Festnahmen oder bei Unfällen während Verfolgungen. Beide schienen hilflos einer weiteren Gefahr des Polizeidienstes ausgesetzt zu sein: Die Namen ihrer Frauen, die als Begünstigte auf den Formularen der Polizeiversicherung angegeben wurden, hatten sich nach Scheidungen und neuen Ehen immer wieder geändert. Alles in allem schienen sich bei ihnen wütende Beschwerden und Belobigungen die Waage zu halten.

Carpenters Akte war vergleichsweise dünn, obwohl er schon mehr Dienstjahre auf dem Buckel hatte als die drei anderen. Genauso hatte ich ihn eingeschätzt: als Beamten, der seine Zeit absaß, als erfahrenen Bullen, der keine Wellen schlagen würde, wenn er in den Ruhestand ging. Keine Verweise oder Belobigungen, eine Laufbahn, die hauptsächlich von Trägheit bestimmt worden war. Sechs Monate nach seiner Pensionierung würde sich keiner mehr daran erinnern, daß er je eine Dienstmarke getragen hatte.

Manny Machados Akte hatte es dafür ebenfalls in sich. Er hatte Verweise bekommen, weil er die Autoschlüssel eines unverschämten Autofahrers von der Brickell Avenue Bridge in den Miami River geworfen hatte; weil er sich geweigert hatte, mit nicht Spanisch sprechenden Bürgern Englisch zu sprechen, obwohl er in den USA geboren war; und weil er überflüssige oder übermäßige Gewalt angewendet hatte. Er hatte kurz bei der Abteilung K-9 als Hundeführer gearbeitet, war aber schnell wieder versetzt worden, weil sein Partner zu viele Leute gebissen hatte, darunter unbeteiligte Passanten und andere Polizeibeamte. Der Sergeant der Abteilung K-9 hatte in seiner Bewertung geschrieben, daß Machado vom Wesen her als Hundeführer völlig ungeeignet war und das Tier ständig wütend gemacht hatte, was ihm großen Spaß bereitet zu haben schien. Darüber hinaus hatte es den Anschein, daß es Machado vielleicht besser ergangen wäre, wenn er den Hund hätte fahren lassen; er war in diesem Zeitraum in sieben Autounfälle während des Dienstes verwickelt gewesen, bei denen es aber nur zu Bagatellschäden gekommen war, abgesehen von einem, bei dem er sich Kopfverletzungen und eine ausgerenkte Schulter zugezogen hatte.

Am interessantesten war, daß er und Estrada Verweise bekommen hatten, weil sie sich mit Kollegen über die Benutzung von Gewichten in der Polizeiturnhalle gestritten hatten. Es schien ein Fehler gewesen zu sein, ausgerechnet einem Captain die Benutzung des Sportgeräts verwehren zu wollen.

Estrada hatte seinen Abschluß in derselben Klasse der Polizeiakademie wie Machado gemacht und schien ebenfalls der Öffentlichkeit nur wenig Geduld entgegenzubringen. Ein Bürger hatte sich beschwert, daß er um zwei Uhr morgens bei der Polizei angerufen hatte, weil in der Wohnung nebenan eine laute Party gefeiert wurde, und Estrada *ihm* eins mit der Pistole übergezogen hatte. Eine Frau behauptete, er habe ihr den Kiefer gebrochen, als sie sich mit einem Taxifahrer über das Fahrgeld stritt. Andererseits war er wegen seiner Teilnahme an der Ehrenwache aus Anlaß des Besuchs des Präsidenten in Miami und wegen seiner Teilnahme am Pig Bowl, dem heißumkämpften jährlichen Footballspiel zwischen den Polizeimannschaften der Stadt und der benachbarten Landkreise, belobigt worden.

Menendez sah nicht einmal auf, als ich ging. Meine nächste Station war das Gericht des Dade County. Die Schwalben kehren nach Capistrano zurück, und die Truthahngeier nach Miami, dachte ich. Sie segelten und glitten in den Windströmungen am Gerichtsgebäude auf und ab, einem sich achtundzwanzig Stockwerke hoch auftürmenden Hochzeitskuchen aus Granit, der 1928 erbaut worden war. Die Geier breiteten ihre fas zwei Meter breiten Schwingen aus, ließen sich vom Nordostwind tragen und sonnten sich auf der silbernen Pyramide auf dem Gebäude. Ich mochte die neoklassizistischen Säulen, die breiten, steinernen Treppen, die hohen Decken und die Geheimnisse im Gebäude, die nur darauf warteten, ans Tageslicht gebracht zu werden.

Der Zivilprozeß-Index, der Schlüssel für die Rechtsstreitigkeiten, die frivolen und die betrügerischen, die Träume und Scheidungen, die Schwindeleien, die gequälten Wahrheiten und

Gepriesen sei der Herr für die Konkurrenz; sie belebt das Geschäft.

Die Angestellte, eine schlanke Frau von vielleicht vierzig Jahren namens Bev, die schon jahrelang hier arbeitete, kam mit einem ganzen Stapel Akten zurück. »Damit sind Sie eine Weile beschäftigt, Britt. Sie sind einer heißen Sache auf der Spur, was?« Die Augen hinter dem modischen Brillengestell waren so hell und wachsam wie die eines Vogels.

»Na klar.« Ich blinzelte ihr zu.

»Ich achte auf die Titelseite«, sagte sie.

Ich trug meinen Aktenstapel zu einem Tisch und setzte mich auf einen Stuhl in der Ecke, von dem aus ich die Tür im Blick hatte. Das war eine alte Gewohnheit; ich mochte es nicht, wenn mir jemand über die Schulter sah, während ich die Gerichtsakten anderer Leute studierte.

Ted und seine Frau, Betsy, waren in ihrem einzigen Rechtsstreit die Kläger gewesen. Als sie ihr Haus gekauft hatten, hatten die Verkäufer und der Grundstücksmakler behauptet, es habe ein neues Dach. Als es das erste Mal regnete, fanden die Ferrells heraus, daß diese Behauptung gelogen war. Das alte Dach war einfach weiß getüncht worden und leckte wie ein Sieb. Die Ferrells hatten geklagt und einen Vergleich in Form der Kosten für ein neues Dach geschlossen. Gut für sie, dachte ich.

Bei den Prozessen der anderen Männer bemerkte ich bald ein unheimliches Muster. Fast alle ernsthaften Zwischenfälle hatten sich zwischen Mitternacht und der Morgendämmerung ereignet. Die Klagen waren von Leuten eingereicht worden, die nicht einfach Briefe an den Polizeipräsidenten schrieben; sie hatten Anwälte angeheuert. Einige von Krankenhausbetten aus, andere aus Gefängniszellen. Die Verhaftung der meisten Personen, die den Blackburns Amtsmißbrauch vorwarfen, schien berechtigt gewesen zu sein – zum Beispiel wegen Joggens in einem Wohnviertel nachts um zwei Uhr –, aber nicht das, was danach geschehen war. Die Beklagten behaupteten, körperlich mißhandelt worden zu sein; man habe sie mit Fäusten, Schlagstöcken und schweren Stablampen mißhandelt, während zahlreiche nicht namentlich bekannte Cops die Übergriffe beobachtet und ignoriert oder sogar an ihnen teilgenommen hätten.

Ein Einbrecher, der auf frischer Tat ertappt worden war, behauptete, man habe ihm die Handschellen mit unnötiger Brutalität angelegt und ihn mit dem Gesicht auf die Straße gestoßen, wobei man ihm die Nase und den Wangenknochen gebrochen habe. In den Personalakten der Blackburns hatte ich die andere Seite der Medaille gesehen – einen Brief der Vereinigung der Hausbesitzer des Viertels, in dem man ihnen zu dieser Verhaftung gratuliert hatte. Ich legte eine Pause ein, um mir die Beine zu vertreten und ein Glas Wasser zu holen. Dieser Einbrecher mochte ja vielleicht versuchen, einer Haftstrafe zu entgehen, indem er die Umstände seiner Festnahme falsch darstellte, dachte ich. Aber was war mit dem neunundfünfzigjährigen Börsenmakler, den man zweimal den Arm gebrochen hatte, nachdem er wegen Verdachts auf Fahren unter Alkoholeinfluß angehalten worden war? Er behauptete, stocknüchtern gewesen und von einem Seminar in Boca Raton nach Hause zurückgefahren zu sein. Er erklärte, daß er sich nicht dem provisorischen Alkoholtest – gerades Gehen auf dem Bordstein – unterziehen konnte, da er vor kurzem an der Hüfte operiert worden war, und behauptete, zusammengeschlagen worden zu sein, als er die Beamten auf diesen Umstand aufmerksam machen wollte.

Estradas Fälle waren noch erschreckender. Eine Autofahrerin behauptete, er habe sie angehalten, weil sie nachts um drei Uhr eine rote Ampel übersehen habe, sie am Handgelenk gepackt, aus dem Wagen gezerrt und ihr den Kopf gegen den Bordstein geschlagen. Sie hatte einen Schädelbruch erlitten. Sie behauptete ebenso, er habe ihren Wagen beschädigt, indem er auf der Motorhaube herumgesprungen sei.

Ich erinnerte mich an die Nacht im Haus des kleinen Darryl, als ich Estrada auf dem Tisch gesehen hatte.

Ein anderer Autofahrer, ein Arzt, der nachts um ein Uhr nach Hause gefahren war, nachdem er zur Notaufnahme eines Krankenhauses gerufen worden war, um einen Patienten zu versorgen, wurde von Estrada bis zu seinem Haus verfolgt, wo der

Beamte ihm dann vorwarf, ›falsch abgebogen‹ zu sein, und ihn dann mit einer schweren Taschenlampe aus Metall geschlagen hatte; der Hieb hatte dem Arzt die Brille zertrümmert und die Nase gebrochen. Er war wegen Widerstands gegen die Verhaftung verhaftet worden.

Ich fragte mich, wieso jemand einzig und allein wegen Widerstands gegen die Verhaftung verhaftet werden konnte. Nur wenige Fälle waren verhandelt worden. Die Stadt hatte die meisten außergerichtlich mit relativ geringen finanziellen Abfindungen geregelt. Einige schwebten noch, wie der Fall eines Kellners, der angehalten worden war, nachdem er nach der Arbeit nach Hause gefahren war und gerade den Expressway verlassen hatte. Man hatte ihn mit Gummiknüppeln bearbeitet, ihm das Handgelenk und zwei Finger gebrochen und ein paar Zähne ausgeschlagen. Sein Vergehen: eine Heckleuchte hatte nicht funktioniert. Machado war Mitbeklagter, gemeinsam mit den Gebrüdern Blackburn.

Steif, wegen der Klimaanlage fröstelnd und mit geröteten Augen vom stundenlangen Lesen verließ ich das Gerichtsgebäude, trat in den strahlend hellen Spätnachmittag hinaus, ging quer über die Straße zum benachbarten neuen Verwaltungszentrum mit seinem Erdgeschoß voller kleiner Läden und Topfpalmen und fuhr mit dem Fahrstuhl zur Grundsteuerveranlagungsstelle hinauf. Es war kurz vor Dienstschluß, doch ich würde nicht lange brauchen, um herauszufinden, was ich wissen mußte. Sowohl die Blackburns, Estrada, Machado als auch Carpenter waren als Hausbesitzer im Dade County angegeben, und ich schrieb ihre Adressen ab. Die Blackburns wohnten in recht niedrig veranlagten Häusern in South Miami. Roscoe hatte einen Pool, Roland nicht. Carpenter besaß eine Eigentumswohnung in Miami Springs. Estrada und Machado wohnten im selben Vorort, anderthalb Häuserblocks voneinander entfernt. Das würde es mir einfacher machen, wenn ich an ihre Haustüren klopfte.

Ich fuhr mit dem Gefühl, etwas erreicht zu haben, zurück zur Redaktion. Noch keine endgültigen Fakten; nach allem, was ich gelesen hatte, hätte jeder der beteiligten Cops D. Wayne Hudson zusammenschlagen können. Aber zumindest hatte ich ein beträchtliches Pensum erledigt. Wenn man öffentliche Unterlagen benutzte, kam man sich manchmal unüberwindlich vor. Die Leute konnten einem die Tür vor der Nase zuschlagen, sich weigern, einen zurückzurufen, auf jede Art mauern und abblocken, aber in der modernen Welt der Computer konnten sie eins nicht mehr: sich verbergen.

Im Stapel telefonischer Nachrichten auf meinem Schreibtisch befand sich keine von Kendall McDonald, was mich irgendwie enttäuschte. Mehrmals an diesem Tag hatte ich daran gedacht, wie wir am Strand gelacht hatten und er mich zum Abschied geküßt hatte. War ich so verrückt, mich an einen Bullen zu hängen?

Lottie war wieder da und hatte mir eine Nachricht hinterlassen. Die *Vagabond* hatte die Suche aufgegeben und sie der Küstenwache überlassen. Ryans Eltern waren in Miami eingetroffen. Sie war bei ihnen und lud mich ein, mit ihnen zu Abend zu essen, worauf ich mich allerdings nicht besonders freute. Ich schickte mich an, meine Notizen zu ordnen, und tippte alles mit der Schreibmaschine, anstatt es in den Computer einzugeben. Man mag mich altmodisch nennen, aber ich liebe Schreibmaschinen noch immer, die leeren Blätter, die darauf warteten, mit Wörtern gefüllt zu werden, und die Zurückgezogenheit, die einem das eigene Blatt Papier bietet. Ich kann es schon nicht vertragen, wenn mir während der Arbeit jemand über die Schulter sieht; aber noch schlimmer ist es, elektronisch überwacht zu werden. Jeder Mitarbeiter der *News*, der ein wenig Grips hatte, konnte sich Zugang zu dem verschaffen, was die anderen Mitarbeiter in ihre Terminals eingaben, die ja alle mit einer Zentraleinheit verbunden waren. Redakteure bespitzelten Reporter, Reporter bespitzelten Redakteure, jeder bespitzelte jeden. Das war ihr Beruf, und da kannten sie keine Skrupel. Mit der richtigen Ausrüstung brauchten sie dafür nicht einmal das Gebäude zu betreten.

Ich legte mir von jedem der betroffenen Bullen eine Akte an. Die beste Zeit, sie zu Hause anzutreffen, waren zweifellos die Stunden, bevor sie ihren Dienst antreten mußten; ich hoffte, sie alle an einem Abend abklappern zu können, weil ich ihnen nicht die Gelegenheit geben wollte, ihre Antworten auf meine Fragen abzusprechen und sich auf eine Version der Dinge zu einigen. Ich hatte herausgefunden, daß die Leute am ehrlichsten antworteten, wenn man sie überraschte; zumindest waren sie dann so verwirrt, daß ihre Lügen schnell offensichtlich wurden.

Da ich mich zuerst einmal orientieren mußte, ging ich zum Lokalredakteur und sah mir in dessen großem Stadtplan die Gegend an, wo die Cops wohnten. Es war nichts einfacher, als sich in Dade County zu verirren. Ich hatte mein ganzes Leben hier verbracht und verirrte mich ständig. Straßen endeten an irgendwelchen Kanälen, Wasserstraßen, Feldern oder Sümpfen. Das Geheimnis bestand darin, die Durchgangsstraßen und das Gittermuster zu kennen, das in Nordost, Nordwest, Südost und Südwest aufgeteilt war. Die Flagler Street stellte die Trennlinie in nordsüdlicher Richtung dar, und die Miami Avenue die in ostwestlicher.

Leider hielten sich nicht alle Gemeinden an dieses System. Miami Beach hatte keine NO-, NW-, SO- oder SW-Angabe, und das wohlhabende Coral Gables eiferte mit Namen wie Ponce de Leon Boulevard, Alhambra, Segovia und Aragon dem alten Spanien nach; leider fand man diese Namen aber nur auf kleinen, flachen Bordsteinen, die nicht erleuchtet und nach Anbruch der Dunkelheit unmöglich zu entziffern waren. Diese Gemeinde für den gehobenen Anspruch vertrat die Auffassung, daß man sein genaues Ziel entweder zu kennen habe oder einfach nicht willkommen war.

Kein Wunder, daß verwirrte Touristen anhielten, um Fremde nach dem Weg zu fragen, die dann Waffen zogen und sie ausraubten.

Der große Bresser's-Stadtplan enthielt die Straßennamen mitsamt den Hausnummern des jeweiligen Blocks. Als ich mit dem Finger die Straße entlangfuhr, an der Machado wohnte, und nach der nächsten Durchgangsstraße suchte, klingelte das Telefon. Ich seufzte ungeduldig und war versucht, es klingeln zu lassen, bis der Anrufer mit der Telefonzentrale verbunden wurde. Ich kam mir wie ein Bluthund vor, der eine Fährte aufgenommen hatte. Doch vielleicht war der Anruf ja wichtig, und so kennzeichnete ich die betreffende Seite mit einem Stück Papier, schlurfte pflichtgemäß zu meinem Schreibtisch zurück und hob mißmutig ab. Es dauerte einen Augenblick, bis ich begriffen hatte, was der Anrufer gesagt hatte, und dann stieß ich einen Schrei aus, als hätte ich in der Lotterie gewonnen.

»Ryan? Bist du es wirklich? Wo zum Teufel bist du?«

»In Mexico City. Am Flughafen, Britt.«

»In Mexico City?« Ich lachte, obwohl in meinen Augen Tränen standen.

»Hör zu, Britt, ich habe nicht viel Zeit. Sie wollen mich in eine Maschine nach Toronto setzen.«

»Toronto?« wiederholte ich und wurde mir schwach bewußt, daß sich um meinen Schreibtisch ein Menschenauflauf gebildet hatte. »Es ist Ryan!« rief ich, nickte ihnen zu und legte die rechte Hand auf mein Ohr, damit ich nicht von ihrem Klatschen und Jubeln abgelenkt wurde. Ganz am Rand machte ich Gretchen aus, und ich sah Erleichterung in ihren Augen. In diesem Augenblick konnte ich nicht mal auf sie wütend sein.

»Ja, ich habe keinen Paß und keine Papiere dabei«, sagte Ryan, »und deshalb soll ich ausgewiesen werden. Und ich kann nicht beweisen, daß ich amerikanischer Staatsbürger bin . . .«

»Wie bist du nach Mexico City gekommen?«

»Von Kuba, mit der Mexicana Airways.«

»Von Kuba?«

»Ja«, sagte er, als wäre es das Natürlichste der Welt. »Wo war Lottie? Sie hat sich um Mitternacht nicht gemeldet, und ich dachte, mein Funkgerät sei kaputt. Ich hatte ein paar Bier getrunken, und als ich aufstand, um einen besseren Empfang zu haben, fiel es mir aus der Hand und sank wie ein Stein.«

»Oh, Ryan, sie haben Gitarre gespielt und die Zeit vergessen . . .«

»Ich wurde von der Strömung nach Süden getrieben, an den Riffen vorbei. Ich habe Haie gesehen. Ziemlich große, Britt. Ich habe ihnen all meine Vorräte zugeworfen, um sie bei Laune zu halten. Und ich habe Zettel rausgeschickt, in Coors-Dosen.«

»Wußte ich es doch! Ich habe Lottie gesagt, sie hätte sie auffischen sollen!«

»Dann ging mir die Sonnenmilch aus, und die Batterien in meinem tragbaren Fernseher wurden naß. Schließlich hat mich ein kubanisches Fischerboot aufgenommen. Sie haben die sowjetischen Lastwagenreifen gesehen und gedacht, ich wollte von der Insel fliehen. Deshalb haben sie mich dann einem Patrouillenboot überstellt. Das brachte mich nach Mariel. Schließlich gelang es mir, sie zu überzeugen, daß ich ein Gringo war, aber das Militär dachte, ich wäre CIA-Agent oder Drogenschmuggler. Sie haben mich zwölf Stunden lang verhört und ließen mich schließlich frei, aber die Flut wollte mich einfach nicht raustragen. Ich wurde jedesmal von anderen Schiffen aufgelesen und immer wieder denselben Militärpolizisten überstellt. Schließlich haben sie es aufgegeben, mich mit dem Floß rauszuschieben, und mich in ein Flugzeug nach Mexico City gesetzt. Stell mich doch bitte zu Lottie durch.«

»Sie ist nicht da. Sie ist mit deinen Eltern zu Abend essen.«

»Mom und Dad? Was machen die denn in Miami?«

»Deine Beerdigung vorbereiten, Ryan. Wir haben uns schreckliche Sorgen gemacht, wir haben doch gedacht, du wärst auf See verschollen. Die Küstenwache sucht noch immer nach dir. Mein Gott, dein Nachruf hätte dir gefallen, drei Leute arbeiten daran.«

»Ha, ha, ha. Wehe, wenn der übliche Mist drinsteht. Britt, kann jemand zu meiner Wohnung fahren und meinen Paß und eine Kreditkarte holen?«

»Ryan, warte! Laß dich nicht in die Maschine nach Toronto setzen.« Die Nachricht war bereits zur Führungsebene vorgedrungen, und Männer in grauen Anzügen gesellten sich zu der Menge. Einer hatte das Telefon auf Ryans Schreibtisch abgehoben und bereits den Anwalt Mark Seybold angerufen.

»Ruf die tschechoslowakische Botschaft an«, hatte jemand empfohlen, nachdem ich Kuba erwähnt hatte. Da die USA keine diplomatischen Beziehungen mit Kuba unterhielten, wurden Fälle, in die Amerikaner verwickelt waren, über die Tschechen geregelt.

Ich gab das Telefon meinem Vorgesetzten Fred Douglas und lachte vor reiner Freude und Erleichterung laut los. Ich sah, daß Gretchen wütend den Kopf schüttelte, als wolle sie fragen, was dieser lästige Ryan nun schon wieder angestellt habe, und konnte sie schlagartig wieder nicht ausstehen.

Lottie und ich fuhren im Morgengrauen zum Flughafen, um ihn abzuholen. Sie war knackig braun – ihre Haut schälte sich stellenweise schon ab – und furchtbar wütend auf Eric. Und sie war sauer, daß wir nicht mit Larry Zink und Steve ausgegangen waren, was während der Krise erst mal zurückgestellt worden war. »Was für eine Sonnencreme benutzt du?« fragte sie, während wir warteten.

»Gar keine«, sagte ich wahrheitsgemäß. »Ich krieg' nie einen Sonnenbrand, ich werde einfach nur braun.«

»Ich hasse dich«, knurrte sie. »Blondes Haar und grüne Augen, und kriegt nie einen Sonnenbrand.«

»He, ich hab mir immer gewünscht, ich hätte rotes Haar und helle Haut, genau wie du, aber ich bin nach meinem Dad geschlagen.«

Ryan kam um sechs Uhr morgens nach Hause. Er war mit einem militärischen Tarnanzug bekleidet, sonnengebräunt und strahlte geradezu. In seinen Augen stand die Aufregung des Abenteuers zu lesen, über das er nun schreiben konnte. Wie alle kubanischen Flüchtlinge küßte er die Rollbahn.

Wir zerrten ihn auf die Füße.

Ich beneidete ihn um seinen kurzen Aufenthalt – oder seine Aufenthalte – auf Kuba. Ich wollte unbedingt auch einmal dorthin, um die Wurzeln meines Vaters aufzuspüren, den San Juan Hill hinaufzugehen und am Strand von Veradero zu schlendern. Doch im Augenblick konnte ich nur davon träumen, dorthin zu fliegen, und das mußte genügen, bis der Mann, der den Tod meines Vaters befohlen hatte, nicht mehr an der Macht war. Ich freute mich unheimlich, daß Ryan wieder zu Hause war. Man merkt nie, wie viel einem an seinen Freunden liegt, bis man befürchtet, sie nie wiederzusehen.

13

Officer Francie Alexander hatte die Nachricht am Tag hinterlassen. Ungewöhnlich für sie. Ich wählte die Nummer und stellte mir vor, wie sie mitten an einem strahlenden Tag in Südflorida in ihrer verdunkelten Wohnung den Hörer abhob.

Sie klang, als hätte ich sie aus tiefstem Schlaf geweckt.

»Ich bin's, Francie. Es tut mir leid, ich hätte bis heute abend warten sollen. Ich rufe später noch mal an.«

»Nein, Britt, das ist wichtig«, murmelte sie. »Ich habe gehofft, daß du anrufst, und das Telefon nicht abgeschaltet.« Ich hörte, wie sie sich aufrichtete und versuchte, ihre noch vom Schlaf benommenen Gedanken zu ordnen. »Hör zu, gestern nacht habe ich gehört, daß dich jemand über Funk abgefragt hat.«

»Was?«

»Direkt nach Dienstbeginn habe ich gehört, daß jemand gefragt hat, was für einen Wagen du fährst. Ich habe nichts gesagt und konnte nicht feststellen, von wem die Anfrage kam, aber es klang nach einem der Gewichtheber. Der Raum war voller Menschen, und die Anfrage wurde ganz leise gestellt, aber ich habe es deutlich gehört. Die Antwort habe ich nicht mitbekommen, aber später, gegen halb drei, hat dich jemand von der Zentrale überprüfen lassen. Er wollte feststellen, ob dein Führerschein noch gültig ist, irgendwas gegen dich vorliegt oder du einen Strafzettel noch nicht bezahlt hast. Es war, als habe dich jemand bei einer Verkehrskontrolle angehalten.«

»Um halb drei war ich zu Hause und habe geschlafen.«

»Das habe ich mir gedacht. Was geht da vor, Britt? Wer auch immer sich nach dir erkundigt hat, er kennt dein Alter, deine Führerscheinnummer, deine Adresse.«

»Gottverdammt, was geht da vor?« Mir fiel der Drohanruf wieder ein, und die Hand, mit der ich den Hörer hielt, zitterte. Ich war entrüstet und, ich muß es eingestehen, etwas verängstigt.

»Vielleicht hat sich einer dieser Burschen in dich verschossen?«

»Das glaubst du doch selbst nicht, oder?«

»Glaubst du es?«

»Nein.«

»Es hat mit D. Wayne Hudson zu tun, nicht wahr?« sagte sie, und es war eher eine Feststellung als eine Frage. »Sie haben laut über dich und die Zeitung gemurrt, lauter als üblich. Die Jungs haben nur gezetert und Dampf abgelassen. Ich habe dich ein paarmal verteidigt und gesagt, daß du nur deine Arbeit machst, aber sie sind wirklich sauer.«

»He, Francie, benimm dich bei diesen Burschen so, als würdest du mich nicht mal kennen. Das sind deine Kollegen. Reite dich wegen mir nicht in die Scheiße. Ich komme schon allein klar. Ich weiß, daß du meine Freundin bist, du mußt es mir nicht beweisen. Ich bin wirklich froh, daß du mir das erzählt hast. Ruf mich an, wenn du sonst noch was hören solltest.«

»Klar.«

»Und schlaf weiter, Francie.«

»Britt?«

»Ja?«

»Paß auf dich auf.«

»Sicher doch. Gib Bitsy einen Kuß. Ich melde mich bald wieder. Schöne Träume.«

Meine beste Zuflucht bestand nun darin, wie verrückt an der Story zu arbeiten, sie zu veröffentlichen und die Sache hinter mich zu bringen. Nichts ist eben älter als eine Schlagzeile von gestern. Ganz gleich, was dabei herauskam, die Dinge würden sich wieder normalisieren. Die Menschen vergessen schnell.

Meine Mutter hatte gleichfalls eine Nachricht hinterlassen. Als ich sie zurückrief, klang sie ganz aufgeregt. »Ich habe eine Überraschung für dich, Liebes. Kannst du auf dem Nachhauseweg vorbeikommen?«

»Ich fahre nicht nach Hause, ich arbeite heute durch.«

»Na ja, hast du denn ein paar Minuten für mich Zeit?«

»Klar«, sagte ich zögernd.

»Wir arbeiten heute auch länger. Inventur. Ich treffe mich mit einer Freundin aus der Siedlung zum Abendessen. Aber vorher muß ich dich einfach sehen!«

»Na schön.« Die Überraschung bereitete mir Sorgen. »Ich wollte im La Esquina einen Happen essen. Soll ich dir von da was mitbringen?« Ich weiß nicht, warum ich ihr das Angebot überhaupt machte.

Sie zögerte, bevor sie ablehnte, als habe meine Frage sie völlig durcheinandergebracht.

Wir verabredeten uns in der Bar eines Restaurants ganz bei ihr in der Nähe, am Biscayne Boulevard. Ich fuhr zuerst zum La Esquina. Die Fleischempanadas waren dort herzhaft und die guten Ratschläge kostenlos. »Trotz allem«, sagte Maggie, »sind und bleiben die Familie und die Kinder am wichtigsten. Sie sind noch so jung, Sie sollten heiraten. Auf den Straßen geht es so hart zu, und es ist nicht einfach, einen netten Mann zu finden. Haben Sie keine Angst, Artikel über Gewalttätigkeiten zu schreiben? Das sollte man den Männern überlassen. Es wäre doch schön, wenn Sie nette Sachen schreiben könnten, über die Gesellschaft und so.« Sie hatte einen Einfall, und ihre Augen funkelten. »Interviewen Sie Julio Iglesias!«

»Warum«, sagte Luis, der Mann hinter der Theke, »nennt Ihre Zeitung Fidel ›Präsident‹? Warum sagen Sie nicht die Wahrheit und nennen ihn einen Tyrannen oder Diktator, der die Insel mit Blut tränkt?«

»Präsident«, sagte ich geduldig, »ist sein Titel. Wir schreiben nur, was für Neuigkeiten es gibt. Es liegt nicht an uns, auch noch unsere Meinung über ihn mitzuteilen. Die ganze Welt weiß, daß er ein Diktator ist.«

Luis funkelte mich wütend an. »Wie wird er stürzen?«

»Vielleicht«, sagte ich, »bringt er sich um, wenn er weiß, daß das Ende bevorsteht.«

Das gefiel Luis nicht. »Fidel ist viel zu feige, um Selbstmord zu begehen!« rief er. »Sie arbeiten für eine anti-kubanische Institution, ein Werkzeug der Kommunisten!«

Ich floh in die Dunkelheit, eine Mitnahmetüte mit kubanischem Kaffee unter dem Arm. Ich würde ihn brauchen, dachte ich. Es würde eine lange Nacht werden.

Ich fuhr den Boulevard entlang, vorbei an den heruntergekommenen Motels, die früher einmal freigebige Touristen und Geschäftsleute beherbergt hatten und nun von Nutten und Durchreisenden frequentiert wurden, hielt an einem Zeitungsstand an der 79th Street an, kaufte die *New York Times* und fuhr weiter, vorbei an den Wohnvierteln von Miami Shores und den Eigentumswohnungen von North Miami.

Das Cabrio meiner Mutter stand auf dem Parkplatz. Sie saß an der Bar, rauchte eine Zigarette und nippte an einem Manhattan. Heute trug sie einen marineblauen Blazer mit einem dazu passenden Rock.

Ihr Lächeln verblich, als sie mich in meiner Aufmachung sah. Ich hatte ganz vergessen, was ich heute morgen angezogen hatte.

»Ist das nicht dasselbe weiße Kleid, das du angehabt hast, als ich dich das letzte Mal gesehen habe?« fragte sie ungläubig. »Das mit den schrecklichen Taschen!«

Ich lächelte fröhlich und setzte mich neben ihr auf einen Hocker. »Ich habe es zwischendurch aber mal gewaschen, Mom. Ich hatte diese Woche viel zu tun, und das Kleid ist bügelfrei.«

»Die Leute werden glauben, daß du nur das eine hast.«

»Sie werden sich bestimmt jede Menge Gedanken darüber machen«, sagte ich und bestellte ein Perrier.

»Na ja, deshalb haben wir uns ja nicht getroffen. Das«, sagte sie stolz, »ist für ich.« Sie hielt mir eine glänzende Einkaufstasche aus Lackleder hin. Darin lag ein mit Geschenkpapier verpacktes Päckchen. O nein, dachte ich inbrünstig, als ich es auspackte, das kann doch nicht die Handtasche sein, dafür ist es doch viel zu klein, völlig unmöglich.

Es war die Handtasche.

»Ich konnte einfach nicht widerstehen. Sie war einfach zu günstig. Ich weiß, Britt, du hast gesagt, du willst sie nicht haben, aber sie wird dir gefallen. Sieh sie dir doch nur an, ein absolutes Schmuckstück«, trillerte sie.

»Sie ist wunderschön«, sagte ich traurig. Das war die Wahrheit. »Aber ich kann sie einfach nicht gebrauchen.« Ich öffnete und schloß sie sofort wieder. »Sie ist viel zu klein. Kein Platz für meinen Pieper oder das Notizbuch. Sieh doch, sie ist sogar zu klein für meinen Kamm.«

»Kauf dir einen kleineren Kamm, Britt. Oder einen aufklappbaren.«

»Sie ist doch viel zu teuer, um bloß in meinem Schrank herumzuliegen«, sagte ich, schüttelte den Kopf und wickelte die Tasche wieder in das Geschenkpapier ein.

»Versuche es doch nur mal ein paar Tage, Britt. Mehr verlange ich ja gar nicht. Du wirst überrascht sein, wie die richtigen Accessoires deine Garderobe aufmöbeln können.«

»Wenn ich sie benutze, Mom, muß ich den Rest meiner Sachen in einer Einkaufstasche mit mir herumschleppen. Das würde nicht sehr elegant wirken.«

»Ich kann sie nicht umtauschen«, zischte sie mich an. »Sonderangebote sind vom Umtausch ausgeschlossen. Ich will dir doch nur helfen. Die wirst nie einen geeigneten Mann kennenlernen, wenn du immer so rumläufst . . .«

Ich hätte ihr fast von Kendall McDonald erzählt, konnte mich aber im letzten Augenblick noch bremsen. Gott sei Dank, dachte ich, als sie fortfuhr: »In Miami gibt es zahlreiche Ärzte, Anwälte und Geschäftsmänner, doch die wirst du nie kennenlernen, wenn du immer über so furchtbare Dinge schreibst und nie mal ausgehst.«

McDonald war für sie kein geeigneter Mann, dachte ich. Natürlich hatte sie selbst einen Mann geheiratet, der entweder Terrorist oder Guerilla war, je nachdem, mit welcher Seite man sprach. Warum schien bloß alle Welt zu glauben, die Lösung sämtlicher Probleme des Lebens läge in einem Mann? Ich hatte immer festgestellt, daß Männer das Leben nur noch komplizierter machten.

»Nimm doch nur mal den heutigen Abend«, sagte sie. »Woran arbeitest du?«

»Es könnte eine wichtige Story sein, Mom.«

Sie seufzte und drückte wütend die Zigarette im Aschenbecher aus. »Die, von der du mir erzählt hast, oder? Die, die alle Leute gegen dich aufbringen wird.«

Ich nickte. »Mom, überleg mal. War ich als Kleinkind jemals in staatlichem Gewahrsam?«

»Natürlich nicht«, sagte sie verärgert. »Was denkst du von deiner Mutter? Warum stellst du so eine Frage überhaupt?«

»Ach, nur so.«

»Manchmal hast du wirklich die seltsamsten Ideen.«

14

Bislang war es eine einmütige Sache. Niemand wollte, daß ich an der Story über D. Wayne Hudson arbeitete; weder Kendall McDonald, Gretchen Platt, noch die Polizei oder meine Mutter. Vielleicht hatte noch jemand etwas dagegen. Als ich das Restaurant verließ und auf den Parkplatz ging, waren jedenfalls die beiden rechten Reifen meines T-Birds platt.

Ich bemühte mich, nicht paranoid zu reagieren. Vielleicht war ich über ein paar Nägel gefahren; vielleicht war der Parkwächter des Restaurants beleidigt gewesen, daß ich meinen Wagen selbst abgestellt hatte; vielleicht war es nur zufälliger Vandalismus. Vielleicht aber auch nicht.

Meine Mutter war wutentbrannt davongefahren, während ich den Barkeeper bezahlte. Sie hatte sich die winzige Handtasche geschnappt und war gegangen, nachdem ich auch noch abgelehnt hatte, mit dem gerade in Miami weilenden Neffen ihrer besten Freundin auszugehen.

Da ich nur einen Ersatzreifen hatte, brauchte ich Hilfe. Etwa drei Blocks in südlicher Richtung lockten auf beiden Seiten des Biscayne Boulevard die Schilder von Tankstellen, und wahrscheinlich ließ sich die Sache schneller regeln, wenn ich hinging, anstatt dort anzurufen. Außerdem konnte ich auf diese Weise die Empanadas abarbeiten, die nun wie Steine irgendwo hinter meinem Bauchnabel lagen.

Dieses Stück des Boulevards war nicht besonders fußgängerfreundlich; es gab weder Bürgersteige noch Ampeln. Wagen brausten vorbei und erfaßten mich mit ihren Scheinwerfern. Zum Glück trug ich mein weißes Kleid; das verringerte die Aussicht, überfahren zu werden, während ich quer über die vier Fahrbahnen spurtete.

Die Tankstelle war geräumig, groß und sauber, aber nur auf Selbstbedienung ausgerichtet. Der einzige Angestellte, der Kassierer, saß hinter kugelsicherem Glas.

»Keine großen Scheine. Nach achtzehn Uhr kein Mechaniker im Dienst«, verkündete das Schild. Ich fragte trotzdem, doch niemand konnte mir helfen. Ich benutzte den Münzfernsprecher, um mich im Büro zu erkundigen, ob jemand Nachrichten hinterlassen hatte.

Kendall McDonald hatte ein paar Minuten, nachdem ich gegangen war, dort angerufen. Ich kannte die Nummer nicht, die er hinterlassen hatte, also mußte es seine Privatnummer sein. Ich suchte nach einem weiteren Quarter, und er hob beim ersten Klingeln ab.

»Du hast angerufen?«

»Ja«, begrüßte er mich. »Eine Beschwerde. Ich habe heute keine Zeitung bekommen. Ich habe auf dem Dach nachgesehen, in der Hecke, nichts.«

»Tut mir leid«, sagte ich. »Mein Fahrrad ist kaputtgegangen.«

Ein Lastwagen polterte in drei Metern Entfernung vorbei, und ich verstand seine Antwort nicht. »Wo zum Teufel bist du?«

»Auf dem Biscayne Boulevard. Es ist eine lange Geschichte.«

Ein Wagen voller gröhlender Teenager rollte laut hupend vorbei.

»Erzähl mir die Kurzfassung.«

»Kam aus einem Restaurant, mein Wagen hatte zwei Plattfüße. Bin zu einer Tankstelle gegangen, aber der Mechaniker hat seit sechs Feierabend. Jetzt stehe ich hier.«

»Wo war das gleich noch mal?«

Ich gab ihm die genaue Adresse durch.

»Ich bin in zehn Minuten da.«

»Das ist aber wirklich nicht nötig«, sagte ich und hoffte

inbrünstig, daß er nicht auf mein dummes Geschwätz hören würde.

»Weiß ich. Rühr dich nicht vom Fleck. Ich bin gleich da.«

Rühr dich nicht vom Fleck, dachte ich. Wohin sollte ich denn gehen? Ich setzte mich auf eine Holzbank vor der geschlossenen Werkstatt, wartete auf McDonald und machte mir mein so schlecht gelittenes Kleid schmutzig. Verdammt, das war mein Lieblingskleid, bügelfrei und pflegeleicht.

Es dauerte keine zehn Minuten, da bog der Cherokee in einer Staubwolke auf die Tankstelle und hielt direkt vor mir. McDonald trug weiße Baumwollhosen und ein am Hals offenes Hemd, und ich hatte mich noch nie so gefreut, einen Mann zu sehen.

Als wir auf dem Parkplatz des Restaurants waren, bat er mich um meinen Schlüssel, ging dann zum Kofferraum und blieb davor stehen, ohne ihn zu öffnen. Ich stieg aus dem Jeep und ging zu ihm.

»Wann hast du deinen Wagen zum letzten Mal gewaschen?«

»Na schön«, sagte ich. »Es ist mir ja auch peinlich. Ich weiß, daß er es mal wieder vertragen könnte, aber das ist im Augenblick die geringste meiner Sorgen.«

»Da«, sagte er und zeigte mit düsterem Blick auf den Kofferraumdeckel.

Wenn man im richtigen Winkel davorstand, konnte man es auch im Halbdunkel deutlich erkennen. Jemand hatte in den dünnen Staubmantel auf dem Kofferraum meines T-Birds BRITT WIR SIND HIER gekritzelt.

»Kann das schon vor heute abend passiert sein?«

»Vielleicht, ich weiß nicht genau«, sagte ich. »Ich habe den Kofferraum in den letzten paar Tagen nicht aufgemacht. Aber unter diesen Umständen möchte ich es bezweifeln.«

»Ich auch.«

Mir war plötzlich unbehaglich zumute, als würden wir beobachtet.

Er arbeitete schweigend und geschickt, nahm die beiden Plattfüße ab und zog das Ersatzrad auf. Die beiden beschädigten Reifen warf er hinten in den Cherokee, und wir fuhren zu einer Werkstatt in North Miami. Der Inhaber entfernte aus beiden Reifen je sieben Zentimeter lange Nägel, flickte die Löcher und schärfte mir ein, beide zu ersetzen. Wir fuhren zu dem Restaurant zurück, wo McDonald den einen aufzog und den anderen in den Kofferraum legte.

Es war zu spät, um jetzt noch weiterzuarbeiten.

»Ich würde dir gern ein Glas ausgeben« – ich deutete auf das Restaurant – »aber es ist wohl nicht die beste Idee, meinen Wagen hier stehenzulassen.«

»Ganz meine Meinung.« Er wischte sich die Hände an einem Lappen ab und musterte den Autoverkehr und die benachbarten Gebäude.

»Verschwinden wir von hier.«

»Ich muß mir die Hände waschen und mich irgendwo säubern.«

»Ich habe bei mir in der Wohnung Seife, heißes Wasser und Weißwein.«

Er zögerte und sah mich eindringlich an. Ich spürte, wie meine Hormone Purzelbäume schlugen.

»Ich fahre dir hinterher«, sagte er.

Ich könnte schwören, daß ich es körperlich spürte, als ich meinen Blick von dem seinen löste. Während der Heimfahrt überzeugte ich mich die ganze Zeit über im Rückspiegel, daß sein Cherokee noch hinter mir war, während ich mich abwechselnd fragte: »Bist du verrückt?« und mir sofort die Antwort darauf gab: »Bau jetzt bloß keinen Mist, Britt!«

Meine Vermieterin, Mrs. Goldstein, stand vor der Tür. Ich machte die beiden miteinander bekannt und versuchte, so unschuldig wie möglich zu wirken.

»Tut mir leid«, sagte er, um seine Aufmachung zu erklären, die mir völlig in Ordnung vorkam, »ich habe gerade zwei Reifen gewechselt und muß mich saubermachen.«

Sie nickte mit sprödem Gesichtsausdruck. Als ich von der Wohnungstür zurücksah, lächelte sie und hielt einen Daumen hoch.

»Nette Dame«, sagte er, als ich aufschloß.

»Allerdings«, sagte ich. »Sie paßt auf mein Apartment auf,

wenn ich nicht da bin, und läßt mich den Garten benutzen, wenn mich mal der Drang danach überkommt. Dir würde auch ihr Mann gefallen, er war Staatsanwalt in New York, bis er pensioniert wurde. Ein Mann nach deinem Geschmack.«

»Ich ziehe eine Frau nach meinem Geschmack vor.« Er stand noch in der Tür und beobachtete mich.

»Setz dich, ich hole dir etwas zu trinken.«

»Nicht nötig«, sagte er.

Mein Herz machte einen Satz. Ich dachte schon, er wolle gehen, dann sah ich das Funkeln in seinen Augen.

»Das ist ein wunderschönes Kleid.«

Ich grinste töricht und hätte fast gelacht. »Gefällt dir dieses alte Ding wirklich?«

»Du siehst darin wie ein Engelchen aus.«

»Bin ich aber nicht.«

»Gut.« Er kam auf mich zu und blieb dann stehen. »Ich wasche mir lieber die Hände.«

Sie waren voller Schmieröl von meinen Reifen. Das galt auch für seine Hosen. Es war mir egal.

»O nein, das wirst du nicht tun«, sagte ich, umarmte ihn und drückte meine Wange gegen sein Hemd.

»Hmm«, brummte er und legte die Arme um mich. Ich fühlte die Wand hinter meinem Rücken, als er sich gegen mich drängte und mich küßte.

»Ich habe dich gewarnt«, flüsterte er heiser. »Jetzt sieh dir das an.« Ein dunkler Fleck auf meinem rechten Ärmel.

»Dann müssen wir das Kleid eben waschen«, flüsterte ich ihm ins Ohr, »und deine Hosen auch.«

»Du hast eine Waschmaschine in der Wohnung?« flüsterte er zwischen Küssen.

»Sie steht draußen, neben der Hintertür. Gerade groß genug, daß mein Kleid und deine Hosen in der Lauge wirbeln können.«

Er runzelte die Stirn. »Dann müssen wir sie ja ausziehen.«

»Das müssen wir wohl.«

Unsere Körper rieben sich wieder aneinander, als er mich

küßte. Wir schoben den eingerahmten Druck an der Wand schief; er konnte jeden Augenblick herunterfallen.

»Habe ich dir schon den Rest meiner Wohnung gezeigt?«

»Nein.« Er klang atemlos.

»Möchtest du ihn gern sehen?« Meine Lippen schienen angeschwollen, mein BH schien zu klein geworden zu sein.

Es war nicht gerade eine Ortsbesichtigung. Wir tappten wie ein unbeholfenes, vierbeiniges Tier daher. Ich ging rückwärts und führte ihn, während sein Mund die ganze Zeit über auf dem meinem war. Wir landeten auf meiner geblümten Steppdecke, und ich fummelte an seinen Hosen herum, während er sich an den Knöpfen meines Kleides zu schaffen machte.

Eine warme, tropische Brise bauschte die Vorhänge am Fenster auf, und im Zimmer hing der Duft wohlriechender Nachtblüten. Ich verspürte einen letzten Vorbehalt. »Deine Abteilung? Meine Zeitung?« murmelte ich gegen seine Kehle, während er meine Ohren und Stirn küßte.

Die Leidenschaft hatte ihn noch nicht so sehr gepackt, daß der Gedanke nicht zu ihm vorgedrungen wäre. Er sah mich an, und in diesem Augenblick wußten wir beide, daß wir vielleicht einen gewaltigen Fehler begingen – aber das würde uns, verdammt noch mal, nicht aufhalten.

Der sich langsam drehende Ventilator über meinem Bett ließ mich ganz schwindelig werden. Mein Kleid hing um meine Hüfte, dann um meinen Hals. Ich beugte mich vor und war es bald los.

Dann machten wir, was Gretchen die ganze Zeit über vermutet hatte, und es war wunderbar. Dann machten wir es noch einmal. Und dann sprachen wir darüber.

»Der Chief sagt immer, er will ein besseres Verhältnis zwischen der Polizei und der Presse.« Er lag nackt und entspannt da, während ich mich an ihn gekuschelt hatte.

»Ich befürchte allerdings, daß er *das* nicht damit gemeint hat«, sagte ich, richtete mich auf einem Ellbogen auf und schob mein Haar zurück. »Was, wenn er uns jetzt sehen könnte?«

»Wäre doch schade, wenn noch ein Polizeichef von einem

Herzschlag dahingerafft würde. Wir könnten auf Unzurechnungsfähigkeit plädieren.«

»Oder behaupten, wir hätten seinen Wunsch einfach wortwörtlich aufgefaßt.«

Schließlich schleppten wir uns schwach und erschöpft in die Küche und machten den Kühlschrank auf. Ein düsterer Anblick. McDonald musterte über meine Schulter eine halbvolle Dose Katzenfutter im obersten Fach.

»Versuch's nicht mal«, sagte er. »Ich schmecke sofort, ob das Thunfisch ist oder nicht.«

»Schimmelkäse?« sagte ich und zog das Fach auf.

»Nichts lieber als das«, sagte er und zog mit dem Finger Achten über mein Rückgrat, bis ich erschauderte.

Billy Boots hatte wie üblich auf das Geräusch reagiert, mit dem die Kühlschranktür geöffnet wurde, und schmiegte sich an unsere nackten Beine. Ich beschränkte mich schließlich auf Schinken, frischen Kopfsalat und Tomaten. McDonald schnitt das Brot, und ich machte ihm ein Sandwich und schenkte ihm ein Glas Wein ein, während seine Hosen und mein Kleid in der Waschmaschine und dem Trockner herumwirbelten. Nachdem er das Sandwich gegessen hatte, führte er mich zum Bett zurück, und wir liebten uns noch einmal.

Der Nachthimmel war wild und wunderbar. Ich zog alle Jalousien hoch und schlüpfte wieder neben McDonald ins Bett. Die kühle Meeresbrise umschmeichelte unsere Körper und trug die Musik des Windes und den exotischen Geruch des Ilang-Ilangs vor dem Haus herein. Wir schliefen ein, die Körper ineinander verwickelt, als lägen wir auf einer Blumenwiese, über die ein sanfter Wind strich.

Als mich irgend etwas weckte, war der Himmel schon hell. McDonald schlich leise im Zimmer herum und sammelte seine verstreute Kleidung ein. Er hatte alle Stücke bis auf die Hosen gefunden. Er bückte sich und küßte mich leicht auf die Stirn.

»Sie sind im Trockner«, flüsterte ich.

»Ach ja«, sagte er, als es ihm wieder einfiel. »Aber ich habe ja noch etwas Zeit.« Er setzte sich auf die Bettkante und streichelte mein Haar.

»Hoffentlich hat sie über Nacht niemand gestohlen. Das passiert hier schon mal, mit Höschen und so weiter.«

»Was?«

»War nur ein Scherz.« Ich setzte mich auf, zog sein Hemd an, ging barfuß durch die Küche und trat zur Hintertür hinaus. Der Himmel sah grün und blau und bedrohlich aus. Ich nahm das Kleid und die Hosen aus dem Trockner, schüttelte sie aus und schlich wieder hinein.

»Herrje, das Kleid war noch da, aber deine Hosen waren weg.« Ich versuchte, ganz ernsthaft dreinzuschauen, während ich sie hinter dem Rücken versteckte.

Er nahm sanft mein Gesicht in die Hände und küßte mich, und als ich völlig abgelenkt war, zog er mir die Hosen aus der Hand.

»He«, sagte er. »Ich wünschte, ich könnte bleiben, aber ich muß nach Hause und mich umziehen. Ich habe um halb neun eine Kautionsanhörung. Erinnerst du dich an Placido Quintana?«

»Was? Kannst du dich nicht krank melden?«

Er lachte. »Kann ich hier bei dir duschen?«

»Klar.«

»Duschst du mit?«

»Aber sicher.« Er nahm meine Hand.

Wir spritzten einander naß, rangen unter dem Wasserstrahl und wuschen uns die Rücken, während er sich auf die Gerichtsverhandlung einstimmte, indem er ›I Shot the Sheriff‹ sang.

»Stimmt nicht«, flüsterte ich über seine glitschige, eingeseifte, nasse Schulter. »Du hast die Polizeireporterin erwischt.«

Er trat aus der Dusche, das Haar feucht und zerzaust, die Haut frisch geschrubbt und rot. »Ich wünschte, *unser Lied* wäre romantischer«, schmollte ich, als er den Fön über mein Haar hielt.

Wir tranken gemächlich Kaffee und musterten einander über meinen schmalen Küchentisch. »Was für eine Art und Weise, den Tag anzufangen«, sagte er.

»Jemand muß es doch machen. Vielleicht sollte ich öfter Probleme mit dem Wagen haben.«

Er runzelte die Stirn. »Du hast viel mehr Probleme als nur mit dem Wagen.«

»Ich weiß, ich weiß«, sagte ich und fragte mich, ob ich die Kosten für zwei neue Reifen irgendwie als Spesen abrechnen konnte. »Ich werde die Hudson-Geschichte zu Ende schreiben und so schnell wie möglich veröffentlichen.«

»Diese gottverdammt Story. Du läßt nie locker, was?« Er setzte seine Tasse ab.

Ich schüttelte den Kopf und versuchte, das Thema zu wechseln, indem ich mich auf seinen Schoß setzte und ihm einen lauten Kuß gab. Er ließ sich nicht besänftigen. »Hast du das nur gemacht, um die gottverdammte Story zu kriegen?«

»Das weißt du doch wohl besser«, sagte ich, während ich vor Zorn stocksteif wurde.

Seine Augen nahmen die Farbe von Blech an. »Paß auf dich auf, Britt«, sagte er an der Tür. »Wenn du immer wieder Steine umdrehst, wird früher oder später etwas Häßliches darunter hervorkriechen und dich anspringen.«

Ich war nie einsam. Ich liebte mein Leben als Single, schätzte es, wie ein verzogenes Kind tun und lassen zu können, was und wann ich es wollte. Doch als dieser Mann die Tür hinter sich zuzog, kam mir meine Wohnung plötzlich leer vor. Es war schon lange her, daß ich mich einem Menschen so nahe gefühlt hatte. Ich räumte die Küche auf und dachte über den Anruf, die platten Reifen und das Gekritzel auf meinem Wagen nach. Plötzlich fühlte ich mich nicht mehr toll, sondern unheimlich beschissen.

Ich zog Shorts und ein T-Shirt an, joggte die beiden Häuserblocks zum Strand, lief die Promenade entlang, drehte um und lief wieder zurück. Hinter mir dröhnten die schweren Schritte eines anderen Läufers. Früher war dieses Geräusch immer ein Trost gewesen; jemand empfand dieselbe Begeisterung dafür wie ich. Jetzt wirkten die schnell näherkommenden Schritte bedrohlich, erfüllten mich mit Schrecken. Ich suchte den Strand und die Promenade nach Leuten ab, aber es war so gut wie niemand unterwegs. Keine Zeugen. Der bedrohliche Himmel hatte bewirkt, daß die meisten Jogger zu Hause geblieben waren. Ich lief schneller, aber er holte trotzdem auf. Mein Herz hämmerte, und ich verspannte mich und ballte die Hände zu Fäusten, während der Läufer immer näher kam. Und mich überholte. Ein bekanntes Gesicht, ein schwarzer Boxer aus der Sporthalle an der Fifth Street, der ein Sweatshirt mit Kapuze und fünf Pfund Gewichte trug. Er war jeden Morgen hier draußen, ob es nun regnete oder die Sonne schien.

Meine Angst machte mich wütend, wütend darüber, daß eins meiner einfachen Vergnügen zu einem erschreckenden Erlebnis geworden war. Wie konnte ich nur zulassen, daß irgend jemand – irgendeine Story – mir das antat? Warum, fragte ich mich, war McDonald so wütend? Die Antwort war offensichtlich. Die Cops, die D. Wayne Hudson verfolgt hatten, verbargen irgendein schreckliches Geheimnis, und er kannte es.

Das Meer bestand aus ineinander übergehenden Grau-, Grün- und Silbertönen. Schwarze Wolken ballten sich am Horizont zusammen, und obwohl noch immer die Sonne schien, prasselte plötzlich ein schwerer Wolkenbruch vom Himmel.

Als ich ein kleines Mädchen war, hatte meine Mutter mir einmal gesagt, wenn es regnete und gleichzeitig die Sonne schien, verprügelte der Teufel seine Frau. Mir fiel ein, daß ich damals immer auf den Hinterhof hinausgelaufen war und ein Ohr auf den Boden gedrückt, aber nie etwas gehört hatte.

15

Auf dem Weg zur Arbeit hielt ich an einem kleinen Laden an der Lincoln Road und kaufte ein Päckchen Buntstifte, zwölf Stück an der Zahl und extra dick, wie geschaffen für kleine Finger, mit ungiftigen Farben und in allen Schattierungen des Regenbogens. Dann kaufte ich ein halbes Dutzend Donuts mit Marmelade.

Onnie und ich aßen die Donuts und tranken Kaffee, während Darryl die neuen Malstifte ausprobierte. Man sah den Möbeln zwar noch an, was hier passiert war, doch insgesamt wirkte die Wohnung viel ordentlicher und sauberer, fast sogar heiter. Wahrscheinlich, weil alle Männer der Familie noch im Knast waren.

Darryl und seine Mom sahen ziemlich gut aus. Diese Frau war, wie ich nun herausfand, nicht dumm. Sie hatte auf der Northwestern High ihren Abschluß gemacht und dann anderthalb Jahre auf dem Miami-Dade Community College studiert. Ich begriff, von wem Darryl seinen Grips hatte. Sie hatte Bibliothekarin werden wollen, zuletzt aber für eine Firma gearbeitet, die nachts Büros in der Innenstadt säuberte. Es stellte sich heraus, daß ich vor einiger Zeit über den Fall berichtet hatte, der Randolph, Darryls älteren Bruder, mit neun Jahren in Jugendgewahrsam gebracht hatte. Er war mit älteren Jungs zusammen gewesen, die einen schlafenden Penner mit Feuerzeugbenzin übergossen hatten. Dann hatte einer von ihnen ein Streichholz angezündet. Sie waren nicht von allein auf die Idee gekommen; sie hatten am Abend zuvor in einem Fernsehfilm eine ähnliche Szene gesehen.

Der einzig positive Aspekt in letzter Zeit war D. Wayne Hudson gewesen. Er hatte Randolph und zwei andere Insassen der Youth Hall jeden Freitagnachmittag abgeholt und war mit ihnen in die große Stadtbibliothek in der Innenstadt und zum Kulturzentrum gefahren, damit sie sich Bücher ausleihen und die Ausstellungen ansehen konnten.

Ich brachte das Thema während meines kurzen Besuchs nicht zur Sprache, doch als ich ging, sagte Onnie: »Ich habe die Telefonnummer noch, die Sie mir gegeben haben. Die von dem Frauenhaus.«

»Halten Sie mich auf dem laufenden, wenn Sie sich entschließen, etwas zu unternehmen. Lassen Sie mich wissen, wo Sie sind.«

Sie nickte, und Darryl kam mit dem gerade entstandenen neuen Meisterwerk angelaufen: Ein Haus mit einem Baum und einem Tier davor, bei dem es sich um einen Hund oder eine

Katze handeln konnte. »Das ist wunderschön«, sagte ich, »sieh dir diese Farben an!«

»Du kannst es mitnehmen«, sagte er schüchtern. »Das ist für dich.«

»Ich würde es gern zu Hause über den Kühlschrank hängen«, sagte ich, »aber . . .« Seine Augen wurden groß. »Der Künstler muß es erst signieren.«

Seine Mutter führte seine Hand, als er ernst mit einem blauen Stift seinen Namen in die untere rechte Ecke kritzelte.

Jetzt habe ich zwei Männer in meinem Leben, dachte ich, als ich zur Arbeit fuhr, und fragte mich, wie lange die beiden wohl bei mir bleiben würden.

Es war schön, Ryan wieder an seinem Schreibtisch zu sehen, wie er fieberhaft an seiner Floß-Story arbeitete – sie war zu einem exklusiven Zweiteiler geworden, der beschrieb, wie er den gefährlichen Weg der Flößer nach Kuba zurückverfolgt hatte. Gretchen und Chefredakteur John Murphy standen hinter ihm, sahen ihm über die Schulter und gratulierten einander. Gretchen strahlte und sah in ihrem hellen Kleid von Chanel mit den gepolsterten Schultern ganz wie die erfolgreiche Angestellte in gehobener Position aus, während sie Glückwünsche zu ihrer Kreativität und ihrem Unternehmungsgeist entgegennahm. Die Frau war wieder mal blütenrein aus der Sache herausgekommen.

Fred Douglas, mein Redakteur für dieses Projekt, war der Ansicht, daß ich die Bullen nicht allein zu Hause aufsuchen sollte. Er schlug vor, daß mich ein Reporter oder ein Fotograf begleitete. Ich hatte nichts dagegen, solange es sich um Lottie handelte.

Wir nahmen ihren Wagen, der über ein Funkgerät verfügte, über das wir mit der Lokalredaktion Verbindung aufnehmen und außerdem den Polizeifunk abhören konnten. Wer meinte, daß schon mein T-Bird mit den Werkzeugen meines Berufes vollgestopft war, konnte noch nie in Lotties Wagen mitgefahren sein. Sie schien ihr gesamtes Handwerkszeug mit sich zu führen. Im Kofferraum lagen mehrere Kameras, Objektive und Filme, Ein Dreifuß, ein Schutzhelm, Decken, Sonnenmilch, Insektenschutzmittel, eine gelbe Regenjacke, eine Sonnenbrille, Gummistiefel, ein Seil, Knieschoner, Hüte, Handtücher, Äpfel, Apfelsinen, Müsliriegel, Flaschen mit Mineralwasser, eine Signalpistole, Taschenlampen, ein Abschleppseil, Reifenflickzeug, Landkarten, Stadtpläne, Wörterbücher für Spanisch und Kreolisch, eine Polizeipfeife und ein Klappsitz auf einem Stahlrohr, das man in die Erde treiben konnte, wenn man mal länger warten mußte.

Wo immer etwas los war, tauchte Lottie als erste auf. In dem Kofferraum befand sich auch ein brauner Pappkarton mit genauen Plänen aller wichtigen städtischen Gebäude, der Hotels, Kongreßhallen und aller Landebahnen und Terminals des Miami International Airport.

Beide waren wir mit starken Stablampen ausgerüstet, die man in den Zigarettenanzünder einstecken konnte. Bei einem unberechenbaren Auftrag waren sie sehr nützlich. Die auch nachts hell erleuchteten Stadtteile waren von ländlichen Gegenden umgeben, in denen es so dunkel war wie um Mitternacht in einer Kohlengrube.

Sie grenzten mitunter an abgelegene Sümpfe, in denen ein kleines Flugzeug abstürzen und jahrelang verschollen bleiben konnte.

Wir benutzten diese Lampen hauptsächlich, um bei Nacht Straßenschilder lesen zu können, wobei wir sie auf Armlänge aus dem Wagenfenster hielten, für den Fall, daß jemand darauf schoß.

In Lotties Chrysler lagen Stapel von Fotos, die sie irgendwann mal Leuten bringen wollte, die sie fotografiert hatte. Doch sie verschüttete regelmäßig Kaffee darüber und warf sie dann weg.

Meinem sorgfältig ausgearbeiteten Wegplan zufolge würden wir zuerst bei den Blackburns vorbeischauen, dann in nördliche Richtung zu den Bodybuildern in einem Vorort von West

Dade zurückfahren und zum Schluß zu Carpenter in Miami Springs und Ted Ferrell in Miami Shores.

»Wie kommt Ryan mit seiner Story voran?« fragte Lottie, als wir die Tiefgarage unter dem Gebäude verließen.

»Es ist keine Story mehr, sondern eine zweiteilige Serie«, sagte ich und schnallte mich an. »Und rate mal, wer in den Glasbüros der Chefetage heute unheimlich beliebt ist.«

»Das darf doch nicht wahr sein! Nein! Ehrlich?«

»Ja! Gretchen hat mehr Leben als eine Katze. Wie oft kann sie auf den Füßen landen?«

»Sie tritt in einen Haufen Scheiße und findet einen Goldklumpen darin«, beklagte sich Lottie. »Ich hätte drauf gewettet, daß sie diesmal endgültig gefeuert wird.«

»Zu früh gefreut. Der Chefredakteur hat sie heute zum Essen eingeladen. Wahrscheinlich kriegt sie für ihren tollen Einfall noch einen dicken Bonus.«

»Es wäre mir fast lieber gewesen, Ryan zu opfern, um sie ein für alle Mal aus dieser Stadt zu vertreiben.« Lottie schaute verdrossen drein.

»Das meinst du doch nicht ernst«, meinte ich und mußte kichern.

»Natürlich nicht.« Sie seufzte, zog an einem Wagen voller Touristen vorbei, die vor der auf grünes Licht umgesprungenen Ampel eingeschlafen zu sein schienen, und fuhr die Expressway-Auffahrt hinauf.

Lottie war toll hinter dem Lenkrad, einer der wenigen Fahrer, bei denen ich mich geborgen fühlte. Wie beide hatten mehrfach an den Crash-Kursen teilgenommen, die die Polizei gelegentlich abhielt, und standen daher fälschlicherweise im Ruf, mit den Firmenwagen der *News* nicht zimperlich umzugehen.

Sie fuhr, ich navigierte, und wir hatten keinerlei Schwierigkeiten, zu unserem Ziel zu gelangen. Die Blackburns wohnten ein paar Blocks voneinander entfernt in South Miami, in einer dieser irrgartenähnlichen Wohnsiedlungen voller Sackgassen. Bei Roscoe schien niemand zu Hause zu sein. Wir gingen gemeinsam zur Tür, und Lottie trug nur eine kleine, unauffällige Kamera, um niemanden zu verscheuchen. In der Auffahrt stand ein alter Chevy-Kastenwagen mit einer Konföderiertenflagge auf dem Kühler. Niemand öffnete auf unser Klingeln. Wir warteten einen Augenblick lang, für den Fall, daß Roscoe schlief. Die einzigen Lebenszeichen kamen von einem leberfarbigen Hund, der uns aus einem Drahtzwinger an der Seite des Hauses her anbellte.

Von einer Seite des Bürgersteigs aus konnten wir hinter dem Haus einen bescheidenen Pool sehen. Er erweckte nicht den Anschein, als würde er oft benutzt, und dem ganzen Haus schien es an einer weiblichen Hand zu mangeln.

Lottie dachte dasselbe. »Ich wette, er ist geschieden, oder seine jetzige Frau hat ihn sitzenlassen.« Sie sprach gurrend und besänftigend auf den Hund ein, der zu bellen aufhörte und ein Ohr aufrichtete. Er wirkte vernachlässigt. Das galt auch für das Haus. Ich schrieb »Bitte rufen Sie mich an!» auf die Rückseite meiner Karte und schob sie unter der Tür hindurch.

Fünf Minuten später hatten wir Rolands Haus erreicht, und dort hatten wir mehr Glück.

Zwei Pickups standen in der Auffahrt, daneben ein sechs Meter langes Flußboot mit geringem Tiefgang, mit dem man flache Gewässer und Sümpfe befahren konnte. Auf dem Bug stand der Name ›DURTBAG‹. Die Autos waren blau, identische Modelle. Beide hatten Plaketten der Polizeiversicherung an ihren Nummernschildern.

»Sie werden sich nicht gerade freuen, uns zu sehen«, warnte ich.

»Freut sich dann überhaupt jemand, uns zu sehen?«

»Gelegentlich.« Ich lächelte eine Spur zu selbstgefällig.

Lottie sah mich an. »Ich wußte doch, daß du was laufen hast. Du kannst es mir später erzählen.« Sie deutete auf die Haustür. »Klingel du, du bist immer so freundlich.«

Eine Frau machte auf. Sie war jung, blond und dick geschminkt. Sie trug ein abgeschnittenes Top und kurze, hautenge Shorts. Sie konnte nicht älter als achtzehn sein, wenn überhaupt.

Als sie zwei Frauen auf der Schwelle sah, wurde ihr Blick mißtrauisch. Sie runzelte die Stirn, während sie uns durch die schattige Fliegentür musterte, an ihrer Unterlippe nagte und mit der rechten Hand eine Budweiser-Dose umklammerte. Im Haus erklang Country-Music.

»Hallo«, sagte ich fröhlich. »Ist . . .«

»Wir kaufen nichts«, sagte sie, leckte dann über ihre Lippen und grinste darüber, wie clever sie war.

»Officer Blackburn«, sagte ich. »Wir möchten ihn sprechen.«

»Welchen?« Sie warf die Lippen auf und sah uns wieder zweifelnd an.

»Beide, wenn sie da sind.« Ich lächelte, strahlte freundliches Selbstvertrauen aus und legte die Hand auf den Türgriff. »Dürfen wir hereinkommen?«

Zögernd und verdrossen öffnete sie die Fliegentür. Ich hatte einen Fuß ins Haus gesetzt, als hinter ihr ein Mann auftauchte. »Wer ist da, Jaycey?« Er trug Jeans und ein T-Shirt. Ich wußte nicht, welcher der beiden es war. Er blieb abrupt stehen, und ich lächelte, streckte die Hand aus und trat noch einen Schritt vor.

»Mein Gott«, sagte er, und jegliche Farbe wich aus seinem Gesicht. »Wer hat Ihnen denn meine Adresse gegeben?«

»Hallo«, sagte ich. »Sie erinnern sich an mich, Britt Montero, die *News*. Ich habe versucht, Sie zu erreichen.«

»Wie sind Sie an meine Adresse gekommen?« sagte er langsam, wobei er jedes Wort betonte.

Hinter ihm war sein Spiegelbild – aber ohne T-Shirt – aufgetaucht.

»Was haben Sie hier zu suchen?« fragte sein Zwillingsbruder.

»Wir haben versucht, Sie zu erreichen«, sagte ich und trat zur Seite, damit Lottie ebenfalls hereinkommen konnte.

»Nur eine verdammte Minute«, sagte der Hemdlose. Er drehte sich zu seinem Bruder um. »Bist du verrückt geworden? Sie hier reinzulassen?«

»Ich will wissen, von wem Sie meine Adresse gekriegt haben«, sagte der andere. »Und ich habe sie nicht reingelassen.« Er funkelte Jaycey wütend an, die zwei Schritte zurücktrat und sich ganz unschuldig gab.

»Sie wissen doch, daß es nicht schwierig ist, sich eine

Adresse zu besorgen«, sagte ich ruhig. »Ich muß Ihnen für eine Story über D. Wayne Hudsons Tod ein paar Fragen stellen. Das ist meine Freundin Lottie. Sie arbeitet ebenfalls bei der *News*.«

»Verschwinden Sie aus meinem Haus und von meinem Grundstück«, sagte der erste.

»Sie müssen Roland sein.« Lottie lächelte freundlich, und ihre Stimme war ganz sachlich. »Hallo. Ich mag Ihre Musik. Charley Daniels. Ich bin ein Fan von ihm.« Sie sah mich an, als wäre ich ein Mensch, dem man lieber nicht bei Nacht allein auf der Straße begegnet. »Beachten Sie sie gar nicht, sie ist gar nicht so schlimm, auch wenn sie manchmal den Eindruck erweckt. Ich bin keine Reporterin, ich mache nur Fotos.«

Aus den Augenwinkeln sah ich, daß Jaycey sich schnell ein wenig herrichtete.

»Raus«, sagte der erste, und sein Gesichtsausdruck wurde noch finsterer. »Verlassen Sie mein Haus.«

»Ich bin wirklich der Ansicht, wir sollten darüber sprechen. Es aus der Welt schaffen.«

»Sie haben kein Recht, uns zu Hause zu stören«, sagte der andere bösartig. »Wir müssen nicht mit Ihnen sprechen. Nehmen Sie über unsere Dienststelle Kontakt mit uns auf.«

»Aber Sie haben meine Anrufe nicht erwidert«, sagte ich geduldig. »Das war die einzige Möglichkeit, Sie zu erreichen.«

Der erste kam auf uns zu, die haarigen Arme ausgebreitet, als wolle er uns zur Tür hinausfegen. »Schon gut, schon gut«, sagte ich, zeigte ihm meine Handflächen und ging rückwärts hinaus. »Dann kann ich also schreiben, daß Sie jeden Kommentar verweigert haben?«

Er zögerte.

»Warum kommen Sie nicht raus, und wir unterhalten uns hier?« lud ich ihn ein.

»Ich würde gern den Rest der Platte hören«, sagte Lottie hoffnungsvoll.

»Tut mir leid, Baby«, sagte er und sah sie an, als wäre er vielleicht an ihr interessiert gewesen, wenn sie nicht zu mir gehört und für die *News* gearbeitet hätte.

»Wenn Sie 'n Foto machen wollen, dann davon«, sagte der ohne Hemd und legte die Hand auf seinen Reißverschluß.

»Hören Sie«, sagte ich zu dem anderen. »Die Story wird erscheinen. Es gibt da einige ungeklärte Fragen. Sie sind die Karriereleiter raufgeklettert, haben Orden und Auszeichnungen bekommen. Sie haben viel in Ihren Job investiert. Sie haben die Chance verdient, Ihre Version der Dinge zu erzählen, und ich versuche nur, Ihnen diese Chance zu geben.«

Er schien darüber nachzudenken.

»Wenn Sie nichts Unrechtes getan haben, sollten Sie es ihr erzählen«, bedrängte Lottie ihn.

»Was meinen Sie mit Unrecht?« polterte er. »Wir . . .«

»Zum Henker, halt die Klappe!« Der Blackburn mit unbekleidetem Oberkörper stürmte los, das Kinn wütend vorgereckt. »Hör auf deinen Bruder!« schrie er. »Sag kein Wort mehr zu ihnen!« Die Fliegentür zwischen uns schwang zu. »Rufen Sie mich an, falls Sie es sich anders überlegen sollten«, brachte ich noch hervor, dann wurde auch die dicke Eichentür dahinter zugeworfen.

»Laßt es nicht an mir aus!« hörten wir Jayceys hohes Kreischen hinter der Tür. »Ich hab' sie nicht reingelassen! Sie sind einfach so reingekommen!«

Lottie und ich standen mutlos und niedergeschlagen vor der Schwelle. »Fast hätten wir ihn gehabt«, seufzte ich. »Wenn nur sein Bruder nicht hier gewesen wäre.«

»Zwei richtig nette Jungs«, sagte sie. »Ärger im Quadrat. Kannst du sie auseinanderhalten?« fragte sie, als wir zum Wagen zurücktrotteten. Die Sonne ging ziemlich schnell unter.

»Ich hab' irgendwo gehört, daß nicht mal ihre Frauen sie auseinanderhalten können.«

»Das muß ja interessant sein . . .« sagte sie nachdenklich. »Einer von ihnen muß doch irgendwo ein Muttermal oder so haben.«

»Denk nicht mal darüber nach.«

»Ich lerne immer so faszinierende Leute kennen, wenn ich mit dir zusammen bin.«

»Ich habe nie behauptet, daß diese Sache ein Riesenspaß

wird. Zwei haben wir abgehakt, vier stehen noch auf der Liste«, sagte ich und sah auf meine Uhr. »Sieh es doch mal so. Viel schlimmer kann es nicht mehr kommen.«

Ich sollte mich gründlich irren.

Machado wohnte in der Nähe vom Fontainbeau Park im westlichen Dade.

Ein knallroter Firebird mit den üblichen Zierstreifen, der verteufelt schnell aussah, stand auf der Auffahrt. In der geöffneten Garage stand eine Harley Low Rider Custom; Jungs und ihre Spielzeuge, dachte ich.

Noch bevor ich die Hand gehoben hatte, um zu klopfen, wurde die Tür aufgerissen, als habe er uns erwartet. Es war unmöglich, uns an ihm vorbei ins Haus zu drängen; er füllte die Türöffnung völlig aus, und sein Gewichtheberkörper drohte seinen grauen Trainingsanzug zu sprengen. Ein halbes Dutzend religiöse Schmuckstücke hingen an zwei dicken Goldketten. Seine dunkle Haut schien von einer unheilbaren Akne bedeckt zu sein. Er verschwendete keine Zeit mit höflichem Geschwätz.

»Wer hat Ihnen diese Adresse gegeben?«

Komisch, daß die Leute, die Experten darin waren, die Adressen anderer herauszubekommen, immer so geschockt waren, wenn man ihre herausgefunden hatte.

Er sah ungehalten, fast wütend aus. »Ich will nur mit Ihnen sprechen«, sagte ich und bemühte mich, ganz beiläufig zu klingen. Da ich damit rechnete, daß er uns die Tür vor der Nase zuschlug, verblüffte es mich ungemein, als er »Ich habe nichts zu sagen!« brüllte und an uns vorbei stürmte.

Lottie und ich rückten zusammen, um ihm Platz zu machen, und sahen erstaunt zu, wie er zu der Harley in der Garage lief und wütend auf den Kick-Starter trat. Das Motorrad sprang beim zweiten Versuch an, und er donnerte auf die Straße, wäre am Fuß der Auffahrt fast gestürzt und raste dann mit Höchstgeschwindigkeit davon.

Ich stand mit offenem Mund da.

»Stark wie ein Ochse, aber das Gehirn eines Traktors.« Lottie stieß mich mit dem Ellenbogen an, als das Dröhnen von Machados Maschine in der Ferne verhallte. »Du mußt ja einer wahnsinnigen Story auf der Spur sein. Hast du sein Gesicht gesehen? Der ist so paranoid, daß er glaubt, wir würden ihn verfolgen. Ich wette, der kommt aus Angst vor uns tagelang nicht mehr aus den Büschen hervor.«

»Er trägt nicht mal einen Schutzhelm. Das ist doch Vorschrift.«

»Ich bezweifle, daß ein Streifenpolizist ihn anhalten wird.«

»Der müßte ihn erst mal erwischen. Wohin fährt er wohl?«

»Keine Ahnung«, sagte sie. »Vielleicht nach Hause zu seiner Mama – oder zu seinem Anwalt.«

»Dieses war der dritte Streich, und der nächste folgt sogleich.«

Estrada wohnte nur ein paar Häuserblocks entfernt. Ich rechnete halbwegs damit, die Harley dort zu sehen, aber sie war nicht da. Dafür stand eine japanische Maschine da – eine Kawasaki Ninja – und ein polierter, schwarzer Syclone, einer dieser schnellen Pickups, von denen es hieß, sie könnten auf einer kurzen Strecke sogar einen Porsche Carrera abhängen. Der Flachbau war bescheiden, mit einem kleinen, eingezäunten Hof und einem wuchernden Rasen. Es war jetzt dunkel, und der weite Osthimmel wurde vom großen Viereck des Pegasus beherrscht. Wir ließen den Wagen auf dem grasbewachsenen Bankett stehen und gingen zögernd zum Tor.

Die Außenbeleuchtung war eingeschaltet. Irgend etwas erregte mein Mißtrauen. Vielleicht bildete ich mir nur was ein, weil die anderen sich so seltsam benommen hatten, doch ich stand mit meinem Gefühl nicht allein da.

»Hast du eine Pistole mitgenommen?« fragte Lottie leise.

»Ich habe darüber nachgedacht, doch dann kam es mir lächerlich vor. Was zum Teufel sollen wir damit anfangen? Einen Bullen erschießen?« Es war wirklich verrückt; aus den Guten waren plötzlich die Bösen geworden.

Lottie nickte. »Dann mal los«, sagte sie und öffnete das Tor.

Im Haus und auf dem Hof war alles ruhig, zu ruhig. »Worum wetten wir, daß er fragt, woher wir seine Adresse haben?« fragte ich leise, als ich auf die Klingel drückte.

»Das ist der Bursche, der auf Autos springt und Löcher in Decken schießt, oder?«

»Genau der.«

Ich spürte eine Bewegung auf der anderen Seite der Tür, drückte erneut auf die Klingel und rief: »Officer Estrada!«

Die Holztür wurde einen Spaltbreit geöffnet, und ich hörte dahinter ein seltsames Schnüffeln, als habe jemand eine schlimme Erkältung.

»Wer ist da?«

»Officer Estrada?« Ich sah zu der Stimme hoch und versuchte, den Sprecher auszumachen. »Wir sind Britt Montero und Lotti Dane von der *News*. Wir möchten mit Ihnen sprechen.«

»Wer zum Teufel hat Ihnen unsere Adressen gegeben?«

»Die sind öffentlich zugänglich«, sagte ich. Ich war die Frage allmählich leid.

»Sie befinden sich auf *Privatbesitz*. Ich warne Sie nur einmal. Schaffen Sie Ihre Ärsche hier weg.«

»Sie haben meine Nachrichten wahrscheinlich nicht bekommen. Ich muß mit Ihnen über D. Wayne Hudson sprechen.«

»Ich habe eine Nachricht für Sie.« Er riß die Tür auf. Einen verrückten Augenblick lang dachte ich, er wolle uns hineinbitten. Doch das war keineswegs der Fall. Er ließ etwas hinaus.

»Pit Bulls!« kreischte Lottie. Zwei von ihnen stürmten schnaubend und scharrend hinaus, und ihre kurzen Beine bewegten sich so schnell, daß sie einen Augenblick lang auf der Stelle zu laufen schienen.

Ich erhaschte einen kurzen Blick auf Estrada. Er stand hinter ihnen auf der Türschwelle; seinen Augen funkelten boshaft. »Toro, Diablo, schnappt sie euch! Faßt!«

»Rufen Sie sie zurück! Rufen Sie sie zurück!« schrie ich, als Lottie und ich zum Tor rannten.

Er lachte dröhnend, als wir schreiend flohen. Ich schlug dem ersten mit meinem Notizbuch aufs Maul, dem einzigen Gegenstand, mit dem ich mich verteidigen konnte. Er riß es mir aus der Hand und schüttelte es wütend zwischen seinen mächtigen Kiefern. Der andere Hund erwischte Lottie am Knöchel, als wir zum Tor stürzten. »Rufen Sie sie zurück!« schrie ich, während Lottie sich am Tor festhielt, um nicht zu Boden zu gehen.

Der Hund knurrte bösartig, als er versuchte, sie zu Boden zu zerren. Er brachte bestimmt seine fünfundsechzig Pfund auf die Waage. »Halte durch!« schrie ich. Ich sprang auf das Tier zu und stach mit dem Kugelschreiber auf sein Auge ein. Der Hund jaulte auf und schnappte wütend nach mir, während ich mich schon wieder zurückzog. Der Kugelschreiber zerbrach sofort in zwei Teile, und Splitter flogen weit durch die Luft, als Lottie und ich durch das Tor hinausstolperten. Ich machte einen Hechtsprung nach dem Schnappschloß und fummelte daran herum, um mich zu vergewissern, daß es wirklich gefaßt hatte, während die beiden Hunde sich wütend gegen das Tor warfen.

»O Lottie«, schluchzte ich und versuchte, wieder zu Atem zu kommen. »Bist du schlimm verletzt?«

Sie stützte sich auf mich, und wir humpelten zum Wagen.

Ich hörte Estradas gehässiges Gelächter, als er die Ausfahrt hinabkam. Da ich befürchtete, er würde das Tor öffnen, schlug ich die Wagentüren zu und drehte die Fenster hoch.

Lottie hatte vor Schmerz das Gesicht verzogen, schien aber nicht weiter verletzt zu sein. »Willst du dein Notizbuch zurückholen?«

»Kommt nicht in Frage. Es stand sowieso nichts drin. Verschwinden wir von hier.« Meine Hände zitterten fürchterlich, als ich den Zündschlüssel ins Schloß schob. Estrada stand am Tor, rief uns Obszönitäten hinterher und grinste dabei. Im lohfarbenen Licht der Straßenlampen sah er gefährlicher aus als seine Hunde. Als wir losfuhren, zeigte er uns den Mittelfinger.

»Das war wohl ein weiteres ›kein Kommentar‹«, sagte Lottie und rieb sich den Knöchel.

Meine Knie waren noch immer butterweich, als ich vor einer Drogerie anhielt und die Innenbeleuchtung einschaltete, damit wir den Schaden begutachten konnten.

»Gott sei Dank habe ich Cowboystiefel angezogen«, sagte Lottie. Die Zähne des Hundes hatten Kratzer zurückgelassen, aber das Leder nicht durchdrungen. Ihr Knöchel war bös verstaucht, schwoll bereits an und verfärbte sich.

»Er hätte dir den Knöchel brechen können.«

Sie nickte. »Er wollte gerade zubeißen, als du ihm den Kugelschreiber in sein verdammtes Auge gestoßen hast.«

»Ich hätte nicht gedacht, daß er losläßt. Die Viecher sind doch bekannt dafür, daß sie sich ganz fürchterlich verbeißen! Das sind vierbeinige Landhaie! Erinnerst du dich an meine Story über diese Joggerin? Zwei Kampfhunde haben sie zu Boden gezerrt und übel verletzt. Sie wäre fast gestorben.«

Lottie nickte. »Ich habe die Fotos von Bobby Applegate gemacht«, sagte sie leise.

Wer konnte den vierjährigen Knirps vergessen, der von dem Pit Bull seines Onkels angefallen war? Plastische Chirurgen versuchten in einer endlosen Reihe von Operationen, das Gesicht des Jungen mühsam wiederherzustellen. Sie hofften, damit fertig zu sein, wenn er einundzwanzig war. Ich erschauderte unwillkürlich »Wie konnte er uns das antun? Er ist doch Polizeibeamter!«

»Hoffentlich schicken sie nicht ihn, wenn wir mal in Schwierigkeiten sind und die Polizei rufen. Ich schwöre dir, ich hätte mir fast in die Hosen gemacht.«

»Sollen wir die Polizei anrufen und die Sache melden?« fragte ich.

»Und was sollen wir sagen? Daß wir unerlaubt das Grundstück dieses Polizeibeamten betreten und seine Wachhunde ihren Job getan haben? Sie würden sich darüber kaputtlachen und uns wahrscheinlich wegen Hausfriedensbruch verhaften.«

»Aber wir können ja wenigstens in der Redaktion anrufen und erzählen, was passiert ist.«

»Damit sie uns für zwei Waschlappen halten, die sich hinter Muttis Schürze verstecken, wenn es mal hart auf hart geht?« Sie drehte sich auf dem Sitz um und sah mich unheilvoll an.

Sie hatte recht.

»Zwei«, sagte ich. »Stehst du es durch?«

Sie nickte und massierte sich wieder den Knöchel.

»Tut mir leid, daß ich dich da reingezogen habe, Lottie.«

»Zum Henker«, sagte sie, »das macht trotzdem noch mehr Spaß als die zehn bestgekleideten Frauen. Wer ist jetzt dran?«

Carpenters Eigentumswohnung befand sich in einem kastenförmigen Gebäude mit reservierten Einstellplätzen. Ich fragte Lottie, ob sie lieber im Wagen warten wollte. Sie wollte nicht. Wir fanden Lou Carpenters Namen auf einem von zahlreichen Briefkästen, die eine gesamte Wand beanspruchten, und fuhren mit dem Fahrstuhl zum dritten Stock hinauf. Der Korridor war finster. Der schwache Gestank von Moder vermischte sich mit zahlreichen Kochgerüchen und erzeugte Übelkeit in mir.

Ich klopfte und sah Lottie nervös an.

»Was er wohl hat?« flüsterte sie heiter. »Klapperschlangen? Mörderbienen?«

Während der Verzögerung nach meinem Klopfen hatte ich den entschiedenen Eindruck, daß wir durch das winzige Guckloch gemustert wurden. Die Tür wurde vielleicht fünf Zentimeter breit geöffnet und dann von einer metallenen Sicherheitskette gehalten.

Carpenter spähte hinaus. Das eine Auge, das ich sehen konnte, wirkte müde. »Hallo, Britt.«

»Hallo«, sagte ich und war fast zu Tränen gerührt, daß wir nicht mit offener Feindseligkeit empfangen wurden. »Ich muß mit Ihnen über die Nacht sprechen, in der D. Wayne Hudson getötet wurde.«

»Wir haben darüber gesprochen«, entgegnete er. »Mehr habe ich nicht darüber zu sagen.«

»Machen Sie die Tür auf«, sagte ich. »Das ist doch lächerlich. Wir werden Sie schon nicht überwältigen und zu irgendwas zwingen.«

»Das hoffe ich«, sagte er mit einem mürrischen Lächeln und schloß die Tür. Wir hörten das metallische Rasseln, mit dem die Kette entfernt wurde. Die Tür wurde wieder geöffnet. Er stand auf einem grünen, groben Wollteppich. Die Einrichtung hinter ihm war spartanisch. Er bat uns nicht herein.

»Was soll das, Britt?« Sein Tonfall klang vorwurfsvoll. »Sie hätten nicht herkommen sollen.«

»Ich schreibe eine Story darüber, was mit D. Wayne Hudson passiert ist.«

»Ich weiß.« Er seufzte und schien nach Worten zu suchen; meinem Blick wich er standhaft aus.

Ich holte ein neues Notizbuch aus meiner Tasche. »Erzählen Sie mir über D. Waynes Verkehrsunfall.«

Er verlagerte sein Gewicht von einem Bein aufs andere und schirmte die Augen mit einer Hand ab, als würde er von hellem Licht geblendet werden, obwohl der Gang hinter uns düster war.

»In sechs Monaten kann ich meine Pension beantragen, Britt.« Seine Stimme klang müde und monoton. »Ich muß Alimente zahlen, habe ein Kind auf dem College und ein zweites noch auf der High-School. Bei der Polizei ist vieles anders geworden.« Er lehnte sich schwer gegen den Türpfosten, als könne er nicht allein stehen. »Vor ein paar Jahren wäre ich noch als Lieutenant oder in noch höherem Rang ausgeschieden. Aber ich hab's nicht mal zum Sergeant geschafft. Stand zweimal auf der Liste, aber sie mußten Angehörige von Minderheiten vorziehen. Ich hoffe trotzdem, die Streifen noch zu bekommen, damit die Pension höher ausfällt.«

Sein Blick strafte die Spur von Hoffnung in seiner Stimme Lügen.

»Vor Jahren hätte sich niemand um so was gekümmert. Da sind viel schlimmere Sachen passiert. Viel, viel schlimmere.«

»Was ist mit dem Unfall?«

»Ich habe einen Unfallbericht geschrieben. Sie haben ihn gesehen.«

»Aber was ist genau passiert?«

»Warum stellen Sie ständig Fragen, obwohl Sie die Antworten doch schon kennen?«

Mein Magen machte einen Satz, und ich spürte, daß Lottie neben mir zusammenzuckte.

»Wie wurde Hudson verletzt? Wer hat ihn geschlagen?«

Er zögerte. Die Luft zwischen uns schien auf einmal zum Schneiden dick zu sein.

»Ich kann es nicht, Britt. Ich will nicht unhöflich sein, aber ich kann einfach nicht mit Ihnen sprechen. Tun Sie mir das nicht an. Nicht jetzt«, murmelte er.

Er strahlte die Aura eines untauglichen und fast völlig hilflosen Menschen aus, nicht die eines Mannes, der die Macht und Befugnis hatte, einem anderen die Freiheit oder das Leben zu nehmen.

»Sie machen einen Fehler«, sagte ich zu ihm. »Sie haben den Bericht unterschrieben. Ich werde die Story veröffentlichen, verlassen Sie sich darauf. Warum wollen unbedingt Sie die Suppe auslöffeln?«

»Ich denke darüber nach« sagte er. »Ich muß mit jemandem darüber sprechen.«

»Dem Anwalt der Polizeigewerkschaft?«

Er hielt inne. »Sie wissen immer alles, was? Ihnen entgeht nie was. Jung und klug«, sagte er gedankenverloren, als erinnere er sich an eine Zeit, in der er sich für jung und klug gehalten hatte. »Sie wissen ja, ich war nicht dabei, als es passiert ist.«

»Sie wissen aber, *was* passiert ist.«

Er sagte nichts.

»Geben Sie mir Ihre Telefonnummer«, sagte ich nüchtern, »und ich rufe Sie morgen an.«

Ohne einen weiteren Wortwechsel nannte er mir seine Privatnummer, und ich schrieb sie auf.

Weder Lottie noch ich wagten etwas zu sagen, bis sich die Fahrstuhltüren hinter uns geschlossen hatten. »Fast hätte er ausgepackt«, flüsterte sie. »Er war so nah dran.«

Ich atmete tief aus, um die Spannung zu lindern. »Jetzt haben wir nur noch einen.«

Die Cops standen offensichtlich telefonisch untereinander in Verbindung und warnten einander vor unseren Besuchen. Ted hatte wahrscheinlich auch schon einen Anruf bekommen und würde wohl ebenfalls schweigen, doch ich hegte noch eine geringe Hoffnung, weil er mir so anständig vorkam und ich nicht glauben konnte, daß er mehr getan hatte, als schuldige Kollegen zu schützen.

Das Haus stand an einer ziemlich ruhigen Wohnstraße und war von gepflegten Rasenflächen und Hecken umgeben. Zwei Autos, ein kleiner Japaner und ein Buick, keiner davon neu, standen auf einer kreisrunden, asphaltierten Auffahrt, die um einen großen Feigenbaum führte.

Ich klingelte mehrmals, wartete und klingelte dann erneut. Im Haus brannte Licht. Schließlich kam Ted selbst zur Tür und öffnete sie langsam. Zuerst erkannte ich ihn gar nicht. Der Mann vor mir war nicht der auffällige, immer adrette und mit zahlreichen Ehren ausgezeichnete Cop, den ich zu sehen erwartet hatte. Er sah kleiner aus, bleich und eingefallen und hatte sich nicht rasiert. Seine Augen waren gerötet und blutunterlaufen. Bevor er zur Tür gekommen war, hatte er anscheinend Jeans und ein T-Shirt angezogen.

Er stand einfach da, und sein Gesicht wurde noch bleicher.

»Es tut mir leid, haben wir Sie geweckt?«

»Ich konnte sowieso nicht einschlafen.« Seine Stimme war kaum verständlich. Er zog die Tür weit auf, drehte sich dann um, ging mit hängenden Schultern ins Wohnzimmer und fuhr sich mit den Fingern durch das unordentliche Haar.

Lottie und ich wechselten einen Blick und folgten ihm dann. Ich schloß leise die Tür hinter mir und fragte mich, wo Betty war. Deutliche Spuren ließen auf ihre Anwesenheit schließen. Aus der Küche kamen köstliche Gerüche, wie von Hamburgern und Apfelkuchen. Ich atmete tief ein und fragte mich, wann ich das letzte Mal etwas gegessen hatte.

Ted sah uns hohlwangig an.

»Betsy ist nebenan«, sagte er schließlich. »Sie nähen Halloween-Kostüme für die Kinder. Ich habe versucht, etwas zu schlafen.«

Mir wurde klar, daß er nicht gewarnt worden war. »Sie hatten das Telefon abgestellt?«

Er sah mit einem geistesabwesenden Blick auf. »Ja.« Er dankte Lottie für die Fotos, die sie im Project gemacht hatte, und wandte sich wieder mir zu. »Wie kommen Sie mit Ihrer Story voran?«

»Gut, ich arbeite daran.«

Seine Finger fuhren nervös über die Lehne des Sofas, auf dem er saß. »Mit wem haben Sie sonst noch gesprochen?«

»Mit Roscoe und Roland, Estrada, Machado, Lou Carpenter.« Es waren keine Lügen; wir *hatten* mit ihnen gesprochen, wenn auch nur kurz, bevor sie die Türen zugeknallt oder bösartige Hunde auf uns gehetzt hatten oder abgehauen waren.

Er nickte und sah zu Boden. »Es ist einfach passiert«, sagte er leise. Er hob den Kopf und sah mich mit ernster Miene an. Seine Stimme drohte ihn im Stich zu lassen. »Die Situation ist einfach außer Kontrolle geraten. Unglaublich. Es hätte nie passieren dürfen.«

»Wer hat D. Wayne geschlagen?« fragte ich. Mein Herz hämmerte heftig.

»Einer der Latinos. Ich glaube, Estrada hat ihn einfach aus dem Wagenfenster gezogen. Er war ein großer Bursche, aber er wurde einfach aus dem Fenster auf der Fahrerseite gezerrt.« Er verspannte sich und beugte sich vor. »Sie dürfen mich nicht zitieren, Britt. Jetzt wird alles rauskommen. Aber Sie dürfen meinen Namen nicht nennen, zumindest nicht jetzt. Versprechen Sie mir das?«

Ich zögerte, wollte ihm keinerlei Versprechungen machen, befürchtete aber, er würde nicht fortfahren.

»Niemand darf wissen, daß ich mit Ihnen gesprochen habe.«

»Sie haben mein Wort.« Wir beide sahen Lottie an, und sie nickte.

Plötzlich wirkte er gesprächig, fast sogar erleichtert, daß wir gekommen waren.

»Ich habe die Suchmeldung gehört, und eine Minute später haben die Blackburns ihn an der Sechsunddreißigsten und dem Boulevard gesehen. Sie verfolgten ihn, aber er hielt nicht an.«

»Warum?« Ich sah von meinem Notizbuch auf.

Ted sah mich überrascht an. »Sie trugen keine Uniform und fuhren in einem nicht gekennzeichneten Wagen. Er war sich wohl nicht sicher, daß sie Polizisten waren.«

Natürlich. All die falschen Fünfziger, die Gangster, die sich als Cops ausgaben, Autofahrer an den Straßenrand winkten und dann zusammenschlugen, vergewaltigten, entführten, sogar ermordeten. »Ich habe nicht gewußt, daß sie in dieser Nacht in Zivil waren.«

»Klar.« Er sah mich scharf an, als wäre er überrascht, daß ich etwas so Offensichtliches übersehen hatte. »Das verraten einem die Nummern der Einheiten. Sie sollten der Sitte aushelfen und an der Neunundsiebzigsten und am Boulevard gegen Prostituierte und ihre Freier vorgehen.«

»Also hat D. Wayne Hudson vielleicht geglaubt, er würde von Gangstern verfolgt?« fragte Lottie.

»Na ja.« Ted zuckte die Achseln. »Als die Blauweißen dann auftauchten, fuhr er rechts ran. Ich kam gleichzeitig mit Estrada und Machado dort an. Sie haben ein Rennen veranstaltet, wer als erster dort war. Der Bursche drehte die Fensterscheibe herunter, als sie zu seinem Wagen gingen, und Estrada zerrte ihn sofort heraus.«

»Dann war es also kein Unfall?« fragte ich mit belegter Stimme.

»Nein«, sagte er und schüttelte den Kopf.

Hinter uns erklang ein Geräusch. Betsy stand auf der Schwelle; sie trug einen Overall über einer weißen Umstandsbluse. Sie hielt etwas Glitzerndes mit silbernen Schwingen und ein weißes Laken über einem Arm. Ihre Augen waren groß, ihr Bauch gewaltig. Ihr Mund bildete ein O, doch kein Ton kam über ihre Lippen.

Sie ging in ein anderes Zimmer, anscheinend, um die Kostüme aufzuhängen, und kam dann zurück und setzte sich neben ihren Mann. Er griff nach ihrer Hand, und sie tätschelte die seine.

»Ich kann nicht mehr damit leben«, sagte er leise, und sein Gesicht kam mir noch verhärmter vor. »Ich habe selbst Kinder, eine Familie. Wenn ich meine Kinder sehe, muß ich an seine denken.«

»Was ist passiert, nachdem Estrada ihn aus dem Wagen gezogen hat?«

Betsy schien uns unterbrechen zu wollen, sagte dann aber doch nichts. Ted atmete tief ein und schluckte. »Die Blackburns waren sauer, weil der Blauweiße sie überholt und ihn dann angehalten hatte. Wir fielen einfach über ihn her, schlugen auf ihn ein. Die Blackburns, Estrada, Machado. Ich.«

»Sie alle haben ihn geschlagen?« Meine Stimme war ein Krächzen.

Ted nickte; seine Augen schimmerten feucht. »Wir waren keine Bullen mehr, Britt. Wir waren ein Mob. Es war wie eine Szene aus einem dieser Zeichentrickfilme, wo man nur noch wirbelnde Ellbogen und Knie und Füße sieht.«

Eine Träne lief seine Wange hinab. Betsy weinte stumm mit ihm.

»Ich habe ihn einmal geschlagen.«

»Mit der Hand?«

»Mit der Faust, aber die anderen haben ihn mit Gummiknüppeln und Taschenlampen und Füßen traktiert.«

Er schien sich übergeben zu müssen und legte beide Handflächen auf die Augen, die Ellbogen auf den Knien. »Ich sah, daß man ihm Handschellen angelegt hatte, und hörte auf, aber die anderen machten weiter. Ich wollte eingreifen und sie trennen, aber sie drehten durch. Ich habe ein paar Schläge abbekommen und bin einfach zurückgetreten.«

Betsy sah uns niedergeschlagen an. »Wollen Sie einen Kaffee?«

»Klar, gern«, sagte ich dankbar und sah Lottie an, die ebenfalls nickte.

Wir setzten uns an den Küchentisch. Das Zimmer war warm und heiter, doch Ted sah unter dem hellen Licht noch schlechter aus. Er wollte fortfahren, als würde ihm damit eine Last von den Schultern genommen.

»Ich schwöre Ihnen, Britt, ich hatte keine Ahnung, daß er so schwer verletzt war. Sein Zustand schien nicht kritisch zu sein, als die Sanitäter ihn übernahmen.«

»Wie wurde sein Wagen beschädigt?«

»Die Blackburns haben ihn mit ihren Gummiknüppeln traktiert. Machado trat die Scheinwerfer kaputt, und sie schoben ihn in den Graben. Wir dachten, keiner würde dem Fahrer glauben, selbst wenn er sich daran erinnern konnte, was passiert war.

Sie zogen ihm das Portemonnaie aus der Tasche. Dann rief einer der Blackburns: ›Ach du Scheiße, wißt ihr, wer der Nigger ist?‹ Dann haben wir uns auf eine Story geeinigt und gesagt, wir wollten dabei bleiben. Bei der Story bleiben.« Er wiederholte es wie ein Mantra. »Bei der Story bleiben.«

»Was ist mit Carpenter?«

»Der kam erst, nachdem es passiert war, hat uns aber geholfen, den Wagen in den Graben zu schieben, und hat dann den Abschleppwagen gerufen. Sie dachten, sie kämen damit durch, bis Sie dann anfingen, Fragen zu stellen.«

»Hat sich D. Wayne überhaupt gewehrt?«

»Er kam gar nicht dazu. Nachdem sie ihn aus dem Wagen gezerrt hatten, legten sie ihm Handschellen an. Er konnte nichts tun.«

Mir wurde schlecht. Ted sah auch nicht gerade gut aus. Die Muskeln in seinem Kiefer zuckten unkontrolliert.

»Ich habe immer versucht, das Richtige zu tun, Britt. Sie wissen das. Sie haben meine Akte gesehen.«

Ich nickte.

»Ich weiß einfach nicht, wie mir das passieren konnte. Diese Jungs haben ihren Ruf weg, aber ich hätte nie geglaubt, daß ich bei so was mal mitmachen könnte. Ich bin immer noch nicht dahinter gekommen. Ich weiß noch immer nicht, was passiert ist«, murmelte er und schüttelte den Kopf, als wäre er völlig verwirrt. »Es war die Aufregung, das Adrenalin des Augenblicks, wie ein Wirbelsturm, so was passiert in der Mitternachtsschicht. Alles ist anders. Es ist, als hätte man keine Verantwortung mehr. Wenn die Nachmittagsschicht geht, ändern sich die Regeln.«

Betsy stand hinter seinem Stuhl und massierte ihm die Schultern, als wolle sie mit ihren kleinen Händen seinen Schmerz aufnehmen.

»Wieso haben Sie ihn überhaupt verfolgt?«

»Die Fahndung«, sagte er unbeteiligt. »Sie haben ihn und den Wagen genau beschrieben. Flüchtiger Verbrecher.«

»Es hat keine Suchmeldung gegeben. Ich habe eine Abschrift des Bandes. Über Funk wurde nichts rausgegeben.«

»Doch«, sagte er müde. »Bestimmt. Ich habe sie selbst gehört, doch dann meldete sich einer der Blackburns und sagte, das Objekt wäre direkt vor ihnen.«

Ich schüttelte den Kopf.

»Ich schwöre es, Britt. Ich habe es selbst gehört.«

Ich gab Ted die Hand und umarmte Betsy, als wir gingen. Lottie tat es mir gleich. »Danke«, sagte ich.

»Ich weiß, daß Sie tun werden, was Sie tun müssen«, sagte er resigniert. »Aber Sie werden meinen Namen nicht nennen?«

»Nein.«

Als sich die Tür hinter uns schloß, sahen Lottie und ich uns an. Die Nachtluft war warm und weich. »Tja, wir haben's geschafft«, sagte ich.

»Und wieso freust du dich nicht wie sonst immer, wenn du eine Story fertig hast?«

»Könntest du dich darüber freuen?«

»Er tut mir leid«, gestand sie ein, »aber den anderen gönne ich, daß sie jetzt dran sind. Ich würde gern wissen«, sagte sie verdrossen, als sie zum Wagen humpelte, »warum wir nicht zuerst zu ihm gefahren sind.«

Auf der Rückfahrt zur Redaktion schwiegen wir lange. »Sieht so aus«, sagte sie dann, »als hätte er ausgepackt, weil sein Gewissen ihm keine Ruhe läßt.«

»Ja«, sagte ich, und dann, laut denkend: »Bei allem anderen scheint er die reine Wahrheit gesagt zu haben. Ich frage mich, warum er bei dieser einen Sache gelogen hat. Es gab keine Suchmeldung, aber er hat darauf bestanden.«

»Mir kam's so vor, als wäre er auch dabei ehrlich gewesen. Das wird den Bullen aber ganz schön zu schaffen machen, was? Sieht so aus, als würde hier der Abschaum der Erde mit Dienstmarken und Waffen rumlaufen. Da weiß man erst, was man an Jungs wie Larry und Steve hat.«

»Die Cops stehen wirklich schlimm da«, sagte ich bedauernd. »Aber schere sie nicht alle über einen Kamm. Es gibt auch gute Bullen.«

Sie sah mich argwöhnisch an. »Klar, und bis heute abend hätte Ted Ferrell ganz oben auf der Liste der guten Cops gestanden, was?« Sie lehnte sich wieder zurück. »Jetzt spuck's schon aus. Ich habe mich den ganzen Abend über in Geduld geübt.«

»Wovon sprichst du?«

»Du siehst einfach viel zu zufrieden aus. Wie die Katze, die den Verschluß vom Wellensittichkäfig aufgekriegt hat. Wer ist der neue Mann? Erzähl mir alles über die große Romanze.«

»Na ja, ich bin mit jemanden ausgegangen, aber es ist keine große Sache.« Ich dachte an Kendall McDonald, wie er nackt in meinem Bett gelegen hatte, und mir war auf einmal ganz heiß. »Ich weiß nicht mal, ob ich ihn wiedersehen werde.«

Lottie musterte scharf mein Profil, als ich von der 15th Street abbog und auf das *News*-Gebäude zuhielt.

»Du wirst ihn wiedersehen«, sagte sie. »Wie heißt er? Wo hast du ihn kennengelernt? Ist er gut? Was macht er beruflich?«

Ich versuchte, nicht schuldbewußt auszusehen.

»Ach du Scheiße«, sagte sie. »Er ist doch wohl kein Cop? Sag mir, daß er kein Cop ist!« Sie beugte sich näher zu mir, während ich den Chrysler in die reservierte Bucht im Parkhaus bugsierte. Ich sah sie an und versuchte noch immer, ganz neutral zu wirken. »Verdammt, es ist ein Bulle!« rief sie. »Bist du verrückt geworden?«

16

Ich tippte an diesem Abend meine Notizen, schlief schlecht und fuhr ganz früh zur Redaktion, um mich mit Fred Douglas zu besprechen. Er hatte ein halbes Dutzend Redakteure und Mark Seybold, den Anwalt, hinzugebeten. Lottie gesellte sich zu uns in den großen Konferenzraum. Wie weigerten uns beide, ihnen die Identität des Polizisten zu nennen, der mit uns gesprochen hatte. Wir waren nur zu dem Eingeständnis bereit, daß sein Name in dem offiziellen Polizeibericht über den Vorfall erwähnt wurde und er eingestanden hatte, D. Wayne Hudson geschlagen zu haben.

»Er gesteht damit ein ernsthaftes Verbrechen ein«, sagte Mark Seybold. Er trug seine Eisenbahnkrawatte mit der winzigen Lokomotive. Bequem in dem Ledersessel zurücklehnt, musterte er mich nachdenklich über den Rand seiner Brille mit der zierlichen Fassung. »Warum sollte er Ihnen so etwas gestehen?«

Die ernsten Gesichter um den Konferenztisch warteten auf meine Antwort. »Ich glaube, weil er im Prinzip ein anständiger Mann ist, der eine Dummheit begangen hat, die er bitter bereut.«

»Sein Gewissen läßt ihm keine Ruhe«, fügte Lottie hinzu, die schlaff in ihrem Sessel saß und die Arme vor der Brust verschränkt hatte. »Sie hätten ihn sehen sollen. Er scheint fix und fertig zu sein.«

»Sie haben ihm Vertraulichkeit zugesichert, ohne sich zuerst mit einem von uns zu besprechen?« Der Chef vom Dienst bildete mit den Fingern beider Hände eine Pyramide und musterte mich mit leicht besorgtem Blick, seine übliche Miene, wenn er mit Lottie oder mir zu tun hatte. Er war ein Journalist der alten Schule, aus jenen Tagen, als es in den Redaktionen noch nicht wie in »Hühnerställen« zugegangen war, wie er sich einmal einem männlichen Kollegen gegenüber ausgedrückt hatte. Als er in diesem Beruf angefangen hatte, hatten die Frauen über Mode und schöneres Wohnen geschrieben. Nur wenige hatten auf der Straße gearbeitet, noch weniger als Polizeireporterinnen. Ich sah, wie hinter ihm die Zugbrücke des Venetian Causeway langsam hochgezogen wurde, um eine riesige, weiße Jacht in die Biscayne Bay hinauszulassen.

»Ohne diese Zusicherung hätte er überhaupt nicht mit uns gesprochen. Die anderen haben gemauert und sind bei ihrer Geschichte geblieben«, sagte ich. Ich konnte es nicht ausstehen, mich vor diesen Männern rechtfertigen zu müssen. Wo waren sie denn gewesen, als wir in der Dunkelheit durch fremde Stadtteile gefahren waren und uns mit zuknallenden Türen, Flüchen und angreifenden Pit Bulls befassen mußten? Wann hatte einer von ihnen zum letzten Mal als Reporter auf der Straße gearbeitet? Die meisten Redakteure wurden aus den Reihen der politischen Journalisten rekrutiert; sie hatten sich nie die Hände schmutzig gemacht. Und doch saßen sie jetzt hier in der Bequemlichkeit eines voll klimatisierten Büros und verlangten Erklärungen. An Lotties herabhängenden Mundwinkeln und dem wachsamen Blick ihrer Augen erkannte ich, daß sie mein Unbehagen teilte. Sie machte auch nicht den Eindruck, als hätte sie gut geschlafen. Würden sie auch so skeptisch sein und uns diese Fragen stellen, dachte ich, wenn wir Männer wären?

Mein gesunder Menschenverstand kämpfte gegen das Gefühl an, feindseligen Männern gegenüberzusitzen, die eine Bedrohung für mich darstellten. Mein logisches Denken wurde von Müdigkeit beeinträchtigt; wenn ich mich in ihre Lage versetzte, wurde mir durchaus klar, worüber sie sich Sorgen machten. Das war eine hochbrisante Story. Sie mußten sich absolut sicher sein. Sie waren die Hüter der Zeitung. Wenn sich ein ernsthafter Fehler in meine Story schlich, würde gegen die Zeitung geklagt werden, nicht gegen mich. Ich versuchte, mich davon abzuhalten, unter dem polierten Eichentisch ungeduldig mit dem Fuß zu wippen, und sagte mir, daß dieses Verhör noch viel schlimmer hätte ausgehen können; Gretchen hatte heute Spätdienst und war noch nicht da. Dem Himmel sei Dank für kleine Gefallen.

»Ich würde sagen, wir bringen die Story morgen«, sagte Fred Douglas schließlich, und seine kräftige Stimme dröhnte durch Luft, die von Zweifel und Unentschlossenheit erfüllt zu sein schien. Die Gesichter um den Tisch nickten. Stühle scharrten. Niemand schien einen Einwand zu haben.

Sie wollten meinen Artikel so schnell wie möglich haben, sagten sie, damit sie ihn lesen und Mark geben konnten, der ihn vor Feierabend noch gründlich prüfen würde. Obwohl er rechtzeitig fertig sein würde, würde er erst in der regulären Ausgabe erscheinen, damit die Fernsehkonkurrenz keinen Tip bekam und nicht schon in den Elf-Uhr-Nachrichten darüber berichtete.

Ich war erleichtert, den Konferenzraum verlassen, in das hektische Großraumbüro zurückkehren und an meinem Terminal arbeiten zu können. Manchmal war ich der Ansicht, für diesen Beruf geboren worden zu sein. Ich mochte es, gegen den Redaktionsschluß anzukämpfen. Ich hatte unter Druck schon immer hervorragend arbeiten können, und es belebte mich geradezu, das Rennen gegen die Uhr aufzunehmen, vielleicht, weil ich sehr wohl wußte, daß alle Siege nur befristet und letztendlich die Zeit der einzige Sieger sein würde.

Als die Story fast fertig war, rief ich Alma Hudson an und erzählte ihr, was ich herausgefunden hatte. Ich wollte nicht, daß sie erst aus der Zeitung davon erfuhr – und ich wollte ein Zitat von ihr haben. Sie hörte so leise zu, daß ich, als ich geendet hatte, nicht sicher war, ob sie noch am Apparat war.

»Ich habe gewußt, daß mein Mann nichts Falsches getan hat«, sagte sie schließlich mit ergriffener Stimme, »und ich bete, daß ihm Gerechtigkeit widerfahren mag. Gott sei Dank kommt die Wahrheit endlich zum Vorschein. Gott segne Sie, Britt.«

Ich arbeitete ihre ersten beiden Kommentare ein. Dann rief ich Francie an, ließ sie schwören, nichts zu verraten, bis die Ausgabe ausgeliefert war, und erzählte ihr alles. Danach wählte ich mit pochendem Herzen Kendall McDonalds Nummer.

»Clark Kent? Hier ist Lois Lane.«

»Ist das nicht die Reporterin, die sich in Telefonzellen umzieht?«

»Ich kenne ein paar Reporter, die das wirklich machen.«

Er lachte. »Ich habe gerade an dich gedacht, Britt.« Er schien sich zu freuen, von mir zu hören.

»Wir müssen Hellseher sein – oder verrückt.«

»Wahrscheinlich beides«, sagte er. »Was macht die Arbeit?«

»Ich habe gerade die Story über Hudson fertig.«

»Das erklärt all die Gerüchte, das Durcheinander und die Paranoia unter den uniformierten Beamten gestern nacht. Wann wird sie erscheinen?«

»Morgen in allen Ausgaben.«

»Auf der Titelseite?«

»Kommt drauf an, was sonst noch so in der Welt passiert. Das entscheiden die Redakteure. Willst du wissen, was drinstehen wird?«

»Nein. Ich lese die Story lieber, wie alle anderen auch. Sie wird sicher wie eine Bombe einschlagen?«

»Weiß ich noch nicht«, sagte ich. »Mal sehen, was passiert, sobald sie veröffentlicht wurde.«

»Nun, ein Gutes könnte die Sache ja haben.«

»Und was?«

»Vielleicht kannst du etwas mehr Zeit für andere Dinge aufbringen.«

»Womit du dich meinst?« Ich mußte unwillkürlich lächeln und fragte mich, ob er es aus meiner Stimme heraushören konnte.

»Es wäre nicht schlecht, dich öfter zu sehen.«

»Sieh an«, sagte ich. »Wie nett. Und ich dachte schon, ich wäre verführt und dann sitzengelassen worden.«

»Du nicht, Lady, du nicht.«

Wir verabschiedeten uns, und ich legte noch immer lächelnd auf. Hinter mir hatte Ryan meine letzte Bemerkung mitbekommen und platzte bald vor Neugier. »Mit wem hast du da gesprochen, Britt? Wer war das?«

»Ihr verdammten Reporter«, sagte ich, und mein Gesicht lief vor Verlegenheit rot an. »Ist euch denn nichts mehr heilig?«

Meine Story teilte sich die Titelseite mit dem ersten Teil von Ryans Floßabenteuer, der üblichen internationalen Politik und einem Wetterbericht. Über den Kapverden, vor der Küste Senegals in Westafrika, fünftausendfünfhundert Kilometer südöstlich von Miami, hatte sich ein tropisches Tiefdruckgebiet gebildet; eine bedrohliche Nachricht in der atlantischen Hurrikan-Saison. Dieser mögliche Sturm erreichte uns nie, aber meine Story erzeugte einen Orkan.

Das Furore machte es den Cops in Miami schwer. Die Ereignisse überschlugen sich. Die Hudson-Cops – unter diesem Namen wurden sie bekannt – wurden noch am selben Tag vom Dienst suspendiert, allerdings mit weitergezahlten Bezügen. Die Staatsanwaltschaft und die Dienstaufsicht der Polizei nahmen Ermittlungen auf. D. Wayne Hudsons Wagen, der nun ein Beweismittel war, wurde in einer Werkstatt beschlagnahmt, in der er gerade repariert werden sollte. Innerhalb von vierundzwanzig Stunden hatte der Gerichtsmediziner Mord als Hudsons Todesursache bestätigt. Der Polizeichef wurde von der Presse belagert und von Bürgervereinen attackiert, die ihm vorwarfen, seine Leute nicht im Griff zu haben.

Eine Kirchengruppe farbiger Mitbürger führte einen Trauerzug für D. Wayne Hudson durch und marschierte in der Dämmerung ernst und schweigend die Flagler Street zum Gerichtsgebäude entlang; die Leute trugen einen schwarzen Sarg und Plakate, die nur mit einem Wort beschriftet waren: ›GERECHTIGKEIT‹. Hunderte von Passanten, sowohl schwarz als auch weiß, gesellten sich im diesigen Zwielicht zu ihnen, bis über tausend Personen an dem Schweigemarsch teilnahmen. Auf den Stufen des Gerichts zündeten sie Kerzen an und hielten eine Mahnwache.

Meine Story war anscheinend fair und objektiv gewesen, denn meine Post setzte sich zu gleichen Teilen aus giftigen Schmähbriefen und Lobeshymnen zusammen.

Obwohl ich Ted Ferrells Namen nicht genannt hatte, war ich seiner Schilderung der Ereignisse gefolgt. Die anderen Beamten mußten keine Geistesriesen sein, um herauszufinden, wer von ihnen das Schweigen gebrochen hatte. Ich fragte mich, ob sie ihm zusetzten, und verspürte eine gewisse Erleichterung, daß sich ihre Ängste und Paranoia nicht mehr gegen mich richteten. Sie mußten sich jetzt um Wichtigeres Sorgen machen. Zum Beispiel darüber, wie sie Haftstrafen vermeiden konnten.

Als ich einen Tag nach Veröffentlichung der Story zum Schauplatz eines gewaltsamen Todes im Polizeibezirk von Miami eilte, kämpfte ich gegen meine Besorgnis an. Wie sollte ich meine Arbeit machen, wenn kein Cop in Miami je wieder mit mir sprach?

Es war an einer Straßenecke in Overtown passiert. In dem Augenblick, da ich aus dem Wagen stieg, wußte ich, um was für einen Gestank es sich handelte. Wenn man einmal verbranntes Menschenfleisch gerochen hatte, vergaß man ihn nie wieder. Das Unausweichliche war passiert. Das Opfer lag ausgestreckt am Fuß einer Straßenlampe. Der Plastikschutz um die Griffe seiner Drahtschere war geschmolzen. Von seinen Händen stieg noch Rauch empor.

Ich fragte mich, ob er in seinem Nachruf Amateurelektriker genannt werden würde. Er schien um die zwanzig Jahre alt zu sein. Zeugen, möglicherweise Komplizen, junge Männer in seinem Alter, die ihn zu kennen schienen, beschrieben eifrig, was sie gesehen hatten.

Ein kleiner, untersetzter Bursche mit großen Augen, einer Baseballmütze und ausgefransten Shorts sprach mit einem Detective von der Mordkommission, der nickte, als er mich sah. Weder er noch die Cops, die die Gaffer zurückdrängten, schienen etwas dagegen zu haben, daß ich zuhörte.

»Ein gewaltiger, heller Feuerblitz«, sagte der fette Junge und machte mit den Armen eine weitausholende Geste. Der Blick seiner feuchten Augen richtete sich immer wieder ungläubig auf den frisch Verstorbenen auf der Straße. »Bobby kniete hier nieder, genau hier«, sagte er und ging neben dem Pfosten in die Hocke, »und hantierte an dem Verteilerkasten und dann blitzte es, und er machte eine Rolle rückwärts.« Der Junge stand auf und starrte die Leiche an. »Echt 'ne Rolle rückwärts, Mann. Er wurde zwei, drei Meter zurückgeworfen. Funken flogen überallhin, und sein ganzer Körper zitterte. Rauch kam aus seinen Händen, Mann, und aus seinen Schuhen und Socken quoll schwarzer Qualm. Mann«, er schüttelte den Kopf, »Bobby wurde richtig gegrillt.«

»Kurz-ge-bra-ten!« skandierte einer der Umstehenden.

Ein Notdienstwagen der Stadtwerke war eingetroffen; auf dem Armaturenbrett blitzte ein gelbes Warnlicht. Der Fahrer trug einen Schutzhelm und schaute kalt und nüchtern drein. »Das mußte früher oder später ja mal passieren«, sagte er lakonisch. »Der Strom ist aus der Leitung auf ihn übergesprungen. Das elektrische Feld ist so stark, daß man nicht mal direkten Kontakt haben muß.« Während Bobby Kupferdraht aus einer Straßenlampe stehlen wollte, war er von ›7720 Volt, der üblichen Hochspannung‹, wie der Elektriker der Stadtwerke sagte, aus dieser Welt in die nächste befördert worden.

Was mich am meisten beeindruckte, war – einmal abgesehen von Bobbys unglücklichem Schicksal – das Verhalten der Cops. Ich hatte befürchtet, daß sie mich meiden würden wie der Teufel das Weihwasser, doch sowohl die uniformierten Beamten als auch die in Zivil brachten mir keinen Groll entgegen und behandelten mich nicht anders als zuvor.

Francie und ich sprachen später darüber. Die meisten guten Bullen, erklärte sie mir, freuten sich, wenn schlechte in Schwierigkeiten gerieten. Die anderen waren einfach erleichtert darüber, daß es Kollegen und nicht sie erwischt hatte. Den Blackburns, den Gewichthebern und sogar Carpenter weinte kaum einer eine Träne nach. Ted hatte viele Freunde und Verteidiger, doch nur wenige gaben mir die Schuld für seine Probleme. Der Bote war verschont geblieben; das Leben ging wie gewohnt für mich weiter.

Zumindest bis zu meinem Besuch im Polizeipräsidium am folgenden Tag. Ein Parkangestellter hatte an der Nordseite des MacArthur Causeway einen Toten aus dreißig Zentimeter tiefem Wasser vor Watson Island gezogen. Die Leiche hatte einen Quarter in der Tasche und zwei Einschußlöcher in der Brust.

Ich hatte die Detectives der Mordkommission zuerst am Tatort verpaßt und dann erneut, wenn auch nur um ein paar Minuten, in der Gerichtsmedizin. Im Präsidium wollte ich gerade zum Presseschalter gehen, als ich an einer kleinen Gruppe vorbeikam, die auf den Fahrstuhl wartete. Die Tür öffnete sich, und sie strömten hinein. Zum Henker, dachte ich, und ging mit ihnen. Ein Labortechniker drückte auf den Knopf zum fünften Stock, und ich stieg mit ihm aus. Er ging in die entgegengesetzte Richtung, zu den Büros der Dienstaufsicht; ich ging nach rechts, schnurstracks zur Mordkommission mit angeschlossenem Raubdezernat.

Als ich nur noch dreißig Schritte von meinem Ziel entfernt um die Ecke bog, verließ mich das Glück. Major Francisco Alvarez kam auf mich zu. Zu spät, kein Versteck in Sicht. Ich war allein und hatte keinen offiziellen Besucherausweis, eine Plastikkarte zum Anstecken mit der Nummer des Stockwerks, das man betreten durfte. Ich ging davon aus, daß er mich ignorierte und dann beim Presseschalter anrief und sich beschwerte, daß sich eine Reporterin eingeschlichen hatte. So ging er normalerweise vor.

Ich lächelte hoffnungsvoll, als wir uns einander näherten. Vielleicht war er gut gelaunt. Selbst wenn er mich meldete, konnte ich vielleicht noch schnell zur Mordkommission gehen und herausbekommen, was ich wissen wollte, bevor mich jemand hinauswarf. Alvarez kniff die Augen zusammen, und seine dunklen, buschigen Brauen trafen sich in der Mitte in einer ungebrochenen Linie, die mich unwillkürlich an eine schwarze, haarige Raupe erinnerte.

»Hallo, Major«, sagte ich betont freundlich und wich ihm nach rechts aus. Er trat mir absichtlich in den Weg und rieb die Finger seiner rechten Hand aneinander. Mit der anderen nahm er eine Zigarre aus dem Mund.

»Wo ist er?« bellte er.

Ich sah ihn ganz unschuldig an.

»Ihr Besucherausweis. Ihre Erlaubnis, sich auf dieser der Öffentlichkeit nicht zugänglichen Etage aufzuhalten.«

»Ach du Schreck«, sagte ich und wühlte geistesabwesend in meinen Taschen. Dann zog ich den Kopf ein und sah ihn wie ein kleines Dummchen an. »Ich hab' vergessen, mir einen zu holen.«

Es beunruhigte mich, als ich sah, daß seine Wangen rot anliefen. Er schaute wütend drein. Sehr wütend. Seine Stimmungsschwankungen setzten immer blitzschnell ein. Ich mußte ihn wohl an einem schlechten Tag erwischt haben, dachte ich.

»Ich muß nur kurz mit einem Detective sprechen, dann hole ich mir einen«, erbot ich mich unbekümmert. Er blieb weiterhin vor mir stehen und funkelte mich an.

»Sie haben auf dieser Etage nichts zu suchen. Sie ist der Öffentlichkeit nicht zugänglich. Wie sind Sie hier überhaupt 'raufgekommen?« fragte er hitzig, viel zu hitzig angesichts der Bedeutung dieser Übertretung, dachte ich. Ich hatte ihn noch nie so rot im Gesicht gesehen, nicht einmal am Tatort eines Massenmordes. Und er kam gerade erst in Schwung. »Sie haben lediglich zur Lobby Zutritt. Sie sind schon lange genug dabei, um die Regeln zu kennen! Oder glauben Sie, daß die Regeln für Sie nicht gelten?« Er sprach immer lauter; seine Stimme dröhnte durch den Korridor, und die Tirade veranlaßte Detectives der Mordkommission, neugierig zu uns hinüberzusehen. Beamte, die an uns vorbeigingen, schritten langsamer aus, um das Schauspiel zu beobachten.

»Na schön«, sagte ich, und irgendein Teufel ritt mich, stur zu beharren. »Aber kann ich nicht trotzdem kurz mit den Detectives sprechen?« Als ich das sagte, wurde mir schon klar, daß mich kein Detective, der bei Verstand war, auch nur ansehen würde, ganz zu schweigen davon, daß er mir unter Major Alvarez' Blick irgendwelche Informationen gab. Das wäre beruflicher Selbstmord gewesen.

»Raus hier! Schaffen Sie Ihren gottverdammten Arsch von dieser Etage und aus diesem Gebäude! Raus!« Alvarez arbeitete sich noch immer in Rage und deutete nun in Richtung der Fahrstühle, als sei ich ein widerspenstiges Kind, das sich sehr ungezogen benommen hatte. Mein Herz hämmerte, und mein Gesicht brannte, als sich eine scharfe Furcht wie ein Messer in meinen Magen grub. Drei purpurne Adern pochten auf seiner Stirn, und er sah so gewalttätig aus, wie jemand nur aussehen konnte, ohne zuzuschlagen. So weit wird er nicht gehen, sagte ich mir. Aber zum Henker, ich hätte auch nie gedacht, daß er *so* weit gehen würde wie jetzt. Mittlerweile waren Dutzende von Augen auf uns gerichtet.

»Na schön, aber Sie müssen ja nicht gleich so schreien«, sagte ich sanft. Ich drehte mich um, marschierte zögernd den Korridor zu den Fahrstühlen zurück und hoffte, Alvarez würde es dabei bewenden lassen und sich wieder seinen Aufgaben widmen. Aber das war nicht der Fall; er blieb mir auf den Fersen und redete unablässig auf mich ein. Noch mehr Zuschauer gesellten sich hinzu. Einigen machte das Schauspiel bestimmt Spaß; anderen mußte es peinlich sein.

Mein Nacken war glühend heiß, und meine Knie zitterten, so heftig setzte mir seine verbale Attacke zu.

»Meine Männer von der Arbeit ablenken und sie zu Hause belästigen. Bei mir kommen Sie damit nicht durch. Verschwinden Sie von hier! Raus!«

Ich versuchte, meine Haltung zu bewahren, trat mit gehobenem Kopf vor den Fahrstuhl und hoffte, daß meine Hand nicht zitterte, als ich auf den Knopf drückte. Ich befürchtete nur, daß die Beamten, die diese Szene beobachtet oder von ihr gehört hatten, in Zukunft nicht mehr mit mir sprechen würden, aus Angst, sich seinen Zorn zuzuziehen. Und ich verabscheute den Gedanken, daß er mit mir hinunterfahren könnte. Doch als der

Fahrstuhl kam, hörte er mit seiner Schmährede auf und griff am Empfangspult, hinter dem ein junger Angestellter saß, der den Mund weit aufgerissen hatte und uns mit großen Augen beobachtete, nach dem Telefon.

Als sich die Tür schloß, rief Alvarez mir nach: »Lassen Sie Ihr gottverdammtes Gesicht hier oben nie wieder blicken!« Ich blinzelte heftig, um nicht vor Wut und Scham loszuheulen, während der Fahrstuhl noch zweimal anhielt und weitere Fahrgäste einstiegen. Ein verrückter Bombenleger konnte wahrscheinlich ungehindert im Polizeipräsidium herumschleichen, aber eine Reporterin nicht. Wie ich es mir gedacht hatte, stand Danny Menendez, den Alvarez' Anruf alarmiert hatte, mit steinernem Gesicht in der Lobby neben dem Fahrstuhl, als sich die Tür öffnete.

Ich lächelte und wollte an ihm zum Medienraum vorbeigehen. Er winkte mich mit dem Zeigefinger herbei. »Da entlang, Britt.«

»Was meinen Sie?«

»Der Major möchte, daß Sie das Gebäude verlassen. Sofort. Ich weiß nicht, was Sie getan haben, aber er ist stinksauer auf Sie und möchte, daß Sie gehen.« Er deutete mit dem Daumen auf die großen Glastüren, die zum Parkplatz führten.

Ein Sturm war aufgekommen, und der Himmel war grau und bewegt; Palmen bogen sich im heftigen Wind. Styroporverpackungen von Fast-Food-Ketten wurden vorbeigeweht.

»Das kann er nicht machen, Danny. Das ist ein öffentliches Gebäude, und ich repräsentiere die Öffentlichkeit. Außerdem braut sich da draußen ein Sturm zusammen.«

»Er kann es machen. Er hat das Kommando.«

»Wo ist der Polizeichef?«

»Verreist, hat ein paar Tage Urlaub genommen, um mal Abstand von diesem Schlamassel zu gewinnen. Die Leute unterschreiben bereits Petitionen, in denen sie seinen Rücktritt fordern. Alvarez ist in seiner Abwesenheit amtierender Chef.«

»Oh.«

Menendez sah erwartungsvoll zum Fahrstuhl. O nein, dachte ich, Alvarez ist wahrscheinlich auf dem Weg zur Lobby.

»Sie gehen lieber, Britt.«

Die Türen glitten auf, und Alvarez stürmte in die Lobby, die Schultern hochgezogen, steifbeinig und wütend, wie ein Stier, der gleich angreifen wird. Die Lobby war voller Menschen, sowohl Zivilisten als auch Polizeibeamten.

»Na schön, Danny, aber Sie wissen, daß ich zurückkommen werde.«

»Ich weiß«, seufzte er.

Ich ging zur Tür hinaus, als Alvarez sich Menendez vorknöpfte.

»Es ist Ihre Aufgabe, darauf zu achten, wer dieses gottverdammte Gebäude betritt, und die Presse nicht in die oberen Etagen zu lassen! Was zum Teufel hatte sie da oben zu suchen?«

Der Himmel hatte sich verdunkelt, und der wilde Wind hatte sich zu diesem fieberhaften Gipfel hochgeschaukelt, den er unmittelbar vor dem Wolkenbruch erreicht. Ein paar Tropfen benetzten mein Gesicht, und mein Haar wehte in einem plötzlichen Windstoß wie eine Fahne. Mein Wagen stand am anderen Ende des Parkplatzes, und ich hatte erst die Hälfte der Strecke zurückgelegt, als es losging. Ich fummelte mit den Autoschlüsseln herum und ließ sie fallen, während der kalte Regen auf mich niederprasselte. Als ich mich elend und völlig durchnäßt bückte, um sie aufzuheben, und die Tinte von den Seiten meines aufgeschlagenen Notizbuches verlief, fühlte ich, daß man mich aus der Lobby heraus beobachtete.

17

Die Hudson-Cops wurden zehn Tage später angeklagt. Die Anklage lautete auf Mord zweiten Grades. Da der Druck der Öffentlichkeit immer größer wurde, hatten die Ermittler keine Zeit verschwendet. Gerüchte aus der Staatsanwaltschaft besagten, daß man Ted Ferrell einen Handel angeboten hatte: Er könne sich retten, wenn er gegen die anderen aussagte. Er würde nie wieder eine Dienstmarke tragen, aber auch nicht ins Gefängnis gehen.

Er lehnte rundweg ab.

Danach hatte der Staatsanwalt Carpenter ein Angebot gemacht. Da er sich nicht in dem Maß strafbar gemacht hatte wie die anderen und nur bei der Vertuschung mitgewirkt und einen falschen Bericht geschrieben hatte, bot man ihm an, ihn nicht anzuklagen, wenn er für die Staatsanwaltschaft aussagte. Er würde bis zum Prozeß suspendiert bleiben und dann in den Ruhestand versetzt werden. Er schnappte nach dem Handel, der seine Pension retten würde, wie ein Ertrinkender nach einem Rettungsring.

Den Hudson-Cops wurde gestattet, sich in Begleitung ihrer Anwälte im Bezirksgefängnis einzufinden, um ihnen die Entwürdigung zu ersparen, vor ihren Familienmitgliedern oder Nachbarn verhaftet und in Handschellen abgeführt zu werden. Dennoch war die Festnahme quälend. Sie waren noch immer Polizeibeamte, die sich plötzlich auf der anderen Seite der Gitterstäbe befanden, wenn auch nur für kurze Zeit. Man nahm ihnen die Fingerabdrücke ab und fotografierte sie. Nach kurzen Anhörungen im Justizgebäude auf der anderen Straßenseite wurden sie auf Kaution freigelassen.

Als wir hörten, daß Anklage erhoben worden war und die Beamten sich freiwillig stellten, wurden Lottie und ich zur Berichterstattung zum Gefängnis geschickt. Es kam mir wie eine Art poetischer Gerechtigkeit vor, wie eine süße Rache, als sie Estrada fotografierte, der in Jeans und einer Lederjacke schnell aus dem Gefängnis kam, begleitet von seinem Anwalt, und versuchte, sich von der Kamera wegzudrehen und sein Gesicht zu verbergen. Diesmal gab es keine wilden Flüche oder Kampfhunde.

Die Blackburns schauten grimmig drein, hielten die Köpfe gesenkt und wurden von einem erstklassigen Strafverteidiger begleitet. Machado, dessen religiöse Schmuckstücke an seinen Goldketten baumelten, wurde von mehreren Familienmitgliedern und einer jungen Frau begleitet, die sich als seine Verlobte bezeichnete.

Betsy hatte anscheinend darauf bestanden, Ted in seiner dunkelsten Stunde zu begleiten. Vor dem Gefängnis schien er zu versuchen, sie zu überreden, im Auto zu warten, doch sie war fest entschlossen. Sie bewegte sich unbeholfen und schien kurz vor den Wehen zu stehen, unterzog sich jedoch, wenn auch mit bleichem, angespanntem Gesicht, Hand in Hand mit ihm dem Spießrutenlaufen durch die Reihen der Fernsehkameraleute und Zeitungsfotografen.

Alle Angeklagten lehnten jeden Kommentar ab.

Betsy sprach zu den Reportern und Fotografen, die sich um sie und Ted scharten, als sie in ihren Wagen stiegen. »Mein Gatte ist ein guter Mann. Ihm liegt an den Leuten und an der Stadt.« Dann schwieg sie verweint und mit zusammengepreßten Lippen.

Als ich ihr Zitat später in meine Story einarbeitete, hatte ich ein seltsames Gefühl des Déjà-vu. Wo hatte ich diese Worte schon einmal gehört? Dann fiel es mir wieder ein. Eine andere Frau, eine andere Mutter hatte dasselbe über ihren Mann zu mir gesagt. Alma Hudson, die Witwe des Opfers.

An diesem Abend beobachtete ich mich selbst voller Unbehagen in den Fernsehnachrichten, wie ich am Rand des Medienrudels stand, das drängte, schob und zerrte und jedem angeklagten Bullen nachsetzte. Das Bild vermischte sich in meiner Vorstellung mit der schrecklichen Szene, die Ted beschrieben hatte, dem wilden Angriff des Rudels auf D. Wayne Hudson. Ich erschauderte, schaltete den Fernseher aus und suchte Zuflucht in den Armen Kendall McDonalds, der ernst neben mir gesessen und ebenfalls zugesehen hatte.

Der Fall Hudson beherrschte weiterhin monatelang die täglichen Nachrichten, als wolle er, wie die Reise des Raumschiffs *Enterprise*, niemals enden. Ich hatte wenig Anteil an dieser Berichterstattung. Meine Aufgabe war es, über das Verbrechen auf den Straßen zu berichten, und daran mangelte es der Stadt nicht. Der Fall Hudson arbeitete sich langsam, aber sicher durch die Mühlen der Justiz, der Gerechtigkeit entgegen, und die *News* hatte zwei Reporter zur Berichterstattung darüber abgestellt. Sie machten ihre Aufgabe gut, vielleicht zu gut für meinen Geschmack. Ich hätte mich damit zufriedengegeben, auf den Prozeß zu warten, um Neuigkeiten zu erfahren. Doch die Konkurrenz war stark vertreten – von den anderen örtlichen Zeitungen, den drei nationalen und den örtlichen Fernsehsendern, die viel Nachrichten brachten, bis hin zu Reportern von Radiosendern und Nachrichtenagenturen. Sie alle hatten nicht die geringste Ahnung gehabt, als wir die Story brachten, und versuchten nun aufzuholen, als erste über jede neue Entwicklung zu berichten, wie Haie in einem Freßrausch.

Während der Prozeßvorbereitungen wurden der Verteidigung und damit auch der Öffentlichkeit immer neue Entdeckungen der Staatsanwaltschaft zugänglich gemacht. Andere Polizeibeamte hatten sich an der Verfolgung beteiligt. Sie waren eingetroffen, nachdem Hudson gestoppt worden war, hatten sich an dem Angriff auf ihn aber nicht beteiligt. Unter Eid legten sie ihre Zeugenaussagen ab. Jeder Tag brachte atemlose neue Enthüllungen und schmerzliche Einzelheiten. Beschreibungen der Schläge, die D. Wayne Hudson hatte einstecken müssen. Wie man ihm Handschellen angelegt hatte, während er verprügelt worden war. Wie die Beamten absichtlich seinen Wagen beschädigt und auf seiner Uhr herumgetrampelt hatten, sie zertreten hatten, während sie noch an seinem gefesselten Handgelenk befestigt war. Jede neue Enthüllung erzeugte lautere Forderungen der Öffentlichkeit, der Polizeichef solle zurücktreten.

Die Hudson-Cops waren die größte Story in der Stadt. Ich verfolgte die Berichterstattung zuerst mit Interesse und dann mit einem wachsenden Unbehagen und fragte mich, ob die lückenlose Berichterstattung nicht zur Folge haben würde, daß man in Miami keine unbeeinflußten Geschworenen finden würde, womit eine Verlegung des Gerichtsortes notwendig werden mußte. Für mich ging das Leben weiter; jeden Tag ein neuer Redaktionsschluß. Die Nachrichten wurden nicht weniger, besonders nicht auf meinem Gebiet. Arbeit war immer meine

Rettung gewesen, meine Erlösung von allem, von einem gebrochenen Herzen bis zu einer schlimmen Erkältung. Doch das Leben auf den Straßen und in der Redaktion hatte sich verändert. Gefangen im glühendheißen Licht und prüfenden Blick der Öffentlichkeit, zeigte sich die Polizei nicht von ihrer besten Seite. Sie erinnerte mich immer mehr an den Basketballspieler, der plötzlich merkt, daß er im Rampenlicht steht, und den Ball immer wieder fallenläßt und sich einfach nicht mehr bewegen kann.

Als ich ohne jede besondere Absicht die Polizeiberichte durchging, stieß ich auf eine Story über einen Mann, der am Stadtrand von Liberty City wohnte. Ein Räuber hatte ihn brutal überfallen und ihm die Brieftasche und die Hausschlüssel abgenommen. Als er nach Hause kam, mußte er durch sein eigenes Fenster einsteigen. Es war dunkel, und ein wohlmeinender Nachbar hielt ihn für einen Einbrecher und rief die Polizei. Der eintreffende Beamte, ein Hundeführer, schickte seinen K-9-Partner dem ›Einbrecher‹ durch das offene Fenster hinterher.

Der Hund trieb den schreienden Hausbesitzer schnell in die Ecke und verbiß sich in ihn. Dann schlug der Beamte den Mann ein paarmal mit der Faust und zerrte ihn hinaus, zufrieden, einen Verbrecher auf frischer Tat ertappt zu haben. Der unglückliche Bürger war zum zweitenmal zusammengeschlagen worden, diesmal von den Bullen. Eine gute Story.

Der Hausbesitzer war zufällig schwarz, der Beamte zufällig weiß. Plötzlich war die Rasse relevant. Wütende schwarze Bürgergruppen warfen der Polizei Rassismus vor. Dabei hatte das nichts damit zu tun. Derselbe Fehler hätte geschehen können, wäre der Hausbesitzer weiß und der Polizist schwarz gewesen oder hätten beide dieselbe Hautfarbe gehabt. Einer Reporterin wie mir, die es gewöhnt war, bei einer Story die Rasse aus dem Spiel zu lassen, kam es komisch vor, daß ihr plötzlich eine so große Bedeutung eingeräumt wurde.

Ein paar Tage später bekam ein Polizeibeamter, ein Latino, der eine Nutte auf dem Biscayne Boulevard zu sexuellen Gefälligkeiten zwang, anscheinend etwas zu sonderbare Anwandlungen. Er hatte sich ein Gynäkologenbesteck gekauft und wollte Onkel Doktor spielen. Wortwörtlich. Die Nutte weigerte sich wütend und verpfiff ihn. Mich rief sie vorher an. Ihre größte Beschwerde – abgesehen von den Gummihandschuhen, dem Spekulum und dem Uteroskop – lautete: »Er ist nicht mal bei der Sitte, und ich soll ihn zweimal die Woche 'ranlassen, und jetzt so'n Scheiß?«

Wir unterhielten uns nett und ausführlich, und ich verwies sie an die Dienstaufsicht. Eine Ermittlung wurde eingeleitet, und nachdem sie sich einem Lügendetektortest unterzogen hatte, wurde der Beamte vom Dienst suspendiert.

Obwohl sie es ursprünglich nicht erwähnt hatte, fiel sie, nachdem die Story erschienen war, in die Beschwerde einer schwarzen Aktivistengruppe ein, die darauf bestand, daß der Cop sie nur deshalb erpreßt hatte, weil sie schwarz war. Mir kam die Situation eher sexistisch als rassistisch vor, aber der Stein war ins Rollen gekommen.

Ein paar wütende Leserbriefschreiber warfen mir vor, in einer bereits geteilten Stadt die Rassenspannungen anzuheizen; mein regelmäßiger ›Brieffreund‹ Randall Woxhall beschuldigte mich, eine sexistische Hure zu sein, und ich wurde von Liebesbriefen und bewundernden Anrufen von Pete Zalewski und seinen Zellengefährten bombardiert. Im Gefängnis waren diese Stories sehr beliebt. Ich hatte ihnen einen schönen Tag bereitet.

Nichts davon hatte in meiner Absicht gelegen, aber man kann so eine Story nicht einfach ignorieren. Andere Leser lobten meinen ›Kreuzzug‹, den ich durchkämpfte, um Ungerechtigkeiten ans Licht zu zerren. Es war kein Kreuzzug; ich meldete nur die Nachrichten. Und um die Wahrheit zu sagen, es machte mir meinen Job nicht einfacher, diese Stories zu schreiben. Es wäre mir viel lieber gewesen, hätte die Polizei damit aufgehört, sich ständig in solche Situationen zu bringen.

Aber sie hörte nicht damit auf. Es regnete nicht nur weiter, es schüttete geradezu wie aus Eimern. Cops der Mitternachtsschicht hielten drei grölende, rotzfreche Teenager an, die aggressiv wurden und im falschen Augenblick die Klappe aufrissen. Anstatt sie zu verhaften und den unvermeidlichen

Papierkram und die Termine beim Jugendgericht auf sich zu nehmen, entschlossen sich die Beamten, ihnen einfach schnell einmal Manieren beizubringen, indem sie sie an den Fersen von einer Autobahnbrücke baumeln ließen. Ihre Eltern erstatteten Anzeige, und eine Untersuchung wegen Brutalität im Dienst wurde eingeleitet. Die Teenager waren schwarz, die Polizisten weiß.

Ein anderer Officer der Mitternachtsschicht verfolgte zu Fuß einen jugendlichen Einbrecher und erkannte ihn dann als jemanden, den er gerade einen Tag vorher schon einmal wegen Einbruchs verhaftet hatte. Der frustrierte Bulle zwang den dreisten Dieb, ›über die Planke‹ in einen schlammigen Kanal zu gehen, und lieferte ihn dann pitschnaß und zitternd im Revier ab. Er behauptete, der Jugendliche sei bei seinem Fluchtversuch in den Kanal gesprungen. Zeugen behaupteten etwas anderes. Der Einbrecher war schwarz, der Beamte weiß.

Was zum Henker ging hier vor? Ich verabscheute es fast schon, immer auf solche Stories zu stoßen. Aber ich konnte sie auch nicht verschweigen.

Nachdem mittlerweile ein Dutzend verschiedene Gruppen seinen Rücktritt oder seine Absetzung forderten, machte der in Bedrängnis geratene Polizeichef endgültig die Schotten dicht und weigerte sich beharrlich, überhaupt noch mit der Presse zu sprechen. Er griff gegen das Fehlverhalten seiner Leute hart durch, doch es hatte den Anschein, als machten sie um so mehr Mist, je mehr sie kritisiert und genau beobachtet wurden. Plötzlich schienen sie überhaupt nichts mehr richtig machen zu können. Ich kannte dieses Gefühl nur allzu gut.

Alle waren überempfindlich. Als ich über einen Raub in einer Bank berichtete und den Täter routinemäßig als Schwarzen beschrieb, dreißig bis fünfunddreißig Jahre alt, einsfünfundsiebzig groß, mit kurzem Schnurrbart und Brille, bekleidet mit einer braunen Sportjacke und einem gelben T-Shirt, beschwerten sich schwarze Leser, daß wir den Täter klischeehaft als Farbigen beschrieben hätten.

Gretchen ›tadelte‹ mich wegen dieser Story streng. Wenn wir nicht eine ganz genaue Beschreibung hätten, die zu einer Festnahme des Verdächtigen führen könne, sollten wir kein Wort über die Rassenzugehörigkeit verlieren.

»Aber«, hielt ich dagegen, »wenn wir schreiben, ob der Gesuchte schwarz oder weiß ist, schränken wir damit die Möglichkeiten doch beträchtlich ein. Was nutzt es, seine Brille und den Schnurrbart zu erwähnen, aber nicht, welche Hautfarbe er hat?«

Sie blieb unerbittlich und war gar nicht erfreut, als ich sie fragte, wieso sie dann als meine Redakteurin die Story so hatte erscheinen lassen.

Eine Woche später hatte Fred Douglas, dem ich bis dahin immer einen gesunden Menschenverstand zugebilligt hatte, eine kurze Nachricht in meiner Schreibmaschine hinterlassen: »Kommen Sie in mein Büro.«

Ich ging in sein Büro und freute mich nicht über das, was ich dort sah. Er schaute unbehaglich drein, und sein Gesicht war verkniffen und ernst.

»Britt, man hat mich gebeten, mit Ihnen darüber zu sprechen, weil Gretchen der Ansicht war, Sie wären nicht einsichtig gewesen, als dieses Thema das letzte Mal zur Sprache kam.«

Wovon spricht er? fragte ich mich. Was hat Gretchen mir denn jetzt schon wieder eingebrockt? Wie dem auch sei, Angriff war die beste Verteidigung. »Ich bin immer einsichtig, wenn meine Redakteure mir etwas sagen«, log ich ungehalten und versuchte, angemessen aufrichtig dreinzuschauen.

Fred spielte mit einem schlanken, goldenen Füller auf seinem makellos aufgeräumten Schreibtisch. »Sie wissen, daß diese Zeitung immer um Empfindsamkeit bemüht ist, wenn es um Minderheiten geht?«

»Natürlich«, sagte ich, wachsam geworden. »Und von den Polizeireportern ist keiner empfindsamer als ich.«

»Das stimmt, aber Ihnen geht auch schon mal was durch. Wie das hier zum Beispiel.« Er beugte sich vor, öffnete die Schreibtischschublade und holte den Druckabzug einer meiner Stories hervor.

Die Story war meines Erachtens empfindsam geschrieben. Es handelte sich um ein Interview mit den Angehörigen eines

Lebensmittelhändlers, der vor einem Jahr von Räubern erschossen worden war. Der Mord war noch nicht aufgeklärt. Der Sohn des Mannes hatte mich angerufen und gefragt, ob ich irgend etwas tun könne, um den Fall, der den Angehörigen noch sehr zu schaffen machte, wieder ins Rollen zu bringen und neue Ermittlungen der Polizei einzuleiten. Er wollte wissen, ob es helfen könne, wenn er eine Belohnung aussetzte. Ich hatte die Familie besucht und über die große Leere im Leben der Witwe, der drei Söhne und deren Frauen geschrieben. Nach dem Tod des Opfers war dessen erstes Enkelkind geboren worden, ein Ereignis, auf das der Ermordete sich sehr gefreut hatte. Die Schließung seines kleinen Ladens, in dem er auch schon mal Kredit bewilligt hatte, hatte große Auswirkungen auf die gesamte Nachbarschaft gehabt. Ältere Mitbürger, Alleinerziehende und andere Personen mit beschränktem Einkommen mußten nun mit dem Bus fahren und mindestens einmal umsteigen, um Lebensmittel kaufen zu können.

Verwirrt las ich die Story durch, die Fred vor mich auf den Schreibtisch gelegt hatte. Sein Gesichtsausdruck war streng. »Was stimmt denn damit nicht?« fragte ich. »Sie haben gesagt, sie wäre nicht empfindsam geschrieben?«

»Sagen Sie mir mal, wie Sie die Witwe bei der zweiten Erwähnung nennen«, sagte Fred, als hätte ich einen offensichtlichen Bock übersehen.

»Sally«, sagte ich.

»Ein Leser hat angerufen und uns vorgeworfen, wir hätten sie nur beim Vornamen genannt, weil sie schwarz ist. Bei zweiten Erwähnungen benutzen wir normalerweise nur die Nachnamen.«

»Bis auf die Tatsache, daß in diesem Fall alle Leute, die ich zitiere, denselben Nachnamen haben. Alle Söhne, alle Schwiegertöchter. Es war am einfachsten und vernünftigsten, ihren Vornamen zu benutzen, um jede Verwirrung zu vermeiden und zu verdeutlichen, wer da was sagt. Das hat nichts mit der Rasse zu tun. Ach, um Himmels willen!« Ich sprang auf, zu wütend, um sitzenzubleiben, und schritt vor Freds Schreibtisch in dem kleinen Büro auf und ab.

»Die Cops haben den Mord an diesem Burschen vergessen. Es war ein verheerender Schlag für seine Familie und verschlechterte die Lebensqualität des ganzen Viertels, und wenn ich versuche, wieder Interesse daran zu wecken, den Fall neu aufzurollen, wirft man mir Unempfindlichkeit und Rassismus vor? Wer zum Teufel hat sich beschwert? Die doch wohl nicht etwa?« Ich deutete mit dem Zeigefinger auf den Druckabzug, auf Lotties ernstes Gruppenbild der Familie Anderson. »Die waren dankbar und erfreut, daß sich jemand an den Fall erinnert und sich darum kümmert.«

»›Die‹ haben wir hier überhaupt nicht«, sagte Fred und trank nervös einen Schluck Kaffee aus seinem Styroporbecher. Sein Adamsapfel hüpfte auf und ab. »Setzen Sie sich, setzen Sie sich.« Meine Körpersprache und streitlustige Reaktion bereiteten ihm offensichtlich Unbehagen. Aber ich blieb starrköpfig stehen. Wahrscheinlich ein Fehler; unser berufliches Verhältnis war immer gut gewesen. Zum Teufel damit, dachte ich, das ist doch lächerlich; ich hatte es nicht verdient, so herumgestoßen zu werden. Wütend sah ich zu ihm herab. Hinter seinem Schreibtisch eingeklemmt, erinnerte er mich immer mehr an eine Ratte, die in der Falle saß. »Es liegt nur daran, daß ein anderer Leser, ein Schwarzer, angerufen, den Chef vom Dienst an den Apparat bekommen und sich beschwert hat, diese Bezeichnung sei erniedrigend.«

»Fred, wollen Sie mir etwa vorwerfen, ich würde es an der nötigen Empfindsamkeit jedermann gegenüber fehlen lassen?« Der Zorn kochte vollends in mir hoch, und ich beugte mich über seinen Schreibtisch und spuckte Feuer. »Man hat mir die Story nicht zugeteilt. Ich habe sie von mir aus geschrieben. Ich hielt es für eine gute Idee, sie zu schreiben, und habe mich dafür eingesetzt. Niemand in dieser Redaktion könnte einer Familie gegenüber feinfühliger sein, deren Vater ermordet wurde. Vielleicht haben Sie vergessen, daß mein Vater . . .«

»Schon gut, schon gut.« Er hob die Hände, um seine Niederlage einzugestehen, und lehnte sich in seinem Sessel zurück. »Ich habe nur die Nachricht überbracht. Wir müssen uns mit diesen Dingen befassen. Wir haben schwierige Zeiten, Britt. Passen Sie in Zukunft einfach besser auf.«

War die Welt verrückt geworden, dachte ich, als ich aus seinem Büro stampfte, oder ich selbst?

Zum Glück erlebte mein Privatleben gerade ein Hoch, was mir half, die Probleme des Jobs besser zu verkraften. Im November hatte ich eine Woche Urlaub beantragt, die ich bis zum Jahresende nehmen mußte, da sie sonst verfallen würde, und MacDonald gefragt, ob er sie gemeinsam mit mir verbringen wollte. Wir hatten einander seit unserer ersten gemeinsamen Nacht mehrmals die Woche gesehen, und ich war hin- und hergerissen zwischen dem Vergnügen, mit ihm zusammenzusein, und der Angst vor dem Tag, an dem meine Bosse – oder seine – die Sache zwischen uns herausbekamen. Die Anziehungskraft zwischen uns war sehr stark. Ich dachte in Begriffen, in denen ich seit langer Zeit nicht mehr gedacht hatte – und unsere Vertrautheit brachte mich aus der Fassung. Warum sehnen wir uns immer nach den Dingen, die wir am meisten fürchten? fragte ich mich. Vielleicht, dachte ich, würde uns eine Woche, die wir fern von der Arbeit gemeinsam verbrachten, einen Einblick darin geben, wohin es mit uns ging. Er stimmte begeistert zu und nahm ebenfalls Urlaub.

MacDonald und ich fuhren durch die Everglades an die Westküste Floridas. Wir brachen früh an einem klaren, sonnigen und funkelnden Tag auf, an dem sich die bleichen, unschuldigen Wolken des Morgens von einem betörenden Technicolor-Himmel abhoben.

Wir fuhren in westlicher Richtung über den Tamiami Trail und waren ganz schwindlig vor dem unvertrauten Gefühl der Freiheit. In Miami mochten schlimme Dinge passieren, wahrscheinlich sogar in diesem Augenblick – aber zum Henker, Schießereien, Todesfälle und Tatorte gingen uns heute nichts an. Keine Pieper, keine bösen Buben. Wir waren nicht erreichbar, unterwegs, und der Cherokee rollte durch den uralten River of Grass, den Everglades-Nationalpark.

Ich war seit über einem Jahr nicht mehr durch den Staat gefahren. Wir schrien laut auf, als wir sahen, daß die Schilder, die die Micousukee-Indianer errichtet hatten, um für ihre Fahrten mit dem Propellerboot zu werben, mittlerweile auf Spanisch verfaßt waren. So weit war es schon gekommen; sogar die Micousukees mußten *hablar español*. Andere Schilder warben für Alligatorringkämpfe, die ich allerdings nicht sehen wollte. Ich hielt immer zu den Alligatoren – und sie verloren jedesmal.

Der warme, erdige Geruch der Everglades umgab uns, und der große, breite Himmel erstreckte sich über uns, so weit das Auge sehen konnte. Es war alles wundervoll, bis ein riesiger, gefräßiger Everglades-Moskito – diese Biester bezeichnete man gelegentlich auch als den Staatsvogel Floridas – auf der Suche nach Blut im Sturzflug in den Jeep raste. Er sah bei Gott so groß aus, daß man auf ihn hätte schießen können. Wir zappelten und wanden uns bei gut hundert Stundenkilometern hin und her und schlugen nach dem Mistvieh, bis wir es schließlich durch ein Fenster vertreiben konnten.

Ein großer, schwarzer Truthahngeier riß neben der Straße an irgendeinem Kadaver. Ein roter Porsche kam uns im Tiefflug entgegen und raste weiter in Richtung Miami. MacDonald und ich wechselten einen Blick.

»Wahrscheinlich hat er eine Leiche im Kofferraum«, sagte ich.

»Oder mindestens ein Dutzend Kilo Kokain.«

»Hast du dir das Nummernschild aufgeschrieben?«

»Nee«, sagte er.

»Und warum nicht?«

»Weil wir Urlaub haben«, sagten wir im Chor.

»Es ist schön, mal aus dieser Tretmühle raus zu sein«, seufzte er zufrieden. »Besonders, wenn die anderen fast immer gewinnen. Aber hier draußen begreift man, daß sich in hundert Jahren keiner mehr daran erinnern wird. Wir alle werden längst vergessen sein, aber diese Sümpfe wird's noch geben.« Der Blick seiner Augen hinter der Sonnenbrille verweilte kurz auf meinem Gesicht und richtete sich dann wieder auf die Straße.

»Sei dir nicht allzu sicher«, sagte ich. »Wenn es nach dem

Willen der Baulöwen geht, wird dieser Sumpf in hundert Jahren ein riesiger, zementierter Parkplatz sein, der von Eigentumswohnungen und Einkaufszentren umgeben ist.«

Fischadler kreisten gemächlich über unseren Köpfen, während wir an allen möglichen Grünschattierungen vorbeifuhren, an Kiefern und Riedgras, humusreichen Laubwaldgebieten und Bauminseln, Weiden, Alligatoräpfeln und Mangroven. Elegante Silberreiher hielten an einem Sumpfloch ein Festmahl. Eine zeitlose Landschaft unter einem niedrigen, flachen Himmel aus strahlendem Blau und sich so schnell bewegenden Wolken, daß sie fast über uns hinwegzusegeln schienen. Und MacDonald neben mir. Ich begriff, daß ich noch nie im Leben so glücklich und zufrieden gewesen war, und ich schwor mir, mir diesen Augenblick genau einzuprägen, weil ich weiß, daß nichts ewig währt und das Beste immer viel zu schnell vorüber ist.

Unser Ziel war ein Hotel an der Küste von Sanibel Island. Ich war schon einmal als Kind dort gewesen, und damals hatte man diese unberührten Strände nur mit einer Fähre erreichen können. Heutzutage hatte die Insel eine Brücke, auf der drei Dollar Maut erhoben wurden, und Verkehrsstaus.

Wir kamen schließlich doch noch an und trugen unsere Taschen hinein. Ich kam mir fast schüchtern vor – hier waren wir, nur wir beide, fern von unserer vertrauten Umgebung. Das Zimmer war wunderschön – mit einer Doppelglastür, über die man auf eine kleine Terrasse treten konnte. Die Sonne versank gerade im Golf von Mexiko, und ihre ersterbenden Strahlen ließen goldene Pfützen und Bächlein auf der schon dunklen Wasseroberfläche zurück.

»Es ist perfekt, MacDonald.« Ich ging zu ihm und setzte mich auf die Kante des Bettes, auf dem er sich ausgestreckt hatte.

»Eine Frage«, sagte er und zog mich zu sich hinab. »Wieso nennst du mich immer MacDonald?«

Ich rollte mich auf die Seite. »So heißt du doch, Dummkopf.«

»Warum sagst du nicht Ken, wie alle anderen auch?«

Ich zögerte. »Das hört sich irgendwie nicht richtig an.«

»Erinnert dich der Name an jemanden?«

»Ja, gewissermaßen.« Ich klang absichtlich ausweichend.

»Wer war er?« Neugierig geworden, stützte er sich auf einen Ellbogen, während er mich betrachtete. Seine Augen sahen so silbern aus wie Fischschuppen in der Sonne.

»Wer war dieser Bursche?« wiederholte er.

»Ich war noch ein Kind.«

»Wie ernst war die Sache?«

»Ich war acht Jahre alt.«

Sein Blick drückte Überraschung aus, blieb aber weiterhin auf mich gerichtet.

»Er war eigentlich mit meiner besten Freundin zusammen. Er war mit Barbie verheiratet.« Zuerst kapierte er es nicht. »Ich war sehr einsam. Ein Einzelkind, schüchtern, wir sind oft umgezogen. Ich begrub die Nase in Büchern. Ich hatte nicht viele Freundinnen, aber ich hatte Barbie, und sie hatte Ken. Ich schrieb Geschichten, kleine Stücke, und spielte mit ihnen alle möglichen Liebesszenen durch.«

»War er anatomisch richtig gebaut?«

»Nein, aber dafür bist du sehr, sehr gut gebaut«, flüsterte ich und atmete in sein Ohr.

»Spiel mit mir, Britt.« Meine Lippen streiften die seinen und fuhren dann sanft über seine Brust. »Erinnerst du dich an eine dieser Liebesszenen? Ich spiele mit.« Ich öffnete den Gürtel seiner Hosen, und er zog sie aus.

»Laß mich mal überlegen.« Ich streichelte ihn leicht, und dann glitten meine Finger zu einer kleinen Narbe oben an der Innenseite seines rechten Oberschenkels. »Wie ist das passiert?« Sie war rund, leicht erhoben und etwa so groß, als hätte man dort eine brennende Zigarette ausgedrückt.

»Ich hatte gehofft, du würdest sie nicht bemerken. Herrje, ihr Reporterinnen habt aber scharfe Augen ...« Er schüttelte den Kopf und zog das Laken hoch, um die Narbe zu bedecken. »Da wurde ich angeschossen.«

Ich war überrascht. »Ich weiß, daß du mal jemanden erschossen hast, hatte aber keine Ahnung, daß du mal verwundet worden bist.« Ich zog das Laken wieder hinab, beugte mich vor, als wolle ich den kleinen Kreis begutachten, und fuhr dann mit der Zunge darüber. Er wurde allmählich erregt. »Was ist passiert? War es ein böser Bube?«

»Muß ich es dir jetzt erzählen?« fragte er.

Ich nickte, richtete mich auf und legte eine Hand auf seinen muskulösen Schenkel. »Ein böser Bube?«

»Nicht direkt.« Er schaute verlegen drein. »Keine große Sache. Eigentlich war es eine Frau.«

»Eine Frau! Ist es im Dienst passiert oder in deiner Freizeit?«

»Sehr komisch.« Er war nicht mehr erregt, doch mein Interesse galt jetzt sowieso mehr der Geschichte hinter dieser Narbe. Er stopfte ein prallgefülltes Kissen unter seinen Kopf, zog mich in seine Arme und hielt mich fest, während er es mir erzählte. »Danny und ich wollten mal einen Burschen verhaften, einen zweiundzwanzigjährigen Flüchtigen, auf den ein Haftbefehl wegen Autodiebstahls ausgestellt war. Wir wollten Palm Beach einen Gefallen tun. Die wollten ihn als möglichen Zeugen in einem Mordfall verhören. Eine ganz normale Sache, wenn der Bursche über den Fall sprechen wollte, lieferten wir ihn aus. Kein Problem. Wir fanden heraus, daß er bei einer neuen Freundin in Wynwood wohnte. Sie war älter als er, etwa fünfunddreißig, und geschieden. Wir waren ziemlich gründlich und haben ihn genau überprüft. Nicht gewalttätig, ein einfacher Autodiebstahl, er ist nie bewaffnet aufgegriffen worden. Wir haben uns entschlossen, nicht mit gezogenen Waffen reinzugehen, wegen der Kinder. Wir wußten, daß sie kleine Kinder hatte.

Die Frau macht die Tür auf, und wir lassen unsere Marken aufblitzen. Sie fragt, was wir wollen. ›Wir haben einen Haftbefehl für ihren Freund Buster‹, sagen wir. ›Tut mir leid‹, sagte sie, ›Buster ist nicht da.‹ Wir sagen, wir wissen, daß er da ist. Dan geht nach hinten, um im Schlafzimmer nachzusehen, und ich schaue mich um. Plötzlich schreit sie ›Raus hier! Raus hier!‹ und richtet ein Gewehr auf mich. Es sah aus wie eine Kanone. Ich war völlig überrascht. Sie ist hysterisch, will ihren jungen

Geliebten beschützen. Ein kleines Kind klammert sich an ihr Bein, und sie schreit noch immer: ›raus hier! raus hier!‹

Sie hat mich im Visier, und ich sage ›schon gut, schon gut!‹ und gehe rückwärts zur Tür. Ich wollte raus, draußen meine Waffe ziehen und wieder rein, weil mein Partner noch in der Wohnung ist. Ich stehe fast an der Tür, da schießt sie. Es dauerte fast zehn Sekunden, bis ich begriffen hatte, daß ich getroffen worden war. Es tat weh. Ich griff nach unten, berührte mich, und an meiner Hand war Blut.

Mittlerweile hatte Danny den Burschen im Schlafzimmerschrank gefunden und ihm Handschellen angelegt. Er hört den Schuß, kommt raus und sieht, daß man mit dem Gewehr nur einmal schießen kann und dann nachladen muß. Keine Ahnung, warum man solche Dinger überhaupt noch herstellt. Man muß es aufklappen, die leere Patrone herausnehmen und eine neue hineinschieben. Er riß es ihr einfach aus der Hand.

Ich hatte Glück gehabt, zwei Zentimeter weiter nach links, und ich hätte im Knabenchor gesungen.« Seinem Blick nach zu urteilen war ihm diese Vorstellung offensichtlich nicht recht. Ich zuckte ebenfalls zusammen. »Ich habe mir aus dem Projektil eine Krawattennadel machen lassen. Es war mir peinlich; es war nicht gerade meine beste Stunde gewesen.«

»Hat sie absichtlich auf deine ... na ja ... gezielt?«

»Ich glaube, sie hat gar nicht gewußt, daß sie überhaupt gezielt hat.«

»Sie hätte dich umbringen können«, sagte ich ungehalten. »Sie hätte dich in den Kopf oder ins Herz treffen können.«

»Klar.« Er nickte, als sei ihm dieser Gedanke nicht zum ersten Mal gekommen.

»War sie attraktiv?«

Er schaute verblüfft drein. »Keine Ahnung. Keine Frau ist attraktiv, wenn sie hysterisch ist.«

»Was ist aus ihr geworden?«

Er verdrehte die blauen Augen, die im schwindenden Licht – langsam drang die Dunkelheit ins Zimmer vor – nun rauchig wirkten. »Sie hat einen Handel herausgeschlagen, indem sie sich schuldig bekannte. Der Ankläger hat mich gefragt, ob ich mit einer Haftstrafe von zwei Jahren für sie einverstanden wäre. ›Zum Henker, nein‹, habe ich gesagt, ›sie hat versucht, mich umzubringen.‹ Ich wollte die Höchststrafe, was zwanzig Jahre gewesen wären.

Dann habe ich begriffen, daß die Sache schon gelaufen war. Er war auf den Handel eingegangen und hat mir nichts gesagt. Sie hat mir aus dem Gefängnis eine Weihnachtskarte mit einer Entschuldigung geschickt. Soweit ich weiß, ist sie wieder draußen und lebt seitdem glücklich und zufrieden.«

Mir war bis auf die Knochen kalt. Ich kitzelte seine Rippen und nagte behutsam an seiner Unterlippe. »Wie kann irgendeine Frau eine Waffe auf dich richten, MacDonald? Du bist so süß, so anbetungswürdig. Diese großen, blauen Augen . . .«

Er vergrub seine Hand in meinem Haar und zog meinen Mund zu dem seinen hinab. »Mein männlicher Charme hat sie jedenfalls nicht aufgehalten«, sagte er mit heiserer Stimme. »Fast hätte sie ihn mir sogar ganz genommen.«

»Ich bin froh, daß sie es nicht getan hat.«

»Ich auch.« Er legte die Hände auf meinen Po. »Sollen wir auf das Restaurant verzichten und uns was vom Zimmerservice bringen lassen?«

»Klingt hervorragend.«

In dieser Woche schwammen wir in der Dämmerung im warmen Wasser des Golfs, erkundeten den mit Muscheln übersäten Strand und sammelten sie in allen möglichen Ausführungen. Nach dem Frühstück – Früchte und Croissants – gingen wir auf dem weißen Sandstrand spazieren und faulenzten in der Sonne. Wir aßen Coquina-Chowder und Florida-Hummer zu Mittag und erkundeten nachmittags den Rest der Insel. Unsere Nächte waren leidenschaftlich, doch so nahe wir uns gefühlsmäßig auch kamen, wir blieben uns bewußt, ohne je darüber zu sprechen, daß es in Miami starke Strömungen gab, die uns wieder trennen konnten. Ich gab mich fast sehnsüchtig der Hoffnung hin, daß wir stark genug waren, um ihnen widerstehen zu können.

Auf der Rückfahrt machten wir Pause an der Oasis Ranger Station, und ich kaufte einen Gummialligator für Darryl.

Ich war überrascht und ermutigt, als MacDonald am Thanksgiving-Abend bei meiner Mutter Eindruck machte. Vielleicht war unsere gemeinsame Woche ein Wendepunkt gewesen, dachte ich. Er bestand darauf, uns beide zum Abendessen auszuführen. Sie war ganz entzückend und schien von ihm ziemlich angetan zu sein, besonders, als er ihr schmeichelte und mit ihr flirtete und von seiner Absicht sprach, wieder Jura zu studieren, so vage und unwahrscheinlich sie auch sein mochte. Und obwohl ihr Blick scharf auf meiner Aufmachung ruhte, enthielt sie sich gnädigerweise jeden Kommentars. Statt dessen erzählte sie uns wunderbare Geschichten über das Miami, in dem sie als junges Mädchen gewohnt hatte.

Howie Janowitz hatte mich während meines Urlaubs vertreten. Nichts hatte sich geändert. Er berichtete über die nur aus Weißen bestehende Spezialeinheit der Polizei, die das falsche Haus aushob. Die Beamten hatten das Heim des Reverend Luther Dingle, eines schwarzen Predigers, fälschlicherweise für die Drogenküche gehalten, die sie suchten. So etwas ist nur in Miami möglich, dachte ich, als ich die Story las.

Der wütende Prediger hatte wissen wollen, warum die Polizei seine Tür eingeschlagen hatte, und es hatte ein Handgemenge gegeben, bei dem er anscheinend einen Schlag auf den Kopf abbekommen hatte. Mir war klar, daß er aus der Razzia im falschen Haus eine große Sache machen wollte. Die Polizei hatte den Ball fallen lassen, und er lief damit los.

Reverend Dingle heuerte einen gerissenen, publicitygeilen Anwalt an und hielt mehrere Pressekonferenzen ab, die von den Medien gut besucht wurden. Er trug einen dicken Kopfverband, den er anscheinend abnahm, wenn er allein war, aber wie einen Turban wieder aufsetzen konnte, damit die Pressefotografen auch etwas zu tun hatten. Ich wurde den üblen Verdacht nicht los, daß die *News* noch vor ein paar Monaten niemals nach den Flötentönen dieses Mannes getanzt und jedesmal, wenn er seinen Verband aufsetzte und die Presse zusammenrief, Reporter und Fotografen losgeschickt hätte. Das teilte ich Fred auch in einem internen Memo mit, und er gab mir unter vier Augen recht. Die Zeitung konnte es sich jedoch nicht leisten, den Mann zu ignorieren, da keiner sonst ihn ignorierte und die Konkurrenz so hart war.

Außerdem hätte es rassistisch gewirkt und jemanden beleidigen können, wenn wir ihn ignorierten. Reverend Dingle holte wirklich alles aus der Sache raus, was drin war.

Der unselige Fehler war passiert, als auf dem Durchsuchungsbefehl irgendwie die Hausnummer vertauscht worden war; ein simpler Tippfehler. Die Bullen hatten sogar noch ihren drogensüchtigen Informanten gefragt, ob die Adresse stimmte. Er hatte einen Blick auf den Durchsuchungsbefehl geworfen, genickt und weitergeschlafen. Tippfehler kommen vor. Die Beamten hatten sich größere Scherereien eingehandelt, weil sie keinen Rückzieher gemacht hatten, als Reverend Dingle ihnen gesagt hatte, sie hätten sich das falsche Haus vorgenommen. Aber das sagt jeder, dem man einen Durchsuchungsbefehl unter die Nase hält.

Die Beamten wurden mit weiterlaufenden Bezügen vom Dienst suspendiert. Wenn der Trend anhielt, würde bald gegen mehr Polizisten ermittelt werden, als auf den Straßen Dienst taten. Polizisten sind auch nur Menschen. Fehler kommen immer wieder vor. Aber warum ausgerechnet hier in Miami, und warum so häufig? Was ging hier vor?

Anfang Dezember half ich Onnie und Darryl beim Umzug. Die Entscheidung wurde durch die Nachricht beschleunigt, daß die Kaution für Darryls Dad und seine Onkel aufgrund der Verzögerung ihres Prozesses und starker Gefängnisüberfüllung beträchtlich herabgesetzt werden würde. Onnie und ich sprachen zuvor ausführlich darüber. Nichts frustriert mich mehr als Frauen, die aus einer miserablen Lage fliehen und dann freiwillig zurückkehren. Sie verlieren an Glaubwürdigkeit bei den Bullen, den Gerichten und denen, die ihnen helfen wollen, ganz zu schweigen von ihrem Selbstwertgefühl. Außerdem war es Darryl oder seinem Bruder gegenüber nicht fair. Ich kannte Darryls Vater nicht, doch dem zufolge, was ich über ihn gelesen hatte – sein Vorstrafenregister vor allem –, war er kein harmloser Pechvogel. Doch er mußte irgend etwas haben, wenn eine Frau wie Onnie so lange bei ihm geblieben war. Würde sich dieses Etwas als unwiderstehlich erweisen?

Onnie und ich schlenderten über den Wochenmarkt, kauften einen Korb voll Gemüse, fuhren am Hafen vorbei, erstanden dort einen Barsch direkt am Fischerboot, und dann zu ihrem Haus zurück, wo sie eine ordentliche, mit Gumboschoten eingedickte Suppe kochte. Während wir den Eibisch, grünen Pfeffer, Kartoffeln und Tomaten hackten und dann kochten und aßen, sprachen wir hauptsächlich über ihre Lage. Ich kam zu dem Schluß, daß ich mir um Onnie keine Sorgen machen mußte. Sie war bereit. Die taube Müdigkeit und Scham, die auf ihren Schultern gelastet hatten, als wir uns kennengelernt hatten, war von einer unerschütterlichen Entschlossenheit und genug Energie ersetzt worden, um endlich aktiv zu werden. Keck und mit klarem Blick, in Jeans und einer roten Bluse mit Rüschenkragen, hatte sie offensichtlich viel über ihren Mann nachgedacht.

»Es läuft darauf hinaus«, sagte sie ganz nüchtern zu mir, während sie spülte und ich abtrocknete, »daß er mittlerweile so hinüber ist, daß auch ich ihm nicht mehr helfen kann. Gott ist mein Zeuge, ich habe es versucht.«

Zwei Tage später kuppelten wir einen Anhänger an meinen T-Bird, luden ihn mit ihren spärlichen Besitztümern voll und fuhren nach Liberty City hinüber. Das neue Apartment war klein, aber das Haus lag in einer anständigen Gegend. Dort gab es einen Kinderhort und eine gute Schule mit einem angeschlossenen Kindergarten, in den Darryl in einem halben Jahr kommen würde. Onnie hatte einen befristeten Job als Weihnachtsaushilfe in einem Warenhaus bekommen. Wenn eine bessere, dauerhafte Stelle frei wurde, wollte sie im selben Häuserkomplex in eine größere Wohnung ziehen.

Ich hatte kein Interesse daran, mit anderen Männern auszugehen, stimmte aber zu, um Lottie einen Gefallen zu tun, an einem Freitagabend mit Larry und Steve auf ein paar Drinks in eine Bar zu gehen. Lottie war den ganzen Tag über ganz kribblig und hatte sogar ein Kleid angezogen. Eben als wir das Büro verlassen wollten, kam eine Story rein. Ein Kreuzfahrtschiff mit Ziel Karibik dampfte gerade zum Hafen von Miami zurück, weil irgend etwas mit dem Trinkwasser oder den Vorräten – das war noch nicht ganz klar – furchtbar schiefgegangen war und die halbe Besatzung und die meisten Passagiere unter schweren Krämpfen und Durchfall litten.

Wir ließen in der Bar, in der wir Larry und Steve treffen wollten, eine Nachricht zurück. Lottie rief an und fragte mich hilflos, wie wir erklären sollten, was für einer Story wir zugeteilt worden waren. »Sag einfach, sie sollen morgen die Zeitung lesen«, erwiderte ich, und wir zogen ab.

Lottie und ich kamen am Dock an, als das Schiff gerade anlegte, und wir interviewten, so gut es ging, und fotografierten die Passagiere der ehemaligen Gala-Kreuzfahrt. Brautpaare, Rentner und ganze Familien rannten an uns vorbei und waren gar nicht begierig darauf, sich mit uns zu unterhalten.

Wir hätten ein Vermögen mit Kohletabletten machen können. Die Leute waren furchtbar sauer und suchten verzweifelt nach einer freien Toilette.

»Wenn du dir diese armen Schweine ansiehst, kannst du doch nicht böse sein, daß es mit unserer Verabredung nicht geklappt hat«, ermahnte ich Lottie, die noch immer schlecht gelaunt war, als wir zur Redaktion zurückfuhren. »Über achthundert Leute waren auf dem Schiff. Einige haben wahrscheinlich über ein Jahr lang darauf gespart, und jetzt ist alles im Eimer. Zu dieser Jahreszeit werden sie hier nicht mal anständige Hotels finden. Überleg doch mal, was aus *ihren* Plänen geworden ist.«

Auf meinem Schreibtisch lag eine gute Nachricht. Betsy Ferrell hatte ein Baby bekommen, ein kleines Mädchen von sechseinhalb Pfund. Ihr Name war, der weihnachtlichen Jahreszeit entsprechend, Holly. Holly Ferrell. Das gefiel mir.

»Zum Glück war es kein Junge«, fauchte Lottie. »Sie hätten den armen Kerl bestimmt Rudolf genannt.«

Ich setzte mich hinter meinen Schreibtisch, dachte an die Ferrells und das Baby und was aus ihnen und Miami werden sollte, und kam mir plötzlich hundert Jahre alt vor. »Vielleicht«, sagte ich, »hätten sie sie Mercy nennen sollen.«

18

Die Weihnachtszeit war nicht besonders vergnüglich. Die Bewohner Miamis waren nervös, in der buntgemischten Bevölkerung kochte es; die Lage war angespannter denn je, und Kendall MacDonald schenkte mir zu Weihnachten eine Kuckucksuhr aus dem Schwarzwald. Sie war wunderschön, mit energischen kleinen Tänzern in Bauerntrachten, die alle halbe Stunde aus winzigen Türen brachen und sich drehten, und die lauten Bewohner der Uhr faszinierten Billy Boots dermaßen, daß er stundenlang mit gehobenem Schwanz um sie herumschlich. Aber ich hatte auf ein etwas romantischeres Geschenk gehofft. Was sollte diese Uhr mir mitteilen, abgesehen von der Zeit? War es ein Scherz? Versuchte er, mir damit etwas beizubringen?

Ryan, der alte Romantiker, versuchte mir weiszumachen, MacDonald wolle damit ausdrücken, er habe den Wunsch, unsere Beziehung möge für alle Zeit anhalten. Wenn die Uhr etwas anderes als ›Kuckuck‹ gesagt hätte, hätte ich ihm das vielleicht abgekauft. Lottie, immer ein Kumpel, versuchte mich zu trösten, indem sie mir erklärte, das Geschenk stünde für MacDonalds Hoffnung auf eine Zukunft, in der wir beide uns gemeinsam um die Uhr und vieles mehr kümmerten.

Noch schlimmer war, daß MacDonald eindeutig gehofft hatte, mir mit der Uhr eine Freude zu machen, und als guter Detective schnell herausfand, daß das nicht der Fall war. Wir sprachen eigentlich nicht darüber, doch er legte eine besorgte Verwirrung darüber an den Tag, daß ich seine Begeisterung für die Uhr nicht teilte.

Ich hätte mich nicht beklagen sollen. Viele Bürger Miamis

hatten ganz andere Probleme. Einige waren arbeitslos, andere waren obdachlos, und der Rest schien sich die Feiertage über bewaffnet zu haben. Vielleicht war es auch nur eine Pechsträhne für Waffenbesitzer.

Ich schrieb die Story über die Frau, die sowohl mit ihrer Pistole als auch mit ihrem Asthma-Inhalator unter dem Kopfkissen schlief. Als in der Nacht wieder mal ihre Atemwege verstopft waren und sie schläfrig herumtastete, erwischte sie das falsche Gerät und schoß sich ins Gesicht. Eine andere Frau wurde von ihrer eigenen Handtasche erschossen, als sie sie im Supermarkt achtlos in einen Einkaufswagen warf und dabei vergaß, daß sie zu ihrem Schutz eine kleine Handfeuerwaffe eingesteckt hatte. Ein Angestellter einer Reinigung verlor seine Neun-Millimeter-Pistole, als er vergaß, daß er die Waffe auf sein Wagendach gelegt hatte, bevor er von seinem Haus in Westchester zur Arbeit fuhr. Ein anderer Mann hingegen wünschte vermutlich, er hätte die seine auch verloren. Er steckte seine Waffe vom Kaliber .25 in die Hosentasche, um die Hände freizuhaben, als er Einkaufstüten vom Wagen zum Haus tragen wollte. Als er sich mit zwei großen, braunen Tüten voller Dosen abschleppte, löste sich ein Schuß. Man fand ihn in der Auffahrt, wo er sich vor Schmerzen wand und von verstreuten Lebensmitteln umgeben dalag.

Solche Vorfälle gaben einem schon zu denken. Doch solange sich jeder Verrückte in Miami eine Waffe besorgen konnte und ich allein lebte und auch nachts auf die Straße mußte, wollte ich auf meine nicht verzichten. Zumindest war ich vorsichtig und wußte mit ihr umzugehen.

Auf den Straßen wurde die Stimmung immer angespannter. Ich bekam das auf meinen täglichen Runden mit und erkannte es an den Graffiti auf den Wänden von Overtown und Liberty City. ›Cops = Killer.‹ ›Ein Schwein weniger.‹ Ich würde erleichtert sein, wenn der Prozeß vorbei war. Der Richter hatte wegen des Sperrfeuers der Öffentlichkeit natürlich einer Änderung des Gerichtsstandes zugestimmt, und der Fall wurde in Atlanta verhandelt.

Teds stures Beharren, es habe wirklich eine Suchmeldung

gegeben, die die fatale Verfolgung ausgelöst hatte, nagte an mir. Warum gestand er alles ein und log lediglich in dieser Hinsicht?

Diese Frage nagte noch immer an meinem Bewußtsein, als man in Atlanta mit der Auswahl der Geschworenen begann. Janowitz berichtete für unsere Zeitung über den Fall. Alle Nachrichtenagenturen hatten Leute dorthin geschickt. Ich wäre auch gern dabeigewesen, doch es war unmöglich. Die Anwälte der Verteidigung warteten nur darauf, mich als Zeugin berufen zu können. Auch der Staatsanwalt wollte mit mir darüber sprechen, welcher Beamte an dem Abend, da ich sie zu Hause besucht hatte, gestanden hatte. Danach würde man mich natürlich in den Zeugenstand rufen, damit ich gegen ihn aussagte. Das kam nicht in Frage. Mark Seybold hatte ihn informiert, daß ich meine Quelle nicht preisgeben würde, und mich gewarnt, auf Deputies zu achten, die mir eine Vorladung aushändigen wollten, für den Fall, daß man mich doch zu einer Aussage zwingen wollte. Das Sicherheitspersonal in der Lobby hatte bereits mehrere von ihnen aus dem Gebäude verwiesen oder an Seybold weitergereicht.

Ich hatte auch Mrs. Goldstein gewarnt, meine Vermieterin. Wie ich sie kannte, würde sie ihnen nicht nur nichts sagen, sondern sie auch mit einem Besen davonjagen. Sie verstand sich darauf, zwielichtige Gestalten auszumachen und zu verscheuchen. Bislang waren wir mit diesen Vorsichtsmaßnahmen gut gefahren, und als ich kurz vor Redaktionsschluß aus dem Fahrstuhl trat und meine Notizen über eine Story durchblätterte, war ich guter Dinge und gedankenverloren. An eine Vorladung dachte ich überhaupt nicht.

Ryan stand neben Gloria, der Rezeptionistin, an ihrem großen Schreibtisch gegenüber dem Fahrstuhl. Sie telefonierte gerade und schaute verkrampft und ganz seltsam drein. Ryan verdrehte die Augen und deutete immer wieder mit dem Kopf neben mich. Dieser Tic war mir bei ihm noch nie aufgefallen. Was ist nur los mit ihnen, dachte ich fast wütend. Nachdem die Leute auf der Straße durchzudrehen schienen, konnten sich doch wenigstens meine Kollegen vernünftig benehmen. Ryan trat auf mich zu. Er brauchte einen Haarschnitt, doch mir gefiel er so, mit Haar, das ihm bis auf den Nacken fiel, hochgerollten Ärmeln und locker sitzender Krawatte.

Ich nahm an, daß er mit mir einen Kaffee trinken wollte. »Ich hab's eilig«, sagte ich, »Redaktionsschluß«, und wollte an ihm vorbeigehen.

»Britt Montero«, sagte eine flotte, kleine alte Dame hinter mir, ein Engel mit rosa Wangen und feinem, weißem Haar. Ich drehte mich überrascht um; sie hatte anscheinend in einem Sessel der Sitzgruppe für Besucher gesessen, die auf jemanden aus dem Redaktionsraum warteten. Sie schritt aus, als hätte sie ein altes Hüftleiden, aber durchaus zügig. Sie trug vernünftige Schuhe mit kurzen Absätzen, und durch ihre Dauerwelle ließ sich rosa Kopfhaut ausmachen. Sie hielt ein altmodisches, marineblaues Notizbuch in einer Hand und hatte eine Strickjacke über einen Arm gelegt. Die Oma eines Reporters?

Ich erwiderte ihr freundliches Lächeln. Ryan winkte hinter ihrem Rücken mit den Armen. Was ist heute bloß los mit ihm? dachte ich.

»Ja«, sagte ich zu der Frau und fragte mich, ob ich sie von irgendwoher kannte.

»Das ist für Sie, meine Liebe«, sagte sie freundlich, als wolle sie mir selbstgebackene Kekse geben, und drückte mir etwas in die Hand.

Ich sah hinab, doch noch bevor ich die Adresse der Vorladung gelesen hatte, hatte ich kapiert.

»Sie sind gut, wirklich gut«, sagte ich freudlos, während sie triumphierend lächelnd zum Fahrstuhl ging.

»Ihr jungen Leute solltet nicht immer so hetzen. Nehmt euch doch mal Zeit und genießt das Leben«, sagte sie, während sich die Tür vor ihr schloß. »Riechen Sie mal an Blumen«, lautete ihr Ratschlag zum Abschied. Ryan hatte eine Hand vor die Augen gelegt und schüttelte den Kopf. Er hatte versucht, mich zu warnen.

»Sprechen Sie gerade mit dem Sicherheitsdienst?« fauchte ich Gloria an.

»Nein, mit dem Anwalt, Mark Seybold.«

»Okay, sagen Sie ihm, daß sie mich erwischt haben. Dann

rufen Sie den Sicherheitsdienst an und sagen den Leuten, sie sollen sie sich gut ansehen, damit sie sich beim nächsten Mal nicht an ihnen vorbeischleichen kann.« Ich wettete, daß sie sich nicht vorbeigeschlichen hatte; sie hatten ihr wahrscheinlich den Weg erklärt.

»Das ist doch nicht zu fassen«, sagte ich zu niemandem im besonderen. »Keiner ist mehr, wer zu sein er scheint.«

»Tut mir leid«, sagte Ryan. »Hast du nicht gesehen, daß ich dich warnen wollte?« fragte er etwas einfältig.

»Doch«, seufzte ich, »ich habe nur nicht geschaltet.«

Jetzt hatte ich Probleme, dachte ich. Wenn ich nach Atlanta fahren und dort aussagen mußte, konnte ich durchaus im Gefängnis landen, wegen Mißachtung des Gerichts, da ich meine Quelle nicht preisgeben wollte. Bei meinem Glück und dem Zustand des Systems würden die Schuldigen frei ausgehen und ich auf lange Zeit hinter Gittern sitzen. Ich sah mir die Vorladung an, neugierig, welcher Anwalt so klug gewesen war, statt einem der üblichen, verdächtig aussehenden Typen, die für sie arbeiteten, diese unschuldig wirkende Oma zu schicken.

»He«, sagte ich laut. »Sie hat mir eine falsche Vorladung gegeben.« Nein, es stimmte schon, mein Name stand darauf. Aber bei dem Prozeß handelte es sich um Bertie McCloud gegen die Stadtwerke und die Stadt Miami. »Was?« murmelte ich.

Es ging gar nicht um den Fall Hudson. Das war eine Zivilklage wegen fahrlässiger Tötung. Eine Mutter verklagte die Stadt und die Stadtwerke wegen des Todes ihres Sohnes Bobby, der einen tödlichen Stromschlag bekommen hatte, während er Kupferdraht aus einer Straßenlampe in Overtown stahl. Obwohl sie nicht verheiratet gewesen waren, war seine Freundin Nebenklägerin, die für ihre beiden kleinen Kinder klagte, die nun ohne Vater aufwachsen mußten. Den Beklagten wurde vorgeworfen, die Verantwortung für die Verlockung zu tragen, welche die Schuld an Bobbys vorzeitigem Tod trug. Die Kläger verlangten die Herausgabe meiner Notizen und/oder Tonbänder und Fotos vom Schauplatz und letztendlich natürlich einen Batzen Geld, um über ihre Trauer hinwegzukommen.

»Das nenne ich dreist«, sagte Mark und griff nach seinem Telefon.

Ich stand vor seinem Schreibtisch. »Sie glauben doch nicht, daß sie damit durchkommen, oder? Der Mann ist gestorben, weil er ein Dieb war.«

»Die Stadtwerke und die Stadt Miami werden wahrscheinlich einen Vergleich mit der Familie schließen«, sagte Mark, »allein schon, um die Prozeßkosten zu vermeiden.«

»Die sollten keinen roten Heller zahlen«, sagte ich, und meine Stimme wurde lauter. »Die sollten vor Gericht gehen.«

»Es ist den Aufwand einfach nicht wert.« Er schüttelte den Kopf. »Oder das Risiko, daß die Geschworenen genug Mitgefühl für die Mutter oder die vaterlosen Kinder aufbringen, um ihnen eine hohe Abfindung zu gewähren.«

»Mit dem gleichen Recht«, hielt ich dagegen, »könnten die Hinterbliebenen eines Bankräubers, der bei einem Überfall getötet wurde, die Bank verklagen, einfach, weil sie so viel Geld aufbewahrt.« Das war ungeheuerlich. Die Ratten trugen den Sieg davon.

Mark ließ sich von seiner Sekretärin mit dem Anwalt der trauernden Familie verbinden, während ich ungeduldig in seinem Büro auf und ab schritt und die Eisenbahnbilder an den Wänden betrachtete. Während ich eine eingerahmte Lithographie betrachtete, die zwei Lokomotiven zeigte, überzeugte Mark den Mann mit eindeutigen Worten, daß ich keine Informationen besaß, die man sich nicht auch anderswo beschaffen konnte, und daß ich mich auf keinen Fall als kostenlose Privatdetektivin mißbrauchen lassen würde.

Ich kehrte zum Redaktionsraum zurück, und Erleichterung vermischte sich in mir mit Wut. Ich mußte also doch nicht nach Atlanta fahren oder ins Gefängnis gehen. Zumindest diesmal nicht.

Der arme Bobby McCloud, von einer verführerischen Straßenlampe in den Tod gelockt. So was gibt's nur in Miami, dachte ich.

Die Zwietracht in der Stadt hatte sogar die Polizei gespalten. Die Organisation der Latino-Beamten unterstützte Machado und Estrada. Die Vereinigung der angloamerikanischen Beamten sammelte Geld für die Verteidigung Ted Ferrells und der Blackburns, und die Gruppe der schwarzen Beamten, die D. Wayne Hudson unterstützte, verlangte energisch eine Verurteilung.

Ich wollte mit Francie über das Geschehene sprechen, und so verabredeten wir uns an einem Morgen, an dem sie sowieso aufbleiben mußte, weil sie noch vor Gericht auszusagen hatte. Nachdem die Spannungen zwischen den Cops nun so dick waren, daß man eine Machete brauchte, um sie zerschlagen zu können, konnte sie es sich natürlich nicht leisten, mit mir gesehen zu werden. Selbst MacDonald zögerte, sich in der Öffentlichkeit mit mir zu zeigen. Francie und ich vereinbarten, uns an einem sicheren Ort zu treffen, dem Holocaust-Mahnmal in Miami Beach, wo sich ansonsten nur Touristen oder ältere Mitbürger aufhielten, die zu sehr mit ihren Gedanken oder Erinnerungen beschäftigt waren, um auf uns zu achten.

Miami Beach hat eine der größten Gemeinden von Überlebenden des Holocausts in der ganzen Welt und eins der dramatischsten Gedenkmale an die Opfer. Ein großer, grüner Arm, aus alter Bronze gegossen und mit einer Nummer von Auschwitz tätowiert, greift in die Luft, und gequälte menschliche Gestalten hängen in bedrohlichen Lagen an seinen Seiten. Die Hand greift blindlings in den Himmel.

Ursprünglich sollte der riesige Arm so hoch wie ein siebenstöckiges Gebäude werden, damit man ihn aus den Flugzeugen, die den Miami International Airport anflogen oder verließen, erkennen konnte. Doch die Hausbesitzer des Viertels verspürten Entsetzen angesichts der Vorstellung, der groteske Schatten des grünen Arms könne auf ihre Pools und Patios fallen und ihnen den wertvollen Ausblick nehmen, und hatten protestiert. Schließlich fand man zu einem Kompromiß: der Arm war nur vier Stockwerke hoch.

An diesem einzigartigen Wahrzeichen treffe ich mich oft mit

Informanten, die nicht in den Redaktionsräumen gesehen werden wollen.

Ich wartete auf Francie im Meditationsgarten, einem großen Platz aus Steinen aus Jerusalem, der einen großen Teich mit Seerosen umgab.

Schon aus einiger Ferne erkannte ich Francie an ihrem zufriedenen, federnden Gang. Sie hatte die ganze Nacht über gearbeitet und mehrere Stunden bei Gericht verbracht, sah aber frisch und lebhaft aus, wenn auch etwas bleich. Sie trug noch ihre dunkelblauen Polizeihosen, hatte aber das Uniformhemd gegen eine bestickte weiße Bluse mit Perlmuttknöpfen getauscht. Ihr hellbraunes Haar, das sie im Dienst normalerweise zu einem Knoten hochgesteckt hatte, damit ungebärdige Verdächtige nicht daran reißen konnten, war nun ausgekämmt und hing bis zu den Schultern hinab. Wortlos schlenderten wir durch eine weinbewachsene Laube, die von schmerzlichen Fotos des Holocausts flankiert wurde, an einer ewigen Flamme vorbei und betraten einen dunklen und einsamen Tunnel.

Er führte uns ins Licht hinaus, zu dem ausgestreckten, in den Himmel greifenden Arm. Wir verweilten einen Augenblick lang schweigend und gingen dann an einer langen Mauer aus schwarzem Granit vorbei, in die die Namen der Opfer gemeißelt waren, ähnlich wie beim Mahnmal für den Vietnam-Krieg in Washington, D. C.

»Wirst du auch immer ganz niedergeschlagen, wenn du hier bist?« flüsterte Francie.

»Nein«, sagte ich und warf einen Blick auf die vertrauten Namensreihen. Die Sonne fühlte sich gut an auf meiner Haut, als wir uns auf eine Steinbank mit Blick auf den Seerosenteich setzten. »Ich komme sogar gern her.«

»Das werde ich nie verstehen können«, sagte Francie blinzelnd und setzte ihre Sonnenbrille auf.

»Es ist nicht einfach zu erklären, aber für mich ist es ein Trost, hierher zu kommen, genau wie bei einer Kirche, oder wenn ich nach Hause komme. In unseren Berufen sehen wir Tag für Tag Leute, die zusammengeschlagen oder getötet wurden. Es ist gestern passiert, es passiert heute, und es wird morgen passieren, immer und immer wieder. Sie sterben allein und werden vergessen, kommen in die Statistik. Aber nicht diese Opfer.« Ich deutete auf die Granitmauer. »Stell dir vor, sie hätten das durchmachen müssen und wären dann vergessen worden. Das wäre wirklich schlimm. Aber so ist es nicht gekommen. Die Zeit hat sie nicht einfach verschluckt.

Die Leute lesen ihre Namen immer wieder. Das hält sie lebendig. Ich war immer der Ansicht, solange sich jemand an einen erinnert, ist man nicht wirklich tot.«

»Ich verstehe, was du meinst«, sagte Francie zögernd. »So viele der Opfer, die wir sehen, sind zwei Tage später vergessen. Als hätte es sie nie gegeben.«

»Genau. Die Leute wissen noch nicht einmal, daß sie überhaupt gelebt haben und gestorben sind. Deshalb schreibe ich gern über alte, ungeklärte Kriminalfälle, wann immer sich die Gelegenheit bietet. Damit die Leute sich daran erinnern. Da wir gerade über die Arbeit sprechen . . . wie läuft's so?«

»Machst du Witze? Es wird immer schwieriger, in dieser Stadt ein Cop zu sein.« Ihr kleines Gesicht wirkte traurig. »Manchmal ist es mir fast peinlich, die Uniform anzuziehen. Man hält einen Autofahrer wegen eines Verkehrsverstoßes an, und er sagt: ›Was haben Sie vor, wollen Sie mich totschlagen?‹ Fremde machen auf der Straße Bemerkungen. Die Leute haben Angst, uns ihre Türen zu öffnen, selbst wenn wir ihnen helfen wollen. Die Straßen sind feindselig. Es ist noch nie so schlimm gewesen. Die Moral ist auf einem Tiefpunkt. Hast du von der Schlägerei letzte Nacht gehört?«

»Was für einer Schlägerei?«

»Zum Glück sitzt du ja, Britt.«

»Nicht schon wieder Weiße gegen Schwarze.«

»Du hast's kapiert.«

»O nein.«

»Aber diesmal eine Variante. Die Cops haben keine normalen Bürger verprügelt. Sondern andere Cops.«

»Was zum . . .«

»Die Mitternachtsschicht rückt an, und Connery, ein weißer Streifenpolizist und so stockkonservativ, wie man es sich nur vorstellen kann, bekommt eine Partnerin zugeteilt. Sein üblicher Partner wurde beim letzten Skandal suspendiert. Die Frau ist Jessie St. Juste, eine Haitianerin, die sich von keinem was gefallen läßt. Connery ist nicht gerade begeistert darüber und sie nach all diesen Vorfällen auch nicht, aber der Sergeant hält eine Aufmunterungsrede, und alles klappt hervorragend – bis sie auf den Parkplatz gehen, um ihren Streifenwagen zu holen.«

»Was ist passiert?«

»Beide wollen fahren. Sie kriegt die Schlüssel, er schnappt sie sich, sie reißt sie ihm aus der Hand und setzt sich hinter das Steuer. Er zerrt sie an den Haaren aus dem Wagen, und sie gehen aufeinander los. 'ne wüste Schlägerei, sie wälzen sich auf dem Boden 'rum, alles ist erlaubt. Sie trägt 'nen Riß in der Stirn davon, bei ihm sind ein paar Schneidezähne locker.«

Ich kannte Jessie St. Juste, eine große, muskulöse Frau, die erst in diesem Land den Führerschein gemacht hatte. Bei der Ausbildung hatte sie einen Streifenwagen zu Schrott gefahren. Irgendwo konnte ich Connery sogar verstehen. »Wer hat gewonnen?«

»Es ging unentschieden aus, auch wenn sie ihm fast den Zeigefinger abgebissen hätte. Sieben von uns waren nötig, um sie zu trennen. Sie hat ihn in die Eier getreten, und er wollte nach seiner Pistole greifen.«

»Sie haben Uniformen getragen?«

»Ja, klar.«

»Mein Gott, was wäre das für 'ne Story gewesen, wenn sie sich gegenseitig erschossen hätten.«

»Vielen Dank, Britt. Alles um uns herum bricht zusammen, und du denkst an eine tolle Story.«

»Ich weiß, was du meinst. Was ist mit ihnen passiert?«

»Beide wurden dienstuntauglich geschrieben. Eine Ermittlung wurde eingeleitet, wahrscheinlich läuft's auf 'ne kurze Suspendierung hinaus. Sie wollen den Deckel draufhalten. Die hohen Tiere haben Angst, daß das Vertrauen der Öffentlichkeit in die Polizei weiterhin unterminiert wird, wenn die Geschichte rauskommt. Aber sie wäre sowieso durchgesickert, auch wenn ich es dir nicht erzählt hätte. Die Vereinigung der Polizistinnen

Miamis hat 'ne Beschwerde vom Stapel gelassen, und die Gruppe der angloamerikanischen und der farbigen Beamten ebenso. Hast du schon gehört, daß die Puertoricaner die Vereinigung der hispanischen Beamten verlassen haben, um ihre eigene Gruppe aufzuziehen? Sie wollen nichts mehr mit den Kubanern zu tun haben. Und die haitianischen Beamten haben sich von der Vereinigung der schwarzen Beamten abgespalten.«

»Das ist doch völlig verrückt.«

»Ich weiß, ich weiß.« Francie seufzte. »Wie kommt der Prozeß voran?«

»Ich bekomme Janowitz' Story erst im Büro zu sehen. Was glaubst du, weshalb die alle wegen einer Suchmeldung in dieser Nacht lügen?«

Francie runzelte die Stirn. »Ich persönlich glaube nicht, daß sie lügen. Ich glaube, daß eine Fahndung rausgegeben wurde, auch wenn ich nicht behaupten kann, sie selbst gehört zu haben. Ich habe versucht, mich daran zu erinnern, aber es kam mir damals nicht so wichtig war. Ich fuhr einen anderen Einsatz.«

»Wie kannst du das sagen, Francie? Wenn es eine Suchmeldung gegeben hätte, wäre sie auf dem Band. Aber da war keine.«

Sie runzelte die Stirn.

»Alle Funksprüche werden doch auf Band aufgenommen, oder?«

»Nein. Nur die zwischen der Zentrale und den Beamten draußen. Die zwischen den einzelnen Streifenwagen nicht.«

Irgend etwas rührte sich in meiner Magengrube. »Dann kann jemand, der ein Polizeifunkgerät hat, eine Suchmeldung rausgeben, und sie wäre nicht auf Band?«

»Das wäre möglich, entspricht aber nicht den Vorschriften«, sagte sie. »Jeder, der einen Verdächtigen anhalten oder festnehmen lassen will, gibt es an die Zentrale durch, und die schickt dann die Fahndung raus.«

»Aber was, wenn sich jemand nicht an die Vorschriften gehalten und die Suchmeldung selbst rausgeschickt hat?«

Francie zuckte die Achseln. »Dann würden die Beamten, die

diese Frequenz eingestellt haben, sie hören, obwohl sie nicht von der Zentrale kam und nicht auf Band aufgenommen wurde. Aber wie gesagt, das entspricht nicht den Vorschriften.«

Ich war jetzt ganz aufgeregt. »Aber, Francie, was, falls es *doch* so war? Das würde doch alles erklären.«

»Das würde es erklären«, wiederholte sie und schaute nachdenklich drein. »Aber wer . . .«

»Wer würde so was tun? Und warum hat er sich dann nicht gemeldet? Es gibt zwar keine Entschuldigung für Hudsons Tod, aber die Beamten würden dann nicht ganz so dumm dastehen. Das würde erklären, weshalb sie ihn verfolgt haben. Es würde beweisen, daß es nicht nur daran lag, daß er ein Schwarzer in einem schönen Auto war; es würde zeigen, daß sie wirklich Grund zu der Annahme hatten, er sei bewaffnet und gefährlich. Sonst stehen sie nur da wie rassistische Schläger.«

»Vielleicht will jemand, daß sie so dastehen«, sagte sie.

»Du meinst, sie wurden reingelegt?«

»Bei der Polizei scheinen alle durchzudrehen«, setzte Francie langsam an, hielt dann aber inne und schüttelte den Kopf. »Aber das ist viel zu weit hergeholt. Warum sollte jemand so was tun?«

»Außer, jemand wollte D. Wayne Hudson und nicht die Bullen reinlegen.«

»Er scheint nicht gerade viele Feinde gehabt zu haben. Und es muß jemand sein, der Zugang zu einem Polizeifunkgerät hatte – der unsere Frequenzen, Vorschriften und die Nummern der Einheiten kennt.«

»Dann muß es jemand gewesen sein, der in dieser Nacht Dienst hatte, nicht wahr?«

»Nicht unbedingt«, sagte sie. »Viele Beamte und alle hohen Tiere haben ihre eigenen Funkgeräte. Es muß nicht unbedingt jemand sein, der tatsächlich gearbeitet hat. Aber warum, Britt?«

»Vielleicht nur ein schlechter Scherz. Einer, der außer Kontrolle geriet. Sie haben doch nicht gewußt, daß D. Wayne sterben würde.«

»Aber wer?«

»Da fragst du mich zuviel, Francie, aber du mußt eingestehen, daß es eine Möglichkeit wäre.«

»Ja. Denken wir mal drüber nach.« Sie nahm die Sonnenbrille ab und klappte sie zusammen. »Aber erst mal zu was ganz anderem, Britt, etwas viel Angenehmerem. Ich habe gehört, daß du mit Kenny Mac zusammen bist, einem der Jungs aus der Mordkommission.«

»Das wird bei euch 'rumgetratscht?« Ich runzelte die Stirn.

»Ich habe gehört, wie er deshalb aufgezogen wurde.«

»Mein Gott, Francie, die Bullen sind doch schlimmer als ... als ...« Ich suchte nach Worten.

»Als ein Haufen prüder alter Damen«, beendete sie meinen Satz. »Der Junge hat mir leidgetan, vor allem, wenn man die derzeitigen Beziehungen zwischen der Polizei und der Presse bedenkt.«

Ich spürte, daß ich errötet war; ich hatte an die erste Nacht mit MacDonald und unsere Neckereien danach über die Polizei und die Presse denken müssen.

»Das ist wohl 'ne ernste Sache! Du bist ja rot wie 'ne Tomate, Britt!«

»Ich werde nicht rot«, sagte ich. »Das ist die Sonne.«

Sie lachte, und wir standen auf und gingen zu unseren Wagen zurück. »Er ist ein netter Bursche; tolle Augen, und sieht auch echt gut aus. Hoffentlich klappt's mit euch. Ach ja, ich habe auch von deiner Begegnung mit Major Alvarez vor 'ner Weile gehört.«

»Das hab' ich mir gedacht. Im Polizeipräsidium verbreitet sich der Klatsch mit Lichtgeschwindigkeit.«

»Der Mann ist verrückt, Britt, völlig unberechenbar. Ich bemühe mich, ihm aus dem Weg zu gehen. Bei dem knallen sofort die Sicherungen durch.«

»Da sagst du mir nichts Neues.« Ich nickte und verdrehte die Augen.

»Nein, wirklich. Seine Frau leitet eine dieser Armenkliniken in Little Havanna, die an der Ninth Street und Twelfth Avenue. Sie war früher Krankenschwester. Wir hatten in letzter Zeit ein paar Einsätze dort. Eines Nachts hat ein Junge eingebrochen und nach Drogen gesucht. Alvarez hat ihn nicht nur erwischt, sondern auch gleich halbtot geschlagen.«

»Und es gab keine Beschwerde?«

»Der Junge kam durch eine Dachluke. Alvarez hat behauptet, er sei 'runtergefallen. Der Junge ist ein Junkie, er ist Major der Polizei mit politischem Einfluß. Wer würde seine Geschichte bezweifeln?«

Auf der Rückfahrt zur Zeitung dachte ich über die Möglichkeiten im Fall Hudson nach und fragte mich, wieso MacDonald mir nicht gesagt hatte, daß er wegen unserer Beziehung aufgezogen wurde.

Ich las Janowitz' Story aus Atlanta. Nur ein Schwarzer befand sich unter den Geschworenen, und der auch nur als Ersatzmann. Das Schicksal der Hudson-Cops lag in den Händen einer rein weißen Jury. Unsere tägliche Berichterstattung war zwar gründlich, aber nichts für die Titelseite. Im Fernsehen war natürlich alles Stoff für die Hauptnachrichten.

Abend für Abend sahen wir Fotos vom lächelnden, fotogenen D. Wayne Hudson mit seiner schönen Frau und den Kindern. Bewegte Bilder von ihm vom Footballplatz, unter dem Tosen einer jubelnden Menge. Aufnahmen von seiner Beerdigung. Und seit Beginn des Prozesses Aufzeichnungen der schwerwiegendsten und verdammendsten Aussagen für die Anklage. Dr. Duffy, der stellvertretende Chef der Pathologie, im Zeugenstand, wie er Dias von den Verletzungen erläuterte, die in der Leichenhalle gemacht worden waren.

Carpenter führte vor, wie er geholfen hatte, die Scheinwerfer von Hudsons Auto zu zertrümmern und den Wagen dann in den Graben zu schieben. Ein Officer führte vor, wie man dem mit Handschellen gefesselten Opfer Schläge auf Kopf und Körper versetzt hatte. All das wurde mehrmals wiederholt.

Es sah in der Tat schlecht für die Verteidigung aus. Aber ich wußte, daß man nie sagen konnte, wie Geschworene sich verhalten würden, und die Geschworenen sahen nicht fern. Wenn man Janowitz' Artikel sorgfältig las, schien die Schwadron der Anwälte der Verteidigung ein paar Punkte gemacht zu haben, die man nicht unterschätzen durfte.

Die Blackburns und die Bodybuilder blieben bei ihrer Aussage, daß sich Hudson gewaltsam der Festnahme widersetzt hatte und nicht schwer verletzt gewesen zu sein schien. Vielleicht war ja das Krankenhauspersonal verantwortlich für seinen Tod, weil es seine Verletzungen nicht schneller erkannt, diagnostiziert und behandelt hatte.

Mittlerweile streckte ich telefonisch die Fühler aus, da die meisten Cops nicht mehr bei Gesprächen mit Reportern gesehen werden wollten, und horchte sogar MacDonald darüber aus, wer an jenem Abend die Suchmeldung rausgeschickt haben könnte, entweder als Scherz oder mit düsteren Absichten.

Dan Flood erwies sich hilfsbereiter als MacDonald, der, als wir uns noch nicht gekannt hatten, offener mit mir über seine Fälle gesprochen hatte. Jetzt, da wir ein Paar waren, wollte er mir überhaupt nichts mehr sagen.

»Es wäre moralisch nicht vertretbar, dir etwas darüber zu erzählen«, sagte er eines Abends auf dem Weg ins Kino auf meine einfache Frage nach einem Mordfall, den er bearbeitete.

»Ich hasse Männer mit Moral.«

»Es geht nicht so sehr um die Moral«, sagte er. »Es geht darum, meinen Arsch zu schützen.«

»Du überreagierst, und das ist mir gegenüber unfair«, schmollte ich. »Das ist eine umgekehrte Diskriminierung.«

»Ha, jetzt weißt du, wie das ist. Falls man mir vorwerfen sollte, mit dir über dienstliche Angelegenheiten gesprochen zu haben, will ich es wahrheitsgemäß bestreiten können. Ich möchte nicht als das Leck in der Abteilung beschimpft werden«, murrte er.

»Ach, du armer Schatz«, zog ich ihn auf. »Hast du es so schwer . . .«

Er lachte nicht. Er stellte den Cherokee auf dem Parkplatz gegenüber vom Byron-Carlyle ab, und wir gingen über die Straße zur Kasse. Plötzlich nahm MacDonald die Hand von meiner Schulter und drehte sich um. »Bleib ganz ruhig. Wir treffen uns am Wagen«, murmelte er und ging auf einem Umweg zum Cherokee zurück. Er drehte sich nicht um.

Ich wußte nicht, ob ich ihm folgen, auf ihn warten oder die Karten kaufen sollte. Der Film fing in fünf Minuten an.

Er muß irgend etwas gesehen haben, dachte ich und sah mich hektisch um; einen Verdächtigen oder einen gestohlenen Wagen, nach dem die Mordkommission sucht. Aber mir fiel nichts auf. Verärgert marschierte ich schnurstracks zum Cherokee zurück. Er stand daneben und versuchte, ganz lässig zu wirken. »Geh um die Ecke«, sagte er leise, ohne mich anzusehen. »Da kannst du dann einsteigen.«

»Was *soll* das? Was ist hier los?« Er machte eine schnelle, ungeduldige Geste. Ich kam mir töricht vor, trottete aber trotzdem um die Ecke und blieb vor einer geschlossenen Reinigung stehen. Ein paar Minuten später kam der Cherokee um die Ecke. Als ich einstieg, sah MacDonald sich verstohlen um. »Was zum Teufel ist los?« fragte ich.

»Wir wären fast in sie hineingelaufen«, sagte er.

»In wen?«

»Hast du sie denn nicht gesehen?«

»Wen?«

»Lieutenant Simmons und seine Frau. Sie haben in der Schlange vor der Kasse gestanden.«

»Na und?«

»Du weißt doch, daß es im Augenblick nicht besonders gut wäre, wenn man uns zusammen sieht.«

»Du willst nicht mit mir gesehen werden!«

»Du weißt, wie es im Präsidium steht.«

»Ja, aber das ist doch lächerlich. Heißt das, wir müssen uns jetzt durch die Gegend schleichen wie ein Pärchen, das verheiratet ist, aber nicht miteinander?«

»Das«, sagte er grinsend, »wäre wahrscheinlich einfacher als unsere jetzige Situation.«

»*Deshalb* bleiben wir ständig zu Hause«, sagte ich vorwurfsvoll. »Bin ich blöd. Ich dachte, du wärst gern mit mir allein.«

»Das ist ein Bonus.« Er drückte mein Knie.

»Was ist mit dem Film? Der Lieutenant und seine Frau sind wahrscheinlich schon im Kino.«

»Dann würden wir ihnen über den Weg laufen, wenn der Film aus ist.«

»Und vielleicht könnten wir dann eine Tasse Kaffee mit ihnen trinken, wie ganz normale Menschen.«

Er sah mich an und bog nach rechts ab, auf den Indian Creek Drive, meiner Wohnung entgegen. »Die Dinge sind im Augenblick nicht ganz normal. Sehen wir uns heute abend einfach ein Video an.«

Ich seufzte laut. »Ich wußte nicht, ob ich schreien, weinen oder Däumchen drehen sollte, als du mich einfach mitten auf der Straße hast stehenlassen. Deshalb warst du auch so versessen darauf, quer durch den Staat nach Sanibel zu fahren, oder? Das erklärt auch dieses schreckliche, dunkle italienische Restaurant, das plötzlich dein neues Lieblingslokal ist.«

»Es tut mir leid, Britt. Aber ich lerne eifrig für die Lieutenant-Prüfung im nächsten Monat. Ich würde sie gern bestehen. Es kann mir nicht helfen, mit dir zusammen gesehen zu werden. Du weißt, wie Cops sind.«

»Du kannst ihnen doch einfach sagen, daß wir nicht über berufliche Dinge sprechen! Bei Gott, das ist doch die Wahrheit.« Sein Gesicht war finster und mürrisch geworden. »Bist du wirklich so großem Druck ausgesetzt?« fragte ich schon sanfter.

»Wenn du es unbedingt wissen willst, ja«, sagte er schließlich. »Sieh mal ins Handschuhfach.«

Ich sah hinein. Über dem Inspektionsheft und den Wagenpapieren lag ein Namensschild, sorgfältig geschrieben und aus schwerem Karton geschnitten. Der Name und Beruf darauf waren mit der Schablone geschrieben und dann mit schwarzem Filzstift ausgemalt worden: JIMMY OLSEN, JUNGREPORTER. Ich sah augenblicklich Supermans Kumpel vor meinem geistigen Auge und brach unwillkürlich in lautes Gelächter aus.

»Das hab' ich auf meinem Schreibtisch gefunden«, sagte er; er hielt seinen Zorn offensichtlich nur mühsam im Zaum.

»Wann?«

»Unmittelbar nachdem du die Story über die Prügelei auf dem Parkplatz veröffentlicht hast.«

»Den Tip hab' ich nicht von dir bekommen.«

»Das glaubt mir keiner in der Abteilung. Jedesmal wenn du eine Story schreibst«, er schüttelte den Kopf, »sehen mich alle Kollegen komisch an.«

»Das ist doch lächerlich. Ich hatte meine Quellen schon, bevor wir miteinander gingen. Du warst eine davon.« Ich rümpfte die Nase. »Die anderen habe ich noch. Das ist nicht fair.«

»Wem sagst du das.«

Der Abend war nicht völlig hinüber. Wir liebten uns leidenschaftlich. Die frustrierende Situation vergrößerte meine Gier nach ihm nur noch. Es verlieh unserer Beziehung sogar einen aufregenden Hauch von Heimlichtuerei, uns in der Öffentlichkeit wie Fremde und hinter geschlossenen Türen wie hemmungslose Geliebte zu benehmen.

Doch wenn es um berufliche Dinge ging, war er die reinste Sphinx. Zum Glück arbeitete Dan Flood wieder; er sprach noch etwas nuschelnd, fühlte sich aber hervorragend und hatte fast fünfundzwanzig Pfund abgenommen, da er nichts hatte essen können. Ich hatte ihn über seinen Apparat angerufen, der nicht abgehört werden konnte, und wir grübelten über die Frage nach, wer die Suchmeldung herausgegeben haben könnte.

»Sie müssen bedenken, Britt, warum er es getan haben könnte. Angenommen, es war einer von uns . . . wer hat einen Vorteil, wenn er die Polizei durch diesen Skandal und den Prozeß spaltet?«

»Keine Ahnung«, sagte ich verwirrt.

»Ich weiß es auch nicht«, sagte Dan. »Aber da könnte es einige geben. O je, mein Partner, ich glaube, Sie kennen ihn, ist sauer auf mich, weil ich so viel telefoniere. Ich muß los. Aber warum rufen Sie nicht die Jungs von der Donnerstags-Pokerrunde an? Finden Sie heraus, ob die was wissen.«

»Die was?«

»Seit zwanzig Jahren finden sich jeden Donnerstag ein paar Jungs zu einem Spielchen zusammen. Whitaker, Alvarez, O'Rourke und Duran gehören zu den Gründungsmitgliedern.«

»Wer spielt sonst noch mit?« Ich griff nach einem Kuli und

kritzelte auf dem Notizblock neben dem Telefon mit, während Flood die Namen herunterrasselte.

»Grüßen Sie Ihren Partner von mir«, sagte ich bemüht lässig.

»Aber sicher doch, Schätzchen.«

Bei mir stellte sich der entschiedene Eindruck ein, daß er mich nicht beim Namen nannte, damit man ihm nicht vorwerfen konnte, mit mir gesprochen zu haben. Ihm schien es nicht mal recht zu sein, daß MacDonald davon erfuhr.

Ich schüttelte den Kopf; diese Geheimnistuerei – und daß man mich wie Giftmüll behandelte – paßte mir gar nicht. Die Namen der Pokerspieler kannte ich alle; es waren Cops, die schon sehr lange bei der Truppe waren. Ein paar waren altmodisch und hartgesotten und kamen nicht besonders gut mit der Presse klar. Ich kannte drei der anderen, Duran, O'Rourke und Salazar, so gut, daß ich ihre nicht eingetragenen Privatnummern hatte. Wenn Cops im Lauf der Zeit die Karriereleiter hinauffallen, reagieren sie meistens nicht mehr so paranoid, was die Herausgabe ihrer Telefonnummer betrifft. Zwei waren Lieutenants, der dritte Captain.

Das sind alles Kumpel, dachte ich; wenn ich mit der Tür ins Haus falle und sie mit Fragen bombardiere, werden sie sich blitzschnell gegenseitig warnen. Ich mußte mir etwas einfallen lassen und versuchen, schon mit dem ersten Anruf klarzukommen.

Ich setzte mich und studierte die Namen. Der von Lieutenant Sean O'Rourke erregte sofort mein besonderes Interesse. Er war ein kluger Mann, ein guter Cop, laut und oft lärmend, trank gern einen Schluck und war manchmal ein Draufgänger. Es mußte einen Grund dafür geben, daß er die Karriereleiter nicht höher hinaufgeklettert war. Ich hatte ihn wegen einiger Stories ein paarmal zu Hause angerufen, und er hatte schon relativ früh am Abend undeutlich gesprochen, wenngleich er sich durchaus noch artikulieren konnte. Sein Vater war stellvertretender Polizeichef von New York gewesen, worauf er sehr stolz war. Er liebte die Polizeiarbeit, ließ aber eine gewisse Verbitterung über die Entwicklung erkennen, die die Polizei gemacht hatte. Ich wußte, daß er im pensionsberechtigten Alter war und mit dem Gedanken spielte, seine Papiere zu nehmen. Ich hatte ihn nie bei einer Lüge ertappt, was ihn bei den hohen Tieren oft in Schwierigkeiten gebracht hatte. Er haßte die Politik und die, die sie betrieben, liebte die Wahrheit und nannte sie beim Namen, oft zum Nachteil seiner Karriere. Er tadelte seine Leute lautstark, wenn sie Mist gebaut hatten, erlaubte aber niemandem sonst, sie zu kritisieren. Er war ein echter Bulle, wie die Bullen sie liebten.

O'Rourke war untersetzt, hatte ein pausbäckiges Gesicht, helle Augen und einen ziemlichen Bauch. Ich wußte auch, daß er vor ein paar Jahren nach einer langjährigen Ehe geschieden worden war und einen Sohn hatte, der Maschinenbau studierte. Immer wenn ich mit ihm gesprochen hatte, hatte ich den Eindruck gehabt, daß er entweder Liebeskummer hatte oder für ein Leben als Single einfach nicht geschaffen war. Wenn ich ihn zu Hause angerufen hatte, schien er immer allein gewesen zu sein und sich zu freuen, mit jemandem sprechen zu können; er hatte die Gespräche immer länger ausgedehnt, als es für meine Story eigentlich nötig gewesen wäre. Ich warf einen Blick auf die verfluchte Kuckucksuhr. Wenn ich ihn zu Hause erwischen sollte, hatte er mittlerweile bestimmt schon ein paar Gläser getrunken. Er war vielleicht angeheitert, allein und begierig darauf, mit jemandem plaudern zu können. Es war einen Versuch wert.

»Ich muß mit Ihnen sprechen«, sagte ich zu ihm.

»Wo treiben Schie sich 'rum, Britt?« Seine Worte klangen nicht nur ein wenig undeutlich. »Was'n los?«

»Ich wollte mit Ihnen über den Fall Hudson sprechen.« Ich kam direkt zur Sache.

Er schwieg einen Augenblick lang. Ich hörte seinen Atem. »Ich hab' mich schon gefragt, wann Sie dahinterkommen. Dieser ganze Prozeß ist doch 'ne verdammte Scheiße. Diese armen Arschlöcher.«

»Was meinen Sie?« fragte ich und versuchte, nicht zu eifrig zu klingen.

»Von wo aus rufen Sie an?«

»Ich bin zu Hause.«

»Sie wissen doch, daß wir am Telefon nicht darüber sprechen sollten.«

»Ich bezweifle, daß die Gefahr besteht . . .«

»Sagen Sie nie was am Telefon, das Ihre Mutter nicht hören soll, wenn das Tonband bei Ihrem Prozeß abgespielt wird.«

»Ich könnte zu Ihnen kommen. Ist das in Ordnung? Wo wohnen Sie?«

Er erklärte es mir. »Fahren Sie einfach die Palmetto entlang, biegen Sie auf die Vierundzwanzigste ab und dann an der vierten Ampel wieder nach rechts. Parken Sie nicht in der Auffahrt.«

»Ich lasse den Wagen einen Block entfernt stehen«, versprach ich ihm. Mein Puls pochte in meiner Kehle. »Ich komme sofort.«

19

Ich fuhr mit wachsender Aufregung durch die Nacht; was mochte mich erwarten? Ich hatte keine Schwierigkeiten, sein Haus zu finden. Cops verstehen sich darauf, einem den Weg zu erklären. Ich machte mir Sorgen, daß man mir vielleicht eine Falle gestellt hatte. Aber O'Rourke hatte mich noch nie belogen oder sonst jemanden, soweit ich wußte. Er hatte einen starrköpfigen, irischen Sinn für Ehre und Anstand, der ihm bei seiner Karriere nie weitergeholfen hatte. Begründeter war wohl die Sorge, daß er weitergetrunken hatte und unzusammenhängendes Zeug brabbelte, wenn ich dort angekommen war. Oder daß er nüchtern geworden war und, nachdem er wieder klar denken konnte, beschlossen hatte, nicht mit mir zu sprechen.

Ich stellte den T-Bird einen Block von seinem Haus entfernt ab. Es war kurz vor zehn, und die Straße war menschenleer.

Er öffnete die Tür nach dem ersten Klingeln. In der Hand hielt er ein fast leeres Glas mit schmelzenden Eiswürfeln darin.

Sein breites Gesicht war gerötet und von dicken Adern durchzogen.

»Sie ham ja nicht lange gebraucht«, sagte er. »Kommen Sie rein. Was zu trinken?«

»Ein Mineralwasser?«

Er runzelte die Stirn. »Einen gespritzten Wein?«

»Klar.«

Ich folgte ihm durch das Wohnzimmer auf einen abgeschirmten Patio, der halb von einem Überhang bedeckt wurde. Körbe mit gepflegten Orchideen und Zierfarnen hingen an einem Rohr, das zu der Abschirmung zu gehören schien. »Ein wunderschönes Haus«, sagte ich zu ihm.

»Wohne seit zweiundzwanzig Jahren hier«, sagte er. »Habe den Hof selbst angelegt.« Er war offensichtlich stolz auf sein Heim. Alles war tadellos in Ordnung und fast militärisch blank gescheuert.

Neben dem Pool hatte er eine Bar und einen festen Grill aus Ziegeln gebaut. Ich konnte mir vorstellen, wie sich hier jahrelang die Familie zusammengefunden und zu Abend gegessen hatte. Er trat hinter die Bar und schenkte mir ein. »Ich hätte Ihnen sagen sollen, daß Sie Ihre Badesachen mitbringen sollten.«

»Es ist sowieso etwas zu kalt für mich«, sagte ich. Ich schwimme nur gern im Meer, immer dann, wenn das Wasser träge und warm wie in einer Badewanne ist.

»Erdnüsse?« Er griff zu einem Regal hinab, holte eine Dose hervor und schüttete den Inhalt in eine Schüssel, die er in meine Richtung schob. Hinter ihm erklang Musik, ein Stereoradio, das er auf einen Oldie-Sender eingestellt hatte, der nur Oldies aus den fünfziger Jahren spielte.

Er stand hinter der Bar, der alleinige Herr über alles, was er sah. Ich nahm vor ihm auf einem Rattanstuhl Platz. Er hatte getrunken, aber wahrscheinlich nicht mehr, als er jeden Abend trank, den er allein hier verbrachte. Sein üblicher Klagegesang galt der Politik, der Moral, der Führung – oder dem Mangel daran – in der Polizei. Sein Vater, der in New York ein hohes Tier gewesen war. »Damals brachte der Job noch eine gewisse

Ehre mit sich«, sagte er und meinte die alten Tage, als er ein eifriger, ehrgeiziger Junge und Miami bloß eine verschlafene Rentnerstadt im Süden gewesen waren.

Ich spürte, daß O'Rourke gern noch etwas länger den Gastgeber gespielt hätte, war aber ungeduldig und kam auf den Grund meines Besuchs zu sprechen.

»Haben Sie den Prozeß verfolgt?«

O'Rourke schaute bedrückt drein. »Diese armen Säcke.« Er schüttelte den Kopf.

»Was ist mit dem armen Sack D. Wayne Hudson?« sagte ich und nahm eine Handvoll Erdnüsse.

»Es könnte ein Mordfall sein«, platzte er heraus und starrte mit trüben Augen in sein Glas. »Ein kaltblütiger, vorsätzlicher Mord ersten Grades.«

»Aber sie haben doch gar nicht gewußt, wer er war, und hatten noch weniger Zeit, den Vorsatz zu fassen, ihn zu töten.«

»Sie nicht.« O'Rourke sah mir in die Augen; er schwankte nur leicht.

Trotz meiner Bluse mit langem Arm war mir plötzlich kalt.

»Was meinen Sie?«

»Das ist streng vertraulich, Britt. Sie dürfen auf keinen Fall meinen Namen nennen oder auch nur andeuten, daß Sie es von mir haben. Wir haben nie miteinander gesprochen. Ich werde es abstreiten.«

Ich erwiderte seinen Blick. »Ich gebe nie eine Quelle preis. Das müßten Sie doch mittlerweile wissen.«

Er nickte, ließ frische Eiswürfel in sein Glas fallen und schüttete einen kräftigen Schluck Jack Daniels darüber.

»Ich habe nie jemanden verpfiffen, ganz gleich, was er getan hat«, murmelte er. »Aber wenn ich diese Jungs sehe . . . vor Gericht, wie gewöhnliche Verbrecher. Ich behaupte nicht, daß die Blackburns Helden sind, und die Truppe ist ohne die Machados und Estradas besser dran, aber ich habe das starke Gefühl, daß sie nicht vor Gericht stehen sollten, wenigstens nicht wegen Mordes.«

»Sie glauben, jemand hat eine falsche Suchmeldung rausgegeben?«

»Das ist die einzige Erklärung.«

»Wer könnte es gewesen sein?«

»Alvarez. Er hatte die Gelegenheit und das Motiv.«

Meine Gedanken rasten, und dann fiel es mir wieder ein. »Alma hat mir erzählt, daß er an diesem Abend mit D. Wayne Hudson auf dem Treffen war! Es wäre kein Problem für ihn gewesen, so lange zu warten, bis Hudson nach Hause fährt, und dann über Funk eine Beschreibung seines Wagens durchzugeben und ihn als gestohlen zu melden, mit einem bewaffneten und gefährlichen Verdächtigen darin. Aber warum?«

»Er ist so versessen auf den Job des Polizeichefs, daß er dafür über Leichen gehen würde.« O'Rourkes helle Augen sahen gequält aus. »Ich habe über zwanzig Jahre mit dem Mann zusammengearbeitet, Britt. Er hat kein Gewissen, ist völlig skrupellos. Ehrgeiz kann eine überwältigende Sucht sein. Er tut alles, um noch mehr Macht zu bekommen. Leute wie er würden ihre eigene Mutter verpfeifen, nur um befördert zu werden.« Als seine Stimme lauter wurde, verkrampften sich seine Finger so um das Glas, daß ich Angst bekam, es könnte zerbrechen.

»Augenblick mal.« Er verlor die Kontrolle über sich, und mir war die Sache noch nicht ganz klar. »Wie kann er denn hoffen, daß diese Suchmeldung ihm zu dem Posten verhelfen würde?«

O'Rourke atmete tief ein und rülpste dann. Als er fortfuhr, sprach er leiser und tiefer. »Seit Hector gerade aus den Windeln raus ist, spielen wir einmal die Woche Poker. Wir hauen auf den Putz, unterhalten uns über alles mögliche und entspannen uns. Im Lauf der Jahre haben wir es alle ganz schön weit gebracht, und wir alle waren ziemlich sauer, als sie den neuen Polizeichef von außerhalb holten. Es hätte jemand von innen sein sollen. Einer von uns. Niemand wollte den Job mehr als Alvarez. Wir waren alle ziemlich böse und stöhnten, als sie einen Außenstehenden holten. Und dann ausgerechnet diesen Polizeichef. Der kann ja nicht mal bis zwanzig zählen und gleichzeitig pinkeln. Wir haben ihn verabscheut, gaben ihm keine Chance. Wir sprachen unentwegt über ihn und haben gehofft, er würde so gewaltige Scheiße bauen, daß er unhaltbar wurde und man ihn rauswarf.«

O'Rourke lehnte sich auf den Ellbogen schwer über die Bar, und sein rundes Gesicht wirkte offen und ernst. »Alvarez weiß, daß er an der Reihe ist, wenn dieser Chief geht. Er steht ganz vorn auf der Liste.«

Ich nickte, bemüht, ihn nicht zu unterbrechen.

»Aber im Lauf der Zeit schien sich der neue Chief immer mehr einzunisten. Das Arschloch hat sich durchgesetzt, auch ohne die geringste Unterstützung. Verdammt, der kann sich noch zehn Jahre lang halten.« Er verdrehte die Augen. »Dann sind wir alle schon längst pensioniert. Irgendwann fingen wir an, Witze darüber zu reißen, wie wir den Mann loswerden konnten. Ich hab' selbst mal gesagt: ›Was zum Teufel müssen wir denn machen, um das Arschloch loszuwerden, ihm eine Kugel in den Kopf schießen?‹ Verzeihen Sie meine Ausdrucksweise.«

Ich nickte und nippte an dem Wein. In der Ferne bellte ein Hund, dann jaulte eine Autoalarmanlage auf. Der Oldie-Sender spielte herzergreifend schmalzige und sentimentale Songs, die früher mal für die jungen Insassen von Autos gedacht waren, die sich an abgeschiedenen Plätzchen auf der Rückbank ihrer Wagen nähergekommen waren, damals, als sich junge Verliebte an abgeschiedenen Plätzchen auf der Rückbank noch näherkommen konnten, ohne ausgeraubt, vergewaltigt oder ermordet zu werden.

Er beugte sich näher heran. »An dem Abend, an dem ich das gesagt habe, hat Alvarez geantwortet: ›Nein, du irrst dich. Nicht ihn müssen wir töten.‹ Er sagte es ganz sachlich, als hätte er genau darüber nachgedacht. Jemand hat gefragt, was zum Teufel er damit meint, und er hat eine kleine Rede darüber gehalten, daß es manchmal besser für eine Sache ist, einen guten Mann statt einen schlechten zu töten.«

Ich runzelte die Stirn. »Was soll das bedeuten?«

»Sie wissen doch, wie diese Latinos Ränke schmieden, wie sie Intrigen lieben. Sie müssen das doch besser verstehen als sonst jemand; verdammt, Sie sind doch eine von ihnen.«

»Nur Halbkubanerin«, sagte ich.

O'Rourke betrachtete mich, als wäre ich, selbst in stocknüchternem Zustand, zu beschränkt, um einfaches Englisch zu verstehen. Er sprach ganz langsam, wie Betrunkene es tun, wenn sie sichergehen wollen, daß man sie auch versteht.

»Ganz einfach. Der Funke, den wir brauchen, um die Polizei von oben nach unten auszufegen, könnte zum Beispiel ein bedeutender Fall von Polizeibrutalität sein. Wenn dieser wilde Haufen der Mitternachtsschicht einen bekannten und angesehenen Schwarzen töten würde, würden die Bürger den Kopf des Polizeichefs fordern.«

Ich verschluckte mich, eine Erdnuß glitt meinen Hals hinab, und ich spuckte sie mit einem Hustenkrampf wieder aus. »Das kann doch nicht Ihr Ernst sein«, würgte ich heraus. Meine Augen tränten.

»Alles in Ordnung?« Er tätschelte mir mit seiner großen Pranke den Rücken. »Ja, ja«, keuchte ich und wollte ihm ein Dutzend Fragen stellen, mußte jedoch nach Luft schnappen.

O'Rourke trank einen mächtigen Schluck, sah mich an und fuhr dann langsam fort. »Wenn man einen schlechten Mann tötet, ändert sich nichts, hat er gesagt, aber wenn man einen guten tötet, gehen die Leute auf die Barrikade. Sie werfen den schlechten raus. Seine Herrschaft wird zerbröckeln. Der Chief würde zurücktreten müssen oder gefeuert werden.«

»Wozu es ja fast gekommen ist«, sagte ich. Meine Stimme klang noch immer rauh. Die Bedeutung seiner Worte hatte mich wie ein schmerzhafter Schlag in den solar plexus getroffen. Hatte D. Wayne Hudson sterben müssen, damit Alvarez Polizeichef werden konnte?

»Das Komische daran ist«, sagte O'Rourke ironisch, »wir haben darüber gelacht und gesagt, ja klar, das ergibt Sinn. Wir dachten, aus ihm würde nur der Alkohol sprechen.« Er starrte verdrossen in sein Glas und füllte es dann auf.

»Also hat er Hudson *und* die Cops reingelegt? Aber wie konnte er denn wissen, was sie tun würden?« Es kam mir einfach zu weit hergeholt vor.

»Vergessen Sie nicht«, sagte O'Rourke, »daß Alvarez die meisten dieser Burschen zur Mitternachtsschicht eingeteilt hat. Er kannte ihre Neigung zur Gewalt, ihren Ruf. Er konnte davon ausgehen, daß sie über Hudson herfallen würden. Wenn nicht, auch gut. Es war einen Versuch wert.«

»Aber er konnte nicht wissen, daß sie ihn töten würden.«

»Vielleicht haben sie ihn gar nicht getötet.«

Ich sah ihn an und wartete darauf, daß er fortfuhr.

»Mir ist es von Anfang an komisch vorgekommen, daß niemand, weder die Jungs am Ort des Geschehens, die Sanitäter, noch die Ärzte Hudsons Zustand als kritisch eingeschätzt haben. Und dann ist er plötzlich hirntot. Das kommt doch einfach zu gelegen.«

»So was passiert.« Ich zuckte die Achseln. »Sie behaupten . . .«

»Sie werden es nie beweisen können«, warnte er mich. »Reine Spekulationen meinerseits. Aber was, wenn durchgesickert ist, daß Hudson die Sache überstehen würde, und dann jemand dafür gesorgt hätte, daß er sie doch nicht übersteht?«

Mord. Ich starrte O'Rourke an. »War Alvarez in dieser Nacht im Krankenhaus?«

»Auf dem Papier nicht. Er wird in keinem Bericht erwähnt. Nach allem, was wir wissen, ist er sofort nach dem Treffen nach Hause gefahren.«

Meine Gedanken rasten. »Aber wie soll D. Wayne denn im Krankenhaus ermordet worden sein? Es müßte medizinische Anhaltspunkte dafür geben.«

O'Rourke zuckte die Achseln. »Was auch immer es war, der Gerichtsmediziner hat es nicht gefunden, nicht wahr? Ich habe Ihnen gesagt, Britt, das alles ist nur eine Spekulation, meine ureigene Theorie, mit Löchern darin, die so groß sind, daß man mit einem Lastwagen hindurchpreschen könnte.«

»Die Ärzte, die ihn wiederbeleben wollten, hätten jede frische Verletzung bemerkt«, sagte ich, laut nachdenkend. »Glauben Sie, er ist erstickt worden, mit einem Kissen oder so?«

O'Rourke schaute skeptisch drein und schüttelte den Kopf.

»Augenblick mal!« sagte ich. »Alvarez hatte Zugang zu Medikamenten . . .«

»Wie kommen Sie denn darauf?«

»Seine Frau leitet eine Klinik in Little Havana. Ich habe erst kürzlich davon erfahren. Sie ist ausgebildete Krankenschwester. Dort hätte er sich alles besorgen können, was er braucht.«

Er zuckte die Achseln. »Aber warum hat der Gerichtsmediziner nichts gefunden? Wenn Sie der Sache nachgehen, Britt, müssen Sie alle Leute glauben machen, Sie wären von allein darauf gekommen.«

Ich nickte und trank mein Glas aus. Mein Herz hämmerte wie verrückt.

»Diese armen Mistkerle, stehen wegen Mordes vor Gericht.« Er schenkte sich noch einen Whisky ein und goß mein leeres Glas mit Wein voll.

»Es ist gefährlich, Britt. Alvarez ist völlig verrückt. Als wir bei der letzten Pokerrunde darüber sprachen, daß der Chief ganz schön in der Klemme steckt, hat er nur gegrinst. Er glaubt, daß er seinen Posten bekommen wird. Und es sieht ganz danach aus, daß er ihn wirklich bekommt.«

»Der Chief hat keine Ahnung davon?«

»Nicht die Bohne. Soweit ich weiß, hält er das alles für eine Pechsträhne.«

Mir fiel etwas anderes ein. »Aber warum war Alvarez so wütend, als er mich im fünften Stock ertappte? Er hatte keinen Grund dazu. Ich hätte ihm doch nur in die Hände gespielt, wenn ich weiter über D. Wayne berichtet hätte.«

»Er hat später damit geprahlt. Er hat es wirklich genossen, Sie so richtig fertigzumachen. Vielleicht wollte er damit Eindruck schinden, vielleicht war er wirklich sauer, daß Sie da oben aufgekreuzt sind. Er hat Reporter schon immer gehaßt. Er glaubt, ohne die Medien hätte man ihn schon längst zum Chief gemacht.«

»Warum haben Sie sich nicht an die Mordkommission oder die Dienstaufsicht gewandt, wenn Sie diesen Verdacht hegen?«

Er schüttelte den Kopf. »Ich hab' Ihnen doch gesagt, Britt, ich habe mit dieser Sache nichts zu tun. Es ist ein großer Unterschied, ob man ein Gefühl im Bauch hat oder wirklich was beweisen kann. Mein Wort gegen seins. Wo stehe ich denn, wenn ich damit nicht durchkomme? Ich weiß nicht mal, ob einer der anderen Jungs auf diesen Gedanken gekommen ist.

Außerdem würde ich den Chief nicht mal anpissen, wenn er in Flammen stünde. Sogar die armen Arschlöcher, denen man den Prozeß macht, glauben, daß sie schuldig sind.«

Auf eine verrückte, böse Art und Weise paßte alles zusammen. Als Bürgerin dieser Stadt, in der alles passieren konnte, war ich noch immer verblüfft. Als ich ging, stand O'Rourke genauso da wie während meiner Ankunft, allein an der Tür, ein halbleeres Glas in der Hand.

Von zu Hause aus rief ich das Krankenhaus an. Beim dritten Versuch kam ich schließlich zu Rico durch, der sich in einem Pausenraum auf der Intensivstation aufhielt. »Ich brauche Ihre Hilfe«, sagte ich. »Es ist wirklich wichtig.«

»Was meinen Sie?«

»Erinnern Sie sich mal an die Nacht zurück, in der D. Wayne Hudson eingeliefert wurde.«

Er schwieg einen Augenblick lang. »Ich rufe Sie von einem anderen Apparat zurück.«

»Kein Problem.« Er ließ mich fast zehn Minuten lang zappeln, dann klingelte das Telefon.

»Alles klar«, sagte er. »Sie haben doch nicht gebeten, mir was auszurichten, und dabei Ihren Namen genannt, oder?«

»Nein, da kennen Sie mich doch wohl besser.«

»Was brauchen Sie?«

»Erinnern Sie sich an diese Nacht?«

»Wenn Sie sich erinnern, war ich es doch, der Sie angerufen hat.«

»Richtig. Erinnern Sie sich an die uniformierten Beamten? Die Cops, die dort waren?«

»Ja?«

»Es waren hauptsächlich die Streifenbeamten, die ihn auch schon verfolgt hatten. Ich muß wissen, ob auch eins der hohen Tiere dort war. Vielleicht später . . .«

»Frankie Alvarez?«

Ich hielt den Atem an. »Ich hab' gar nicht gewußt, daß Sie ihn kennen.«

»Klar, schon seit Jahren. Seine Frau hat mal hier gearbeitet, auf der Intensivstation, bevor sie dann zu irgendeiner Klinik in Little Havana ging.«

»War er in dieser Nacht da?«

»Klar. Er ist hier aufgekreuzt. Ich hab' ihn allein auf dem Gang gesehen.«

»Wissen Sie noch, wann das war?«

»Die genaue Zeit nicht mehr. Die anderen Cops waren schon längst wieder weg.« Er dachte kurz nach. »Unmittelbar vor dem großen Theater, dem Notruf. Bevor D. Wayne den Löffel abgab.«

»Kam das niemandem ungewöhnlich vor? Wäre es möglich, daß er vielleicht mal allein bei Hudson war?«

»Problemlos. Worauf wollen Sie hinaus, Britt? Es ist ganz normal, daß Bullen hier ein und aus gehen. Ich dachte, er wollte sich den Patienten nur mal ansehen. Wo er doch so prominent war.«

»Danke, Rico.« Ich zitterte.

»Worum es auch geht, wir haben nicht miteinander gesprochen.«

20

Am nächsten Morgen braute sich im Redaktionsraum etwas zusammen. In mir auch. In Atlanta wurden die Schlußplädoyers gehalten, und die Geschworenen würden wahrscheinlich noch heute mit ihrer Beratung beginnen. Bei fünf Angeklagten konnte man nicht sagen, wie lange das dauern würde. Heute war Donnerstag, und wir konnten bis zum Wochenende ein Urteil haben. Die Reporter arbeiteten zur Zeit noch einmal den Hintergrund des Falles auf und bereiteten ihre Stories über die Reaktionen der Angeklagten vor.

Ich rief zuerst den Chef der Pathologie an. Zwar hatte Dr. Duffy die Autopsie an Hudson vorgenommen, doch er befand sich noch in Atlanta, für den Fall, daß er noch mal in den Zeugenstand gerufen werden würde. Ich hoffte, er würde nicht beleidigt sein, daß ich mich direkt an seinen Boß gewandt hatte. Er war außerhalb auf einem Kongreß gewesen, als Hudson gestorben war.

Er redete nicht um den heißen Brei herum und versuchte mir auch nicht weiszumachen, daß das nicht sein Fall sei. Er war seit drei Jahrzehnten Chef der Pathologie. Er hatte das Sagen; jeder Fall war sein Fall.

»Ich habe Informationen aus einer normalerweise zuverlässigen Quelle«, erklärte ich ihm, »daß D. Wayne Hudsons Verletzungen nicht kritisch waren, als er ins Krankenhaus eingeliefert wurde. Daß er danach vielleicht vorsätzlich ermordet wurde.«

Der Chefpathologe blieb gelassen. Nach über hunderttausend Leichen gab es nichts, das er noch nicht gesehen hatte. Er hörte mir ruhig zu. »Worauf wollen Sie hinaus?« sagte er dann. »Der Mann ist schlimm verprügelt worden.«

»Ich glaube, daß ihm irgendein Medikament oder eine Medikamentenkombination verabreicht wurde«, sagte ich. »Wie können wir das herausfinden?«

»Ich muß mir die Akte und den toxikologischen Bericht ansehen. Vielleicht hilft uns das schon weiter.«

»Die Akte ist nicht in Atlanta?«

»Nein, Dr. Duffy hat eine Kopie des Autopsieberichts mitgenommen. Die Originale werden hier aufbewahrt. Hat Ihre Quelle Ihnen auch gesagt, nach welchem Medikament wir suchen sollen?«

»Nein«, seufzte ich. Mir war klar, wie weit hergeholt das alles klang. »Die angeblich verantwortliche Person hat Zugang zu einer Klinik.«

»Hmm. Wie lange befand sich Hudson im Krankenhaus, bevor er für tot erklärt wurde?«

»Vierundzwanzig Stunden. Er war Organspender, deshalb haben sie ihn am Leben gehalten, um ihm die Organe entnehmen zu können.«

»So habe ich das auch in Erinnerung. Nachdem die Ärzte ihn so lange behandelt hatten, haben wir bei der Autopsie keine

Blutuntersuchung durchgeführt. Nur dabei wären wir auf die Medikamente gestoßen, die die Ärzte ihm verabreicht haben. Uns interessiert aber nur, welche Chemikalien er intus hatte, bevor er verletzt wurde.«

Meine Hoffnung sank. Es gab keine postmortale Blutuntersuchung.

»Wenn ich mich richtig erinnere«, sagte der Chefpathologe, »basieren unsere Untersuchungen auf Blut, das man ihm kurz nach der Einlieferung ins Krankenhaus abgenommen hat. Wir haben lediglich eine kleine Menge Alkohol gefunden.«

»Genau, das bewies, daß er nach dem Essen vielleicht einen Drink genommen hatte. Drogen oder Medikamente wurden nicht gefunden. Dann ist es jetzt zu spät, und man kann es nicht mehr herausfinden?«

»Sicher kann man das.« Seine Stimme war so zuversichtlich und wohlmoduliert wie immer. »Das Reagenzglas mit dem grauen Deckel.«

»Das was?«

»Das Reagenzglas mit dem grauen Deckel. Wir müssen jetzt das Reagenzglas mit dem grauen Deckel überprüfen. Von jeder Autopsie, die wir durchführen, bewahren wir ein Reagenzglas mit Blut auf, ob es nun ein frischer Fall ist oder jemand, der ein halbes Jahr lang im Krankenhaus lag. Das ist üblich so, für den Fall, daß sich später noch etwas ergeben sollte, wie hier zum Beispiel.«

Ich stellte eine dumme Frage; ich hatte ganz vergessen, daß in der Pathologie der Fachjargon gepflegt wurde wie sonst nirgendwo. »Warum heißt es das Reagenzglas mit dem grauen Deckel?«

»Die mit den roten Deckeln sind leer, die mit den purpurnen enthalten ein Anti-Gerinnungsmittel, die mit den grünen Heparin, eine andere Substanz zur Verhinderung der Blutgerinnung, die mit den grauen Natriumfluorid, ein Konservierungsmittel, die mit den gestreiften . . .«

»Schon kapiert«, sagte ich. Was für ein übergenauer und brillanter Mann, dachte ich. Miami kann sich glücklich schätzen, ihn zu haben.

»Wir bewahren sie im Autopsieraum auf. Wenn eine Leiche eingeliefert wird, gibt ein Angestellter den Namen und die Nummer des Falls in den Computer ein, der automatisch Etiketten für alle nötigen Behälter ausdruckt. Ein Etikett für das Reagenzglas mit dem grauen Deckel ist immer dabei.«

»Dann haben Sie noch eine Probe von D. Wayne Hudsons Blut, die nach seinem Tod entnommen wurde?«

»Allerdings.«

»Wie lange brauchen Sie für den Test?«

»Unter diesen Umständen können wir wahrscheinlich schon heute Nachmittag etwas sagen.«

»Soll ich Sie gegen zwölf Uhr anrufen?«

»Zwei Uhr ist realistischer.«

Ich wählte Major Alvarez' Nummer im Polizeipräsidium und bat seine Sekretärin um einen Termin, und zwar noch am heutigen Tag.

Anfangs hatte sie ziemlich anmaßend geklungen, doch nun wirkte sie eher ausweichend und zweifelnd. »Er hat sehr viel zu tun«, sagte sie. »Er . . . äh . . . hat den ganzen Tag über Konferenzen.«

»Ich brauche zwanzig Minuten seiner Zeit«, drängte ich, »für eine wichtige Story.«

»Warum setzen Sie sich nicht mit der Abteilung für Öffentlichkeitsarbeit in Verbindung?«

»Es handelt sich um eine sehr sensible Story, die ihn persönlich betrifft. Ich glaube, er würde lieber direkt mit mir sprechen.« Ich wußte, daß ich ihn damit vielleicht warnte, doch ich konnte einfach nicht den Mund halten, und vielleicht war er so neugierig, daß er den Köder schluckte.

Sie sagte, sie würde mich heute noch zurückrufen.

Ich war rastlos und nervös und wollte aus dem Büro heraus. Onnies befristeter Arbeitsvertrag war ausgelaufen, und ich hatte von einem möglichen Job gehört, über den ich mit ihr sprechen wollte, was mir gleichzeitig die Gelegenheit gab, Darryl zu sehen. Ich wählte ihre Nummer.

»Ich bin's«, sagte ich. »In der Stimmung für eine *media noche*? Ich fahre beim La Esquina vorbei und bin gleich da.«

»Kommen Sie nicht, Britt.« Ich hörte Darryl im Hintergrund spielen. Zuerst verstand ich gar nicht, was sie sagte.

»Kommen Sie nicht, habe ich gesagt.«

»Onnie? Was ist los?«

»Es ist zu gefährlich.« Ihre Stimme war ein leises Flüstern; ich konnte die Worte kaum ausmachen.

»Ist irgendwas passiert?« Unbewußt flüsterte ich ebenfalls. Einen Augenblick lang befürchtete ich, daß Darryls Vater sie aufgespürt hatte.

»Es sind die Straßen«, platzte es aus ihr heraus. »Sie kochen bald über. Sie sind in diesem Viertel nicht sicher, Britt. Kommen Sie nicht.«

»Jetzt hören Sie aber auf«, sagte ich wütend. »Ich weiß, daß die Stimmung im Augenblick ziemlich heiß ist, aber ich war schon tausendmal in der Gegend, und keiner hat mich auch nur eines zweiten Blickes gewürdigt.« Verdammt, dachte ich, es ist nicht die beste Gegend, aber wenn Onnie und Darryl dort wohnen können, kann ich sie dort auch besuchen.

»Aber heute ist das anders. Kommen Sie ja nicht hierher, Britt. Kein weißes Gesicht ist heute in diesem Viertel sicher. Ich meine es ernst.« Ihre Stimme zitterte. Sie meinte es wirklich ernst.

»Oh, Onnie, es tut mir so leid. Aber ich verspreche Ihnen, es wird schon nichts passieren.«

»Die Geschworenen beraten, Britt. Warten wir ab, was passiert.« Die Worte klangen bedrohlich.

»Geben Sie Darryl einen Kuß von mir.«

»Passen Sie auf sich auf, Britt.«

Scheiße, dachte ich wütend, was zum Henker geht in dieser Stadt vor?

Ich rief bei der Gerichtsmedizin an. Noch nichts. Ich hatte gehofft, zuerst die Ergebnisse der Blutuntersuchung zu bekommen, entschloß mich nun aber, Fred Douglas und Mark Seybold einzuweihen. Freds Büro war leer; er war zum Mittagessen gegangen. Ich rief O'Rourke an, aber auch er war nicht in seinem Büro.

Zu nervös, um auch nur zu essen, obwohl ich das Frühstück

hatte ausfallen lassen, trank ich einen kubanischen Kaffee aus dem Automaten in der Cafeteria im dritten Stock, wahrscheinlich nicht die beste Idee, da ich sowieso schon kurz vor dem Überdrehen stand. Ich saß ein paar Minuten allein an einem Fenstertisch, der für Presseleute reserviert war, die normalerweise überall Tintenspuren hinterließen. Ich trank das starke Gebräu und bekam kostenlos meinen Lieblingsausblick dazu, das prachtvolle Panorama der lebhaften, hellblauen Bucht und des tiefblauen, bewölkten Himmels, das wie immer beruhigend auf mich wirkte.

Gretchen war da, als ich zu meinem Schreibtisch zurückkehrte, und ich versuchte, ihrem Blick auszuweichen. Ich wollte ihr nicht erklären müssen, woran ich arbeitete. Diese Story war viel zu wichtig, um ihrem Urteil zu vertrauen.

Sie plauderte gerade freundschaftlich mit Ryan. Die beiden kamen seit ihrem Triumph mit seiner Floß-Story wunderbar miteinander aus.

Ich rief erneut bei der Gerichtsmedizin an. Der Chefpathologe nahm den Anruf selbst entgegen.

»Sie hatten recht«, sagte er.

»Was war in dem Reagenzglas mit dem grauen Deckel?« fragte ich atemlos.

»Barbiturate, eine tödliche Konzentration. Wir haben die Krankenhausunterlagen noch mal überprüft. Es hat etwa eine Stunde gedauert, die Akte aus dem Archiv zu holen. Barbiturate werden manchmal bei Kopfverletzungen verabreicht, um den Metabolismus zu verlangsamen und den Sauerstoffbedarf herabzusetzen und damit Gehirnschäden zu vermeiden. Aber diese Konzentration liegt weit über jedem therapeutischen Nutzen. Wir haben zweimal unsere eigene Arbeit überprüft, um festzustellen, ob wir einen Fehler gemacht oder das falsche Reagenzglas genommen haben, und ich habe auch mit den Leuten gesprochen, die seine Organe entnommen haben, um festzustellen, ob sie irgend etwas in der Richtung gemacht und dann vergessen haben, es in den Bericht aufzunehmen. Aber unter dem Strich läßt sich nicht an dem Resultat rütteln.«

»Würde eine tödliche Dosis Barbiturate die entnommenen Organe schädigen?«

»Nein, nur das Gehirn.«

»Wie wurden sie verabreicht?«

»Höchstwahrscheinlich über den Tropf, an dem er hing.«

»Dann haben also die Barbiturate und nicht die Kopfverletzungen den tödlichen Gehirnschaden verursacht?«

»Genau. Jemand wäre fast damit durchgekommen. Wir werden die Staatsanwaltschaft informieren. Damit läßt sich der Mordprozeß nicht mehr halten.«

»Zu spät«, sagte ich. »Die Geschworenen beraten schon.«

Er hielt inne, und ich hörte einen lauten Seufzer. »Das Untersuchungsergebnis ist ein ausreichender Grund für eine Revision – falls es zu einer Verurteilung kommt. Ich glaube, die Mordkommission und die Staatsanwaltschaft werden mit Ihnen sprechen wollen, Britt.«

»Ich schreibe jetzt die Story. Vorher muß ich nur noch mit einer bestimmten Person sprechen.«

Nachdem ich aufgelegt hatte, drehte ich mich aufgeregt auf meinem Stuhl um. »Ryan, das wirst du nicht glauben . . .« Als er aufsah, klingelte mein Telefon, und ich hob ungeduldig ab. »Britt Montero.« Es schien sich um eine falsche Verbindung zu handeln. »Hallo?«

»Hier spricht Francisco Alvarez.«

Ich war so überrascht, daß ich den Hörer fast hätte fallen lassen. Ich hatte vorgehabt, notfalls vor seinem Büro zu übernachten. Ich hätte nie damit gerechnet, daß er persönlich zurückruft.

»Meine Sekretärin hat gesagt, daß Sie mit mir sprechen wollen.«

»Ja, Major.« Ich war ganz durcheinander. »Kann ich sofort zu Ihnen kommen?«

»Ich habe keine Zeit für Reporter. Rufen Sie die Abteilung für Öffentlichkeitsarbeit an.«

»Augenblick noch, Major.« Ich befürchtete, daß er auflegen würde. »Sie werden einige der Fragen in dieser Story persönlich beantworten wollen. Es geht um Sie.«

»Was soll das heißen?« Bildete ich es mir nur ein, nachdem ich nun die Wahrheit herausgefunden hatte, oder klang seine Stimme unheilvoll? Sie war glatt, tief und dunkel, wie der Mann selbst. Ich bekam am Hals eine Gänsehaut.

Ich mußte ihn dazu bringen, irgend etwas zu sagen, das ich zitieren konnte, selbst wenn es sich nur um ein wütendes Leugnen handelte. Ohne seinen Kommentar konnte ich ihn einfach nicht mit Hudsons Tod in Verbindung bringen. Mir stand nur Hörensagen von Quellen zur Verfügung, die ich nicht zitieren konnte oder durfte.

»Ihre Verwicklung in den Fall D. Wayne Hudson.«

Schweigen. Ich befürchtete schon, daß er aufgelegt hatte. »Major?«

»Ich bin noch da.«

»Ich möchte Ihnen die Gelegenheit geben, sich zu den Anschuldigungen zu äußern.«

Schweigen. »Major, ich weiß von der Suchmeldung, die Sie in dieser Nacht herausgegeben haben.« Schweigen. Die Stille in der Leitung schien etwas auszudrücken – war es Furcht oder Gleichgültigkeit? »Ich weiß von Ihrem Besuch im Krankenhaus, von den Barbituraten.«

Schweigen. »Ich schreibe gerade die Story«, bluffte ich. »Ob Sie sich nun dazu äußern oder nicht.« Er war zu gerissen, um etwas zu sagen. Sein Schweigen machte mir angst. Mir wären Drohungen, Flüche oder wütendes Leugnen lieber gewesen.

»Major . . .« Die Verbindung wurde unterbrochen.

Verdammt! Ich drückte auf den Knopf, bekam ein Freizeichen und wählte die Nummer seines Büros. Hätte er mich nicht überrascht, hätte ich ihn vielleicht geschickter aushorchen können.

»Nicht schuldig!« Der Schrei hallte durch den Redaktionsraum und wurde von allen wiederholt, die ihn gehört hatten. Janowitz war am Telefon und kündigte seinen Bericht an.

Die Geschworenen hatten nach nicht einmal einer Stunde, nach neunundvierzig Minuten, um genau zu sein, ein Urteil gefällt. Alle waren freigesprochen worden. Nicht schuldig. Ich legte den Hörer wieder auf. Nicht schuldig. Nach allem, was ich nun herausgefunden hatte, wußte ich nicht, ob ich lachen oder weinen sollte. Benommen dachte ich an Ted Ferrell und Betsy, an Estrada und Machado und an die Blackburns, die nun die Uniformen wieder anziehen konnten. Man würde trotzdem Disziplinarverfahren gegen sie verhängen, doch wenn sie dagegen angingen, würden sie ihre Dienstmarken zurückbekommen. Eine der Segnungen meines Jobs besteht darin, daß man nie Zeit hat, darüber nachzudenken.

Gretchen tauchte vor meinem Schreibtisch auf. »Wir brauchen eine Reaktion für die überregionale Ausgabe, Britt. Rufen Sie den Polizeichef, den Major und alle Abteilungsleiter an, die Sie auftreiben können.«

»Vielleicht kriegen wir ein bißchen Ärger auf den Straßen, Gretchen. Ich sollte eigentlich da draußen sein.« Sie sah mich verständnislos an und runzelte unter dem leuchtenden Pony die Stirn.

»Ärger?«

Ich nickte ernst.

»Na ja, holen Sie zuerst die Reaktionen ein.« Sie schnippte einen unsichtbaren Fleck von der Schulter ihres glatten, senffarbenen Kleides und ging zu ihrem Schreibtisch zurück.

Der Polizeichef nahm meinen Anruf entgegen. Seine Reaktion? »Die Geschworenen haben gesprochen. Dem habe ich nichts hinzuzufügen. Wir müssen unserem Justizsystem vertrauen.« Ein Gespräch darüber, ob die Männer ihren Dienst wieder aufnehmen dürften, sei zum jetzigen Zeitpunkt noch nicht angebracht. Er rechne nicht mit Problemen, mit denen die Polizei nicht fertig werden würde.

Die Kommentare der Politiker lauteten ganz ähnlich. Ich haute die Story in die Tasten und kehrte dann zu der immer größer werdenden Gruppe an Gretchens Schreibtisch zurück. Fred Douglas koordinierte die Berichterstattung.

»Britt kann in die schwarzen Viertel fahren, um dort ein paar Reaktionen aufzufangen. Nehmen Sie einen Fotografen mit«, sagte er zu mir.

»Ich bin frei«, bot sich Lottie an, die von der Fotoredaktion herübergekommen war.

»Na schön, gehen wir«, sagte ich.

Sie sah auf ihre Uhr. »Ich hole meine Sachen. Wir treffen uns dann unten.«

»Ich glaube, ein Mann sollte Britt und Lottie begleiten«, mischte sich Gretchen ein. »Zu ihrem Schutz. Britt meint, daß es Ärger geben könnte.«

»Wir brauchen niemanden«, sagten Lottie und ich gleichzeitig.

Fred schaute gedankenverloren drein.

»Ryan«, sagte Gretchen und winkte ihn von seinem Schreibtisch herbei. »Sie begleiten Britt und Lottie.«

Lottie und ich wechselten einen Blick. »Wir beide kommen schon allein klar«, sagte ich.

»Ja«, fügte Lottie schnell hinzu. »Wir brauchen keinen Schutz.«

»Ryan«, befahl Gretchen, »Sie begleiten sie.«

»Er hat keine Straßenerfahrung«, sagte ich leise, damit mich Ryan, der sich eifrig von seinem Schreibtisch herüberbeugte, nicht hören konnte. »Wir müßten auf ihn aufpassen.«

»Schluß mit dieser dummen feministischen Rhetorik. Das ist nicht der richtige Augenblick dafür.« Gretchen seufzte laut über unsere Dummheit.

Ich sah hilfesuchend zu Fred Douglas hinüber, doch der hatte sich in den Artikel aus Atlanta vertieft, der gerade auf seinem Terminal erschienen war. Janowitz gab ihn vor dem Gerichtssaal in seinen Laptop ein.

Wir warfen einen Blick über Freds Schulter. Die Mitglieder der ausschließlich aus Weißen bestehenden Jury hatten den Angeklagten die Hände geschüttelt, nachdem sie sie freigesprochen hatten.

»Mein Gott«, sagte Fred und schüttelte den Kopf. Er sah auf. »Ab mit euch. Wir brauchen mehr Reaktionen und Fotos für die überregionale Ausgabe.«

»Wenn wir zurück sind, muß ich mit Ihnen sprechen. Es ist wichtig«, sagte ich drängend, »und wir müssen Mark Seybold dabei haben. Ich habe eine verteufelt heiße Story.«

»Ja, ja.« Er winkte ungeduldig ab.

»Verdammt noch mal, müssen wir Ryan mitnehmen?« maulte Lottie und schaute ganz verdrossen drein.

»Fred, wir brauchen keinen zusätzlichen Reporter . . .«

»Geht ihr jetzt endlich?« Er deutete auf den Fahrstuhl. »Tut zur Abwechslung mal, was Gretchen sagt.«

Gretchen schaute zufrieden drein. »Passen Sie auf sie auf, Ryan«, rief sie uns nach.

»Klar doch«, erwiderte er.

Zum Glück konnten weder sie noch Ryan sehen, wie wir beide die Augen verdrehten.

Es wurde noch schlimmer. »Ich nehme die Schlüssel«, sagte Ryan mannhaft, als wir in der Tiefgarage vor Lotties Chrysler standen.

»Nein, Ryan«, sagte sie. »Das ist mein Firmenwagen. Ich fahre.«

»Ich bin der Mann, ich fahre.«

»Oh, nein!« kreischten wir.

»Schau, Ryan«, sagte ich. »Lottie und ich haben bei der Polizei Crash-Kurse absolviert.«

»Genau aus dem Grund werde ich fahren«, sagte er. »Ich weiß, was mit euren anderen Wagen passiert ist.«

»Es war nur einer, und es war nicht unsere Schuld! Ryan, dieses Floßerlebnis hat deine Sicherungen durchbrennen lassen.«

»Ich möchte mal sehen, wie ihr eine Woche auf See überlebt.« Schmollend verschränkte er die Arme vor der Brust und lehnte sich stur gegen die Fahrertür.

»Du bist ein richtiger Macho geworden!« rief ich. Mir fiel Jessie St. Juste ein. »Ich schwöre, ich beiße dir den Finger ab.«

»Was?«

»Ach, zum Teufel damit, Britt.« Lottie hatte die Kameraausrüstung, die sie brauchte, aus dem Kofferraum geholt. »Wir verschwenden bloß unsere Zeit. Laß ihm seinen Willen. Ich schieße Fotos, und du kannst dir Notizen machen.« Sie warf ihm die Schlüssel zu und sah ihm streng in die Augen. »Wenn du diesen Wagen beschädigst, Ryan, kannst du dich einsargen lassen.«

Er grinste. Sie stiegen vorn ein.

»Lottie«, sagte ich, während ich mir zwischen ihren Bilderstapeln auf dem Rücksitz Platz schaffte, »ich hätte ihm doch den Finger abbeißen sollen.«

»Verdammt, Britt, das willst du doch gar nicht. Er ist kein Polizist. Und er braucht seine Finger, um bis zehn zählen zu können.«

Wir rollten aus der Tiefgarage in den strahlend hellen Nachmittag hinaus.

»Toll, mal für 'ne Weile aus dem Büro rauszukommen«, sagte Ryan glücklich, als würden wir eine Vergnügungsreise antreten. »Wohin, Mädchen?«

Lottie und ich sahen uns an.

Am Busbahnhof von Liberty City hielten wir an, um ein paar Leute zu interviewen. Alle hatten von dem Urteil gehört. Die Radio- und Fernsehnachrichten hatten es in der gesamten Stadt verbreitet. Selbst ältere Frauen, die auf dem Weg von der Arbeit nach Hause waren, wirkten wachsam und feindselig. Ein hagerer Jugendlicher kam zu uns; wütend stach er mit dem Finger auf die Luft ein. »Die Schweine!« schrie er, die Augen groß und feucht vor Wut. »Die leichten Opfer nehmen sie sich vor, die Schuldigen lassen sie laufen! Sie sind tot!« schrie er, womit er die Angeklagten meinte. »Sie sind tot!«

Wir dankten ihm und fuhren weiter.

»Ryan, verriegel die Tür und sei auf der Hut«, sagte ich.

»Wenn wir ›Fahr!‹ schreien, rast du los!« fügte Lottie hinzu. »Klar?«

»Aber sicher doch.« Er lächelte; ihm machte die Sache Spaß. »Was ist mit denen?« Er deutete auf eine kleine Bar an einer Ecke, vor der mehrere Männer standen.

»Hat keinen Zweck, ein Gespräch mit 'nem Haufen Betrunkener anzufangen.«

»Was wollen wir sie in Rage bringen«, pflichtete Lottie mir bei.

Sie schrien und schüttelten die Fäuste, als wir an ihnen vorbeifuhren.

Wir hielten an einem kleinen Lebensmittelladen an, in dem sich scheinbar nur Frauen und Kinder befanden. Ryan fuhr an den Straßenrand. Lottie und ich stiegen aus und näherten uns einer kleinen Gruppe. »Wir sind von der *News*«, sagte ich, »haben Sie vom Urteil im Fall Hudson gehört?«

»Verschwinden Sie lieber«, sagte eine schwergewichtige Frau und sah zum Laden. In der Hoffnung, den Besitzer interviewen zu können, trat ich zur Tür.

Zwei Männer kamen schreiend herausgelaufen. »Weiße Arschlöcher!« brüllte einer. Der andere griff nach Lotties Kamera, den Arm ausgestreckt wie ein Baseballspieler, der sich die Linie entlang nach einem Ball warf.

Wir liefen zum Chrysler zurück. »Fahr, Ryan!« rief ich. Er hatte die Zündung ausgeschaltet, obwohl wir ihn davor gewarnt hatten, und fummelte mit den Schlüsseln herum. »Fahr schon zu, verdammt!« schrie ich, während ich mich mit einem der Männer um meine Wagentür prügelte. Schließlich gelang es mir, sie zuzuziehen, und er schlug mit den Fäusten gegen die Scheibe.

»Los!« brüllte Lottie. Ihr war es gleichfalls gelungen, ihre Tür zuzuschlagen. Der Mann, der es auf ihre Kamera abgesehen hatte, spuckte gegen das Fenster und sah dann zu Boden, in die Gosse. Wir wußten, wonach er suchte, nach einem schweren Gegenstand, mit dem er Glas zerbrechen konnte.

»Fahr!« schrien wir.

Ryan trat aufs Gas, zuerst im Rückwärtsgangg, und wir flogen nach vorn; dann rammte er den ersten Gang rein, das Getriebe knirschte, wir wurden zurückgeworfen und überfuhren ein Stoppschild.

»Das war's!« sagte ich. »Ich fahre.«

»Worauf du dich verlassen kannst«, sagte Lottie, drehte ihre mit Speichel befleckte Scheibe herunter und beugte sich hinaus, um ein Foto von der brüllenden Menge an der Ecke zu schießen, der wir gerade entkommen waren.

Ryan war völlig schockiert. »Warum hast du ihnen nicht einfach gesagt, daß du die ganze Sache aufgedeckt hast, Britt? Ohne dich wären die Bullen doch nie verhaftet worden.«

»Sag du ihnen das doch«, erwiderte ich. »Ich bezweifle, daß diese Leute Abonnenten von uns sind, Ryan.«

Der Geruch von Rauch hing in der Luft, und ich fragte mich, woher er kam. Vor uns zerschepperte eine Flasche auf der Straße. Ryan riß das Steuer herum und trat auf die Bremse.

»Nicht anhalten!« rief ich.

»Fahr weiter, fahr weiter, fahr weiter«, sagte Lottie.

»Keine Panik«, sagte Ryan. »Ich fahre ja.«

Ich drehte mein Fenster zwei Zentimeter herunter. »Habt ihr das gehört?«

»Ja.« Lotties Gesicht war angespannt.

»Was, was?« sagte Ryan.

»Dieses laute Geknalle. Das waren Schüsse. Muß ein Heckenschütze sein.« Ich suchte mit den Blicken die oberen Stockwerke der Gebäude um uns herum ab.

Ryan umklammerte das Lenkrad. Vor uns war schwarzer Rauch, der die Straße entlangquoll. Einen Augenblick lang lichtete er sich, und wir konnten sehen, was dort brannte: ein Auto, ein ziemlich neues Modell, umgestürzt und völlig in Flammen stehend.

»Mann o Mann«, murmelte Lottie. Ich hörte das Klicken und Surren ihrer Kamera.

Ryan trat erneut auf die Bremse. Zwei geschundene Körper lagen neben dem brennenden Wagen auf der Straße. Zwischen ihnen und uns befand sich ein Mob von etwa dreißig oder vierzig Leuten, von denen einige bewaffnet waren.

Lottie knipste weiter. »Das gefällt mir aber gar nicht«, sagte ich und machte mir Notizen.

»Tolle Fotos.« Lottie griff nach einer anderen Kamera. »Fahren wir.«

»Sieh dir das an!« rief ich. Direkt neben und dann auch vor uns riß irgend etwas pulvrigen Staub und Asphalt aus der Straßenoberfläche. Ein Heckenschütze, vermutlich in einer der oberen Etagen der Häuser, an denen wir vorbeifuhren; oder vielleicht auf dem Dach.

»Es wird Zeit«, sagte ich ganz ruhig. »Mach los, Ryan.«

Als er das Lenkrad herumriß, prallte etwas gegen den Wagen und ließ ihn leicht erzittern. Etwa zehn Männer und Jungen waren hinter uns auf der Straße, etwa einen halben Block entfernt, und kamen schnell näher. Von vorn rückte der größere Mob heran.

Lottie machte Fotos. Es juckte mich in den Händen, das Steuer zu übernehmen. »Fahr einfach weiter, Ryan«, warnte ich ihn. »Halt bloß nicht an.«

Etwas prallte gegen die Windschutzscheibe, rollte herunter und fiel auf die Motorhaube.

»Arschloch!« murmelte Lottie, noch immer knipsend. »Wenn die den Wagen beschädigt haben . . .«

Zu spät. Risse zogen sich wie Spinnweben über das Glas. Ich machte mir Notizen. »Drück auf die Hupe und fahr, Ryan«, sagte ich leise. Er trat aufs Gas.

»Nein!« riefen Lottie und ich gleichzeitig. Statt zur Twelfth Avenue zurückzufahren, war er abgebogen und in eine kleine Nebenstraße zwischen der Sixty-first und der Sixty-second gefahren.

»Keine Angst«, sagte er zuversichtlich. »Ich führe ein Ausweichmanöver durch.«

»Laß dich nie in einer schmalen Straße in die Zange nehmen!« rief Lottie.

»Schalte das Funkgerät ein«, schrie ich. Am anderen Ende der Straße befand sich das örtliche Gemeindezentrum. Dort würde bestimmt noch mehr gewalttätiger Mob sein. Der Wagen krachte gegen Mülltonnen und Abfall in der Gasse. Steine und Flaschen wurden von hinten auf den Kofferraum und das Dach geworfen; vorn stieg dichter Rauch auf. An der Mündung der Gasse rannten Gestalten vorbei. Ryan zögerte und nahm den Fuß vom Gas.

»Fahr! Fahr! Fahr! Du kannst jetzt nicht anhalten!« sagte ich und drehte mich zu dem Pöbel hinter uns um.

Wir rollten auf die offene Straße, und unter den Reifen knirschten Glasscherben von zerbrochenen Fensterscheiben. Leute liefen uns hinterher. Ein Mann, das Gesicht vor Wut verzerrt, ergriff auf meiner Seite den Türgriff und hielt ihn fest, wurde einen Augenblick lang mitgezerrt. Ryan schrie »Mayday! Mayday!« ins Mikrofon des Funkgeräts.

»Gib ihnen unsere Position durch!« rief ich.

»Wo sind wir?« In seiner Stimme lag Panik.

Ich schrie die Antwort. Lottie machte wieder Fotos. Die Tankstelle an der Ecke stand in Flammen. Jetzt wurde mir endlich klar, was mir so komisch vorgekommen war. Trotz all der Brände war kein einziger Feuerwehrwagen zu sehen.

Der Wagen wurde jetzt aus allen Richtungen beworfen. Vor uns waren Zeitungsständer, Bänke von Bushaltestellen und Mülltonnen auf die Straße geschleudert worden. Plötzlich sah ich etwas kommen und schrie erstickt auf. Lottie duckte sich. Ein großer Betonbrocken krachte durch die Windschutzscheibe und traf Ryan mitten ins Gesicht.

Blut floß und bespritzte von innen die Fenster. Wir alle schrien, und in diesem schrecklichen Augenblick des Chaos und der Panik dachte ich an D. Wayne Hudson und wußte, wie die letzten bewußten Augenblicke seines Lebens gewesen waren.

Dann übernahm der Überlebensinstinkt. Ryan lag schlaff auf der Seite, beide Hände vor dem Gesicht.

»Ich fahre!« brüllte ich und kletterte irgendwie mit den Füßen zuerst über den Sitz und ergriff das Lenkrad. Lottie hielt Ryan in den Armen, zerrte ihn zur Seite, damit ich Platz hatte. Ich konnte nicht sehen, ob er noch bei Bewußtsein war oder nicht.

Vier oder fünf Männer näherten sich von hinten dem Wagen. Ich legte den Rückwärtsgang ein und rollte mit kreischenden Reifen auf sie zu, und sie sprangen überrascht auseinander. Ich riß den Wagen herum, trat das Gaspedal durch und versuchte, etwas durch die zerschmetterte Windschutzscheibe zu erkennen, während ich mich gleichzeitig bemühte, dem tödlichen Geschoßhagel auszuweichen.

Lottie hatte über Funk die Lokalredaktion erreicht. »Wir werden von einem Heckenschützen beschossen, Ecke Sixty-first Street und Thirteenth Avenue, und mit Flaschen und Steinen beworfen. Ryan ist verletzt. Wir brauchen einen Krankenwagen. Ich wiederhole, Sixty-first Street und Thirteenth Avenue. Wir haben einen Verletzten. Auf der Straße liegen auch zwei Menschen, ein Wagen wurde umgekippt, und eine Tankstelle brennt.«

Die idiotische Stimme von Gretchen antwortete, und in ihrem Tonfall lag Zweifel. »Sind Sie das, Lottie? Wiederholen Sie das bitte. Was geht da vor?«

Wenn ich das überlebte, schwor ich mir, während ich mit Höchstgeschwindigkeit einer brennenden Mülltonne auf der Straße und einem Mann auswich, der einen Baseballschläger schwang, bringe ich diese Frau um. Der Gedanke gab mir Trost.

Wir rumpelten jetzt auf den Felgen, hatten mindestens zwei platte Reifen. Vor uns sah ich Gott sei Dank Polizeibarrikaden. Sie hatten die Straße abgeriegelt. Zu spät, dachte ich, für die darin gefangenen Autofahrer.

Wir hielten vor ihnen an, und ich stieg aus. Niemand kam uns zu Hilfe geeilt. Zu viel war los. Der Wagen sah aus, als wäre er auf der Seite eine steile Böschung hinabgerutscht, und sowohl Benzin als auch Öl schienen auszufließen. Mir gelang es unter Mühe, den zerschlagenen Kofferraumdeckel zu öffnen, und ich schnappte mir Lotties Erste-Hilfe-Kasten und ein paar Handtücher und lief zur Beifahrerseite. Ryan lag leblos auf Lotties Schoß. Ich wischte sein Gesicht mit einem Handtuch ab. Es sah nicht so schlimm aus, wie ich befürchtet hatte. Seine blutige Nase schien nicht einmal gebrochen zu sein, doch die breite Rißwunde auf seiner Stirn mußte eindeutig genäht werden. Wenigstens war er bei Bewußtsein und murmelte: »Es tut mir leid, Britt.« Ein gutes Zeichen. Ich rollte das Handtuch zu einer Kompresse zusammen, legte es über die Wunde und sagte ihm, er solle es festhalten. Lottie machte unter ihm Verrenkungen, um die Polizeibarrikaden zu fotografieren.

Wir ignorierten Gretchens blökende Stimme aus dem Funkgerät, die Ryan zu sprechen verlangte.

»Hör zu«, sagte ich zu Lottie. »Ich weiß nicht, wie lange der Wagen noch funktioniert. Liefere Ryan in der Notaufnahme ab und bring deinen Film zur Zeitung, damit die Fotos noch in das Kopfblatt kommen.«

»Du fährst nicht mit?« Sie betrachtete mich verwundert.

»Zum Henker, nein, ich bleibe an der Story dran bis zum Redaktionsschluß. Ich bleibe hier bei den Cops und ihrer Barrikade. Besorg dir einen anderen Wagen und hol mich hier ab.«

Sie nickte. »Paß auf dich auf.« Sie ging in die Hocke und richtete ihre Kamera auf die Cops auf der Barrikade und dann auf die Straße, der wir gerade entkommen waren. Dann trat sie zurück und machte ein Foto vom Wagen.

»Mein Gott«, sagte sie. »Sieh dir dieses Wrack an. Jetzt kriegen wir Ärger.«

»Es war nicht unsere Schuld.« Beide sahen wir den stöhnenden Ryan an. »Du kommst in Ordnung«, sagte ich zu ihm. Ich tätschelte seine Wange, vergewisserte mich, daß alle seine Finger und Zehen im Wagen waren, und schlug die Tür zu.

Lottie gab Gas, und der Wagen rumpelte auf seinen beiden unbeschädigten Reifen dahin.

21

Es war zu spät, um es noch aufzuhalten – der Moloch rollte über unsere Stadt hinweg. Ich hörte es aus den Funkgeräten der Streifenwagen, die an der Blockade standen. Teile der Stadtautobahn, die durch schwarze Viertel führten, waren als unsicher gesperrt worden. Ein wütender Rundfunksprecher hatte die Leute aufgefordert, sich zu einer Mahnwache vor dem Gericht einzufinden. Innerhalb von einer Stunde waren über zweitausend Personen dem Aufruf gefolgt, doch sie hatten keine Kerzen mitgebracht, sondern Revolver und Pistolen, strömten aus ihren Fahrzeugen und eröffneten das Feuer auf das Gebäude. Justizbeamte und ein paar Wachleute mit einem begrenzten Munitionsvorrat hatten sich wie die Verteidiger des Alamo im Gericht verbarrikadiert. Noch tiefer im Süden der Stadt, in Goulds und Coconut Grove, wurde geplündert und gebrandschatzt. Ich berichtete den Polizisten an der Barrikade von den beiden Leuten, die auf der Straße gelegen hatten. Vielleicht lebten sie ja noch. Die Cops sagten, sie hätten den Befehl, dort zu bleiben, wo sie waren, und dafür zu sorgen, daß keine Autofahrer in das Viertel hineinkamen.

Bis auf ein paar Tropfen von Ryans Blut, die auf meinen gelben Baumwollpulli gespritzt waren, war ich noch in verhältnismäßig guter Verfassung. Ich war froh, daß ich Hosen und bequeme Schuhe angezogen hatte.

Die vorherrschende Polizeistrategie schien darin zu bestehen, Konfrontationen zu vermeiden, sich notfalls zurückzuziehen und die betroffenen Viertel dem Mob zu überlassen. Diese Taktik überraschte mich zuerst. Während ich zusah, wie die Randalierer einen Laden für Autoersatzteile anzündeten, zog sich die Polizei schnell zurück. Nachdem ich das bemerkt hatte und ihnen hinterherrannte, hielten zwei Cops in einem Streifenwagen und ließen mich mitfahren. Sie schienen es urkomisch zu finden, daß ich mich allein und zu Fuß mitten in ein belagertes Viertel verirrt hatte. Ich fragte mich, ob MacDonald ebenfalls im Einsatz war, und falls ja, wo.

Da sich die Grenzlinien ständig änderten, würde es gar nicht so leicht werden, mich wieder mit Lottie zu treffen. Ich entschloß mich, mir keine Sorgen darüber zu machen, wie ich zur Zeitung zurückkommen würde, bis es soweit war. Weitere Presseleute trafen ein. Ich sah den Übertragungswagen eines Fernsehsenders hoch oben auf einer Überführung; der perfekte Ort, um gute Aufnahmen zu machen und gleichzeitig die teure Ausrüstung zu schützen.

Im Polizeifunk hörte ich, daß auf der Thirty-fifth Street Übertragungswagen eines anderen Senders angegriffen und in Brand gesetzt worden waren. Es hatte Verletzte gegeben.

Scharfe Gerüche von Angst, Rauch, Schießpulver und Panik erfüllten die Luft. Blutgetränkte Autofahrer in zertrümmerten Wagen trafen weiterhin in der relativen Sicherheit der Barrikaden ein, wo sich mittlerweile Sanitäter der Feuerwehr eingefunden hatten, um Erste Hilfe zu leisten.

Die neue Barrikade befand sich an einer Kreuzung mit zwei Schnapsläden an gegenüberliegenden Ecken. Die Besitzer hatten keine Zeit mehr gehabt, ihre Geschäfte zu sichern, bevor sie geflohen waren. Man hatte bereits die Schaufensterscheiben eingeschlagen, und Alarmanlagen klingelten. Als es an der Zeit war, sich erneut zurückzuziehen, fragte ein Lieutenant über

Funk, was er mit den Läden tun solle. »Handeln Sie nach eigener Einschätzung der Lage«, bekam er zur Antwort.

Er schickte seine Leute in die Läden, und ich schlich hinterher. Mit ihren Gummiknüppeln räumten sie die Regale aus und zerschlugen die Flaschen, daß es Glasscherben regnete. Schlimmer als ein wütender Mob war wahrscheinlich nur noch ein wütender und betrunkener Mob. Der Geruch des verschütteten Schnapses vermischte sich mit dem des Rauchs und Kordits, und mir wurde übel. Jetzt wünschte ich, ich hätte etwas zum Frühstück oder zu Mittag gegessen.

Im Polizeifunk wurden laufend Berichte über eine Plünderung in einem lediglich drei Blocks entfernten großen Zayre's-Kaufhaus durchgegeben. Ich lief dorthin, traf kurz nach dem ersten Streifenwagen ein und blieb wie benommen neben dem Fahrzeug stehen. Hunderte von Leuten hatten die Türen und Schaufenster des Ladens eingeschlagen, waren hineingeströmt und nahmen das Geschäft nun auseinander. Der Parkplatz war ein Meer aus Einkaufswagen mit Beinen. Man konnte die Oberkörper der Leute, die sie schoben, nicht sehen, weil die Wagen so hoch mit allen möglichen Waren vollgestopft waren. Männer, Frauen und Kinder jeglichen Alters schleppten ihre Beute in alle Richtungen davon.

Ein junger Cop im Streifenwagen forderte über Funk Hilfe an. »Wir brauchen sofort Verstärkung.« Die knisternde Antwort bestand darin, daß man fünf oder sechs Beamte losschicken würde.

»Nein«, erwiderte der Mann, »wir brauchen fünfzig oder sechzig.«

Die Cops waren unterbesetzt, schlecht vorbereitet und völlig unorganisiert, während das Chaos um sie herum erblühte. Zu diesem Zeitpunkt konnte man keine Verhaftungen vornehmen. Eine Handvoll frustrierter Cops schnappte sich schließlich Baseball-Schläger von einem Regal neben der Eingangstür. Da sie es nicht schafften, durch die stahlverstärkte Hintertür zu entkommen, mußten die Diebe ein Spießrutenlaufen zwischen Polizisten erdulden, die Gummiknüppel und Baseball-Schläger schwangen.

Zwei Beamte nahmen Farbspraydosen von umgestürzten Regalen und sprühten PLÜNDERER und DIEB auf Autos, die vor dem Laden standen.

Gegenüber gingen mehrere Beamte in Deckung und eröffneten das Feuer auf einen brennenden Lebensmittelladen, aus dem sie glaubten, beschossen zu werden. Ein wütender Captain befahl ihnen, das Feuer einzustellen, und machte ihnen klar, daß in dem brennenden Inferno niemand mehr am Leben sein, geschweige denn schießen konnte. Sie hatten sich in ein Feuergefecht mit Coladosen und Mayonnaisetuben verwickeln lassen, die in der Hitze explodierten.

Einige Plünderer hatten Lagerräume im hinteren Teil des großen Warenhauses angezündet. Die Sprinkleranlage setzte ein, und Lampen blitzten auf. Schwarzer Qualm quoll aus den betroffenen Gebäudeteilen. Das Blitzen der Lampen hielt unentwegt an. Die ganze Szene war surreal. Meine Gedanken rasten, während ich das Geschehen zu verfolgen versuchte. Das Feuer der Heckenschützen auf der Straße wurde gelegentlich vom Dröhnen eines Gewehrschusses und dem Krachen zerberstenden Glases unterbrochen.

Ich kehrte zur behelfsmäßigen Kommandostelle zurück. Weitere Cops tauchten auf; man hatte sie aus anderen Revieren und von zu Hause geholt. Einige von ihnen, hauptsächlich Militärveteranen, erboten sich, auf einer Rettungsmission in den Unruheherd vorzudringen, um eventuelle Überlebende unter den Autofahrern zu bergen, die aus ihren Wagen gezerrt und zusammengeschlagen worden waren. Sie hatten einen Gefangenentransporter herangeschafft und rissen die Holzbänke heraus. Ich arbeitete mich zu dem Koordinator durch, Sergeant Randy Springer, einem knochenharten, erfahrenen Beamten mittleren Alters.

»Ich habe zwei gesehen«, sagte ich. »Auf der Straße, neben einem umgeworfenen Wagen, der ausbrannte. Das war vor ein paar Stunden. Ich weiß nicht, ob sie noch gelebt haben oder nicht.« Ich hielt inne, um meine Gedanken zu ordnen. Er beobachtete mich eindringlich; in der Hand hielt er ein Schrotgewehr. »Dort waren auch einige Heckenschützen; mindestens einer hat von einem Dach in der Mitte des Blocks an der linken Straßenseite der Twelfth Avenue geschossen, zwischen der Sixtieth und der Sixty-first.« Er nickte, und sie fuhren in dem Transporter los, insgesamt fünf Mann: Springer und ein Kollege, die auf der Straße die Opfer bargen, zwei Scharfschützen, die ihnen Deckung geben sollten, und ein Fahrer. »Viel Glück«, flüsterte ich.

Ich hielt den Atem an, als sie die mit Steinen und Glassplittern übersäte Straße hinabjagten, unter einer Spätnachmittagssonne, die mit einem unheimlichen Orange durch dichten Rauch und länger werdende Schatten leuchtete.

Das Heckenschützenfeuer wurde wieder aufgenommen, und einzelne Schüsse erklangen, als sie direkt auf den schreienden Mob zuhielten und dann im Niemandsland verschwanden. Onnie, Sie haben recht gehabt, dachte ich und hoffte, daß sie und Darryl in der Sicherheit ihrer kleinen Wohnung geblieben waren.

Der Wagen schien eine Ewigkeit unterwegs zu sein. Doch laut meiner Uhr waren nur sechzehn Minuten vergangen, als das große Fahrzeug wie eine Erscheinung wieder aus dem Rauch auftauchte, verbeult und mitgenommen, mit ausgeschossenen Scheinwerfern. Sie brachten acht mißhandelte und schwer verletzte Männer und Frauen mit, vier tote Autofahrer und die Hälfte einer weiteren Leiche, die sie auf der Straße gefunden hatten.

Während sich Sanitäter um die Verletzten kümmerten, ging ich zu Springer. Unter dem Ruß und Schweiß wirkte sein Gesicht grau.

»Wir haben einfach die Leute geborgen und sie in den Wagen geworfen, Britt. Meine Leute schossen über den Mob hinweg, bis ihnen die Munition ausging.«

»Haben Sie alle gefunden?«

»Mein Gott, Britt.« Er hielt inne. »Ich hoffe es.« Seine Augen schimmerten feucht. Ich tat so, als würde ich das Zittern und Zucken seiner Hände nicht sehen. Er starrte selbst auf sie hinab, als würden die sich unkontrolliert bewegenden Extremitäten einem anderen gehören. »Ich wurde in Vietnam angeschossen«, flüsterte er, »aber so was habe ich noch nicht gesehen.« Er schüttelte die Tränen aus den Augen, schluckte und wandte den Blick ab. »Wir brauchen Luftunterstützung«, sagte er zitternd.

Ich kämpfte gegen den Drang an, ihn zu umarmen. Ich konnte es nicht, weil ich ein Profi war, aber ich wußte, daß er eine Umarmung brauchte. Ich brauchte auch eine.

Eine Polizistin teilte eine Apfelsine mit mir, die ich dankbar akzeptierte. Nun fühlte ich mich etwas besser, und ich lief zu dem Kaufhaus zurück. Mein Notizbuch war voll, und ich mußte die Notizen auf die Rückseiten schreiben. Hinten im Gebäude, in den Lagerräumen, brannte es noch immer. Das Geschäft machte den Eindruck, als sei es völlig ausgeräumt worden. Noch immer klingelten Alarmglocken. Die Sprinkleranlage hatte ihren Wasservorrat erschöpft. Ich fragte mich, ob in dem Kaufhaus Verletzte lagen. Ich trat durch die zertrümmerte Eingangstür und fühlte, wie mich der heiße, rauchige Atem des Gebäudes hineinzusaugen schien.

Auf den Böden zwischen den Gängen konnte ich dunkle Gestalten und Schatten ausmachen. Waren es Verletzte oder nur Schaufensterpuppen? Ich machte noch ein paar Schritte hinein. Die leeren, zertrümmerten Ausstellungskästen und kahlen Regale wirkten unheimlich. Eine zerbrochene Puppe lag auf dem Boden. Überall tropfte Wasser. Ich fragte mich, wie hoch der Schaden sein mochte. Der Verlust mußte in sechsstellige Bereiche gehen, dachte ich.

Ein plötzliches Geräusch ließ mich herumfahren, und mein Herz hämmerte dreimal kurz hintereinander. Da es hier nichts mehr zu stehlen gab, würden zu spät gekommene Plünderer wahrscheinlich wütend sein. Mit Erleichterung sah ich, daß vor dem Haupteingang ein Polizeiwagen angehalten hatte. Als ich einen uniformierten Polizisten sah, der sich der Tür hinter mir näherte, entschloß ich mich, von jetzt an in der Nähe der Bullen zu bleiben. Ich konnte nur hoffen, daß dieser mich nicht für eine Plünderin hielt.

Ich drehte mich um. »Ich bin es nur«, rief ich. »Ich wollte die Höhe des Schadens schätzen. Was glauben Sie?«

Der Mann in Uniform trat Trümmer aus dem Weg und kam

näher. Erst als er aus dem Schatten kam, konnte ich sein Gesicht sehen. Er lächelte, und mein Herz machte einen Satz. Francisco Alvarez. Ich hatte in den letzten paar Stunden überhaupt nicht mehr an ihn gedacht, obwohl das alles sein Werk war. Ich schluckte schwer.

»Die haben das Kaufhaus wirklich ausgeräumt, was?« sagte ich und wollte an ihm vorbei zur Tür gehen.

»Glaubst du wirklich, daß du hier noch rauskommst?« Er sprach leise.

Seine Worte und sein Tonfall waren so gefühllos, so ruhig und doch so angsteinflößend, daß ich ohne nachzudenken loslief. Er packte meinen rechten Arm, als ich an ihm vorbeilief, brachte mich aus dem Gleichgewicht und zerrte mich herum. Er zog mich zu sich heran und sah zu mir hinab.

»Du wolltest mich doch unbedingt sprechen, *Chica*, weißt du noch?«

»Das war, bevor das alles passiert ist. Jetzt habe ich Redaktionsschluß. Ich habe keine Zeit.« Ich versuchte, fest und geschäftsmäßig zu klingen und mich loszureißen, doch sein Griff war hart wie Stahl.

Er faßte mir mit der linken Hand zwischen die Beine. Er lächelte. »Wie ich gehört habe, vögelst du gern mit Bullen.«

»Nein, tue ich nicht«, keuchte ich, und mein Blut schien sich in Eiswasser zu verwandeln. »Lassen Sie mich los!« sagte ich wütend.

Ich sah zur Tür, als erwarte ich jemanden. »Gleich werden die ersten Streifenwagen kommen.«

Er grinste nur. »Die Leute stehen unter meinem Kommando.«

»Mein Redakteur, der Gerichtsmediziner und die Staatsanwaltschaft kennen die Story; ich habe ihnen alles gesagt.« Meine Stimme klang dumpf und verzerrt.

Er zögerte einen Augenblick lang und sah mir in die Augen. Dann legte er die linke Hand um meine Kehle, drückte mein Kinn hoch und zog mein Gesicht noch näher an das seine heran. Er entblößte seine Zähne zu einem Grinsen, das meine Knochen in eiskalten Staub zu verwandeln schien. »Das glaube ich nicht. Ich durchschaue einen Bluff, wenn ich ihn sehe.«

Er ließ meinen Arm los, griff unter meinen Pulli, legte die Hand auf meine rechte Brust und quetschte sie zusammen. »Gefällt dir das?« sagte er. Ich wimmerte. Auf der Straße erklangen Schreie. Er zerrte mich herum, drehte mir den Arm auf den Rücken und stieß mich vor. »Gehen wir«, sagte er. »Suchen wir uns ein ruhiges Plätzchen, an dem wir ungestört sind.«

Ich hörte, daß er die Handschellen von seinem Gürtel nahm, und kämpfte gegen meine Panik an. »Major«, sagte ich und versuchte, ganz vernünftig zu klingen, »das können Sie nicht machen. Das ist lächerlich. Sprechen wir doch darüber. Irgendwo da draußen.« Ich wollte mich zu der Tür umdrehen, doch er zerrte mich zurück.

»Nein«, flüsterte er leise, fast verführerisch, in mein Ohr. »Zuerst werden wir uns etwas miteinander vergnügen, und dann wirst du mit niemandem mehr sprechen. Du wirst keine Geschichten mehr schreiben.«

»Das ist Ihre Karriere nicht wert«, sagte ich und hustete im Rauch, der aus dem hinteren Teil des Gebäudes quoll. Meine Augen brannten.

»Nein, ist es nicht«, flüsterte er. »Aber hab keine Angst, *Chica,* das wird mich meine Laufbahn auch nicht kosten.«

Er schob mich auf die ehemalige Abteilung für Damenoberbekleidung zu. Mit Vorhängen abgeschirmte Umkleidekabinen säumten die Wand. »Ausgezeichnet«, flüsterte er, schob mich in eine Kabine und drehte mich, so daß ich ihn ansehen mußte. »Und jetzt«, sagte er scharf, »auf die Knie.« Seine Augen funkelten, sein Gesichtsausdruck war erwartungsvoll. Als sein Körper sich gegen den meinen drückte, hatte ich den entschiedenen Eindruck, daß er eine Erektion hatte.

Als er die Handschellen um mein linkes Handgelenk zuschnappen ließ, schlug ich ihm mit der linken Hand gegen den Adamsapfel, trat ihm mit aller Kraft, die ich aufbringen konnte, zwischen die Beine, sprang auf und lief los.

Er folgte mir und war erstaunlich schnell für jemanden, dem ich gerade in die empfindlichsten Teile getreten hatte. Ich hatte gehofft, draußen zu sein, bevor er sich wieder erholte, hörte jedoch das Knirschen seiner Schritte auf den Glasscherben hinter mir.

»Stehenbleiben, oder ich schieße!« rief er heiser und keuchend.

Ich ging hinter einer Theke in Deckung, direkt neben einer Registrierkasse, die aufgebrochen am Boden lag. Die metallenen Handschellen baumelten noch an meinem linken Handgelenk. »Ich habe eine Pistole, *Chica*. Mir wäre es lieber, dich nicht zu erschießen, aber wenn es sein muß, werde ich es tun.«

Nein, dachte ich und rutschte auf allen vieren in die Deckung einer anderen Theke, er würde es lieber so aussehen lassen, als hätten die Plünderer mich getötet. Wenn man jemanden totschlägt, können die Ballistiker keine Kugel untersuchen. Ich wäre nur eine weitere Zahl in der Statistik, ein weiteres Todesopfer dieser gewaltigen Katastrophe, das sich in den Listen verlor. Ich hielt den Atem an.

Falls ich es zur Tür hinaus schaffte, waren die Barrikaden nicht weit. Sobald ich in Sichtweite anderer Cops war, würde er es nicht wagen.

Ich lauschte mit gespitzten Ohren, wußte aber nicht genau, wo er war. Das Feuer breitete sich langsam aus, Rauch wirbelte um mich herum. Ich legte mich auf den Boden und bemühte mich, nicht zu husten. Nur eins war klar – ich mußte hier raus. Ich richtete mich wie ein Sprinter an der Startlinie in die Hocke auf, atmete tief durch, zählte bis drei und jagte los.

Irgendwo rechts von mir hörte ich sein überraschtes Grunzen, konzentrierte mich jedoch auf das Laufen und darauf, nicht auf dem glasübersäten, glatten Boden auszurutschen. Drei Meter von der Tür entfernt hörte ich den Schuß und das klirrende Geräusch von herabstürzenden Glasscherben, als die Kugel direkt vor mir in einen Fensterrahmen schlug. Ich hetzte weiter und rannte zur Tür hinaus, schneller, als ich je zuvor gelaufen war.

Ich zögerte einen Augenblick lang, um wieder zu Atem zu kommen und mich zu orientieren, und hielt dann auf die ganz in der Nähe errichteten Barrikaden zu. Doch dann überwältigte mich der Eindruck des Geschehens, und ich verlor die Orientierung. Tränen brannten in meinen Augen. Die Barrikaden waren verschwunden. Die Polizei hatte sich erneut zurückgezogen. Das war jetzt Niemandsland, das dem Mob überlassen worden war, und es war kein Polizist in Sicht.

Ich hatte keine Ahnung, wie weit sie sich zurückgezogen hatten oder in welche Richtung. Ein Blick über meine Schulter zurück beschleunigte meinen Herzschlag. Alvarez hatte ein enormes Tempo angeschlagen und holte auf; in seiner Hand funkelte die goldbeschlagene Pistole. Ich hatte Seitenstiche, doch der Schmerz war nichts im Vergleich zu dem, dachte ich, was passieren würde, falls er mich einholte. Ich zwang mich, meine Geschwindigkeit zu halten.

Ich hetzte rutschend um eine Ecke, sah in beiden Richtungen die Straße entlang und wußte nicht, wohin ich mich wenden sollte. Keine Spur von Bullen oder Barrikaden oder sonstiger Hilfe, nur Straßen, über die Rauch quoll. Ich dachte, ich würde verrückt, denn ich nahm den Geruch von Blut und den schwachen Gestank von Tränengas wahr.

Ich sah die Quelle des Blutes, eine Metzgerei an der gegenüberliegenden Ecke, durchwühlt und mit zerbrochenen Fenstern; rohes Fleisch lag überall auf der Straße. Das ferne Geräusch von knirschendem Metall – ein Autounfall – richtete meine Aufmerksamkeit nach links, und ich erhaschte einen Blick auf die goldene Sonne, die ehrfurchtgebietend über einem in Purpur- und Rottönen leuchtenden Horizont unterging. Ich geriet in Panik, hätte fast aufgeschluchzt, als ich Alvarez' dröhnende Schritte hinter mir hörte, und lief ohne nachzudenken in einen Schnapsladen.

Die Alarmanlage heulte ohrenbetäubend. Zerschlagene Flaschen lagen in funkelnden Scherbenhaufen inmitten goldener, von karmesinroten Streifen durchzogenen Pfützen. Möchtegernplünderer, vielleicht einige davon barfuß oder nur mit Sandalen, mußten sich an den Glasscherben verletzt haben, als sie versucht hatten, in dem Chaos noch ein paar unbeschädigte Flaschen zu finden. Ich versteckte mich hinter der Theke und kroch auf der Suche nach einer Waffe herum. Die meisten Ladenbesitzer haben irgendwo eine versteckt, aber der hier mußte sie mitgenommen haben; entweder das, oder sie befand sich jetzt im Besitz eines Plünderers. Ich dachte verbittert an meinen Revolver, der im Handschuhfach meines Wagens in der Tiefgarage der Zeitung lag.

Ein Schatten fiel über die funkelnden Diamanten der Trümmer: Alvarez, der schwer atmend auf der Schwelle stand. Er trat vorsichtig in den Laden, wie ein Mann, der über dünnes Eis schreitet, die Pistole in der Hand, die Mündung auf die Decke gerichtet.

Wenn ich sterbe, dachte ich, wird meine Mutter glauben, daß sie recht gehabt hat. Ich hätte Kleider verkaufen sollen. Ich dachte an MacDonald. Wo war er? Die Bullen sind nie da, wenn man sie braucht. Ich stellte mir das Gesicht meines Vaters vor. Er hätte nicht aufgegeben; niemals.

»Britt! Komm jetzt raus!« Die gebieterische Stimme war an Gehorsam gewöhnt. Ich wußte nicht, wieviel Schuß er in der Automatikwaffe hatte, wahrscheinlich fünfzehn oder achtzehn, dachte ich. Im Kaufhaus hatte er nur ein- oder zweimal geschossen. Wahrscheinlich hatte er mindestens noch ein Revolvermagazin dabei. Wie dem auch sein mochte, es bestand kaum eine Chance, daß ihm die Munition ausging.

Am anderen Ende der Theke stand eine Tür weit offen; sie führte vielleicht zum Lagerraum oder zur Toilette. Ich konnte dort eine Hintertür oder ein Fenster finden, aber auch endgültig in die Falle geraten. Ich versuchte, mir das Äußere des Gebäudes in Erinnerung zu rufen. Es war ein freistehendes Haus mit einem kleinen Parkplatz dahinter. Wie dem auch sei, ich mußte es versuchen; wenn ich hier blieb, konnte Alvarez mich wie beim Tontaubenschießen abknallen. Er schien von seiner Position an der Tür in die einzelnen Gänge zu sehen. Jeden Augenblick würde er nun über die Theke schauen oder springen. Dank der gellenden Alarmanlage konnte ich auf die geheimnisvolle Tür zu kriechen, ohne daß er mich hörte, wenn ich vorsichtig war.

Glasscherben zerrissen meine Hosen und bohrten sich in meine Knie und Handflächen. Ich hatte die Tür erreicht und zog sie zentimeterweise auf, als ich hörte, daß er aufschrie und in meine Richtung lief. Ich rappelte mich unter Schmerzen hoch, sprang durch die Tür und schlug sie hinter mir zu. Sie ließ sich mit einem einfachen Riegel verschließen; ich wußte, daß er nicht lange halten würde. Ein kurzer Gang endete an einer Hintertür. Auf der einen Seite befand sich ein fensterloser Lagerraum, auf der anderen ein kleines Badezimmer mit einem mit Schlagläden versehenen Fenster. Ich warf mich gegen die Hintertür, doch sie bestand aus Stahl und war abgeschlossen; während dessen trat Alvarez wütend gegen die Tür zwischen uns. Sie gab fast schon nach. Ein weiterer Tritt würde sie aufbrechen. Die Stahltür bekam ich ohne Schlüssel nicht auf.

Ich taumelte in das Badezimmer, schlug die Tür zu und legte den lächerlich kleinen Riegel vor. Die hölzernen Schlagläden waren kein Problem, doch das Fenster selbst war mit mehreren Farbschichten überstrichen worden. Ich schnappte mir einen kleinen, runden Abfalleimer, stellte mich auf die Toilette und zerschlug die Scheibe. Da hörte ich schon, daß die Tür draußen aufgebrochen wurde. Er rappelte wild an der Badezimmertür. Ich zog meinen Pullover aus, schlang ihn um den Arm, schlug die letzten scharfen Glasscherben aus dem Fensterrahmen, zog mich hoch und zwängte mich durch das Fenster. Als Alvarez durch das Schloß von der Badezimmertür schoß, ließ ich mich fast zwei Meter tief hinabfallen.

Meine Knöchel und Knie taten weh, als ich mich aufrappelte, doch ich zog den Pulli wieder über den Kopf und lief quer über den Parkplatz. Ich warf einen Blick zum Fenster zurück; nichts. Dann sah ich, daß er bereits um die Seite des Gebäudes gerannt kam. Er war durch den Laden zurück- und zur Eingangstür hinausgelaufen, statt seinen massigen Körper durch das kleine Fenster zu zwängen.

Jetzt hatte er mich deutlich im Visier. Ich versuchte, im Zickzack weiterzulaufen, stolperte von einer Seite auf die andere. Vor mir tauchten im Rauch mehrere Menschen auf, Männer und Jugendliche, schreiend, bewaffnet mit Knüppeln, Teilen zertrümmerter Möbel und Rohren. »Helft mir!« rief ich und winkte mit den Armen, und auf den Handschellen funkelte das Licht.

Alvarez folgte mir noch immer. Hinter ihm tauchten andere Gestalten auf.

»Da ist einer von ihnen! Schnappt ihn euch! Schnappt ihn euch!« rief jemand. »Schwein, Arschloch!« Die Schreie wurden immer lauter. »He, wen haben wir denn da?« rief ein Mann. »Ein Polizist! Ein gottverdammter Polizist!« Ich stand wie erstarrt da, als der Mob auf mich zukam und dann an mir vorbeilief. Alvarez schob, die Waffe in der Hand, die Menge kühn auseinander und griff nach meinem Arm. Ich riß mich los.

»Sie ist meine Gefangene . . .«, sagte er, als ein Mann ihn von hinten schlug. Ein anderer griff nach seiner Waffe. Die goldbeschlagene Automatik flog in hohem Bogen durch die Luft, und jemand fing sie auf. Ich trat zurück.

Alvarez ging auf die Knie, den Blick noch auf mich gerichtet, als sie über ihn herfielen. Ich lief. Ich sah einmal zurück, konnte jedoch nur ausholende Ellbogen, Knie und Füße ausmachen. Ein Mann kniete über ihm und stach mit einem Gegenstand, bei dem es sich um einen Schraubenzieher zu handeln schien, immer und immer wieder auf ihn ein. Dann hörte ich Schüsse: die goldbeschlagene Automatik.

Ich rannte blindlings weiter, anscheinend ewig, stolpernd, mit Krämpfen in den Lungen, bis ich glaubte, meinen Namen zu hören. Ein Streifenwagen hielt mit heulender Sirene drei Meter vor mir an. Ich lief weiter, dachte, daß Alvarez irgendwie auferstanden wäre und es noch immer auf mich abgesehen hatte.

Die Beamtin sprang heraus, unbeholfen in ihrer dicken Schutzkleidung. Sie trug einen Helm mit Visier und Plexiglas-Schutzmaske, und an einem Bein baumelte eine Gasmaske: der schönste Anblick, den ich je gesehen hatte.

»Oh, Francie, Francie«, keuchte ich erleichtert. »Gott sei Dank!«

»Britt! Wie zum Teufel bist du denn hierher gekommen?« Sie griff nach mir. »Bist du in Ordnung?«

»Er wollte mich umbringen«, schluchzte ich und stützte mich auf sie und ihren Wagen. »Er wollte mich umbringen.«

»Wer?« Sie trat zurück und sah sich um, die Hand auf dem Griff der Pistole im Halfter.

Ich hob den Arm, und die Handschellen schepperten. »Major Alvarez. Er ist tot. Das hat er bestimmt nicht überlebt. Der Mob hat ihn erwischt. Er war es, Francie! Er hat die falsche Suchmeldung rausgegeben. Er fuhr zum Krankenhaus und hat D. Wayne Hudson getötet!«

Ihre blauen Augen wurden größer. »Bist du wirklich in Ordnung?«

Ich wußte, daß ich hysterisch klang. »Komm«, sagte sie sanft und sah sich um. »Es ist wie im Krieg, sie brennen die ganze verdammte Stadt nieder. Wir müssen hier weg – bis die Nationalgarde zur Verstärkung kommt. Wir haben die Barrikaden schon wieder zurückgezogen.«

Schüsse, ein Krachen und zerbrechendes Glas einen Häuserblock weiter. Ein Feuer brauste über die Straße, und gekräuselte Hitzewellen hoben sich in den dunkler werdenden Himmel. Francie klang und wirkte erschöpft, und ihr bleiches Gesicht war schweißnaß.

»Es ist verdammt heiß in diesem Ding«, sagte sie. »Der Schutzanzug ist schwerer als ich. Mein T-Shirt ist pitschnaß.«

»Hast du Lottie gesehen?« fragte ich. »Ich muß zur Zeitung zurück.« In der Nähe erklangen Schüsse.

»Steig in den Wagen.« Sie griff nach meinem Arm. »Es ist hier zu gefährlich für uns...« Plötzlich griff sie sich an die Kehle.

»Francie? Was ist los?« Helles Arterienblut spritzte zwischen ihren Fingern hindurch. Ich beobachtete entsetzt, wie sie zusammenbrach.

»O mein Gott, o Gott«, rief ich, kniete neben ihr nieder, schaute auf und sah auf einem Gebäude auf der anderen Straßenseite einen hellen Blitz. Eine Kugel prallte vom Kotflügel ihres Streifenwagens ab. »O mein Gott! Francie.« Sie bewegte die Lippen, wollte etwas sagen, brachte jedoch nur schreckliche Geräusche hervor. Überall war schaumiges Blut. Ich öffnete den Gurt ihres Helms, schob ihn zurück und versuchte, den Blutfluß zu stillen. Doch das Loch war zu groß, und wenn ich

Druck auf ihre Kehle ausübte, würde sie ersticken. Sie würgte schon, ertrank in ihrem eigenen Blut. Ich zog sie in meine Arme und hielt sie fest. Ich weinte; ich wußte nicht, was ich tun sollte. »Du kommst in Ordnung. Du kommst in Ordnung«, wiederholte ich immer wieder. Ihr Körper begann zu zucken, die Arme und Beine bewegten sich ruckartig. Ich hielt sie fest, bis die Zuckungen aufhörten.

Als eine Hupe gellte, sah ich auf. Ein gelbes Taxi mit einem Farbigen hinter dem Steuer hielt mit kreischenden Reifen. »Kommen Sie schon!« rief der Mann. »Sie sind die Reporterin, oder?«

»Ja.« Ich war wie benommen, als wäre ich gerade aus einem bösen Traum aufgewacht.

»Kommen Sie, steigen Sie ein. Wir müssen hier weg!«

Es dauerte einen Augenblick lang, bis ich begriffen hatte, dann stand ich auf, schob die Hände unter Francies Achseln und versuchte, sie zum Taxi zu zerren. Meine Finger glitten immer wieder in ihrem Blut ab. Ihre Absätze zogen Schleifspuren durch den Staub.

Etwas flog an mir vorbei und rollte unter ihren Streifenwagen. Eine Flasche. Ein Molotow-Cocktail. Er explodierte mit einem Knall und tauchte das Fahrwerk des Wagens in Flammen.

»Scheiße«, sagte der Taxifahrer. »Kommen Sie! Lassen Sie sie liegen!« Er sah sich hektisch um, einen Fuß aus dem Wagen, die Tür halb geöffnet. »Lassen Sie sie liegen. Sie ist tot. Es hat keinen Zweck.«

Ich ließ Francie los, ging zu dem Wagen und legte die Hand auf die Tür. »Nein, warten Sie!« rief ich.

»Scheiiiiße!« brüllte er, als ich mich umdrehte und zum Streifenwagen zurücklief. Der Türgriff war so heiß, daß man ihn kaum anfassen konnte, und Flammen krochen das Chassis herauf.

»Er explodiert gleich!« rief der Taxifahrer. »Kommen Sie!«

Ich riß die Tür auf, versengte mir dabei die Hand. Sie hockte vorn auf dem Boden.

Ich griff nach ihr, und Bitsy sprang mir in die Arme. Ich lief zum Taxi zurück und kroch hinein. Er fuhr auf zwei Reifen um die Ecke, als ich die gedämpfte Explosion hinter uns hörte.

»Runter. Bleiben Sie unten«, sagte er. Ich rutschte hinab, drückte die Wange auf die Matte, war überzeugt, daß ich nie wieder aufstehen würde.

»Wohin wollen Sie?« fragte er nach einer Weile.

»Zur Zeitung.«

»Sind Sie sicher?«

Die Frage überraschte mich. Wohin sollte ich sonst wollen?

22

Sie versuchten, mich nach Hause zu schicken, doch ich blieb, richtete mich auf der Damentoilette so gut wie möglich wieder her, zog die Kleidung aus meinem Spind an und arbeitete die ganze Nacht an den Berichten über die Rassenunruhen. Am deutlichsten erinnerte ich mich an einen Augenblick, den ich am liebsten vergessen hätte.

Als wir die Geschichten über Zerstörung, Terror und Konfusion zusammensetzten, kam der Chefredakteur in Hemdsärmeln aus seinem Büro, lächelte mir zu und nickte. »Gute Arbeit, Britt«, sagte er.

Ich saß wie betäubt da, als er ging. Aber ich behielt seine Worte in Erinnerung. Die Erschöpfung, der sich nähernde Redaktionsschluß und die Arbeit an den Stories unterdrückten eine Zeitlang meine widersprüchlichen Gemütsbewegungen und Schuldgefühle. Meine Vermieterin, Mrs. Goldstein, kümmerte sich um Bitsy, während Lottie und ich die folgende Nacht über bei Onnie schliefen. Die Polizei hatte eine Ausgangssperre verhängt, und es gab keine andere Möglichkeit für Reporter, nach Einbruch der Dunkelheit die Unruhegebiete betreten zu können. Solange wir bei Onnie waren, durfte ich mir natürlich wegen Darryl nichts anmerken lassen.

Erst am dritten Tag, nachdem die Nationalgarde die Ordnung einigermaßen wiederhergestellt hatte, wurde mir die volle Bedeutung des Geschehens klar. MacDonald stand vor meiner Tür, ebenfalls total erschöpft und in einer Uniform, die noch nach Rauch und Tränengas roch; er hatte fast achtundvierzig Stunden lang Dienst gemacht. Wir fielen einander in die Arme. Ich erzählte ihm alles, was passiert war und das war ein kleiner Trost für mich. Körperlich und seelisch mitgenommen, mit zahlreichen kleinen Verletzungen und Hautabschürfungen, konnte ich nur unter Schwierigkeiten einschlafen. Doch weder der Schlaf noch Sex oder heiße, lange Bäder konnten mich wiederherstellen. Da faßte ich meinen Entschluß und sagte MacDonald, daß ich kündigen wollte. Ich rief in der Lokalredaktion an, um es hinter mich zu bringen, doch MacDonald griff an mir vorbei und legte den Hörer wieder auf.

»Mach es nicht«, sagte er. »Du würdest es nur den Rest deines Lebens bedauern. Ich weiß genau, wie du dich fühlst, aber das ist nicht der richtige Zeitpunkt, um so eine wichtige Entscheidung zu treffen.«

»Du weiß nicht, wie ich mich fühle! Wie solltest du das auch wissen können?« sagte ich wütend, zog den Bademantel enger um mich und legte die Hände um meine verschorften Knie, die ich vor die Brust gezogen hatte.

In seinem Gesicht arbeitete es, als riefe er ein paar geheime, unangenehme Gedanken ab. »Du weißt, daß ich mal einen Menschen getötet habe?«

Ich nickte. »Notwehr.«

»Klar, er war bewaffnet und verrückt und gefährlich. Er wollte mich umbringen, aber ich habe ihn zuerst erwischt. Das macht es aber nicht weniger traumatisch, einem Menschen das Leben zu nehmen. Es war eine betäubende, erschütternde Erfahrung.« Seine Augen wurden trüb, als er sich daran erinnerte. »Aber als ich aufs Revier zurückkehrte, gratulierten die anderen mir und schlugen mir auf den Rücken, und alle vom Chief bis zu den Jungs im Umkleideraum sagten mir, was für eine tolle Arbeit ich geleistet hätte.

Ich ließ mir die Hand schütteln und nahm ihre Glückwünsche entgegen. Aber ich wußte, es war etwas passiert, zu dem man einen nicht beglückwünschen sollte. Es war eine Tragödie, etwas Schmerzliches, das ich hatte tun müssen. Ich bin nach Hause gegangen und habe wie ein Baby geheult.«

Ich lehnte mich gegen ihn, und er legte die Arme um mich und streichelte mein Haar. »Auch das haben wir gemeinsam, Britt. Unsere Berufe sind einander ziemlich ähnlich. Wir werden Leuten weh tun müssen, und sie werden uns weh tun. Manchmal sind es Fremde, manchmal die Leute, für die wir arbeiten. Das ist traurig, aber so ist es nun mal. Bei Gott, mein Leben wäre einfacher, wenn du dich für einen anderen Beruf entscheiden würdest. Aber uns beiden liegt an unseren Berufen, und wir machen sie, so gut wir es können, und machen trotzdem weiter, obwohl so etwas passiert. Wir kneifen nicht einfach.«

Er hatte recht.

Francie wird in meinen Herzen immer leben. Nicht ein Tag vergeht, an dem ich nicht an sie denke. Wie ist es möglich, daß sie tot ist? Doch nicht Francie! Ich habe es noch immer auch nicht nur annähernd akzeptiert. Ihre nächste Verwandte, eine Kusine aus Tampa, hatte kein Interesse daran, Bitsy zu sich zu nehmen. Nachdem Mrs. Goldstein sich selbst davon überzeugt hatte, was für ein guter Hund sie war, erlaubte sie mir, sie zu behalten, bis ich ein passendes Heim für sie gefunden hatte. »Wenn Billy Boots damit klarkommt, kann ich das auch«, sagte sie. Ich wollte nie einen Hund haben. Um Hunde muß man sich viel mehr kümmern als um Katzen. Aber jetzt habe ich wohl einen. Wie könnte ich die sowieso schon entwurzelte und verwirrte Bitsy einem Fremden geben?

Nachdem die Rassenunruhen geendet hatten und die Stadt wieder unter Kontrolle war, schrieb ich meine Geschichte über die wahren Hintergründe, das wahre Geschehen. Ich arbeitete zwei Tage lang hart daran. Ich erklärte alles. Die Story wurde nie veröffentlicht.

Nachdem ich sie eingereicht hatte, fand eine ernste Konferenz mit Redakteuren, Rechtsanwälten, dem Bürgermeister, dem Oberstadtdirektor, dem Polizeichef und Führern schwarzer Bürgervereinigungen statt.

»Sie glauben Ihnen«, sagte Fred Douglas zu mir, nachdem er mich später in sein Büro gerufen hatte. »Wir glauben Ihnen. Aber wir können nicht beweisen, daß Alvarez schuldig war. Ein Toter kann sich gegen solche Behauptungen nicht mehr verteidigen.«

»Aber wir müssen veröffentlichen, was wirklich passiert ist.« Ich konnte nicht glauben, was ich hörte. »Die Öffentlichkeit hat ein Recht darauf, es zu erfahren.«

»Britt, Sie wissen genausogut wie ich, daß die schwarzen Mitbürger niemals glauben würden, daß die angeklagten Polizisten D. Wayne Hudson nicht getötet haben.«

»Sie haben ihn nicht getötet.«

»Aber sie haben ein Verbrechen begangen. Sie haben ihn verprügelt und wollten es dann vertuschen. Der Polizeichef hat eingewilligt, die Aufsicht über die Mitternachtsschicht zu verstärken und die Praktiken zu überprüfen, die dafür gesorgt haben, daß einige schlechte Cops überhaupt dieser Schicht zugeteilt wurden. Die Stadtverwaltung und die Zeitung stimmen überein, daß es an der Zeit ist, diesen Fall auf sich beruhen zu lassen. Weitere Anklagen, die zu weiterem Aufruhr führen, helfen niemandem weiter.«

Ich begriff, was er sagte. Die Stadt hatte bereits ein schreckliches Trauma durchlebt. Ihr Image und das ihrer Polizei waren schwer geschädigt worden. Je schneller der Heilungsprozeß und der Neuaufbau begannen, desto besser war es für alle, die hier wohnten. Meine Geschichte würde niemanden zur Verantwortung ziehen und eine schon gespaltene Bevölkerung nur noch mehr polarisieren. Aus diesen Gründen durfte die wichtigste Geschichte, die ich je geschrieben hatte, niemals gelesen werden.

Am Ende belief sich der Tribut auf vierzehn tote Bürger und zwei tote Polizisten, Hunderte von Verletzten und einen Sachschaden, der in dreistellige Millionenhöhe ging. MacDonald hatte recht: Ich liebe meinen Job und diese Stadt, und ich wollte dazu beitragen, daß sie sich wieder erholte. Aber es ist nicht leicht.

Trotz oder vielleicht gerade wegen der Reformen war die

Polizei nach den Rassenunruhen kälter und paranoider als je zuvor. Als ich wegen einer einfachen Information in einem Mordfall anrief, sagte man mir, der Polizeichef habe eine neue Anweisung erlassen. Jeder Beamte, den ich wegen Informationen anging, mußte mich an die Abteilung für Öffentlichkeitsarbeit verweisen und dann eine interne Hausmitteilung darüber schreiben, wann und weshalb ich angerufen hatte. Cops hassen Papierkram, und so wurden meine Beziehungen zu vielen meiner Quellen effektiv auf Eis gelegt.

Die Polizei machte es sowohl mir als auch MacDonald schwer. Das wurde mehr denn je ersichtlich, als er eines Abends unerwartet bei mir klingelte. Er hatte chinesisches Essen, eine Flasche Dom Perignon und das Bedürfnis mitgebracht, sich auszusprechen.

Er trug eine schicke neue Sportjacke, ein Hemd von der Farbe seiner Augen und die Seidenunterhosen, die ich ihm zum Valentinstag geschenkt hatte. Er hatte gute und schlechte Nachrichten. Er war bei den Prüfungen zum Lieutenant unter den zehn besten gewesen und sehr, sehr stolz darauf. Ich glaubte zu wissen, was jetzt kommen würde. »Jetzt gibt es nur noch eine Sache, die meine Chancen direkt auf Null reduzieren würde«, sagte er. »Du weißt, was ich meine?«

Ich nickte und setzte mein Sektglas ab. Nun tat es mir leid, daß ich der romantischen Stimmung halber die Kerzen angezündet hatte.

»Falls wir zusammen gesehen werden sollten«, sagte er.

»Wir tanzen doch nicht gerade nackt auf der Flager Street herum«, sagte ich. »Wo sollte uns jemand sehen?«

»Wenn man sieht, wie ich dieses Haus verlasse . . .«

»Dann spionieren sie jetzt hinter zukünftigen Lieutenants her, wenn die dienstfrei haben?«

Er zuckte leicht verlegen die Achseln. »Man weiß nie, was der Dienstaufsicht und den Jungs, die die Kandidaten unter die Lupe nehmen sollen, alles so einfällt. Die Beförderung ist mir sehr wichtig. Und ich weiß, es paßt dir nicht, daß wir uns nicht offen sehen lassen können.«

»Ach, dann tust du das also meinetwegen?« Es klang nicht

wie meine Stimme, doch ich hatte es trotzdem gesagt: »Ehrgeiz kann überwältigend sein.«

Er schaute gequält drein. »Die Dinge ändern sich, alles verläuft zyklisch.« Er griff über den Tisch und streichelte mein Kinn. »Wir müssen es nur für eine Weile ruhiger angehen lassen, Britt. Es ist ja nicht für ewig. Die hohen Tiere gehen in den Ruhestand, und dann bläst ein neuer Wind. Es werden bessere Zeiten kommen.«

Er wollte länger bleiben, aber ich brachte ihn zur Tür und küßte ihn – ganz leicht – auf die Wange. »Es ist mir sehr ernst gewesen«, sagte er leise.

»Sehr ernst«, sagte ich unglücklich.

Ein Gutes hatte die Sache. Ich riß die verdammte Kuckucksuhr von der Wand und warf sie Billy Boots und Bitsy vor, bis sie den Kuckuck und die kleinen Schwarzwälder umgebracht hatten. Dann warf ich sie in den Müllschlucker.

Bei all den wichtigen und tragischen Ereignissen in meinem Leben weigerte ich mich, mich von einer geplatzten Liebschaft aus dem Kurs bringen zu lassen. Schließlich, sagte ich mir, bist du es doch leid, die Wäsche, die du anziehst, wenn du dich mit deinem Freund triffst, in der Abteilung für feine Damenunterwäsche zu erstehen. Es wäre schön, sich eines Tages mal mit einem Mann zu verabreden, der nichts dagegen hatte, mich in der Öffentlichkeit auszuführen, der vielleicht sogar stolz darauf war, mit mir gesehen zu werden. Eines Tages wäre das schön, doch noch war ich nicht soweit.

Wie immer war die Arbeit mein Trost. Wenn ich viel zu tun hatte, blieb mir keine Zeit zum Nachdenken. Es hatte etwas für sich, mit einer riesigen Anzahl von Lesern zu kommunizieren, auch wenn man nicht persönlich und von Angesicht zu Angesicht mit ihnen sprechen konnte.

Und die Dinge änderten sich tatsächlich. Als ich eines Abends noch spät an der Geschichte über einen Taucher arbeitete, der von einem Hai angefallen worden war, klingelte mein Telefon. Ein Hilferuf aus dem Knast: Pete Zalewski, so depressiv wie immer. »Ich mache mir Sorgen um meine Mutter«, sagte er.

»Nun ja, Pete, wir alle, die uns glücklich schätzen können, noch eine Mutter zu haben, machen uns Sorgen um sie. Ich mache mir auch Sorgen um meine Mom. Niemand wird jünger, und . . .«

»Ein SWAT-Team hat ihren Wohnwagen umstellt.«

»Was?«

»Sie hat gerade meinen Stiefpap mit einem Gewehr erschossen, ihn glatt durch das Fliegengitter gepustet.«

»Wissen Sie das genau?«

»Ja, ich habe gerade mit meinem Vetter Franky gesprochen«, jammerte er. »Ich habe Angst, daß die Bullen sie erschießen, Britt.«

»Bleiben Sie dran.«

Ich griff nach Ryans Telefon und rief in der Abteilung für Öffentlichkeitsarbeit an. Er hatte recht. Petes Mutter wurde seit vier Stunden von einem SWAT-Team belagert. Sie waren nicht mal nahe genug herangekommen, um ihren toten Mann von der Schwelle zu zerren.

»Sie haben recht, Pete. Was sollen wir unternehmen?«

»Wenn ich nur mit ihr sprechen könnte. Sie muß wieder ihre Medikamente abgesetzt oder getrunken haben. Schnaps verträgt sich nicht mit diesen Pillen. Ich kam mit ihr schon immer besser klar als sonst jemand in der Familie. Ich bin immer ihr Liebling gewesen, Britt.«

Ich fragte mich düster, was aus dem Kind geworden sein mochte, das sie am wenigsten hatte leiden können.

»Hat sie Telefon?«

»Nein, nur einen Münzfernsprecher im Büro des Verwalters.«

»Na schön, geben Sie mir die Nummer. Ich versuche, mich mit den Cops am Tatort in Verbindung zu setzen.«

Ich rief an und bat darum, den leitenden Beamten sprechen zu dürfen.

Er kam ans Telefon. Ich sagte ihm, wer ich war.

»Rufen Sie die Afö an«, sagte er und legte auf.

Ich wählte noch mal. »Gottverdammt, hören Sie auf, mich zu belästigen, und rufen Sie die Afö an.«

»Hören Sie«, sagte ich kurz und bündig. »Ich will keine Auskunft von Ihnen. Ich will Ihnen etwas sagen. Etwas, das Ihnen vielleicht helfen wird.«

»Ich höre. Jetzt muß ich sowieso ein verdammtes Memo schreiben.«

»Die Frau, die Sie in ihrem Wohnwagen belagern, ich habe ihren Sohn, ihren Lieblingssohn, am anderen Apparat. Er kann sie wahrscheinlich dazu überreden, aufzugeben, ohne daß jemand verletzt wird.«

»Wie schnell kann er hier sein?«

»Tja, Sergeant, das ist das Problem . . .«

Lottie und ich wollten schnell zu der Wohnwagenanlage fahren. Der verdammte Fahrstuhl brauchte ewig. »Die müßten hier so eine Stange einbauen«, sagte sie, während sie wütend auf den Knopf drückte, »weißt du, wie bei der Feuerwehr. Damit wir einfach zu unseren Autos in der Tiefgarage hinabrutschen können.« Mir gefiel die Idee ausgezeichnet.

Wir erreichten den Wohnwagenpark unmittelbar bevor ein Streifenwagen mit Pete an Bord eintraf. Er freute sich, uns zu sehen, freute sich, mal der langweiligen Gefängnisroutine entgehen zu können, und freute sich, seine Mama sehen zu dürfen, selbst unter diesen Umständen.

Die Cops wollten ihn nicht in den Wohnwagen lassen; sie befürchteten, daß sie dann zwei Mordverdächtige aushungern müßten. Doch als seine Mutter hörte, daß Pete draußen war, willigte sie sofort ein, das Gewehr hinauszuwerfen, und kam heraus. In ihrer Eile stolperte sie über ihren toten Gatten, der noch immer auf der Schwelle lag.

Die Wiedervereinigung von Mutter und Sohn war ganz toll. Lottie schoß hervorragende Bilder. Die Cops waren so gerührt, daß sie die beiden im selben Streifenwagen ins Gefängnis brachten, damit sie Familienklatsch austauschen konnten.

Danny Menendez war da. Er hatte Dienst und würde die

Pressemitteilung schreiben. Er schaute zur Abwechslung einmal freundlich drein. »Gute Arbeit, Britt. Die Mordkommission hat mir gesagt, wie Sie ihr geholfen haben. Ihre Einstellung den Cops gegenüber hat sich wohl geändert, was?«

»Hast du das gehört?« flüsterte ich Lottie zu, als wir in den Wagen stiegen. »Bullen!«

»Für sie bist du entweder für oder gegen sie«, sagte sie. »Einen Mittelweg gibt's nicht.«

»Die scheinen wohl noch nie davon gehört zu haben, daß es so etwas wie objektive Berichterstattung gibt.«

Auf der Rückfahrt zum Büro sprachen wir über mein Liebesleben oder, besser gesagt, meinen Mangel daran. Die Trennung von MacDonald, versuchte ich mich selbst und Lottie zu überzeugen, war eigentlich ein Segen. »Keiner von uns wird seinen Beruf wechseln. Da hatte er völlig recht.«

»Vielleicht haben die Früchte nur so süß geschmeckt, weil sie verboten waren«, sagte sie.

»Da könntest du recht haben. Wenn wir uns in der Öffentlichkeit hätten sehen lassen und offen über alles sprechen können, auch über unsere Arbeit, wäre es vielleicht gar nicht so reizvoll gewesen.«

»Ich weiß, daß ein gebranntes Kind das Feuer scheut«, begann Lottie vorsichtig. »Aber ich habe gute Nachrichten. Frag mich nicht, warum, aber Steve und Larry sind noch immer interessiert. Sie wollen uns in die Oper ausführen, die Premiere von *Carmen*, in der Gusman Hall. Mit Marilyn Horne!« Sie pfiff leise. »Weißt du, wie schwer es ist, Karten für eine Premiere zu kriegen? Die Leute vermachen sie wirklich in ihren Testamenten. Sie bleiben generationenlang in der Familie. Die Opernbesucher sitzen auf denselben Sitzen, auf denen vor Jahren ihre Eltern gesessen haben.«

»Wie sind Larry und Steve an die Karten 'rangekommen?«

»Irgendein Kunde Larrys muß zu einer Herzoperation nach Houston und war ihm noch einen großen Gefallen schuldig. Kannst du dir uns vorstellen, in Schale geworfen und richtig rausgeputzt, inmitten der High Society?«

»Eigentlich nicht . . .«

»Hör mal, es ist höchste Zeit, daß dich jemand ausführt und sich in der Öffentlichkeit mit dir zeigt. Das ist die große Gelegenheit, der Ort, wo man sieht und gesehen wird.«

»Verdammt richtig«, sagte ich. Vielleicht lag es an der Euphorie, der exklusiven Story und den Fotos, die wir dank Pete eingesackt hatten. »Klar, ich bin dabei. Larry ist ein netter Kerl.«

»Halleluja! Und vergiß nicht, das ist unsere letzte Chance. Und wenn der Dritte Weltkrieg ausbricht, zu der Verabredung gehen wir hin. Wenn wir sie diesmal sitzenlassen, können wir die Jungs abschreiben.«

»Du hast recht«, sagte ich. Die Idee gefiel mir immer besser. »Sie waren wirklich sehr verständnisvoll. Werfen wir uns in Schale!«

Wir überlegten den Rest der Fahrt über, was wir anziehen sollten.

Larry trug eine schwarze Fliege, als er mich an unserem großen Abend abholte. Bis auf die hellblaue Schärpe war er sehr elegant gekleidet. Steve wartete im Wagen. Während er seinen BMW fuhr, drückte Larry meine Hand und erklärte mir den Unterschied zwischen einer reinen Risikolebensversicherung und einer mit Kapitalanlage so gut, daß ich ihn zum erstenmal wirklich verstand. Vielleicht ließ ich mir meine Begeisterung zu deutlich anmerken, denn er fuhr mit der Rentenversicherung fort.

Lottie traf uns an der Kasse. Sie hatte an diesem Tag arbeiten müssen und hatte sich also in der Zeitung umgezogen und war direkt zum Theater gefahren. Sie sah toll aus; ihre rote Mähne wirkte zur Abwechslung einmal gebändigt und schick zurechtgemacht. Es war eine der wenigen Gelegenheiten, bei denen ich sie in hochhackigen Schuhen statt Cowboystiefeln sah. Sie trug ein grünes Samtkleid und lange, funkelnde Ohrringe, die bis auf ihre mit Sommersprossen übersäten Schultern fielen, und hatte ein niedliches, winziges Handtäschchen dabei.

Larry und Steve wollten uns danach zu Regine's an der Grand Bay zum Tanz ausführen. Ich trug einen hellrosa Abendrock aus Satin und eine weiße Bluse mit weitem Kragen, einen dazu passenden, mit glitzernden Steinen besetzten Gürtel und eine Abendhandtasche. All das verdankte ich dem Kollegenrabatt meiner Mutter.

Wir hatten hervorragende Sitze, ganz vorn in der Reihe D. Ich war schon immer gern in die Gusman Hall gegangen, die mitten im Herzen der Innenstadt Miamis lag. Meine Mutter hatte hier Elvis live gesehen, in den fünfziger Jahren, als sie noch ein Teenager war.

Das Gebäude war 1926 eröffnet worden, als man Theater noch so prachtvoll wie Paläste baute, und es war ein wichtiger und protziger Bestandteil der Geschichte Miamis, mit marmornen Böden, vergoldeten Türen und Travertinwänden. Ein Menschenfreund, der seine Millionen mit Kondomen gemacht hatte, hatte das Gebäude in den siebziger Jahren vor dem Abriß bewahrt und zu einer Konzerthalle umbauen lassen, die dann nach ihm benannt worden war.

Das Innere erinnert an einen Hof in Sevilla. Ein Bogengang rahmt die Bühne ein, Sterne funkeln, und Wolken treiben über eine tiefblaue Decke. Die perfekte Kulisse für *Carmen*, eine Oper, die wie geschaffen für mich war, eine spanische Geschichte über Liebe und Gewalt.

Das Publikum nahm Platz, als das Präludium begann, eine fröhliche, geschäftige Melodie, die einen sonnigen Gegensatz zu der nachfolgenden düsteren Handlung bot.

Als die impertinente Carmen den unseligen Don José verführte, ihr zur Flucht zu verhelfen, statt sie ins Gefängnis zu werfen, begann mein Pieper zu piepsen. Ich wußte, ich hätte das verdammte Ding nicht mitnehmen sollen. Macht der Gewohnheit. Lottie warf mir einen warnenden Blick zu, und ich griff in meine Handtasche, stellte das Ding ab und ließ es dabei bewenden.

Während Carmens wildem Zigeunerlied im nächsten Akt ertönte Lotties Pieper. Ich war überrascht, daß sie ihren auch mitgenommen hatte. Unsere Begleiter wechselten besorgte Blicke, und ein elegant gekleidetes Paar in der Reihe vor uns drehte sich um und musterte uns mißfallend. Lottie stellte ihr

Gerät ab und machte nicht die geringsten Anstalten, sich zu einem Telefon zu begeben. Das war unser Abend. Larry legte seinen Arm um mich, und ich lächelte, als Don José kläglich Carmen anwinselte, die wütend mit dem Fuß aufstampfte und ihn beleidigte.

In der Pause schlenderten wir in die Lobby, mischten uns unter die *beautiful people* und tranken Sekt. Mehrere von Miamis zehn bestgekleideten Frauen in vollem Putz begrüßten Lottie mit frohlockenden Rufen, als wäre sie eine alte Freundin. Als die Lampen aufblinkten, eilten wir zu unseren Sitzen zurück.

Die Musiker stampften mit den Füßen, und der Maestro bereitete sich vor, doch der Vorhang wurde noch nicht gehoben. Das Licht ging noch einmal an, und das Publikum summte überrascht, als der elegant gewandete Generalintendant der Greater Miami Opera auf die Bühne trat.

»Eine kurze Bekanntmachung«, sagte er. »Die Polizei und die Feuerwehr haben uns gebeten, unser Publikum darauf hinzuweisen, daß es nach Ende der Vorstellung den Biscayne Boulevard meiden möchte.« Aus dem Augenwinkel sah ich, daß sich Lottie, die Steve leise etwas ins Ohr geflüstert hatte, auf ihrem Sitz aufrichtete. Ihre Augen waren wachsam und mißtrauisch, wie die eines erschreckten Rehs.

»Am Hafen scheint es ein kleines Problem zu geben«, fuhr der Generalintendant fort. »Ein Brand, der außer Kontrolle geraten ist und Explosionen verursachen könnte, falls er auf die dort befindlichen Benzinlagertanks übergreift.«

Lottie und ich wechselten Blicke.

»Daher möchten wir die Autofahrer, die ihr Heimweg über die Causeways McArthur oder Venetian führt, darauf hinweisen, daß beide Brücken gesperrt sind und sie über die I-95 in westliche Richtung und dann über den 112 in östliche Richtung zum Tuttle Causeway fahren sollen. Und nun« – er machte eine weit ausholende Geste – »zurück zu Bizets *Carmen*.« Er trat von der Bühne, das Licht erlosch, und der Vorhang hob sich.

Carmen sagte Don José verächtlich, er solle sich gefälligst davonmachen. Sie wollte sich gerade die Karten legen und ihre

Zukunft deuten lassen. Die Zukunft würde nicht besonders rosig aussehen.

Ich beugte mich vor, sah an Steve vorbei und blinzelte Lottie zu. Wir wechselten einen bedeutungsvollen Blick.

»Entschuldigen Sie mich bitte. Ich muß mal für kleine Mädchen«, flüsterte ich Larry zu, der sich erhob, um mich vorbeizulassen. Hinter uns murmelten einige Zuschauer verärgert.

Lottie kam zwei Minuten später aus dem Konzertsaal und sah sich in der Lobby nach mir um. Elegant und ladylike trippelten wir zum Ausgang Flagler Street, sahen über die Schultern zurück, um uns zu überzeugen, daß wir außer Sichtweite des Publikums und unserer Begleiter waren, und liefen los.

»Wo steht der Wagen?« keuchte ich.

»Auf der anderen Straßenseite im Parkhaus, auf der ersten Etage.«

Am Bordstein hielt sie an, um sich ihre hochhackigen Schuhe auszuziehen. »Verdammt, diese blöden Dinger bringen mich um.«

»Kannst du Farbfotos für die Titelseite machen?«

»Ja, ich hab' einen Farbfilm im Wagen. Mit zwei Handgriffen hab' ich ihn eingelegt.«

Sie warf mir die Schlüssel zu, und ich glitt hinter das Steuer ihres neuen Firmenwagens, eines weißen Chryslers.

»Fahr mir ja keine Beule rein, Britt. Du weißt, was für ein Theater die wegen der anderen gemacht haben.«

»Es war nicht unsere Schuld.«

Sie nickte und schlug ihre Tür zu. »Larry und Steve«, klagte sie, als ich den Rückwärtsgang einlegte. »Die werden das nie verstehen.«

Mit jaulenden Reifen fuhr ich die gewundene Rampe zur Straße hinab.

»Die haben sowieso nicht zu uns gepaßt.«

»Da hast du recht, Britt. Mann! Sieh dir das an!« Am Hafen waren deutlich Flammen sichtbar, die sich in den Nachthimmel hoben und zum Mond zu greifen schienen. Als ich auf die Flagler bog, konnten wir noch die Musik des Orchesters hören, in die sich die der Sirenen mischte, die aus allen Richtungen zusammenströmten. Ein Feuerwehrwagen drückte hinter uns auf die Hupe und überholte uns auf der falschen Straßenseite. Mein Puls beschleunigte sich.

»Sieht so aus, als würden das County und Miami Beach ebenfalls Wagen schicken«, sagte Lottie. »Das gegenseitige Beistandsabkommen, weißt du.« Sie nahm die langen, funkelnden Ohrringe ab, warf sie auf den Rücksitz und überprüfte ihre Kameras. »Ich funke die Redaktion an und lasse sie wissen, daß wir an der Sache dran sind.«

»Die müssen Katastrophenalarm gegeben haben.« Ich trat aufs Gas und hängte mich an einen Leiterwagen, der über die Brücke zum Hafen raste. »Finden wir doch mal raus, wieviel Zeit wir bis zum Finale haben.«

»Genau«, sagte sie.

Ich sah mein eigenes Bild im Rückspiegel: Die Flammen und Blaulichter reflektierten sich in meinen Augen, und ich lächelte.

»Weißt du, Lottie, du hast recht gehabt. Es hat mir wirklich gutgetan, mal rauszukommen.«

ENDE

Band 19 180

Jean-Patrick Manchette

Herz aus Blei

Deutsche Erstveröffentlichung

Sie ist knapp über dreißig, hat sanfte braune Augen und feine Gesichtszüge. Wenn sie lächelt, wirkt sie wie ein junges Mädchen. Sie ist eine Profi-Killerin, knallhart und eiskalt.
Als sie nach Bléville kommt, der Stadt, in der das Geld regiert, findet sie überall Schilder mit der Aufforderung HALTET EURE STADT SAUBER. Sie hält sich daran – auf ihre eigene Art. Doch niemand kann in Bléville aufräumen, ohne selbst etwas von dem Schmutz abzubekommen . . .

JEAN-PATRICK MANCHETTE, Jahrgang 1942, ist die große Gestalt unter den französischen Kriminalschriftstellern. Mit *Herz aus Blei* hat er das erreicht, was Chabrol in seinen besten Filmen versucht: Im Gewand des perfekten Thrillers seziert er erbarmungslos die verlogene Provinzidylle, hinter deren Fassade sich mindestens ebensoviel Dreck verbirgt wie in der verruchtesten Großstadt.

BASTEI LÜBBE

Sie erhalten diesen Band im Buchhandel, bei Ihrem Zeitschriftenhändler sowie im Bahnhofsbuchhandel.